U0135442

赵义山　选注

元曲選

图书在版编目(CIP)数据

元曲选 / 赵义山选注. — 上海：上海古籍出版社，
2023.8
　ISBN 978-7-5732-0758-6

　Ⅰ. ①元… Ⅱ. ①赵… Ⅲ. ①元曲—选集 Ⅳ.
①I222.9

　中国国家版本馆 CIP 数据核字(2023)第 130932 号

元　曲　选

赵义山　选注

上海古籍出版社出版发行

（上海市闵行区号景路 159 弄 1 - 5 号 A 座 5F　邮政编码 201101）

　（1）网址：www.guji.com.cn
　（2）E-mail：guji1@guji.com.cn
　（3）易文网网址：www.ewen.co

江阴市机关印刷服务有限公司印刷

开本 890×1240　1/32　印张 15.875　插页 5　字数 370,000
2023 年 8 月第 1 版　2023 年 8 月第 1 次印刷
印数：1—1,800

ISBN 978-7-5732-0758-6

I·3739　定价：78.00 元

如有质量问题，请与承印公司联系

前　言

　　元曲,顾名思义,即元人所作所唱之曲。元人立国时间不长,但曲之一体却空前发达,以至取代传统诗词的宝座,成为有元一代文学成就最高的体式,俨然与前之唐诗、宋词鼎足而三,共同构成中国古代文学宝库中的绚丽奇景。

一

　　元曲,就文体形式而言,一般分为散曲与剧曲两类。

　　元代散曲,就题材内容看,最多的是叹世归隐之作,曲作家几乎没有不写到这方面内容的,这既与当时社会的污浊有关,也与元代统治者对汉民族知识分子的排斥有关。汉族知识分子在失去仕进之路后不仅反思历史、感怀现实,而且寄情声色、逍遥林泉,因此,恋情、山水、咏史,就成为元散曲中带倾向性的大宗题材。对于这些题材内容的文化蕴涵和所表现出来的曲家心态的论述,既容易见到,又无太大分歧,故此处不拟论说。但对于元散曲的形式特征及发展演变历史,却有不同认识,有必要略作辨析。

　　元代散曲,在钟嗣成《录鬼簿》、周德清《中原音韵》等元人的曲论文献中,被称为乐府、新乐府、今乐府或北乐府等等。就基本体式而言,有小令、套数、带过曲三种体式。小令为独曲,套数为组曲,带过曲则是介于独曲与组曲之间的特殊体式。

如果除去音乐不论，单就曲词而言，一首小令(曲)与一首词的最大区别有二：其一，语体风格上，一般是词较典雅而曲较通俗；句式节奏上，一般是词较整饬而曲较散漫。当然，元代中后期张可久等人的一些曲作以词为曲，其语体与句格皆与词同，此又当别论。其二，词中言及小令，往往与中调、长调相对，一般指的是调短字少之词；而曲中言及小令，则与套数相对，指的是单只独体之曲。

　　曲中之套数，通常所论有两点需作辩正。

　　其一，或谓套数是将同一宫调中两首以上的曲子连成组曲，这话有些说倒了。事实是：把两首以上的曲子连成组曲后，在演唱时一般使用同一宫调(调高调式)。也就是说，套数中的各只曲在没有被组合成套以前，不一定先有一个固定的宫调归属。比如〔中吕·粉蝶儿〕套数把〔醉春风〕、〔石榴花〕、〔斗鹌鹑〕、〔普天乐〕、〔醉高歌〕、〔十二月〕、〔尧民歌〕、〔上小楼〕等曲调连成套数时，一般用同一宫调——〔中吕宫〕去演唱，因为不用同一宫调，就得在演唱中移宫换调，那是很不方便的；但这套曲子中的一些只曲在没有被组合成套以前，却不一定只属于某一宫调，比如〔斗鹌鹑〕，可以属于〔中吕宫〕，也可以属于〔越调〕；〔普天乐〕和〔上小楼〕可以属于〔中吕宫〕，也可以属于〔正宫〕。面对这种情况，前人有所谓"借宫"一说，但谁借谁的呢？恐怕就说不清了。所以"借宫"一说很靠不住，不过是为了替那说倒了的话打个圆场而已。

　　其二，或谓套数乃曲中之创体。其实，在北宋时就非常流行的"唱赚"，便已经使用了套曲的形式，并分为"缠令"、"缠达"二体，这两种体式，其实就是元曲中套数的基本体式。因此，实事求是地说，套数并非元曲的新创，而是对宋代唱赚一体的借用。因为赚曲以套计数，久而久之，遂以计数之"套"，取代了称名之

"赚"。在词中名"赚",在曲中称"套",名称虽别,然同为组曲是一样的①。

关于散曲中的带过曲,这种将两三只曲子结合成一个小型组曲的体式,如〔雁儿落带得胜令〕、〔骂玉郎带感皇恩采茶歌〕等,也有两点需作说明。

其一,关于带过曲的来源。对此,学界有两种看法:或谓带过曲是由令曲发展为套曲的中间环节,或谓带过曲是由套数中的曲牌固定组合结构选摘而来。我认为后一种说法符合事实。这在拙著《元散曲通论》中有详说,此处不赘。

其二,关于带过曲的性质。自元以来,大多数学人是将带过曲看作小令的一体,但也有人将带过曲看作套数。视之为令曲,是因为带过曲的两三个曲牌已集中放在曲词的最前面,可以看作是一个集合而成的新的曲牌,从形式上看,这似乎与小令没有太大的区别。视之为套数,是因为带过曲虽然只结合了两三个只曲,但却已经具备了组曲的性质。

对于带过曲这种介于令、套之间的特殊体式,我主张不必强为归类,完全可以将其视为曲中独立的一体,算是曲体中的另类吧。

二

与词一样,曲在写作时也要选定一个牌调。元代北曲所用曲牌,据周德清《中原音韵》的辑录,共 300 多个,其中专为小令所使用者,如〔青玉案〕、〔快活年〕、〔大德歌〕、〔黑漆弩〕等,大约有 30 余调,专用于散曲之套数者,如〔青杏子〕、〔愿成双〕、〔文如锦〕、〔黄莺儿〕等约 60 调。绝大多数曲调,如〔蟾宫曲〕、〔沉醉东

---

① 参见拙文《关于"赚"与"套"的重要资料考辨及其他》(载《东南大学学报》2007 年第 2 期)。

风〕、〔红绣鞋〕、〔醉太平〕、〔普天乐〕、〔天净沙〕等，是可以令、套通用的。拿曲牌与词牌相比，其句格不甚严谨，最为明显的是，同一曲牌在不同作家笔下出现，其字数多少不一，并不十分固定。比如同是〔红绣鞋〕，贯云石所作与张可久所作，其字数就有很大差异：

贯云石〔红绣鞋〕	张可久〔红绣鞋〕
挨着靠着云窗同坐，	剑击西风鬼啸，
偎着抱着月枕双歌，	琴弹夜月猿号，
听着数着愁着怕着早四更过。	半醉渊明可人招。
四更过情未足，	南来山隐隐，
情未足夜如梭，	东去浪淘淘，
天哪！更闰一更儿妨甚么！	浙江归路杳。

面对这种情况，一些曲谱著作往往用"衬字"或"又一体"加以解说，其实，这种同一曲牌字数（甚至句数）有出入的现象所反映的事实是：元曲在当时有活的音乐曲调，曲家依乐谱创作歌词，目的在于应歌，其所作之曲辞，只要唱来顺口、听来悦耳，就算成功之作。至于字数有些出入，歌唱者完全可以在不改变曲调主旋律的情况下做一些变通处理。总之，我的看法是：无论词、曲，只要某一曲调的乐谱尚存，仍在传唱，词、曲作家们依据这一乐谱而作的应歌之辞，其字句可能并不规范，倒是在乐谱失传之后，作家们以某一词、曲作品的文字谱式为据，其所作曲辞的字句才可能是整齐划一和非常规范的。

曲牌除了句式问题以外，还有平仄押韵问题。元曲家大多以曲应歌，其用韵循北方口语音系之天籁，即周德清所归纳的"中原音韵"，特点首先是韵部大大减少，仅 19 个，其次是"入派三声"与"平分阴阳",这些都与诗词的用韵有很大区别。在韵的协叶上,曲是一韵到底的,中间不换韵。某些曲牌(如〔人月圆〕、〔后庭花〕、〔庆元贞〕等)通首皆押平韵,也有的曲牌(如〔叨叨令〕、〔塞鸿秋〕、〔秦楼月〕等)通首皆押仄韵,但绝大多数曲牌是平仄通押的。正因为曲的平仄通押比较普遍,所以不少人以为曲的押韵可以不分平仄,其实,可以平仄通押的曲牌,在何处押平,何处押仄,都是有定规的。如〔水仙子〕一曲,凡八句,共用七韵,其七个韵字的平仄格式一般为"平平仄仄平平平"和"平平仄平平平平",除此而外,还有多种变化。但无论怎样变,其第一、第五两个韵位始终押平韵,而第三韵始终押仄韵,这三处极少例外。又如〔醉太平〕,凡八句八韵,最常见的韵式是"仄平平仄仄仄平平"。此外也还有多种变化,但第二、第三、第七这三个韵位一定是用平韵,而第五、第六这两个韵位又一定是用仄韵。因此,如果认为元曲的押韵可以不讲平仄,那是非常错误的。另外,曲中还有一种特别有趣的重韵现象,如张养浩的〔塞鸿秋〕小令:

> 春来时绰然亭香雪梨花会,夏来时绰然亭云锦荷花会,秋来时绰然亭霜露黄花会,冬来时绰然亭风月梅花会。春夏与秋冬,四季皆佳会,主人此意谁能会。

这种韵式在诗词中是很难见到的,但在曲中却并不鲜见,由此可见曲体用韵的另类特征。

对元曲小令之平仄韵律格式研究最为精审者,以我所见,当为萧自熙先生的《散曲格律》,可惜此书为作者自费出版,社会上流传不广,一般人难以入手。倘有人读曲之后,也想模仿创作,而手中无可靠曲谱,则完全可以名家名作为典范,彼韵我韵,彼平我平,彼仄我仄,如此依样葫芦,其谁曰不然?

除句式与韵律之外,元曲的语言与修辞,也与诗词异趣。元曲的语言以自然通俗为主,甚至可以寻常口语入曲,但却又绝非能够不加选择、锤炼便率意落笔的。对此,周德清在《中原音韵》中提出"文而不文,俗而不俗"的主张,并认为如果把握不好这个分寸,就会"太文则迂,不文则俗",要么失去曲体自然活泼的韵致,要么就变成打油诗。如何做到"文而不文,俗而不俗",是需要不断写作、不断摸索的。

至于曲中的修辞,最有特色者当推对仗与重叠。虽然这两种修辞方式也出现在诗词之中,但诗词中的对仗远不如曲中对式繁多,重叠也远不如曲中那样淋漓恣纵。诗词中对式,以两句为单位的合璧对最为常见,但在曲中却五花八门,如朱权《太和正音谱》所总结的,便有"合璧对"、"连璧对"、"鼎足对"、"连珠对"、"隔句对"、"鸾凤和鸣对"、"燕逐飞花对"①等多种形式,其中最有特色者为鼎足对,如:

> 红尘不向门前惹,绿树偏宜屋角遮,青山正补墙头缺。
> ——马致远〔双调·夜行船〕套

> 看密匝匝蚁排兵,乱纷纷蜂酿蜜,急攘攘蝇争血。
> ——马致远〔双调·夜行船〕套

> 糟腌两个功名字,醅淹千古兴亡事,曲埋万丈虹蜺志。
> ——范康〔仙吕·寄生草〕

至于曲中之叠字,也是五花八门,甚至有整首曲子皆用叠字

---

① 诸种对式之具体对法,拙著《元散曲通论》有解说。

者,如乔吉之〔越调·天净沙〕《即事》:

> 莺莺燕燕春春,花花柳柳真真。事事风风韵韵,娇娇嫩嫩,停停当当人人。

此外,如排比、反复、镶嵌等诸种修辞手法,凡诗词中所有者,曲体之中无不具备。曲中特殊的对式与重叠等修辞手法的运用,对于表现出曲之一体的淋漓恣纵之风,有重要的作用。

三

元代散曲,在当时原本有不少的别集与总集流传,但后来失传的多,保存下来的少。元散曲别集得以保存者仅有三位作家的曲集,即张养浩的《云庄乐府》、张可久的《小山乐府》、乔吉的《梦符散曲》。元人所汇集选录的散曲总集得以保存者,亦仅四种,即杨朝英编辑的《阳春白雪》和《太平乐府》,无名氏编辑的《乐府新声》和《乐府群玉》(或以为此书乃元人胡存善辑编)。这四种总集是保存元人散曲的主要文献。在 20 世纪前期,任中敏、卢冀野先生都曾致力于散曲文献的收集,而最终完成此项工作的是隋树森先生,他积数十年之功,终于在 20 世纪 60 年代编成《全元散曲》。根据该书收录,现有曲作存世的元散曲作家为 200 多人,现存的元散曲小令有 3 800 多首、套数 400 多篇。作为诗歌中的一体,它与唐诗宋词的存作数相比,似乎显得有些寒碜,但在当时,却是可以号称“词山曲海”的。只是一则因为曲家社会地位极低,其曲作难以结集流传;二则因为明人大多囿于夷夏之别的正统观,肯为元人之曲传世而尽心尽力者少。所以,尽管在当时可以号称“词山曲海”,可我们现在所见,就只能是小丘与湖泊了。

面对现存的元人之曲,论者或作风格流派研究,或作发展阶段研究。就发展阶段而言,人们一度以元成宗大德(1297—1307)年间为界分为前后两期,认为前期为繁荣时期,后期为衰落时期;也有论家将元散曲分为前、中、后三期来论述的。但无论两分还是三分,大都依据钟嗣成《录鬼簿》对作家的辈分排列,但《录鬼簿》中"前辈已死名公才人"、"方今已亡名公才人"、"方今才人"的分档,并不根据曲家出生早晚分长幼,而是根据其死亡先后排辈分。内中如贯云石(1286—1324)等晚生早逝者被排入"前辈名公",张可久(1280?—1350?)等早生晚逝者被排入"方今才人"。因此,依据《录鬼簿》的作家辈分排列来划定发展分期,就不免出现作家前后错位的问题。对这一点,不少曲学同仁也都有觉察。十多年前,笔者写《元散曲通论》,曾对元散曲中50多位重要作家的生平和创作活动年代作过考订,并根据这个考订,将元散曲的发展阶段分为演化(1234—1260)、初盛(1260—1294)、鼎盛(1295—1333)、衰落(1333—1368)四期。这四个阶段的大致情形如下:

处于演化阶段的代表作家主要有元好问、杜仁杰、刘秉忠、杨果、商道、商挺等人。这一时期的曲作者基本上还是以文人士大夫为主,总的特征是由词向曲的演化,曲作语言明显是雅俗相间,但还没有做到雅俗交融;元散曲中叹世、归隐、恋情、怀古、写景等几类主要题材已初露端倪,但还没有形成明显的倾向;散曲特有的幽默诙谐、活泼俏皮的独特风格略有表现,但还未能形成一种带普遍性的典型风格。

处于初盛阶段的代表作家主要有关汉卿、白朴、卢挚、王和卿、庾天锡、徐琰、姚燧、王恽等人。从作家身份的构成看,比前期复杂,有官宦、隐士与勾栏三类,尤其是关汉卿等勾栏曲作家的出现意义重大。从散曲题材内容上看,本阶段有更广泛的开拓，言情、写景、咏物、赠答、怀古、叹世、归隐等，凡词能写的内容，曲差不多都写到了，而且此时还出现了专擅某类题材的作家，如王和卿之咏物、卢挚之咏史、关汉卿之写男女恋情，关、卢、白三大家更能兼擅多种题材，驱遣自如、各臻其妙；而且，各类作家都或高或低、或轻或重地一同唱着隐逸的调子。从语言运用上看，本期作家表现出一种自然潇洒的风致，已由前一时期的比较典雅或雅俗相交，变为比较质朴或雅俗交融，散曲特有的幽默诙谐、活泼俏皮的艺术风格已正式形成并有充分表现。

处于鼎盛阶段的代表作家主要有陈草庵、马致远、冯子振、曾瑞、张养浩、刘时中、周德清、钟嗣成、薛昂夫、张可久、乔吉、杨朝英、睢景臣、贯云石、徐再思、任昱、周文质等。这些从前被划分为前后两个时期的作家，据我的考察，他们的主要创作活动都集中在这一时期①。论其鼎盛标志，我以为首先是作家作品增多，名家名作辈出。可以推为豪放派大家的马致远、贯云石和清丽派大家的张可久、乔吉②，以及一大批卓有建树的名家都集中于这一时期。其次是题材内容的开拓比始盛期更为深广，最突出的是张养浩、刘时中等哀叹民生疾苦等内容的出现，标志着元散曲由写情场悲欢、田园山水和个人牢骚开始向关注国计民生转变。再次是作为元散曲主旋律的叹世归隐题材，此时发展到登峰造极的地步。此外，不同风格特色的两大流派在同一时期中的双峰并峙，不同地域和民族文化的融会交流在散曲创作中获得巨大成功，《阳春白雪》《中原音韵》《录鬼簿》等散曲总集和

---

① 参见拙文《马致远、张可久等散曲创作活动年代论考》，载《首届元曲国际研讨会论文集》（河北教育出版社 1994 年出版），又收入拙著《斜出斋曲论前集》（四川人民出版社 1999 年出版）。

② 论者一向以"豪放"、"清丽"两派论元代散曲，但对这两派的代表作家却多有异说。如结合当时曲坛各方面情况看，豪放派作家应以马致远、贯云石为代表，清丽派作家则应以张可久、乔吉为代表。

曲学批评著作的出现,都是其鼎盛标志。

处于衰落阶段的代表作家主要有杨维桢、鲜于必仁、王举之、刘庭信、汪元亨等。因为元代后期社会动荡不安,作为消费性的戏剧和散曲文学必然衰落。这主要表现在作家作品数量大减,创作题材范围也大大缩小,如叹世归隐等同类题材也较前期浮泛浅薄,衰落之势十分明显。散曲文学的这种衰落趋势持续了百年之久,一直要到明成化(1465—1487)以后,如陈铎、王磐等一批江南词场才子陆续登上曲坛,散曲创作才又开始出现复兴气象。

四

元代的剧曲,相当一部分是配合着说白和表演在舞台演唱的,合戏剧表演而言,或称为元戏曲、元杂剧、北杂剧、传奇等等。元杂剧由宋、金杂剧发展而来,它的剧本形式一般由曲、白、科三部分构成。属于"白"的部分是说白对话,属于"科"的部分是对动作、表情或舞台效果的提示,属于"曲"的部分便是歌唱的曲辞。从《元刊杂剧三十种》看,曲、白、科三者,往往只有曲的部分比较完整,而科、白部分,大都相当简略,由此可见人们非常重视曲的地位。因为曲的地位十分重要,所以后来的人们也就径直称元杂剧为"元曲",明臧懋循的《元曲选》,实际上就是元代的杂剧选集。

一个元杂剧剧本,一般有"四折一楔子",只有极少数剧本有五折、六折(如《赵氏孤儿》《秋千记》),或多本连演(如《西厢记》《西游记》)。四折即相当于四场或四幕,楔子是四折之外的小片段。一折之中有一套曲子,一般用同一宫调演唱,就形式而言,这一套曲子的结构一如散曲中的套数,因此,剧曲又被称为"剧套",与散曲中的套数被称为"散套"相对。一般的元杂剧剧本,四折,便用四套曲子,相当于四个套数的组合;四套曲子,一般用四个不同的宫调去演唱,这与剧情的变化和主要人物情感的变化是密切相关的。

元杂剧的创作与散曲一样,在当时也最为热门,曲家之众、作品之多,可谓盛况空前。据《录鬼簿》《录鬼簿续编》及《太和正音谱》等书记载,元代有姓名可考的杂剧作家近百人,创作杂剧500余种,其中流传至今者尚在160种左右①。元杂剧能在较短的时间内达于繁盛,其主要原因,在于金、宋政权覆亡之后,大批沉入社会底层的文人由被迫到自觉地投身于杂剧编演活动,使原本在民间流传的伎艺终于上升为一种雅俗共赏的新型文艺体式。从《录鬼簿》所列"前辈已死名公才人,有所编传奇行于世者"的作家及剧目看,元杂剧作家基本上是由沉沦下僚或混迹市井的作者聚合而成,其中绝大多数是省掾、令史、路吏、儒学提举一类低级官员,以及像赵文殷、张国宾、红字李二、花李郎等不入士流的教坊艺人。如果仔细考察那一大批对元杂剧的繁盛作出过杰出贡献的作家,如关汉卿、白朴、马致远、王实甫、高文秀、尚仲贤、郑廷玉、杨显之、纪君祥、武汉臣、戴善夫、石君宝、李好古、康进之、石子章、孟汉卿、李行道、狄君厚等人,其中仅马致远、戴善夫等极少的几位作家在南北统一后做过江浙行省的官吏。与元散曲的作家队伍相比,杂剧作家的社会地位相当低下,正是这批不甘沉沦、愤世嫉俗而又放浪不羁的才人作家投身于杂剧创作,才最终促成了元杂剧的全面繁荣。

五

对于元杂剧创作,学界一般分为本色、文采两派,如果用日

---

① 这一百多个杂剧剧本,主要保存在明臧懋循辑编的《元曲选》和近人隋树森辑录的《元曲选外编》中。

本学者青木正儿在其所著《元人杂剧概说》一书中的话说,便是:"大约曲词素朴多用口语者为本色派,曲词藻丽比较多的用雅言者为文采派。"青木还把本色派析为三种:豪放激越派(关汉卿、高文秀和纪君祥等)、淳朴自然派(郑廷玉、武汉臣和秦简夫等)、温润明丽派(杨显之、石君宝和尚仲贤等);把文采派分作两类:绮丽纤秾派(王实甫、白朴和郑光祖等)、清奇轻俊派(马致远、李寿卿和宫天挺等)。对于元杂剧的发展演变,学界有分两期论述者,也有分三期论述者。如李修生先生在《元杂剧史》中即分初、中、晚三期:初期,自蒙古灭金至元世祖忽必烈至元三十一年(1234—1294);中期,自元成宗铁穆耳元贞元年至元文宗图帖睦尔至顺三年(1295—1332);晚期为元顺帝帖睦尔统治时期(1333—1368)。

就大致情况而言,初期是元杂剧由宋金杂剧逐步走向繁荣昌盛的时期,这一时期的作家几乎全是北方人,大多活跃在大都、真定、平阳、东平、彰德、汴梁等中心城市。他们当中有关汉卿、白朴、郑廷玉、高文秀、纪君祥、石君宝、马致远等一大批为元杂剧的兴盛发展作出过杰出贡献的著名作家。如《单刀会》《赵氏孤儿》《梧桐雨》《汉宫秋》等著名的历史剧,《窦娥冤》《看钱奴》《金凤钗》《潇湘夜雨》《秋胡戏妻》《遇上皇》等社会剧,《鲁斋郎》《陈州粜米》《后庭花》《灰阑记》《蝴蝶梦》等公案剧,《救风尘》《望江亭》《金线池》《曲江池》《风光好》《青衫泪》《拜月亭》《墙头马上》等婚恋剧,以及《柳毅传书》《张生煮海》等人神相恋剧等等,大多产生于初期。如果从作家流派而论,本色派作家在这一时期显然居主导地位。

中期是元杂剧继续繁盛和题材类型、作品风格逐渐转化的时期。除了由初期跨入中期的马致远以外,这个时期著名的作家还有王实甫、郑光祖、宫天挺、乔吉等。马致远由前期的历史剧转向后期的神仙道化剧,他的《黄粱梦》《任风子》《陈抟高卧》等都是这样的作品。郑光祖的《王粲登楼》、宫天挺的《范张鸡黍》、乔吉的《扬州梦》和《金钱记》等以描写儒士阶层功名欲望的复炽与幻灭为主的文人故事剧,也是此时新的题材类型。王实甫的《西厢记》、郑光祖的《倩女离魂》等是中期爱情婚姻杂剧的代表作,其创作倾向已由浪子风流转向伦理思考。如果从作家流派而论,则是文采派作家居主流地位。

晚期是元杂剧整体呈现衰微的时期,这一时期杂剧的中心已南移杭州,一批在南北一统后成长起来的江南作家如金仁杰、范康、沈和、鲍天佑、陈以仁、萧德祥、陆登善等,开始在杂剧创作中表现出他们的才华。在这些人的杂剧创作中,最引人注目的是一批以伦理教化为宗旨的家庭道德剧相继出现,其中最具代表性的有秦简夫的《东堂老》《剪发待宾》《赵礼让肥》,萧德祥的《杀狗劝夫》,陆登善的《勘头巾》等。

元杂剧题材内容和风格流派的发展演变,与社会的变化关系十分密切,特别是元代中后期科举制度的恢复所引起的文人心态的变化,更是其中最为关键的一环。

六

在元代,散曲与杂剧是相互影响的。元散曲对元杂剧的影响,拙著《元散曲通论》(修订本)结合时贤的研究曾论及以下数端:

第一,散曲套数是杂剧结构的骨架。从《元刊杂剧三十种》所收关汉卿的《西蜀梦》、郑廷玉的《疏者下船》、纪君祥的《赵氏孤儿》等杂剧看,一些剧本只有歌唱的曲词,而没有科白,或没有完整的科白。这直接表明:所谓元杂剧剧本,最初主要就是以"四大套"曲词为结构骨架的文本。

第二,散曲是杂剧音乐的曲库。众多的北曲曲牌,是形成北曲套数的基础,经过如杜仁杰、杨果、商道等第一代散曲作家借用"唱赚"的套式,进行北曲曲牌的联套实践获得成功以后,则被关汉卿、白朴、庾天锡等第二代曲家用于杂剧的联套创作,由此确立了元曲杂剧的新体制,从而形成一代文学体式的繁荣与鼎盛。

第三,散曲影响了杂剧曲词本色美的艺术特征。元杂剧借用套数的结构形式,而套数本身是以俚俗为特征的,如芝庵的《唱论》、周德清的《中原音韵》等,都曾提及套数的俚俗。而套数的前身"唱赚"也是一种大众化的俗文艺体式,作为套数前身的"唱赚"一体,其套式既为北曲借用,其俚俗的特征也就自然影响了套数以俗为美的风格特征的形成;套数又为杂剧所借用,这种以俗为美的作风于是又影响到杂剧。需要特别指出的是,元杂剧本色美的特征的形成,由唱赚、套数而来的俚俗之风的影响仅仅是一个方面,更为重要的还在于元杂剧要面对广大的民众演唱,作为一种大众化的艺术,俚俗是它必然的选择。最初是散曲套数影响了剧曲风格的形成,反过来,剧曲对散曲风格的影响又更为持久。

第四,散曲曲词为杂剧直接借用。最为大家熟知的例子,便是关汉卿的〔中吕·普天乐〕《崔张十六事》,作者一连用16首〔普天乐〕小令来歌咏崔、张恋情故事发展的全过程,不仅与《西厢记诸宫调》一起影响了王实甫《西厢记》杂剧的改编,而且,其中不少唱句还为王实甫《西厢记》杂剧直接借用。

至于元杂剧对元散曲的影响,拙著《元散曲通论》(修订本)亦曾论及以下四个方面:

第一,杂剧影响散曲使之形成长于叙事的特征。与诗词的偏重于抒情相比,散曲明显偏重于叙事,如关汉卿的〔一半儿〕

《题情》：

> 碧纱窗外静无人，跪在床前忙要亲，骂了个负心回转身。虽是我话儿嗔，一半儿推辞一半儿肯。

白朴的〔阳春曲〕《题情》：

> 笑将红袖遮银烛，不放才郎夜看书。相偎相抱取欢娱。止不过迭应举，及第待何如？

这些曲子尽管只有三五句，却有鲜明的人物形象，有生动传神的细节，其叙事之惟妙惟肖，几乎可以改编成精彩的小品。这种情况，与杂剧曲词围绕剧情叙事的影响是分不开的。尤其关汉卿、白朴以后的曲作家，往往杂剧、散曲兼作，于是将杂剧曲词的叙事习惯带入散曲，由此形成散曲文学长于叙事的特征。

第二，杂剧影响散曲使之形成诙谐的曲趣。在杂剧的创作中，剧作家为活跃表演气氛，常常使用一些插科打诨的手法引人发笑，从而产生一种谐趣效果。元杂剧的谐趣之风，自然也被曲家们带入散曲。在元散曲作家中，如关汉卿、王和卿、马致远、贯云石、刘时中、姚守中、曾瑞、睢景臣、刘庭信等豪放一派的曲家，其散曲作品的谐趣之风是相当突出的。

第三，杂剧影响散曲使之始终保持通俗自然的风格。散曲从由金入元的第一代散曲作家元好问、刘秉忠等人模仿民间之曲开始，他们就已经逐渐开始了对曲体的雅化，到中后期张可久、乔吉等清丽派曲家出现以词绳曲的倾向，雅化之风较此前为盛，即便如此，张、乔之曲中绝大部分作品仍继续保持着曲文学通俗自然的特有风韵。即使在散曲创作理论上极力倡导雅化的周德清，他在《中原音韵》中提出的主张也还是"文而不文，俗而不俗"。可以说，终元之世，散曲始终保持着它通俗自然的底色。这除了散曲一体本身的特征以外，还有一个为人忽略的原因，那就是北曲杂剧的长期影响。北曲杂剧是一种大众化的艺术，演员的唱词一出口，是要力求许多文化水平不高的观众能听得懂，所以必然尽力追求自然通俗、雅俗共赏。在元代，散曲与剧曲都在歌坛传唱，二者往往相互影响，而且不少杂剧作家同时又是散曲作家，当剧曲自然通俗的文体风格为适应大众的欣赏要求而稳定和巩固下来以后，它自然又反作用于散曲，仿佛始终"监督"着元散曲的风格走向，使散曲即使在成为一些文人的案头创作以后，还依然保持着曲文学特有的通俗自然之风，由此成为有别于诗的庄雅与词的婉丽的第三种诗歌风貌。

第四，杂剧为散曲提供了丰富的歌咏题材。就像散曲为杂剧提供了可供演唱的丰富的音乐曲调一样，反过来，杂剧又为散曲提供了丰富的歌咏题材，尤其是在元代的杂剧舞台上一些广为流传的才子佳人戏，其人物和故事情节就常常为散曲作家们乐于歌咏。如自宋以来流传于民间的双渐苏卿故事，南宋时张五牛曾编为诸宫调，金末再经商道改编，宋元时无名氏编为戏文《苏小卿月夜泛茶船》(残)，在元杂剧中，有庾天锡《苏小卿丽春园》(佚)、王实甫《苏小卿月夜贩茶船》(残)、纪君祥《信安王断复泛茶船》(佚)、无名氏《赶苏卿》(佚)、《豫章城人月两团圆》(佚)等。这一戏曲故事即被散曲广为歌咏，关汉卿、白朴、卢挚、马致远、乔吉、吴弘道、宋方壶、王举之、大都歌妓王氏等，都曾歌咏过这一题材，据台湾学者李殿魁先生的收集，元明曲家歌咏双渐苏卿故事的小令共有 86 首，套数 135 篇[1]，其影响之大，可想而

① 见李殿魁《元明散曲中所见双渐苏卿资料研究》，载谢伯阳主编《散曲研究与教学》(浙江教育出版社 1992 年出版)。

知。此外,如《流红叶》(白朴著,佚)、《题红怨》(李文蔚著,佚)所演唐代一宫女于红叶题诗自御沟流出而获美满姻缘的故事,《曲江池》(石君宝著,存)、《打瓦罐》(高文秀著,佚)所演郑元和与李亚仙的恋情故事,《王魁负桂英》(尚仲贤著,佚)、《追王魁》(宋元无名氏戏文,佚)所演王魁负桂英的故事等等,也都是元散曲家们所乐于歌咏的题材。戏曲故事成为散曲歌咏的对象,不仅丰富了散曲文学的内容,而且也进一步扩大了戏曲故事的影响。

总之,元散曲与元杂剧二者之间的影响,是相互的,错综复杂的,勉强条分缕析,不过为叙述方便而已,其实际情形,当更为复杂。

七

本书是元代散曲与剧曲的合选本,其内容分曲选、注释、简评三部分。

关于本书之曲选部分,无论散曲、剧曲,皆以一"趣"字为基本原则。曲尚趣,人所共知。曲之趣,或在思想,或在情事,或在场景,或在语言,或在修辞。有趣,则入曲体之流,否则终隔一层。故入选本书者,无论散曲、剧曲,皆以是否有趣为取舍标准,有趣则可能选入,无趣则不录。在曲坛有重要地位且存曲颇多者,固然多选,而地位一般存曲极少但有曲趣可存者,亦不轻弃。入选之剧曲,仅选录其曲词,宾白去之。因重在选"曲",故某一剧作之曲词是否选入,并不以该剧是否"名作"为依据,而以其曲词是否得曲趣为原则。

关于本书之注释部分,无论释名物、注故实,皆以简明扼要为原则,必要时征引原文,原文过繁则征引大意。关于本书之简评,既注意点到为止,又适当结合原作,力争做到简洁而不空泛。其评析或就其思想,或就其情事,或就其构思技巧,或就其语言艺术,仅择其要者而评之,并不追求面面俱到,力求拈出原作之主要特征,以期对读者有所启发。

本书的完成,首先得感谢上海古籍出版社高克勤、曹明纲等先生的信任。他们或许看中我做事情还比较负责任,比较讲信用,所以在 2005 年把此书的编选工作委托给我,现在交稿了,但愿自己的努力不会让他们失望。

其次,得感谢西华师范大学和佛山大学的同学们。选录此书时,我正在给佛山大学中文系 2003 级的同学开设"元散曲研究"的选修课程,我利用开课之便,将选出的曲作请同学们帮我录入电脑;其后,我又先后为西华师范大学文学院 2004 级、2005级的古代文学与古典文献专业的研究生开设"元散曲研究"和"古代戏曲研究"的课程,我便将一部分曲作让同学们注释,一来训练他们利用文献的能力,二来也可让他们先为我做一些基础性的工作。无论录入曲作原文,还是注释作品,同学们都做得很认真,为我节省了不少时间。

再次,曲学界的前辈和同行朋友们对于元曲的选注、评析和考论成绩斐然,不少成果都为我们所参考,限于体例,未能一一表明,谨在此表示衷心谢忱!书中错误之处,还望读者不吝赐教。

此书之选,我尚客居岭南;此书之成,我已回归西蜀。书稿交付于春节,前言写毕于"五一"。两年间劳神费思,今日终于可以画上句号,的确有一种如释重负之感。不过,对于在"词山曲海"中攀登遨游的人来说,这种轻快感只是暂时的,今后的路还很长很长,愿与各位同仁一道,负重自强,走向未来!

赵义山

2007 年 5 月 1 日于斜出斋

目　　录

陈草庵（四首）

刘　因（一首）

王仲文（一首）

马致远（二十四首）

贯云石(十一首)

乔　吉(十五首)

夏庭芝（一首）

无名氏（二十一首）

元好问（一首）

元好问(1190—1257)，字裕之，号遗山，太原秀容(今山西忻县)人。金宣宗兴定五年(1221)进士，历官南阳、内乡县令，尚书省掾，左司都事员外郎等职。天兴(1232—1234)初入翰林，知制诰。金亡不仕，致力于金代文献的搜集整理，编纂《壬辰杂编》与《中州集》。其所作诗文，有《遗山先生集》传世。另有词集《遗山乐府》。郝经《遗山先生墓铭》称元氏"用今题为乐府，揄扬新声，又数十百篇，皆近古所未有也"。其现存小令9首，乃词曲演化阶段之作，虽曲体未纯，但已开先声，揄扬之功，不可磨灭。

〔黄钟〕人月圆①

卜居外家东园②

重冈已隔红尘断③，村落更年丰。移居要就，窗中远岫，舍后长松。　十年种木，一年种谷，都付儿童。老夫惟有，醒来明月，醉后清风。

【注释】
① 〔黄钟〕人月圆：〔黄钟〕为宫调名，人月圆为曲牌名。
② 卜居：选择居住之所。　外家：外公外婆之家。
③ 红尘：指纷纷扰扰的世俗社会。

【评】　此曲上片写隐居环境的幽雅。身居重冈，隔断红尘，面对远山,背靠长松,又遇丰年,无衣食之忧,有怡然之乐。其居所之幽雅宁静,俨然如世外桃源。下片写不问世事的恬淡潇洒。不仅将功名利禄、仕途前程,一切置之度外,而且连稼穑之事,都付与家人,自己只醉情诗酒,流连风月。看似十分潇洒,但仔细玩味,仍可体察到作者在王朝兴废中受到创伤而需要抚慰的心灵。故其出语虽放达,但情怀却压抑。元散曲以叹世归隐为主要内容之一,遗山此类曲作,可谓首开风气。

商　道(二首)

　　商道(1194—1253后)，字正叔，或作政叔。曹州济阴(今山东菏泽)人。元好问《曹南商氏千秋录》记其族系颇详，文中称商道"滑稽豪侠，有古人风"，又云其"年甫六十"、"福禄方来"，但未言得何官职。元钟嗣成《录鬼簿》载其为"学士"。其今存散曲，有小令4首、套数8篇。其令曲咏梅，精工雅炼；套曲多写倡优女子的不幸，饶有曲趣。明朱权《太和正音谱》评其曲如"朝霞散彩"。

〔越调〕天净沙(四首选一)

　　寒梅清秀谁知？霜禽翠羽同期^①。潇洒寒塘月淡，暗香幽意^②，一枝雪里偏宜。

【注释】

　　① 霜禽：指白鸥、白鹭等羽毛为白色的鸟类。

　　② 暗香：特指寒梅的幽香。宋林逋《山园小梅》中有句云："疏影横斜水清浅，暗香浮动月黄昏"，"暗香"本此。

【评】　商道〔天净沙〕咏梅小令4首，皆咏寒梅之幽雅高洁。此首开篇即言寒梅之清淡秀雅无人知晓，只有与霜禽翠羽相互期盼，成为冰天雪地中的知交。其后言寒梅之暗香幽意，恰与寒塘淡月、白雪皑皑的环境相宜。雪月花光，清幽美艳。而清雅幽艳中的冷俊，则不无孤高之怀的寄寓。

〔南吕〕一枝花①

叹秀英

〔一枝花〕钗横金凤偏,鬓乱香云亸②,早是身是名染沉疴③。自想前缘,结下何因果,今生遭折磨?流落在娼门,一旦把身躯点污④。

〔梁州第七〕生把俺殃及做顶老⑤,为妓路划地波波⑥。忍耻包羞排场上坐⑦。念诗执板,打和开呵⑧。随高逐下,送故迎新,身心受尽摧挫。奈恶业姻缘好家风俏无些个。纣撅丁走踢飞拳⑨,老妖精缚手缠脚⑩,拣挣勤到下锹镬⑪。甚娘⑫,过活。每朝分外说不尽无廉耻,颠狂相爱左。应有的私房贴了汉子,恣意淫讹⑬。

〔赚煞〕禽唇撮口由闲可⑭,殴面枭头甚罪过⑮?圣长里厮搽抹,倒把人看舌头厮缴络⑯,气杀人呵!唱道晓夜评薄⑰,待嫁人时要财定囫囵课⑱,惊心碎諕胆破。只为你没情肠五奴虔婆⑲,毒害相扶持得残病了我⑳。

【注释】

①〔南吕〕一枝花:此篇为套数,其中〔一枝花〕为首曲,〔赚煞〕为尾曲,中间〔梁州第七〕为过曲。元曲中的套数,由"首曲+过曲(可以有若干曲)+尾曲"组成,一般用同一宫调演唱。

②钗横二句:描写秀英头发散乱、形容不整的样子。金凤,即金凤钗,首饰名。香云,美称头发。亸(duǒ),下垂的样子。

③早是:已是。 沉疴:重病。

④ 点污：污辱、玷污。

⑤ 顶老：歌妓。宋元时调侃戏谑之语。

⑥ 划地：一味地。　波波：奔波劳碌。

⑦ 排场：此处指伎艺、戏剧排练、表演的场所。

⑧ 打和开呵：均为戏曲表演术语。打和，即帮腔。开呵，脚色初登场面正式表演前的说白。

⑨ 纠：指脾气很倔。　撅丁：妓女的假父，即龟奴。

⑩ 老妖精：妓女的假母，即鸨母。

⑪ 下锹镬：意即下毒手。

⑫ 甚娘：极端厌恶的粗话，犹言"娘的"、"妈的"。

⑬ 每朝四句：为妓女诉说妓院鸨母对她们的指责之词。

⑭ 禽唇撮口：犹言咬牙切齿。

⑮ 殴面枭头：没头没脑地殴打。枭头，即枭首，古代酷刑，此处为夸张之词。

⑯ 圣长里二句：意未详。

⑰ 唱道：真正是。　评薄：即评跋，品评议论。

⑱ 囫囵课：完整无缺的金银锭子。课，同锞。

⑲ 五奴：即妓院中龟奴。　虔婆：妓院中鸨母。

⑳ 扶持：此处引申为拘钳折磨的意思。

【评】　此套感叹妓女秀英的不幸命运。全曲以倡女自述不幸，重在控诉妓院对她的摧残和折磨，从中可以见出封建时代倡女的畸形人生和苦难生活。对倡女们"忍耻包羞排场上坐"和"送故迎新，身心受尽摧挫"的辛酸人生，作者表现出了无限的悲悯和深切的同情，由此闪耀着人道主义的光芒。全篇多用寻常口语，以及方言俗语，充分表现了元曲的俗趣特征。

杨　果(二首)

杨果(1195—1269),字正卿,号西庵,祁州蒲阴(今河北安国)人。金正大元年(1224)进士,曾官偃师(今属河南)令。入元以后,曾于中统元年(1260)拜北京(今内蒙古宁西城)宣抚使,次年拜参知政事。至元六年(1269)出为怀孟路总管,以老致仕,卒于家,谥文献。《元史》有传,谓其"性聪敏,美风姿,工文章,尤长于乐府"。其现存散曲,《全元散曲》收有小令11首,套数5篇。朱权《太和正音谱》评其曲如"花柳芳妍"。

〔越调〕小桃红(八首选一)

满城烟水月微茫,人倚兰舟唱①。常记相逢若耶上②。隔三湘③,碧云望断空惆怅。美人笑道:莲花相似,情短藕丝长。

【注释】

① 兰舟:本指用木兰树所制之舟,文学作品中常以之美称画船。
② 若耶:溪水名,即若耶溪,在浙江绍兴若耶山下,相传春秋时越国美女西施曾在此浣纱。
③ 三湘:指湖南境内潇湘、漓湘、蒸湘三水。

【评】 此曲回忆月夜遇美情景。首句展示烟水朦胧、月色微茫的迷人夜景,为歌女出场先作铺垫;次句即写美人倚栏而歌,画船美景,丽人情歌,可谓相得益彰。但这一切,皆属下面第三句"常记"二字内容。故"常记"二字,实乃一篇之枢纽,前后所写情事,皆在其范围之中。第三句暗用西施之美艳写歌女之丽容,赞美有加而不露痕迹。四五两句转写眼下早已云水远隔,望而不见,徒增惆怅之怀。最后三句复又折入过去,追忆美人当时以花喻人、以藕喻情的自道情怀与感触,妙用谐音双关,极富情思风韵。全篇感怀美人情事,虽短若尺幅,但转折腾挪,极有韵致。

〔仙吕〕赏花时

〔赏花时〕水到湍头燕尾分①,桥掂河梁龙背稳②。流水绕孤村③。残霞隐隐,天际褪残云。

〔幺〕客况凄凄又一春,十载区区已四旬,犹自在红尘。愁眉镇锁④,白发又添新。

〔赚尾〕腹中愁,心间闷,九曲柔肠闷损。白日伤神犹自轻,到晚来更关情。唱道则听得玉漏声频⑤,搭伏定鲛绡枕头儿盹⑥。客窗夜永,有谁人存问?二三更睡不得被儿温。

【注释】

① 湍头:水势湍急之处。
② 桥掂河梁:指立木支撑的简易桥梁。
③ 流水句:秦观《满庭芳》"山抹微云"词中有"寒鸦万点,流水绕孤村"句。
④ 镇锁:犹言紧锁。
⑤ 唱道:元曲中常用俗语,词义极不固定,此处有"正在这时"的

意思。

⑥ 搭伏定：元曲中常用俗语,指用手支头靠着桌子或床铺休息。鲛绡：神话传说水中鲛人所织之绡,此处美称枕头。

【评】 此套写宦游之凄凉。首曲〔赏花时〕以"流水"、"孤村"、"残霞"、"残云"等衰景,映衬其天涯飘零的荒凉与落寞。〔么〕篇则直抒胸臆,感慨年华流逝而游宦无成。结尾一曲具体描写旅况之凄凉情景,更具真情实感。考此曲作于金亡前夕,当其国势飘摇之时而宦游他乡,流离漂泊,故全篇充满浓重的感伤情绪,可见金亡前夕士人生活与心态的一个侧面。

杜仁杰（一首）

杜仁杰(1201？—1284？)，原名之元，号善夫（或作善甫），后更名仁杰，字仲梁，号止轩。济南人。金末，与麻革、张澄等人隐居内乡（今河南内乡）山中，以诗唱和。元初，屡征不起。其子杜元素仕元，任福建闽海道廉访使，仁杰以子贵，赠翰林承旨、资善大夫。仁杰才宏学博，善戏谑。与元好问相契。其作品多散佚。《全元散曲》所收有小令1首，套数4篇。朱权《太和正音谱》评其曲如"凤池春色"。

〔般涉调〕耍孩儿

庄家不识构阑①

〔耍孩儿〕风调雨顺民安乐，都不似俺庄家快活。桑蚕五谷十分收，官司无甚差科②。当村许下还心愿③，来到城中买些纸火④。正打街头过⑤，见吊个花碌碌纸榜⑥，不似那答儿闹穰穰人多⑦。

〔六煞〕见一个人手撑着椽做的门⑧，高声的叫"请请"！道"迟来的满了无处停坐"。说道："前截儿院本《调风月》⑨，背后么末敷衍《刘耍和》。"⑩高声叫："赶散易得，难得的妆合。"⑪

〔五〕要了二百钱放过咱，入得门上个木坡，见层层叠叠团圞坐，抬头觑是个钟楼模样，往下觑却是人旋窝⑫。见几个妇女向台儿上坐⑬，又不是迎神赛社⑭，不住的擂鼓筛锣。

〔四〕一个女孩儿转了几遭，不多时引出一伙。中间里一个央人货⑮，裹着枚皂头巾顶门上插一管笔⑯，满脸石灰更着些黑道儿抹⑰。知他待是如何过？浑身上下，则穿领花布直裰⑱。

〔三〕念了会诗共词，说了会赋与歌，无差错。唇天口地无高下，巧语花言记许多。临绝末⑲，道了低头撮脚⑳，爨罢将么拨㉑。

〔二〕一个妆做张太公，他改做小二哥㉒，行行行说向城中过㉓。见个年少的妇女向帘儿下立，那老子用意铺谋待取做老婆㉔，教小二哥相说合。但要的豆谷米麦，问甚布绢纱罗㉕。

〔一〕教太公往前那不敢往后那，抬左脚不敢抬右脚，翻来覆去由他一个㉖。太公心下实焦懆，把一个皮棒槌则一下打做两半个。我则道脑袋天灵破㉗，则道兴词告状，划地大笑呵呵㉘。

〔尾〕则被一胞尿，爆的我没奈何。刚捱刚忍更待看些儿个，枉被这驴颓笑杀我㉙。

【注释】

① 庄家：庄稼汉，即农夫。　构阑：元曲中或作勾栏、构栏、构拦、构阑等，是宋元时固定的演艺场所，如今之剧场。

② 官司：官府。　差科：为官府服差役和缴纳租税。

③ 还心愿：在神灵前许下心愿，应验后则按求神时的许诺，备办供品祭拜神灵表示酬谢，称还心了愿。

④ 纸火：祭拜神灵时使用的纸钱、香蜡等物。

⑤ 正打街头过：正从街头过。

⑥ 花碌碌纸榜：此即搬演杂剧者招徕观众的花花绿绿的招贴。

⑦ 那答儿：元曲中或写作那搭儿、那塔儿等，即那边、那里。　闹穰穰：即闹嚷嚷。

⑧ 椽做的门：用椽子做成的简易木门。椽，钉在屋梁上用来承载瓦片的木条。

⑨ 院本：宋金时杂剧在教坊戏院中的演出之本，由末泥、引戏、副净、副末、装孤五人组成，称"五花爨(cuàn)弄"。参见夏庭芝《青楼集·志》。
《调风月》：当时流行的一个表现男女情爱故事的院本，后面〔二煞〕和〔一煞〕两曲即描写该剧的演出情景。

⑩ 背后：其后、后面。　么末：即杂剧。　刘耍和：金代著名杂剧表演艺人，其故事曾被编为杂剧。钟嗣成《录鬼簿》载高文秀著有《黑旋风敷演刘耍和》杂剧，已佚。

⑪ 妆合："合"，原文作"哈"。隋树森《朝野新声太平乐府》校订此套，谓何梦华旧藏抄本《太平乐府》中"妆哈"作"妆合"，本套用歌罗韵，应从"合"字。"赶散"与"妆合"对举，一指赶场散乐，一指勾栏中的正规演出。

⑫ 入得门四句：描写从乡下人眼中见出的构阑情景。

⑬ 见几个句：指坐于戏台一侧伴奏的女艺人。

⑭ 迎神赛社：皆古代习俗。迎神，在神诞之日举行仪式迎神像出庙周游街巷。赛社，乡民在农事完毕后举行仪式，饮酒作乐，祭祀土地神。赛，旧时酬谢神灵。社，即土地神。

⑮ 央人货：即殃人货，害人精。此处指副净。

⑯ 插一管笔：指副净头上插着羽毛之类装饰。

⑰ 满脸句：指副净的脸谱化妆。

⑱ 直裰：长袍。

⑲ 临绝末：临末，到了最后。

⑳ 道了低头撮脚：说唱结束后收脚低头，向观众致意。

㉑ 爨罢将么拨：演完"爨"段之后即搬演杂剧。爨，即表演正杂剧之前的一段小演唱，又称艳段。关于"爨"之来源，《青楼集·志》有云："宋徽

宗见矍国来朝,衣装鞋履巾裹,傅粉墨,举动如此,使优人效之以为戏,因名曰'矍弄'。"其后杂剧艺人模仿"矍弄"之戏作为杂剧的艳段。关于"艳段",吴自牧《梦粱录》卷二十"妓乐"条云:"杂剧中末泥为长,每一场四人或五人,先做寻常熟事一段,名曰'艳段',次做正杂剧,通名'两段'。"么,么末,即杂剧。拨,拨弄,此指搬演杂剧。

　　㉒ 小二哥:元曲中对店伙计一类人的称呼。

　　㉓ 行行行说:边走边说。

　　㉔ 铺谋:张罗设计。

　　㉕ 但要二句:指索要的彩礼极其简朴。

　　㉖ 教太公三句:指剧中张太公被小二哥翻来覆去地摆布作弄。那,同"挪",即移动。

　　㉗ 则道:只以为。　天灵:头盖骨。

　　㉘ 划地:元曲中或作划的、剗地、产的等,有反而、依旧等意。

　　㉙ 驴颓:驴的雄性生殖器,骂人的话。此句指剧中张太公的表演令人觉得十分滑稽可笑。

　　【评】　这篇套数共 8 支曲子,叙述一位乡下人进城买纸火香蜡还愿,因而得以观看城中的杂剧演出。作者不仅对演出广告、门票出售、勾栏形状和角色装扮等作了生动描绘,而且还叙述了杂剧演出的过程:最先由引戏(一个女孩儿)登场舞蹈,引出副净(央人祸)等角色上场表演艳段(矍),然后搬演正杂剧《调风月》。从作者的叙述中,可以考见早期杂剧的商业性演出情景。《梦粱录》等书对宋杂剧的演出仅有简略记载,这篇套数则给予生动描绘,因此是很有价值的民俗风情之作,也是研究宋金杂剧演出形式的珍贵资料。作者描写乡民的看戏经历,着眼在乡下人的孤陋寡闻,因而从乡民眼中见出的一切都让人觉得滑稽可笑。全曲以乡民之眼观物,以乡民之口叙事,纯用口语白描,将曲文学的俗与趣发挥到极致。杜仁杰散曲的这种谐趣作风,不仅继承了唱赚的"俗"，而且融会了杂剧的"谐"，成为元散曲中滑稽戏谑一路的开山。其后如马致远的《借马》、刘时中的《代马诉冤》、姚守中的《牛诉冤》、曾瑞的《羊诉冤》、睢景臣的《高祖还乡》等套数，都显然受其影响。从语言运用和曲体风格的成就与影响看，杜仁杰在金元之交的曲坛上，是真正以曲作家面目出现的第一人，在当时的曲坛，他是独拔众流的。

商　挺(三首)

商挺(1209—1288),字孟卿,曹州济阴(今山东菏泽)人,为著名散曲家商道侄子。元初入事世祖于潜邸,为京兆宣抚司郎中,累官至参知政事、枢密副使,后以疾免。年八十而卒,赠太师、开府仪同三司、上柱国,追封鲁国公,谥文定。著有《左山集》。《元史》有传。其所存散曲,《全元散曲》辑有小令 19 首。商挺之曲多为写景之作与闺情之咏,风格清丽自然。

〔双调〕潘妃曲(四首选一)

绿柳青青和风荡,桃李争先放。紫燕忙,队队衔泥戏雕梁。柳丝黄,堪画在帏屏上①。

【注释】

① 帏屏:亦作"围屏",室内用布幔或木版所制分隔空间之屏风,其上常有彩绘。

【评】　此组小令共 4 首,分咏春、夏、秋、冬四景,每首末尾皆以"堪画在帏屏上"作结,构成一种"重尾"格式。此首歌咏春景,前四句以和风骀荡、绿柳摇曳、桃李争妍、春燕队飞渲染浓丽迷人的阳春美景,后二句特别突出柳丝嫩黄堪画,由实入虚,极有韵味。

前调(二首选一)

戴月披星担惊怕,久立纱窗下。等候他,蓦听得门外地皮儿踏。则道是冤家①,原来风动荼蘼架②。

【注释】
① 则道:只道,只以为。　冤家:对情人的亲昵称呼。
② 荼蘼(tú mí):可供观赏之花木,初夏时开红、白色重瓣花。

【评】　此曲写少女等待情人前来幽会的情景。她披星戴月,担惊受怕,在纱窗下久久地守望。忽听门外有了响动,她以为情人终于来了,谁知竟是风吹动荼蘼架发出的声音。她内心短暂的惊喜免不了在瞬间又变为失望。作者纯用口语白描,把热恋中少女期盼、紧张、焦虑、激动、兴奋和失望等内心活动,表现得惟妙惟肖。

前　调

只恐怕窗间人瞧见,短命休寒贱①。直恁地肐膝软②,禁不过敲才厮熬煎③。你且覰门前,等的无人呵旋转。

【注释】
① 短命:此为女子对恋人娇嗔的责骂。　寒贱:指不正经的行为。
② 直恁:竟然如此。　肐膝软:此指男子跪下向女子求欢。

③ 禁不过：即禁不住。　敲才：此亦为女子对恋人的娇嗔之骂。
厮熬煎：意即相纠缠。

【评】　此曲写男女幽会偷欢情景。男子的大胆卤莽、急不可待，女子的谨慎小心、嗔怒矫情，皆生动逼真，如在目前。作者以俚俗之语，显诙谐之趣，引人入胜，颇似滑稽小品。

刘秉忠（三首）

　　刘秉忠(1216—1274)，字仲晦，号藏春散人，邢州(今河北邢台)人。出身仕宦之家，青年时曾出家为僧。至元初，拜光禄大夫，位太保，参预中书省事。卒，赠太傅，封赵国公，谥文贞。成宗时加赠太师，谥文正。仁宗时进封常山王。《元史》有传。秉忠博学多才，性恬淡，每以吟咏自适，所著有《藏春散人集》。其所存之曲，《全元散曲》收有小令12首。

〔南吕〕干荷叶（四首选二）

　　干荷叶，色苍苍，老柄风摇荡①。减了清香，越添黄。都因昨夜一场霜，寂寞在秋江上。

　　干荷叶，色无多，不奈风霜剉②。贴秋波，倒枝柯。宫娃齐唱采莲歌③，梦里繁华过。

【注释】

　　① 老柄：荷叶干枯的枝柄。

　　② 不奈风霜剉：意即经不起风霜的摧折。奈，同"耐"。剉(cuò)，折磨，摧残。

　　③ 宫娃：宫女。吴楚一带称少女为娃。

【评】　刘秉忠的〔干荷叶〕小令凡8首，其中以"干荷叶"开头者共4首，构成"重头"组曲。杨慎《词品》卷一云："此秉忠自度曲,曲名〔干荷叶〕,即咏干荷叶,犹是唐词之意也。"或谓元人习语以"干荷叶"喻男女失偶,细味曲意,确可给人此种联想。即如这里所选二首而言,其"色苍苍"、"色无多"、"减了清香,越添黄"、"贴秋波,倒枝柯"等"干荷叶"意象,即可理解为薄命女子形象的幻化,但因构思巧妙,喻体与本体融会为一,浑然天成而不露痕迹。其语言清新自然,饶有民歌风味。

前　调

南高峰,北高峰①,惨淡烟霞洞②。宋高宗,一场空③。吴山依旧酒旗风④,两度江南梦⑤。

【注释】

① 南高峰、北高峰:杭州西湖边的南北两座山峰。

② 烟霞洞:西湖景点之一,在南高峰下。

③ 宋高宗二句:指赵构(徽宗第九子)在靖康二年(1127)金兵攻陷北宋首都汴京后,逃亡临安(今杭州)建立南宋王朝,但南宋最终为元朝所灭,在作者看来,高宗赵构等于空忙一场。

④ 吴山:山名,在西湖东南,俗称城隍山。

⑤ 两度句:指宋高宗与五代十国时期吴越王钱镠一样,两人都想偏安江南,但最终均成梦幻。

【评】　此曲借歌咏西湖风景而抒发历史兴亡之感。开篇两句点出南、北高峰,仿佛让其作为历史兴亡的见证。第三句写烟霞洞而出以"惨淡"二字,流露出悼亡之感。后面四句,以吴山春风依旧,反衬吴越与南宋却已成过眼烟云,一如西湖之惨淡烟霞,其揶揄嘲讽之意,溢于字里行间。

盍西村(二首)

盍(hé)西村(生卒未详),盱眙(xū yí 今江苏盱眙)人。《录鬼簿》所载"前辈名公"中有"盍志学学士",或以为即盍西村。其所存之曲,《全元散曲》辑有小令 17 首,套数 1 篇。《太和正音谱》评其曲如"清风爽籁"。

〔越调〕小桃红

临川八景(八首选一)·江岸水灯^①

万家灯火闹春桥,十里光相照^②。舞凤翔鸾势绝妙^③,可怜宵,波间涌出蓬莱岛^④。香烟乱飘,笙歌喧闹,飞上玉楼腰^⑤。

【注释】

① 临川:即今江西抚州。此组小令歌咏临川风景,共 8 首。

② 万家二句:写万家灯火共闹元宵的盛况。

③ 舞凤翔鸾:指鸾凤形的花灯。

④ 蓬莱岛:传说中的海上仙山,此指江中灯船。

⑤ 玉楼:此指神话传说中月宫里的琼楼玉宇。

【评】 此曲歌咏元宵之夜临川市民聚集江岸闹花灯的盛况。首二句写万家灯火、十里光照的盛大气势;中间三句极写花灯的多姿多彩,眩人眼目;最后三句渲染烟花燃放、笑语欢歌的热闹非凡。全曲驰骋天上人间的奇思妙想，将元宵之夜万民同乐的盛况描绘得神完气旺、惊心动魄。

前　调

杂咏（八首选一）

　　绿杨堤畔蓼花洲，可爱溪山秀。烟水茫茫晚凉后，捕鱼舟，冲开万顷玻璃皱①。乱云不收，残霞妆就②，一片洞庭秋。

【注释】
　　① 冲开句：指渔舟归航，像玻璃一样平静的水面荡起皱纹。
　　② 残霞句：写天边彩霞仿佛美人着意化妆，已经打扮好了。

【评】　盍西村的〔小桃红〕《杂咏》小令共 8 首，多咏闲放隐逸情怀。此曲写清新秀美之景，暗含恬淡闲适之情。开篇二句以"绿杨"、"蓼花"、"溪山"写山水风光，虽为静景，但仍觉十分可爱。接着三句写烟水茫茫，秋爽宜人，返航渔舟冲破水面，平静澄澈之水，立即波纹道道，此动态之美，寓无限生机与活力。最后三句转写秋空高远，彩霞迷人，仿佛洞庭秋色。外界清新秀美、辽阔远大之境，实映衬出作者内心闲适旷达之情。

关汉卿（十六首）

关汉卿(1227 前后—1297 后)，号己斋。大都(今北京)人，或云祁州(今河北安国)人。《录鬼簿》载其为"太医院户"，疑其为医户中人而混迹于勾栏书会。晚年游历江南，曾到过杭州、扬州等地。关汉卿为"元曲四大家"之首，曾创作杂剧 60 余种，现存 18 种；其现存之散曲，《全元散曲》辑有小令 57 首，套数 13 篇。《太和正音谱》评其曲如"琼筵醉客"。

〔仙吕〕一半儿

题情（四首选一）

碧纱窗外静无人，跪在床前忙要亲。骂了个负心回转身。虽是我话儿嗔①，一半儿推辞一半儿肯。

【注释】

① 话儿嗔：此指把埋怨恋人的话说得重了。嗔(chēn)，发怒。

【评】　此组《题情》小令共 4 首，写一个性格热辣的女子的爱情生活。此首开篇写恋人幽会时急不可待地求欢，接着情势陡转，女子不仅拒绝，而且转身责骂，眼看欢会无望，不想女子最后却半推半就，答应了男子的求欢。与诗词描写爱情重在含蓄雅驯和缠绵婉转相比，曲重在直白爽辣，此首可为典型。

〔南吕〕四块玉

别　情

自送别，心难舍，一点相思几时绝。凭栏袖拂杨花雪。溪又斜，山又遮，人去也！

【评】　此曲写别情。开篇直言情怀难舍，相思难绝，一起笔便直抒胸臆，无遮无拦，此为元曲中最正宗之路数。"凭栏"句写送别之人目送离人远去，因久久凭栏凝望，以致杨花洒满衣袖，形象生动，极为感人。后三句写送别之人在长时间痴望中忽又回过神来，面对离人远去望而不见的事实，极感慨，极沉痛，怅惘至极，无奈至极！

前　调

闲适（四首）

适意行，安心坐，渴时饮饥时餐醉时歌。困来时就向莎茵卧①。日月长，天地阔，闲快活。

旧酒投②，新醅泼③，老瓦盆边笑呵呵。共山僧野叟闲吟和。他出一对鸡，我出一个鹅，闲快活。

意马收，心猿锁④，跳出红尘恶风波。槐阴午梦谁惊破⑤。离了利名场，钻入安乐窝，闲快活。

南亩耕，东山卧⑥，世态人情经历多。闲将往事思量过。贤的是他，愚的是我，争什么。

【注释】

① 莎茵：草地。

② 酒投：即"酒酘(dòu)"，在酿酒过程中向蒸熟之米粮中投入曲液。此指再酿之酒。

③ 醅(pēi)泼：即"醅酦(pō)"，指新酿而尚未过滤的酒。

④ 意马二句：指不再让世俗红尘之事搅扰自己的心思。意马心猿，道家常用语，比喻人的心思散乱流荡。

⑤ 槐阴午梦：唐李公佐传奇小说《南柯记》记淳于棼梦为槐安国驸马，出将入相，享尽荣华富贵，醒后方知是梦，所谓槐安国者，不过是槐树下一蚁穴而已。

⑥ 南亩二句：三国时诸葛亮曾隐居南阳，躬耕农亩，东晋时谢安曾隐居浙江上虞之东山；此暗用其事，指隐居山野，置身世外。

【评】 此组题为《闲适》的令曲共 4 首，是元散曲中歌咏隐逸的代表性作品。四首小令有一共同的主题，即厌恶世俗红尘的争斗而向往归隐林下的恬淡与闲适。曲中渴饮饥餐、旧酒新醅、瓦盆莎茵、山僧野叟之类描写，与传统隐逸之士明月松影、遥情幽竹的高情雅韵相比，似乎充满野气与俗气。由此可见，关汉卿在避世归隐的情趣追求上，也走着一条一反传统之高雅的叛逆之路，这在元曲作家的审美追求中是颇为典型的。

〔双调〕沉醉东风（五首选一）①

咫尺的天南地北②，霎时间月缺花飞。手执着饯行杯，眼阁着别离泪。刚道得声保重将息，痛煞煞教人舍不得。好去者望前程万里。

【注释】

① 此组〔沉醉东风〕小令共 5 首,皆写离别相思之情,此选其一。

② 咫尺:言距离极近。咫(zhǐ),古代长度单位,八寸为咫。

【评】 此曲写别情。开篇二句突兀而起,写心魂摧伤的沉痛感慨。三四两句才着笔于别离情态,一怀伤感,全借别酒离泪写出。其后在忍痛含悲、诉说别情且难舍难分之际,忽转而祝福离人前程远大。其离别悲情,转瞬为乐观昂扬的情调取代,这在诉说离别悲苦的作品中,可谓别具一格。全篇以口语直叙白描,无典语,无修饰,无做作,但情景生动,真挚感人,实为元曲中叙写离别的上乘之作。

〔双调〕碧玉箫

盼断归期①,划损短金篦②。一搦腰围③,宽褪素罗衣。知他是甚病疾,好教人没理会④。拣口儿食,陡恁的无滋味⑤。医,越恁的难调理。

【注释】

① 盼断:盼彻,盼到头,指期盼最终落空。

② 划损句:指思妇划记号计算丈夫归来的日子,结果把梳头的金篦都磨短了。此形容相别之久和相思之切。

③ 一搦:一握,一把。

④ 没理会:弄不明白。

⑤ 陡恁的:突然这样的。

【评】 此曲写相思怀人之情。作者纯用口语白描,不仅写思妇"划损金篦"的痴举,而且写其"宽褪罗衣"的瘦损,以及无端致病、饮食"无味",由此,思妇相思之深情与痴情可想,思妇怀人之郁闷与痛苦可知。

〔双调〕大德歌(四首选二)

夏

俏冤家①,在天涯,偏那里绿杨堪系马②?困坐南窗下,数对清风想念他③。蛾眉淡了教谁画④?瘦岩岩羞带石榴花⑤。

秋

风飘飘,雨潇潇,便做陈抟睡不着⑥。懊恼伤怀抱,扑簌簌泪点抛⑦。秋蝉儿噪罢寒蛩儿叫⑧,淅零零细雨打芭蕉⑨。

【注释】

① 冤家:此为女子对所思之人既亲昵又嗔怪的称呼。

② 绿杨堪系马:比喻在外贪恋新欢。王维《少年行》诗咏长安游侠少年,有"系马高楼垂杨边"句。

③ 数(shuò)对:多次对着。

④ 蛾眉:特指女子像蚕蛾触须似的弯而细长的眉毛。教谁画:这里感叹得不到恋人的关爱。西汉张敞曾为妻描画眉毛(见《汉书·张敞

传》),后以此比喻夫妻恩爱。

⑤ 瘦岩岩:很瘦削的样子。岩岩,语助词。

⑥ 陈抟:五代宋初道士,字图南,自号扶摇子,亳州真源(今河南鹿邑东)人。隐居武当山,服气辟谷,后移居华山。每长睡,百日不起。

⑦ 扑簌簌:形容眼泪轻轻地不断地落下。

⑧ 寒蛩(qióng):深秋的蟋蟀。

⑨ 淅零零:象声词,形容雨声。

【评】 关汉卿的 4 首〔大德歌〕小令分春、夏、秋、冬写闺中思妇一年四季的相思怀人,每首皆以不同的节令景物衬托思妇寂寞的内心情怀。此处所选二曲,其写夏季怀人,以绿杨、清风、石榴切题,既以暗示时令,又以牵合人情,耐人玩味。写秋季怀人,则笔挟冷雨寒风、虫声雨声,反衬秋夜之寂静与凄凉,更映衬思妇悲苦的情怀。两曲之中,情与景交相融汇,再加上细腻的心理活动的刻画,思妇鸳鸯失伴的孤独被表现得深切可感。

前　调

绿杨堤,画船儿,正撞着一帆风赶上水。冯魁吃的醺醺醉①,怎想着金山寺壁上诗②。醒来不见多姝丽③,冷清清空载月明归。

【注释】

① 冯魁:宋元戏曲所演"双渐苏卿"故事中人物,为江右茶商,凭巨资与鸨母设计将双渐恋人苏小卿骗走。据《青泥莲花记》卷七载:"苏小卿,庐州娼也,与书生双渐交昵,情好甚笃。渐出外,久之不还,小卿守志待之,不与他人狎。其母私与江右茶商冯魁定计,卖与之。小卿在茶船,月

夜弹琵琶甚怨。过金山寺,题诗于壁以示渐,云:'忆昔当年拆凤凰,至今消息两茫茫。盖棺不作横金妇,入地当寻拆桂郎。彭泽晓烟迷宿梦,潇湘夜雨断愁肠。新诗写记金山寺,高挂云帆上豫章。'渐后成名,经官论之,复还为夫妇。"元散曲中以此事为题者甚多,杂剧有王实甫所作《苏小卿月夜贩茶船》,现存残篇。

② 金山寺:佛教名寺,在江苏镇江西北之金山上。 壁上诗:指小说戏曲中所言苏小卿的题壁诗。

③ 多姝丽:很娇美的女子,指苏小卿。

【评】 此曲歌咏"双渐苏卿"戏曲故事中情节。其所咏为双渐从金山寺小卿的题壁诗中知其被骗,因驾船追赶,当他赶上冯魁的贩茶船时,正遇着冯魁吃醉了酒,于是趁机将小卿带走,让冯魁落了个人财两空的下场。作者歌颂双渐和小卿的聪敏机智,并调笑冯魁的愚蠢,表现了文人的美好愿望。这一题材最容易赢得穷书生们的好感和共鸣,故为人乐于歌咏。

〔南吕〕一枝花

赠朱帘秀①

〔一枝花〕轻裁虾万须,巧织珠千串②。金钩光错落③,绣带舞蹁跹④。似雾非烟,妆点就深闺院,不许那等闲人取次展⑤。摇四壁翡翠阴浓,射万瓦琉璃色浅⑥。

〔梁州〕富贵似侯家紫帐,风流如谢府红莲⑦,锁春愁不放双飞燕⑧。绮窗相近,翠户相连,雕栊相映,绣幕相牵⑨。拂苔痕满砌榆钱,惹杨花飞点如绵⑩。愁的是抹回廊暮雨萧萧,恨的是筛曲槛西风剪剪,爱的是透长门夜月娟娟⑪。凌波殿前,碧玲珑掩映湘妃面,没福怎能够见⑫。十里扬州风物妍,出落着神仙⑬。

　　〔尾〕恰便似一池秋水通宵展,一片朝云尽日悬⑭。你个守户的先生肯相恋,煞是可怜,则要你手掌儿里奇擎着耐心儿卷⑮。

【注释】

　　① 朱帘秀:艺名珠帘秀,元代著名杂剧演员。元夏庭芝《青楼集》载:"姓朱氏,行第四。杂剧为当今独步,驾头、花旦、软末泥等,悉造其妙。"与关汉卿、胡祗遹、卢挚、冯子振等交往密切,并有赠答之作。胡祗遹赠有〔沉醉东风〕、冯子振赠有〔鹧鸪天〕、卢挚赠有〔寿阳曲〕等。

　　② 轻裁二句:表面歌咏珠帘,实则赞美朱帘秀的歌声圆转流美。虾万须,即虾须,帘子的别称。唐陆畅《帘》诗:"牢将素手卷虾须,琼宝流光更缀珠。"珠千串,暗喻歌声圆熟流转。元芝庵《唱论》:"有子母调,有姑舅兄弟,有字多声少,有声多字少,若一串骊珠也。"

　　③ 金钩:对卷帘时所用挂钩的美称。　光错落:谓金钩之光交错生辉,暗喻朱帘秀的光彩照人。

　　④ 绣带:表面歌咏缀在帘子上的彩带,实则赞美朱帘秀优美的舞姿。以上四句已暗藏"朱帘秀"三字。

　　⑤ 取次展:随便看看。取次,随便,轻易。

　　⑥ 摇四壁二句:表面上歌咏珠帘摇动而光彩四射,实则进一步写朱帘秀光彩照人。

　　⑦ 富贵二句:以达官显宦之家的"紫帐"、"红莲"比喻珠帘的华贵娇美。侯家、谢府,均指王侯显贵之家。

　　⑧ 锁春愁句:此句暗暗怜惜朱帘秀的孤独。

　　⑨ 绮窗四句:连用"相近"、"相连"、"相映"、"相牵"等字眼,暗示朱帘秀与风雅之士交往,并得到他们的爱怜。雕枕,雕花窗棂。

　　⑩ 拂苔痕二句:明写榆钱、柳絮扑帘,暗喻薄幸小人对朱帘秀的

骚扰。

⑪ 愁的三句：明写自然景色的变化所引起的人的情感变化，暗示作者对朱帘秀的深切关怀。西风剪剪，指略带寒意的秋风。唐韩偓《深夜》诗："恻恻轻寒剪剪风。"长门，汉代宫名，汉武帝陈皇后失宠后曾居于此。娟娟，美好貌，此指月光皎洁。

⑫ 凌波三句：暗喻朱帘秀娇美可比仙女，非等闲之辈所能得见。凌波殿，唐宫殿名。宋乐史《杨太真外传》卷上："玄宗在东都，梦一女，容貌艳异，梳交心髻，大袖宽衣，拜于床前。上问：'汝何人？'曰：'妾是陛下凌波池中龙女，卫宫护驾，妾实有功。……'"湘妃，湘水女神娥皇、女英，相传她俩是尧之女、舜之妻。

⑬ 十里二句：借唐代诗人杜牧诗句赞美朱帘秀人才出众。杜牧《赠别》诗云："春风十里扬州路，卷上珠帘总不如。"出落，出挑。

⑭ 恰便二句：以珠帘的际遇，暗示朱帘秀身世凄凉。

⑮ 守户的先生：指朱帘秀晚年所嫁的杭州道士。元代称道士为"先生"。

【评】 此曲是充满深情的寄赠之作。作者由朱帘秀的艺名巧妙地联想到流光溢彩的珠帘，以咏物赞人，表面上句句歌咏珠帘之"秀"，实际上句句礼赞朱氏之美。首曲〔一枝花〕表面写珠帘的精美，不仅其材质优良、做工精致，而且高雅华贵、流光四溢，但实则暗藏"朱帘秀"三字，赞美她的高超技艺与绰约风姿。过曲〔梁州〕表面进一步写珠帘的华贵品格，但实际上表现的是对朱帘秀色艺才情的衷心倾慕和无比爱怜，内中不无相思的痛苦与酸涩。〔尾〕曲表面叮嘱他人珍惜珠帘，实则是换一个角度表现难舍难分的挚爱与深情，洒脱中蕴涵着诀别的痛苦。此曲情深意浓，感人肺腑。其妙在语意双关，不即不离，意在言外，处处说着珠帘，却又处处关合美人，艺术功力之精深，令人叹服！

前　调

杭州景

〔一枝花〕普天下锦绣乡，寰海内风流地①，大元朝新附国，亡宋家旧华夷②。水秀山奇，一到处堪游戏③。这答儿忒富贵④，满城中绣幕风帘，一哄地人烟凑集⑤。

〔梁州〕百十里街衢整齐⑥，万余家楼阁参差，并无半答儿闲田地⑦。松轩竹径，药圃花蹊，茶园稻陌，竹坞梅溪⑧。一陀儿一句诗题⑨，一步儿一扇屏帏。西盐场便似一带琼瑶⑩，吴山色千叠翡翠⑪。兀良⑫，望钱塘江万顷玻璃。更有清溪、绿水，画船儿来往闲游戏。浙江亭紧相对⑬，相对着险岭高峰长怪石，堪羡堪题。

〔尾〕家家掩映渠流水，楼阁峥嵘出翠微，遥望西湖暮山势。看了这壁，觑了那壁⑭，纵有丹青下不得笔。

【注释】

① 寰海内：意即海内。

② 大元二句：言杭州是新归附于元朝的国土，它原本是宋的领地。新附国，新归附的地方。亡宋，已经被灭亡的宋朝。元世祖至元十四年(1277)十一月命中书省檄文中外，"江南既平，宋宜曰亡宋，行在宜曰杭州"。旧华夷，旧时的版图。元代称国家疆域为"华夷"，因其疆域辽阔，包括了华夏与四夷。

③ 一到处：处处。

④ 这答儿：这地方。　忒：太。

⑤ 一哄地：形容人多喧闹。

⑥ 街衢：街道。衢，大道。

⑦ 半答儿：半块儿。

⑧ 坞(wù)：四边高中间低的地方。

⑨ 一陀儿：一块儿。

⑩ 西盐场：当是杭州当时堆放食盐的场地。

⑪ 吴山：山名。位于杭州西湖东南、钱塘江北岸，风景奇秀。

⑫ 兀良：也作"兀剌"，表惊叹的语气。

⑬ 浙江亭：宋元时杭州城外的一处观潮胜地。《乾道临安志》："浙江亭在钱塘旧治南，到县一十五里。"

⑭ 这壁、那壁：这边、那边。

【评】　此曲是关汉卿晚年南下杭州时的游览之作。杭州自北宋以来，便以经济繁荣和风景秀丽闻名天下，南宋王朝建都于此，经过一百多年的经营，就更为繁华富丽。在元灭南宋后，不少北方士子南来，作者大约也在此时南下游历，得以饱览杭州的湖光山色和市井繁华，于是满怀激情地写下此曲。全曲扣住"锦绣乡"与"风流地"，歌咏杭州一步一画屏的秀美山水和富丽繁华的城市风光，就此而言，此曲可与宋初柳永的《望海潮》词前后比美。作者由北来南，自多新奇之感，故字里行间洋溢着兴奋和礼赞的激情，但也不无改朝换代、江山易主的感慨。

前　调

不伏老

〔一枝花〕攀出墙朵朵花①，折临路枝枝柳②。花攀红蕊嫩，柳折翠条柔，浪子风流。凭着我折柳攀花手③，直煞得花残柳败休。半生来折柳攀花，一世里眠花卧柳④。

〔梁州〕我是个普天下郎君领袖⑤,盖世界浪子班头。愿朱颜不改常依旧,花中消遣,酒内忘忧。分茶攧竹⑥,打马藏阄⑦。通五音六律滑熟⑧,甚闲愁到我心头!伴的是银筝女银台前理银筝笑倚银屏⑨,伴的是玉天仙携玉手并玉肩同登玉楼,伴的是金钗客歌金缕捧金樽满泛金瓯⑩。你道我老也,暂休。占排场风月功名首⑪,更玲珑又剔透⑫。我是个锦阵花营都帅头⑬,曾玩府游州。

〔隔尾〕子弟每是个茅草岗沙土窝初生的兔羔儿乍向围场上走⑭,我是个经笼罩受索网苍翎毛老野鸡蹅踏的阵马儿熟⑮。经了些窝弓冷箭蜡枪头⑯,不曾落人后。恰不道"人到中年万事休"⑰,我怎肯虚度了春秋。

〔尾〕我是个蒸不烂煮不熟槌不匾炒不爆响珰珰一粒铜豌豆⑱,恁子弟每谁教你钻入他锄不断斫不下解不开顿不脱慢腾腾千层锦套头⑲。我玩的是梁园月⑳,饮的是东京酒㉑,赏的是洛阳花㉒,攀的是章台柳㉓。我也会围棋、会蹴踘㉔、会打围㉕、会插科㉖、会歌舞、会吹弹、会咽作㉗、会吟诗、会双陆㉘。你便是落了我牙、歪了我嘴、瘸了我腿、折了我手,天赐与我这几般儿歹症候㉙,尚兀自不肯休㉚。则除是阎王亲自唤,神鬼自来勾,三魂归地府,七魄丧冥幽。天哪,那其间才不向烟花路儿上走㉛!

【注释】

① 出墙朵朵花:宋叶绍翁《游园不值》诗:"春色满园关不住,一枝红

32

杏出墙来。"后以出墙花指妓女。

②临路枝枝柳:亦指妓女。唐无名氏《望江南》词:"我是曲江临池柳,者人折了那人攀,恩爱一时间。"临池柳,犹临路柳。

③折柳攀花:比喻嫖妓。

④一世里:一辈子。

⑤郎君:此处指嫖客。

⑥分茶:宋代流行的一种茶道。宋陆游《临安春雨初霁》诗:"矮纸斜行闲作草,晴窗细乳戏分茶。" 撷竹:当为一种抽签博彩游戏。元无名氏《百花亭》杂剧第二折〔中吕·粉蝶儿〕套中〔上小楼〕曲之〔幺篇〕云:"洒银钩,夺彩筹,撷兰撷竹。"将"撷兰撷竹"与"夺彩筹"相联系,当为博彩游戏无疑。

⑦打马:古代流行的一种博彩游戏。宋李清照《打马图序》:"按打马世有二种:一种一将十马者,谓之关西马;一种无将二十马者,谓之依经马。"其玩法后来失传。 藏阄(jiū):即藏钩,一种以猜出别人手中藏物为胜的游戏。

⑧五音:中国古代音乐五声音阶中的五个音级:宫、商、角、徵、羽。六律:中国古代音乐十二律位中的六个阳声律位:黄钟、太簇、姑洗、蕤宾、夷则、无射。

⑨银筝女:与后两句中之玉天仙、金钗客,均指妓女。银筝,银饰之筝,对筝的美称。

⑩金缕:即《金缕衣》,唐代曲调名称。

⑪排场:宋元时称戏艺表演为"做场"或"做排场",此处指花柳风月场所。

⑫玲珑又剔透:意即聪敏伶俐。

⑬锦阵花营:均指妓院。 都帅头:总头目,与前文"领袖"、"班头"意同。

⑭子弟每:嫖客们。 兔羔儿:小兔崽。 围场:打猎的地方,此指妓院。

⑮蹅踏:踩踏。 阵马:战阵,此比喻风月场中的种种陷阱。

⑯窝弓冷箭蜡枪头:比喻遭受各种打击和中伤。窝弓,猎人所用伏

弩,藏在草丛中,一旦触动机关,箭即发出射中猎物。蜡枪头,元曲中比喻外表吓人但其实不中用的东西。

⑰ 恰不道:岂不道、常言道。

⑱ 铜豌豆:元代妓院中对老嫖客的称呼。

⑲ 锦套头:比喻妓女笼络嫖客的手段。

⑳ 梁园:汉代梁孝王所建,又称"梁苑"、"兔园",故址在河南开封附近。

㉑ 东京:指宋代都城汴京(今河南开封)。

㉒ 洛阳花:洛阳自唐代以来以盛产牡丹花闻名天下,故以洛阳花代指牡丹花,进而指妓女。

㉓ 章台柳:亦指妓女。唐许尧佐传奇小说《柳氏传》写诗人韩翊与长安章台街妓女柳氏相恋,韩因事离京,等他返回后,柳氏已不知去向,遂填词一首,抒发怀念之情:"章台柳,章台柳,昔日青青今在否? 纵使长条依旧垂,亦应攀折他人手。"后因以章台柳代指妓女。

㉔ 蹴鞠:中国古代的足球游戏。

㉕ 打围:围猎。

㉖ 插科:插科打诨的省文。戏剧舞台上演员在表演中穿插进一些引人发笑的滑稽戏谑的语言或动作,谓之插科打诨。

㉗ 咽作:歌唱。明风月友《金陵六院市语》:"唱曰咽作。"

㉘ 双陆:一种棋类博戏。

㉙ 歹症候:犹言坏毛病。

㉚ 兀自:尚且,还是。

㉛ 烟花路:本指狎妓生活,此指与勾栏中演员合作进行戏曲创作、演出活动。

【评】 此曲是关汉卿的自我调侃之作。作者从头至尾,仿佛自泼污水般地自毁自辱,一开始便自称"一世里眠花卧柳",是"郎君领袖"和"浪子班头",然后公然宣称自己是"蒸不烂煮不熟槌不匾炒不爆响当当一粒铜豌豆",最后表示至死也不改"向烟花路儿上走"的决心。即便在封建社会,文人过分的放荡也是为人所不齿的,但是,关汉卿却敢于如此放言无惮,毫无顾忌! 为什么? 答案就在曲中:"花中消遣,酒内忘忧!"他和他的书会同道们有忧愁,有愤懑,他们要宣泄,要排遣! 看起来自毁自辱,实则是壮怀难展,忧愁已极,愤懑已极! 表面上放浪形骸,轻狂洒脱,实际上是愤世嫉俗,痛苦无端,而又无可奈何! 曲中叙自己多方面才华技艺,虽足以自慰自豪,最终却潦倒沦落如此,故实亦可悲可叹! 在语言表达上,此曲可谓爽朗率直、痛快淋漓,显示了曲文学特有的风格和意趣。

关大王独赴单刀会(第四折摘选)①

〔双调·新水令〕②大江东去浪千叠,引着这数十人,驾着这小舟一叶。又不比九重龙凤阙③,可正是千丈虎狼穴。大丈夫心别④,我觑这单刀会似赛村社⑤。

〔驻马听〕水涌山叠,年少周郎何处也⑥? 不觉的灰飞烟灭,可怜黄盖转伤嗟⑦。破曹的樯橹一时绝⑧,鏖兵的江水犹然热,好教我情惨切! 二十年流不尽的英雄血!

【注释】

① 关大王独赴单刀会:简称《单刀会》,元杂剧末本戏,正末扮关公、乔国老、司马徽。全剧 4 折。剧情说三国时东吴鲁肃定计请关公赴宴,寻机索取荆州,他先分别与乔国老、司马徽商议,二人均称关羽勇猛无比,劝其不要索取荆州。鲁肃不甘作罢,派人去请关公,关羽明知有诈,仍毅然赴宴。他带着周仓等到达东吴,舌战鲁肃,以其勇武震慑鲁肃,使其诡计

落空,安然回到荆州。第四折叙关公赴会,与鲁肃正面交锋,使鲁肃所定三计无从施展,最后全身而退。

②〔新水令〕:此曲与下曲〔驻马听〕,均化用苏轼《念奴娇·赤壁怀古》词的意境。

③ 九重:此指皇帝的住处,语本《楚辞·九辩》:"君之门以九重。"龙凤阙:指皇宫。

④ 别:特殊、特别。

⑤ 赛村社:乡村里的社火表演与竞赛。村社,乡村的社火,即迎神赛会所扮演的杂戏。

⑥ 周郎:即周瑜,年少时吴中呼为周郎。建安十三年(208),曹操帅军进攻东吴,周瑜联合刘备军,于赤壁大败曹军。

⑦ 黄盖:赤壁大战中东吴主要将领之一。

⑧ 樯橹:船上的桅杆和船桨,此代指战船。

【评】 此处所选二曲写关公带着周仓等人渡江赴会时,面对赤壁壮阔的江天景色,追忆往事,感慨万千。〔新水令〕一曲先写长江的雄伟气势,大笔勾勒,先声夺人,同时衬以一叶小舟,使关公及其随从在烟波浩渺的江面上显得势单力薄,而这正烘托出关公光明磊落、坦荡无畏的英雄气概。〔驻马听〕一曲写关羽对前代英雄人物的凭吊,回忆了与自己并肩作战的周瑜、黄盖等历史人物,对战争带来的创伤仍心有余痛,似水流年不仅没有挫伤自己的意志,反而豪情迸发,气冲霄汉。这两只曲子以流畅的写意手法,渲染出了一个大义凛然、高大英武的关公形象。

山神庙裴度还带(第二折摘选)①

〔南吕·一枝花〕恰便似梅花遍地开,柳絮因风起。

有山皆岭瘦，无处不花飞。凛冽风吹，风缠雪银鹅戏，雪缠风玉马垂。采樵人荷担空回，更和那钓鱼叟披蓑倦起。

〔梁州〕看路径行人绝迹，我可便听园林冻鸟时啼。这其间袁安高卧将门闭②。这其间寻梅的意懒③，访戴的心灰④，烹茶的得趣⑤，映雪的伤悲⑥。冰雪堂冻苏秦懒谒张仪⑦，蓝关下孝韩湘喜遇昌黎⑧。我、我、我，飘得这眼眩曜⑨，认不得个来往回归。是、是、是，我可便心恍惚，辨不得个东西南北。呀、呀、呀，屯得这路弥漫⑩，分不得个远近高低。琼姬，素衣，纷纷巧剪鹅毛细。战八百万玉龙退，败鳞甲纵横上下飞⑪。可端的羡杀冯夷⑫！

〔隔尾〕这其间正乱飘僧舍茶烟湿，密洒歌楼酒力微。青山也白头老了尘世，都不到一时半刻。可又早周围四壁，添我在冰壶画图里。

【注释】

① 山神庙裴度还带：简称《裴度还带》，元杂剧末本戏。正末扮裴度。全剧4折1楔子。剧情说裴度学通儒术，但一贫如洗，住在洛阳城外山神庙，每日到白马寺赶斋。一日，白马寺一相士赵野鹤断言他次日午前要在砖石下丧身，度怒而离去。时有洛阳太守女韩琼英卖诗救父，遇使臣李文俊，李赏其才华，赠玉带两条，琼英持玉带而归，途中因到山神庙避雪，离开时遗忘玉带。后裴度拾得，忙寻找失主，救了韩家上下。值山神庙倒塌，裴度因送韩氏母女而幸免于难，且从此时来运转。韩夫人把琼英许配裴度，裴度又得白马寺长老和赵野鹤资助，得以上京赶考，高中状元。第二折叙裴度自姨父家回白马寺途中的情景，漫天雪花飞舞，裴度心里也如

飞舞的雪花一样思绪万端。

②袁安：字邵公，东汉汝阳人。为人端直威严，初家贫，一年洛阳大雪，人多外出乞食，安独僵卧不起。洛阳令举荐为孝廉。官职一再升迁，终至司徒。和帝时窦太后擅政，安刚正不阿，弹劾不避权贵，为时人与后人称颂。《后汉书》有传。

③寻梅：传说唐代诗人孟浩然曾于大雪中寻找梅花，后成为"踏雪寻梅"的美谈。元马致远有《孟浩然踏雪寻梅》杂剧。

④访戴：据《世说新语·任诞》："王子猷居山阴，夜大雪……忽忆戴安道，时戴在剡，即便夜乘小船就之。"后称访友为"访戴"。

⑤烹茶：指宋初学士陶谷买得太尉党进家妓，曾以雪水烹团茶待之，自以为风雅趣事。事见《绿窗新话》卷下。

⑥映雪：晋人孙康家贫，不能置油灯，曾于冬夜映雪苦读。事见唐徐坚《初学记》卷二。

⑦冰雪句：元无名氏杂剧《冻苏秦衣锦还乡》，演战国时纵横家苏秦与张仪原为同窗好友，张仪后来做了秦国丞相，为了激励苏秦，张仪故意在冰雪堂冷遇他。

⑧蓝关句：唐著名文学家韩愈因上《谏迎佛骨表》而被贬潮州，途中有《左迁至蓝关示侄孙湘》诗云："云横秦岭家何在，雪拥蓝关马不前。知汝远来应有意，好收吾骨瘴江边。"后人据以传说韩愈至蓝关，为风雪所阻，其侄孙韩湘特来扫雪，故此处称其为"孝韩湘"。蓝关，又名蓝田关，在陕西蓝田。

⑨眩曜：指雪光夺目，看不清楚。

⑩屯：聚积。

⑪战八百二句：形容大雪飘洒翻飞之状。宋张元《雪》诗有句云："战退玉龙三百万，败鳞残甲满天飞。"当为此二句所本。

⑫冯夷：传说中的水神名，即河伯。《庄子·大宗师》："冯夷得之，以游大川。"成玄英疏曰："姓冯名夷，弘农华阴潼乡堤首人也。……天地赐冯夷为河伯，故游处盟津大川之中也。"

【评】 此处所选三曲写裴度从姨父家回白马寺途中驻足雪地,百感交集,既感天地之悲怆,又怜自身之不偶。〔一枝花〕曲写风雪交加的壮景。开篇两句充满诗意的比喻,表现出困顿中的主人公仍不失文人风致。末句写采樵人和钓鱼叟,容易让人联想到大器晚成的朱买臣和姜太公,似暗示裴度执着功名而有所期待的心志。〔梁州〕一曲进一步渲染风雪的猛烈。作者会集不少与雪有关的前代高人韵士,借他们不同的身世遭际,在对比映衬中渲染裴度为风雪所阻的落魄与困顿。其字声的重叠和句式的排比,使悲情的抒发更显得酣畅淋漓。〔隔尾〕一曲写裴度从对自己的悲叹中回过神来,抬眼望去,僧舍歌台都是胡乱飞舞的雪花,但因为有了人的气息而不失融融暖意,只有自己寂寞孤独,无家可归。这几只曲子将写景与心理描写紧密结合,并融汇诸多典故描写雪景,自然通俗中又不乏雅趣。随主人公视觉及行动的转换,读者仿佛看到了裴度那超凡的志趣、无助的神情以及落寞的窘态。

高文秀（三首）

高文秀，生卒不详，东平（今属山东）人。《录鬼簿》"前辈名公才人有所编传奇行世者"一栏中载之，称其为"东平府学生员，早卒。都下人号'小汉卿'"。杂剧、散曲兼擅。其所作杂剧 32 种，今存 5 种，代表作为《双献功》《渑池会》。其散曲作品今存套数 2 篇。明代朱权《太和正音谱》称其词如"金瓶牡丹"。

黑旋风双献功（第一折摘选）①

〔哨遍〕可便道恭敬不如从命，今日里奉着哥哥令。若有人将哥哥厮欺负，我和他将两白日便见那簸箕星②。则我这两条臂拦关扶碑③，则我两只手可敢便直钓缺丁④。理会的山儿性⑤，我从来个路见不平，爱与人当道撅坑⑥。我喝一喝骨都都海波腾⑦，撼一撼赤力力山岳崩⑧。但恼着我黑脸的爹爹，和他做场的歹斗⑨，翻过来落可便吊盘的煎饼⑩。

【注释】

①《黑旋风双献功》简称《双献功》，元杂剧末本戏，正末扮黑旋风李逵。全剧 4 折 1 楔子。剧演李逵奉宋江之命下山，护送宋江结义兄弟孙孔目到泰安州进香还愿。权豪后生白衙内与孙孔目的妻子郭念儿有私情，趁李逵与孙孔目出店之际，白衙内拐走郭念儿，并用权势将前来告状的孙孔目打入死牢。李逵设计探监，救出孙孔目，并杀了白衙内、郭念儿，以二

人的脑袋回梁山向宋江献功。第一折主要写李逵奉宋江之命护送孙孔目,在下山之前,宋江对李逵的百般嘱托。

② 簸箕星:簸箕星即扫帚星,迷信认为此星出现是不祥之兆。此句指李逵将使对方遭受一顿撕打。

③ 拦关扶碑:言两臂力气很大,能拦关,能扶碑。

④ 直钩缺丁:此亦形容力气大,两手能使钩变直,使钉折断。

⑤ 山儿:李逵自称。

⑥ 当道撅坑:指当撅坑相助。文中意指拔刀相助。

⑦ 骨都都:象声词,描摹饮水时声音。

⑧ 赤力力:象声词,描摹山崩石裂之声。

⑨ 做场的歹斗:意为激烈地打斗一场。

⑩ 翻过句:形容把对方打翻落地的样子,像吊盘的煎饼翻过来,很干脆地落下。

【评】 在自宋以来的有关李逵的传说故事中,他一直是一位鲁莽刚直、爱打抱不平的正面英雄。这里选自《双献功》的一只曲子,表现的正是李逵仗义豪勇的形象。短短几句唱词,既表现出李逵对宋江的忠肝义胆,也展示了他粗豪勇猛的性格,使传说中草莽英雄黑旋风的形象活脱如生地展现在读者面前。其语言粗狂豪泼,生动形象,富有动感,与人物性格相得益彰。

黑旋风双献功(第二折摘选)①

〔赚煞尾〕我也不用一条枪,也不用三尺铁,则俺这壮士怒目前见血!东岳庙磕塔的相逢无话说②,把那厮滴溜扑马上活挟③。他若是与时节④,万事无些;不与呵,山儿待放些劣憨⑤。恼起我这草坡前倒拖牛的性格,强逞我这些敌官军勇烈,我把那厮脊梁骨,各支支生挦做两三截⑥。

【注释】

① 本剧第二折主要写郭念儿被拐,李逵与孙孔目由店小二之口得知是白衙内所为,李逵便去追赶,孙孔目前去告状。

② 磕塔的:指突然,一下子,形容动作非常迅速。

③ 滴溜扑:此指迅速旋转之状。

④ 时节:此为句尾双音节语气助词,相当于现代口语中的"啊"。

⑤ 劣憋(biē):宋元时口语,有恣纵粗暴之意。

⑥ 各支支:象声词,模拟断裂声音。挦(juē):用手折断。

【评】 当李逵得知郭念儿被拐走,要去追打白衙内,孙孔目怕他单枪匹马打斗不过,李逵于是唱了这只曲子。与前曲一样,作者以粗豪之语表现李逵的强悍刚勇,但与前曲稍显不同的是,李逵虽然疾恶如仇、性格火爆,但从对"与"和"不与"时的两种不同态度所表现出的几分理性来看,他并非只具悍勇刚烈的血气之勇,李逵的形象也由此显得更为可爱。

好酒赵元遇上皇(第二折摘选)①

〔南吕·一枝花〕荡着风把柳絮迎②,冒着雪把梨花拂③。雪遮得千树老,风剪得万枝枯。这般风雪程途,雪迷了天涯路。风又紧,雪又扑,恰便似枕籧筛扬④,恰便似拌绵扯絮⑤。

〔梁州第七〕假若韩退之蓝关外不前骏马,孟浩然灞陵桥不肯骑驴⑥,冻的我战兢兢手脚难停住。更那堪天寒日短,旷野消疏,关山寂寞,风雪交杂。浑身上单夹衣服,舞东风乱糁珍珠⑦。抬起头似出窟顽蛇,缩着肩似水淹老鼠,躬着腰人样虾蛆。几时到帝都?刮天刮地狂风鼓,谁曾受这番苦?见三匹金鞍拴在老桑树,多敢是国戚皇族。

〔牧羊关〕见酒后忙参拜,饮酒后再取覆⑧。共这酒故人今日完聚。酒呵则道永不相逢,不想今番重聚。为酒上遭风雪,为酒上践程途。这酒浸头和你重相遇⑨,酒爹爹安乐否?

【注释】

① 好酒赵元遇上皇:简称《遇上皇》,元杂剧末本戏,正末扮赵元。全剧分4折。剧情是从宋太祖、宋高宗等人的传说中衍化出来的。其剧情如下:落魄书生赵元,其妻子甚有姿色,与府尹有私情,府尹欲夺其妻,强令赵元写休书,并设计差他前往西京递送公文,欲以误期当斩,置赵元于死地。在前往西京途中,早已误期的赵元在西京外一酒店巧遇微行的赵上皇,并结为兄弟。因此,赵元不但死罪被免,而且连连发迹,好事不断,官拜东京府尹,赵元却辞官不就,最终恶人受到应有的惩罚。本剧第二折主要叙述酒店中赵元巧遇化妆为秀士的赵上皇,并因帮付酒钱互相倾慕而结为兄弟。

② 荡着风:迎着风。柳絮:形容雪大如絮。典出《世说新语·言语》:"谢太傅(安)寒雪日内集,与儿女讲论文义。俄而雪骤,公欣然曰:'白雪纷纷何所似?'兄子胡儿曰:'撒盐空中差可拟。'兄女(谢道韫)曰:'未若柳絮因风起。'公大笑乐。"

③ 梨花:喻指雪花。语出唐岑参《白雪歌送武判官归京》:"忽如一夜春风来,千树万树梨花开。"

④ 枚(xiān)灇(jiǎn)筛扬：形容风吹雪舞,满空纷纷扬扬,好像用铁锹抛土空中又纷纷落下,又像用筛子簸扬一般。枚,同锨,挖土用的农具。灇,泼撒。

⑤ 捋(xín)：摘取。

⑥ 韩退之二句：形容雪下得很大,令人难以前行。唐韩愈《左迁至蓝关示侄孙湘》诗："云横秦岭家何在？雪拥蓝关马不前。"宋孙光宪《北梦琐言》七："唐相国郑綮善诗。……或问'相国近有新诗否？'对曰：'诗思在灞桥风雪中驴子背上,此处何以得之。'"元人多认为是孟浩然故事。

⑦ 糁(sǎn)：撒,布散。

⑧ 取覆：文中指答复,回答。

⑨ 酒浸头：骂人的话,指酒鬼,酒漕头儿。

【评】 此处所选三曲写赵元往西京递送公文,一路颠簸,风雪中来到酒店时的狼狈之相。〔一枝花〕先用夸张之笔描写狂风暴雪的威猛之势,以衬托赵元风雪中行走的艰难,为下文赵元进店吃酒埋下伏笔。〔梁州〕一曲继写在如此凛冽的风雪中,"浑身上单夹衣服",冻得战战兢兢手脚难停住的赵元出场,曲中连用三个形象的比喻："抬起头似出窟顽蛇,缩着肩似水淹老鼠,躬着腰人样虾蛆",既生动又诙谐地描绘出可怜的落魄书生形象。〔牧羊关〕一曲是赵元在酒店见到酒后,欣喜难耐的狂歌。酒是他的知己,见到酒就像见故友,喝酒前痴情地参拜,喝酒后美滋滋地回味,喝酒时絮叨叨地倾诉,内心的狂喜无与伦比,甚至直呼酒为"爹爹"。十足酒鬼,落魄至极,可怜至极,舞台效果亦谐趣至极。

王和卿（三首）

王和卿，生卒年不详，大名（在今河北）人。与关汉卿同时而先卒。据元陶宗仪《辍耕录》载，他为人滑稽佻挞，常与关汉卿相戏谑。孟称舜本《录鬼簿》称"王和卿散人"，而曹楝亭本《录鬼簿》则称"王和卿学士"，结合其任情放诞的为人来看，当以"散人"为是。其所作散曲，《全元散曲》辑有小令21首，套数3篇。其曲风俳谐俚俗，滑稽多趣，表现了玩世不恭的浪子作风。

〔中吕〕阳春曲

题　情

情粘骨髓难揩洗，病在膏肓怎疗治！相思何日会佳期？我共你，相见一般医。

【评】 写相思成病，词曲中常见，但写得像王和卿此曲这样深刻出奇，则又实不多见！写相思之深切，以"情粘骨髓"形容；而此情难解，则以"难揩洗"比喻，起句之精妙，不知他如何想得出！次言相思病已入膏肓，非药石可治，结尾却开出"药方"："相见一般医。"一笔两写，亦是妙想！

〔仙吕〕醉中天

咏大蝴蝶

弹破庄周梦①，两翅驾东风，三百座名园一采一个空！难道风流种？唬杀寻芳的蜜蜂②。轻轻的飞动，把卖花人搧过桥东。

【注释】

① 庄周梦：指庄子梦化为蝶一事。《庄子·齐物论》："昔者庄周梦为蝴蝶，栩栩然蝴蝶也；……俄而觉，则蘧蘧然周也。不知周之梦为蝴蝶与？蝴蝶之梦为周与？"这里化虚为实，借庄周梦被弹破形容蝴蝶之大。

② 三百三句：此处名园之花、"风流种"和"寻芳的蜜蜂"等，都容易给人某些情场猎艳的联想，因而妙趣横生。

【评】 据《辍耕录》载："中统初，燕市有一蝴蝶，其大异常，王赋〔醉中天〕小令云……，由是其名益著。"由此可知，此曲原为咏物，不过出以比喻象征手法，让人容易由蜂蝶采花联想到情场猎艳，滑稽诙谐之趣也便油然而生。而一只蝴蝶被夸写得如此硕大、风流和强悍，也给人滑稽诙谐之感。阅读之余，读者可以获得一种极强烈的审美快感。

〔双调〕拨不断

大　鱼

胜神鳌①，夯风涛②，脊梁上轻负着蓬莱岛③。万里夕阳锦背高，翻身犹恨东洋小。太公怎钓④？

【注释】

① 神鳌：神话传说中的海上大鳌。《列子·汤问》中记载：渤海之东有五座大山，常随波涛动荡，天帝遂命禺彊派十五只神鳌用头顶着，五座

大山方屹立不动。

②　夯(hāng)：用力压实。此处意为压住风涛。

③　蓬莱岛：神话传说中的海上仙山之一。

④　太公：即吕尚，本姓姜，字子牙。曾隐居渭滨钓鱼，周文王出猎遇见他，载之还朝，奉以为师。

【评】　此曲写大鱼，亦出以夸张手法。作者夸写大鱼胜过神鳌的伟力，用"脊梁上轻负着蓬莱岛"加以形象表现，它既然能如此举重若轻，当然"胜神鳌"百倍！其后"万里夕阳锦背高"一句，以晚霞似锦的万里长空，映衬大鱼高耸的脊背，其形象不仅高大，而且壮美！如此大鱼，当然"翻身犹恨东洋小"了。最后"太公怎钓"一句，精警出奇，妙趣横生。由曲中大鱼，不禁让人联想到庄子《逍遥游》中"北溟有鱼，其名为鲲"的那条大鱼的形象，想必王和卿此曲也由此产生联想。

徐 琰(一首)

徐琰(1220？—1301)，字子方，号容斋，东平(今属山东)人。至元初为陕西行省郎中，历官岭北湖南道提刑按察使、南台中丞、江南浙西肃政廉访使，诏拜翰林学士承旨，大德五年(1301)卒，谥文献。元前期散曲作家。《全元散曲》辑其小令 12 首，套数 1 篇。元贯云石在《阳春白雪序》中评其曲，谓之"滑雅"。

〔双调〕蟾宫曲

青楼十咏(十首选一)·言盟

结同心尽了今生，琴瑟和谐，鸾凤和鸣。同枕同衾，同生同死，同坐同行。休似那短恩情没下梢王魁桂英①，要比那好姻缘有前程双渐苏卿②。你既留心，俺索真诚③。负德辜恩，上有神明④！

【注释】

① 没下梢：即没有好的结果。　王魁、桂英：宋元时流传的痴心女子、负心汉故事中的男女主人公。南宋时有无名氏的南戏剧本《王魁负桂英》，元尚仲贤有杂剧《海神庙王魁负桂英》，均仅存残篇。故事叙妓女敫桂英资助书生王魁读书赴考，王中状元后弃桂英而另娶，桂英愤而自杀，死后鬼魂活捉王魁。

② 双渐、苏卿：元曲中流行的书生与歌妓之恋故事中的男女主人公。故事叙书生双渐与合肥妓女苏小卿相恋，其后双渐上京应试，茶商冯魁以

巨资收买鸨母,骗娶苏小卿。当双渐考中得官,南下路过镇江金山寺时,见苏小卿题壁诗,因赶上冯魁的贩茶船,将苏小卿夺回。有情人终成眷属。

③ 索:须,要。

④ 神明:即神灵。

【评】 此曲虽为冶游狎妓之作,但能写出一种真情。曲中引用王魁、桂英与双渐、苏卿两个文人与歌妓之恋的故事,一反一正构成对比,态度鲜明地谴责王魁的忘恩负义,歌颂双渐的重情重义,并以后者为效法典范向神灵发誓,彼此真诚相待,决不负心。这写出了青楼中痴情女子的善良愿望,但面对世俗社会和薄情男子,她们"琴瑟和谐,鸾凤和鸣"的美好愿望每每落空,她们的"真诚"更多的是换来王魁们的"负德辜恩",所以最终她们的性情也多被扭曲。此曲前后用短句构成排比,中间两个长句又构成对仗,诵读之间,既觉声情朗畅,又觉跌宕回环,确有"滑雅"之妙。

白　朴（十二首）

白朴（1226—1306后），原名恒，字仁甫，又字太素，号兰谷。祖籍隩州（今山西河曲）。父白华，仕金为显宦，是著名诗人元好问的好友。金亡时，其父随哀宗出京。蒙古军攻破汴京，其母罹难，白朴赖元好问抚养。其后，白华归，携白朴定居真定（今河北正定）。中统二年（1261），中书右丞相史天泽慕其才，欲荐之于朝，白朴谢而不仕。后南下游历，徙家金陵（今江苏南京），日与友人放浪山水间，以诗酒自娱。白朴诗、词、曲兼擅，而尤以戏曲著名，与关汉卿、马致远、郑光祖（或谓王实甫）并称"元曲四大家"。所著杂剧16种，今传《梧桐雨》《墙头马上》《东墙记》三种。其词存105首，名《天籁集》。散曲有小令36首，套数4篇。《太和正音谱》评其曲如"鹏抟九霄"。

〔中吕〕阳春曲

知几^①（四首）

知荣知辱牢缄口，谁是谁非暗点头，诗书丛里且淹留。闲袖手，贫煞也风流^②。

今朝有酒今朝醉^③，且尽樽前有限杯，回头沧海又尘飞^④。日月疾，白发故人稀^⑤。

不因酒困因诗困，常被吟魂恼醉魂^⑥，四时风月一闲身^⑦。无用人，诗酒乐天真^⑧。

张良辞汉全身计,范蠡归湖远害机⑨,乐山乐水总相宜。君细推⑩,今古几人知。

【注释】

① 知几:谓有预见,可以知晓事物发生变化的隐微征兆。几,《易·系辞下》:"几者,动之微,吉之先见者也。"

② 贫煞:犹言贫到极点。

③ 今朝句:唐罗隐《自遣》诗:"今朝有酒今朝醉,明日愁来明日愁。"此用其原句。

④ 沧海:大海。沧海尘飞,化用沧海桑田之典,言世事变化巨大。

⑤ 白发句:言故人大多去世,现存的老友已经很少了。白发,代指老人。稀,少。

⑥ 吟魂:吟诗的思绪。 醉魂:饮酒的情致。

⑦ 四时风月:指一年四季的美丽风景。

⑧ 诗酒乐天真:谓以诗酒为乐而求自然之趣。

⑨ 张良二句:谓张良、范蠡等人皆能功成身退、全身远害。张良,刘邦谋臣,西汉开国元勋之一,汉朝立国后即不再参与朝政,被后世视为功成身退的通达之士(参见《史记·留侯世家》)。范蠡,春秋时越王勾践谋臣,曾辅佐勾践灭吴雪耻,功成毅然辞官,乘舟泛海而去,后世亦被视为功成身退的典型(参见《史记·越王勾践世家》)。

⑩ 细推:仔细推想。

【评】 此组小令抒写消极避世的人生态度。首曲言不问是非,超然世外;第二曲言人生短暂,应及时行乐;第三曲言以诗酒消闲,得自然之趣;第四曲以古鉴今,自感庆幸。四曲虽各有侧重,但均围绕避世玩世这一主题。作者表面上不问世事,超然物外,但从"无用人"的自叹中,却分明可以感到怀才不遇的无奈。这种仕路受阻、壮怀难展而转为佯狂避世的人生态度,在元代曲家中最为普遍,已打上了鲜明的时代烙印。

〔中吕〕阳春曲

题情(六首选三)

从来好事天生俭①,自古瓜儿苦后甜。奶娘催逼紧拘钳②,甚是严,越间阻越情忺③。

笑将红袖遮银烛,不放才郎夜看书。相偎相抱取欢娱。止不过迭应举④,及第待何如⑤?

百忙里铰什鞋儿样⑥,寂寞罗帷冷篆香。向前搂定可憎娘⑦。止不过赶嫁妆,误了又何妨?

【注释】

① 从来句:意为好事难逢。俭,少。

② 拘钳:拘束,管教。

③ 忺(xiān):高兴,惬意。

④ 迭:及。此处引申为赶去。

⑤ 及第:旧时科举考试,中选者称及第,一般指进士考试。

⑥ 铰:用剪刀剪。

⑦ 可憎:可爱。此为爱极的反语。

【评】 白朴的〔阳春曲〕《题情》小令凡 6 首,此处所选 3 首,写热恋中青年男女大胆的爱情表现。第一曲写一位年轻女子无视奶娘的约束而大胆追求惬意的欢爱;第二曲写热情女子为寻欢而不让才郎夜读书,可谓红袖"添乱";第三曲写青年男子阻止女子的针线活而寻求欢爱。无论男女,其热情而大胆的举动、轻视功名而看重真情的思想,都表现出作者爱情至上的观念,由此具有了新的时代特征。后二曲写人叙事,很富有动感,短短两曲,简直就是两个精彩的滑稽小品,不能不令人叫绝。

〔越调〕天净沙(八首选二)

秋

孤村落日残霞,轻烟老树寒鸦①,一点飞鸿影下。青山绿水,白草红叶黄花。

冬

一声画角樵门②,半亭新月黄昏,雪里山前水滨。竹篱茅舍,淡烟衰草孤村③。

【注释】

① 孤村二句:化用隋炀帝残句:"寒鸦千万点,流水绕孤村"(见叶梦得《避暑录话》三),以及秦观《满庭芳》词:"斜阳外,寒鸦万点,流水绕孤村"等句意境。

② 一声句:化用秦观《满庭芳》词"画角声断谯门"句。

③ 淡烟句:化用柳永《轮台子》词中"满目淡烟衰草"、"行行又历孤村"等句意境。

【评】 白朴的〔天净沙〕写景小令凡8首,分两组,每组皆以春、夏、秋、冬为题。此处所选两首,最具诗情画意。写秋的一首,重在以色彩的映照构成优美的意境。其直出颜色者有青山、绿水、白草、红叶、黄花,而因物出色者则有红日、彩霞、乌鸦、白雁等,可谓五彩斑斓,由此写出了秋色的绚丽夺目,并反衬出孤独落寞的情怀。写冬的一首,则重在冷落萧条氛围的营造,并由此隐现出淡淡的感伤。两曲多以名词成句,且分别以秋色、冬意将一幅幅看似独立的画面组合成有机而和谐的整体,从而表现了秋的绚烂与冬的萧条。

〔双调〕沉醉东风

渔　父

黄芦岸白蘋渡口,绿杨堤红蓼滩头①。虽无刎颈交②,却有忘机友③。点秋江白鹭沙鸥。傲杀人间万户侯④,不识字烟波钓叟。

【注释】

① 红蓼:一种生长水边的草本植物,秋日开花,呈淡红色。

② 刎颈交:可以生死与共的患难之交。《史记·廉颇蔺相如列传》:"卒相与欢,为刎颈之交。"

③ 忘机友:澹泊名利、不存心机的朋友。孟浩然《都下送辛大之鄂》:"予亦忘机者,田园在汉阴。"李白《下终南山过斛斯山人宿置酒》:"我醉君复乐,陶然共忘机。"

④ 万户侯:汉代分封诸侯的制度,大者可食邑万户,小者仅五百户。《史记·李将军列传》:"如令子当高帝时,万户侯岂足道哉!"

【评】　此曲标题为"渔父",但曲中的渔夫却没有一叶扁舟出入风波的危险,有的是在黄芦白蘋、绿杨红蓼、白鹭沙鸥等点缀的美丽秋江中放舟的快意。其实,明眼人一望可知,作者笔下的渔夫不过是元曲家们借以表现避世玩世情怀的一个符号,那"傲杀人间万户侯"的渔父,正是怀才不遇的失意文人。

〔双调〕庆东原

忘忧草①,含笑花②,劝君闻早冠宜挂③。那里也能言陆贾④?那里也良谋子牙⑤?那里也豪气张华⑥?千古是非心,一夕渔樵话⑦!

【注释】

① 忘忧草:即萱草,古人认为它可以使人忘忧。嵇康《养生论》:"合欢蠲忿,萱草忘忧。"

② 含笑花:木兰科常绿灌木。叶互生,柄有细密毛茸,花瓣黄白色,呈长椭圆状,有香味。

③ 冠宜挂:《后汉书·逸民列传·逢萌》:"逢萌字子康……时王莽杀其子宇,萌谓友人曰:'三纲绝矣! 不去,祸将及人。'即解冠挂东城都门。归,将家属浮海,客于辽东。"后用"挂冠"作为辞官的代称。

④ 陆贾:汉高祖刘邦的智谋人物之一。《史记·郦生陆贾列传》称其"以客从高祖定天下,名为有口辩士,居左右,常使诸侯"。

⑤ 子牙:即吕尚,本姓姜,字子牙。曾隐居渭滨钓鱼,周文王出猎遇见他,载之还朝,奉以为师。曾辅佐文王、武王,灭商有功,封于齐,为周代齐国的始祖。

⑥ 张华:字茂先,范阳方城(今河北固安南)人。西晋文学家。曾力劝武帝排除众议,定灭吴之计。统一后持节都督幽州诸军事。

⑦ 渔樵话:渔父樵夫们的闲话。宋张昇《离亭燕》词:"多少六朝兴废事,尽入渔樵闲话。"

【评】　此曲开篇以"忘忧"、"含笑"起笔,表面是咏物,但实则不过是借字面表现一种人生态度,其后劝人辞官归隐,方能忘忧、含笑。接着列举数位先贤俊杰,最后感叹说,无论是非成败,都已如过眼烟云,变成老百姓口中的谈资。此曲看似轻松潇洒,但却蕴涵着一种历史无情、人生无常的深沉感慨。

唐明皇秋夜梧桐雨(第四折摘选)①

〔双鸳鸯〕斜軃翠鸾翘②,浑一似出浴的旧风标③,映着云屏一半儿娇④。好梦将成还惊觉,半襟情泪湿鲛绡⑤。

〔蛮姑儿〕懊恼,窨约⑥。惊我来的又不是楼头过雁,砌下寒蛩⑦,檐前玉马,架上金鸡,是兀那窗儿外梧桐上雨潇潇⑧。一声声洒残叶,一点点滴寒梢⑨,会把愁人定虐⑩。

〔滚绣球〕这雨呵,又不是救旱苗,润枯草,洒开花萼,谁望道秋雨如膏。向青翠条,碧玉梢,碎声儿毕剥,增百十倍歇和芭蕉⑪。子管里珠连玉散飘千颗⑫,平白地瀽瓮翻盆下一宵⑬。惹的人心焦!

〔叨叨令〕一会价紧呵,似玉盘中万颗珍珠落;一会价响呵,似玳筵前几簇笙歌闹;一会价清呵,似翠岩头一派寒泉瀑;一会价猛呵,似绣旗下数面征鼙操。兀的不恼杀人也么哥⑭!兀的不恼杀人也么哥!则被他诸般儿雨声相聒噪。

〔倘秀才〕这雨一阵阵打梧桐叶凋，一点点滴人心碎了。枉着金井银床紧围绕，只好把泼枝叶做柴烧，锯倒。

〔滚绣球〕长生殿那一宵，转回廊，说誓约，不合对梧桐并肩斜靠，尽言词絮絮叨叨⑮。沉香亭那一朝，按霓裳舞六么⑯，红牙筋击成腔调，乱宫商闹闹吵吵。是兀那当时欢会栽排下⑰，今日凄凉厮凑着，暗地量度。

〔三煞〕润蒙蒙杨柳雨，凄凄院宇侵帘幕。细丝丝梅子雨，妆点江干满楼阁。杏花雨红湿阑干，梨花雨玉容寂寞⑱；荷花雨翠盖翩翻，豆花雨绿叶萧条。都不似你惊魂破梦，助恨添愁，彻夜连宵。莫不是水仙弄娇，蘸杨柳洒风飘⑲？

〔二煞〕哝哝似喷泉瑞兽临双沼⑳，刷刷似食叶春蚕散满箔。乱洒琼阶，水传宫漏㉑；飞上雕檐，酒滴新槽。直下的更残漏断，枕冷衾寒，烛灭香消。可知道夏天不觉，把高凤麦来漂㉒。

〔黄钟煞〕顺西风低把纱窗哨，送寒气频将绣户敲。莫不是天故将人愁闷搅？前度铃声响栈道㉓，似花奴羯鼓调㉔，如伯牙水仙操㉕。洗黄花润篱落，清苍苔倒墙角。渲湖山漱石窍，浸枯荷溢池沼。沾残蝶粉渐消，洒流萤焰不着。绿窗前促织叫，声相近雁影高。催邻砧处处捣，助新凉分外早。斟量来这一宵，雨和人紧厮熬㉖。伴铜壶点点敲㉗，雨更多泪不少。雨湿寒梢，泪染龙袍，不肯相饶，共隔着一树梧桐直滴到晓。

【注释】

① 唐明皇秋夜梧桐雨：简称《梧桐雨》，元杂剧末本戏，正末扮唐明皇，全剧4折1楔子。其剧情如下：唐明皇晚年昏庸，终日与杨贵妃欢乐，任用权奸，荒废朝政。安禄山贻误军机罪该斩，反被封为渔阳节度使。不久，安禄山反，攻至潼关，唐明皇仓惶奔蜀。在马嵬坡，护驾军队兵变，杀死杨国忠，并迫使唐明皇赐死杨贵妃。后安史之乱平，唐明皇返回长安，退位为太上皇，居住西宫。时值秋夜雨打梧桐，唐明皇倍思杨贵妃及昔日繁华盛景，命画工画太真图，睹画思人，十分哀伤。第四折叙唐明皇在秋雨之夜，独在西宫，面对贵妃画像，烦恼苦闷齐上心头，秋雨绵绵，明皇益发哀伤幽怨，愁思万端。

② 翠鸾翘：古代妇女珍贵的首饰。

③ 浑一似句：言风姿如昔。参用《长恨歌》诗意："春寒赐浴华清池，温泉水滑洗凝脂。侍儿扶起娇无力，始是新承恩泽时。"

④ 映着句：此句描写杨妃半掩云屏的媚态。李商隐《为有》诗"为有云屏无限娇"，当为此句所本。另，周昉《杨贵妃出浴图》（见《宣和图谱》卷六）意，或亦为其所用。

⑤ 鲛绡：鲛人所织之绡，泛指薄纱。鲛人，神话传说中的人鱼。

⑥ 窨(yìn)约：思量、忖度的意思。

⑦ 砌下寒蛩(qióng)：石阶下的秋虫。蛩，蟋蟀。

⑧ 梧桐句：白居易《长恨歌》"秋雨梧桐叶落时"为此句所本。

⑨ 一声声二句：连同上句，借用温庭筠《更漏子》"梧桐树，三更雨，不道离情更苦。一叶叶，一声声，空阶滴到明"意境。

⑩ 定虐：打搅、扰乱。

⑪ 歇和：指雨点阵阵打和。犹欧阳修《生查子》："阵阵芭蕉雨。"

⑫ 子管里：意即只管。

⑬ 瀽瓮翻盆：意即倒瓮翻盆。

⑭ 兀的不：怎么不。　也么哥：复音叹词，相当于现代汉语"啊"。

⑮ 长生殿五句：本白居易《长恨歌》："临别殷勤重寄词，词中有誓两心知。七月七日长生殿，夜半无人私语时。"

⑯ 霓裳:即唐代舞曲《霓裳羽衣曲》。宋王灼《碧鸡漫志》卷三考证此曲为"西凉创作,明皇润色,又为易美名。其它饰以神怪者,皆不足信也"。因杨贵妃曾舞此曲,故后世写杨妃事者多喜涉及。 六幺:又作《绿腰》,唐大曲名,详《碧鸡漫志》卷三。

⑰ 栽排下:即种下。

⑱ 梨花句:本《长恨歌》:"玉容寂寞泪阑干,梨花一枝春带雨。"

⑲ 莫不二句:唐韩偓《咏柳》:"袅雨拖风不自持……便似观音手里时。"俗传观音持杨柳洒露。

⑳ 咻(chuáng)咻:象声词,形容水喷溅的声音。

㉑ 宫漏:古时宫廷中计时用的漏壶。

㉒ 可知二句:后汉高凤少年时,妻下田劳作,晒麦于庭,叫他吃鸡。适天暴雨,凤持竿诵读,不觉潦水流麦。事见《后汉书·逸民列传》。本折取潦水满庭之意。

㉓ 前度句:本《长恨歌》:"行宫见月伤心色,夜雨闻铃肠断声。"又《碧鸡漫志》卷五云:"《明皇杂录》及《杨妃外传》云:'帝幸蜀,初入斜谷,霖雨弥旬。栈道中闻铃声,帝方悼念贵妃,采其声为《雨淋铃》曲以寄恨。'"

㉔ 似花奴句:唐代汝南王李琎小字花奴,善击羯鼓,为玄宗赏爱。事见唐南卓《羯鼓录》。

㉕ 伯牙:传说为春秋时人,善弹琴。 水仙操:琴曲名,相传为伯牙创制。

㉖ 厮熬:相互煎熬。

㉗ 铜壶:古代计时用的铜制漏壶。

【评】 此处所选八曲写唐明皇的寝殿惊梦,作者用"秋夜梧桐雨"的凄景,衬托唐明皇孤凄、愁苦、烦乱的心境。〔双鸳鸯〕一曲写唐明皇与杨贵妃梦会的情景,杨贵妃生前的娇态浮现眼前,可转瞬间梦被惊醒,徒增内心的伤感。〔蛮姑儿〕一曲由追寻惊醒好梦的响声,引出对秋夜梧桐雨的描写。自此以下,即从不同角度摹写雨打梧桐的凄凉境况。〔滚绣球〕写因被秋雨惊了好梦,惹得唐明皇对这不识时务的梧桐雨充满怨恨。〔叨叨令〕用一组排比句模拟雨声,衬托出玄宗烦乱的心情。〔倘秀才〕一曲写唐明皇已无法承受这秋雨的肆意洒落,"这雨一阵阵打梧桐叶凋,一点点滴人心碎了"！于是想把梧桐树锯倒当作柴烧。这种对梧桐夜雨的深深怨恨,实际上反映了唐明皇权力与爱情双重失意的无边痛苦和万般无奈。其后〔滚绣球〕一曲写唐明皇追昔忆旧,想起昔日长生殿里、沉香亭中的朝欢暮乐,或许是今日生离死别、凄凉苦痛的祸根。〔三煞〕排比多种雨态与这秋夜梧桐雨作对比,更显出梧桐雨的无情无义,惊魂破梦,助恨添愁。〔二煞〕进一步写梧桐雨下个不停,而唐明皇的烦闷情绪也随之有增无减。〔黄钟煞〕一曲再用一连串排比铺陈,令人眼花缭乱,目不暇接。结尾不忘把主人公的思想情感作为景物描写的归宿,将"雨"和"泪"、情与景巧妙挽合,收结得含哀无限。这几支曲子通过对"秋夜梧桐雨"的极力铺排,造成一种凄怆冷落的意境,抒写了主人公烦乱、孤凄的心境,使景物描写与人物感情的抒发水乳交融,充满浓郁的抒情色彩。其想像的丰富、描写的细腻、排比铺陈的巧妙,都显示出作者非凡的艺术才华。

严忠济（一首）

严忠济（？—1293），字紫芝，长清（今属山东）人，严实之子。从元世祖攻宋，有战功。至元二十三年（1286）授中书左丞，行江浙省事。卒谥孝庄。《元史》有传。朱权《太和正音谱》列之于"词林英杰"150 人中。现存散曲有小令 2 首。

〔越调〕天净沙

宁可少活十年，休得一日无权！大丈夫时乖命蹇①。有朝一日天随人愿，赛田文养客三千②。

【注释】

① 时乖命蹇（jiǎn）：时运不好，命运不佳。乖，背离不和。蹇，艰阻不顺。

② 赛田文句：田文，即孟尝君，战国时齐国贵族。以好客养士著称，门下食客多达数千。详见《史记·孟尝君列传》。

【评】 把手中权利看得重于生命，"宁可少活十年，休得一日无权"！说得如此肆无忌惮，真令人瞠目结舌！要权做甚？篇末做了回答，渴望像孟尝君那样招贤纳士，最终掌控朝政。此曲是野心家的自道，还是忠直者的讽人？似乎不必花工夫去考证，反正那冲口而出的大白话足可让人领略它的率真质朴和淋漓恣纵，这就是它的成功！

胡祗遹（二首）

胡祗遹(1227—1293)，字绍开，号紫山。磁州武安（今属河北）人。中统初为员外郎，历官太常博士、河东山西道提刑按察副使、荆湖北道宣慰副使、济宁路总管、山东东西道提刑按察使、江南浙西道提刑按察使。卒，赠礼部尚书，谥文靖。《元史》有传。著有《紫山先生大全集》。其所作散曲，《全元散曲》辑有小令11首。朱权《太和正音谱》评其曲"如秋潭孤月"。

〔中吕〕阳春曲

春景（三首选一）

残花酝酿蜂儿蜜，细雨调和燕子泥，绿窗春睡觉来迟。谁唤起？窗外晓莺啼。

【评】 此曲写阳春艳景。首二句写残花细雨，说花谢了，但蜂蜜却酝酿好了；雨下了，春燕筑巢需要的泥却调和好了；本为衰煞之景，但作者换一角度，不仅写出了蜂飞燕舞的盎然春意，而且抒发了作者对于春的生机的欣喜情怀。

〔双调〕沉醉东风（二首选一）

渔得鱼心满愿足，樵得樵眼笑眉舒。一个罢了钓竿,一个收了斤斧。林泉下偶然相遇,是两个不识字渔樵士大夫。他两个笑加加的谈今论古①。

【注释】

① 笑加加:犹笑哈哈。

【评】 此曲写渔父、樵夫极易满足的寻常生活,他们没有世俗社会的争斗与烦恼,却有隐迹林泉的快意与闲适。曲家对渔父、樵夫宁静淡泊生活的向往,实际上表现出一种厌世情绪。曲中称渔父、樵夫是"两个不识字渔樵士大夫",并着意描写"他两个笑加加的谈今论古",内中不无对现实政治的揶揄和嘲讽。

王　恽（一首）

　　王恽（1226—1304），字仲谋，号秋涧，河南汲县（今河南卫辉）人。中统元年（1260），因姚枢之荐入京，历官国史编修、监察御史。又出为平阳路总管、迁燕南河北按察副史、福建按察使、翰林学士。大德八年（1304）卒，赠翰林学士承旨、资善大夫，追封太原郡公，谥文定。《元史》有传。王恽著述甚富，有《秋涧先生大全集》一百卷。其《秋涧乐府》词曲集中存小令 41 首。王恽之曲端谨有余，活泼不足，缺少曲味。

〔正官〕黑漆弩

游金山寺并序

　　邻曲子严伯昌尝以〔黑漆弩〕侑酒①。省郎仲先谓余曰②："词虽佳，曲名似未雅。若就以'江南烟雨'目之③，何如？"予曰："昔东坡作《念奴曲》，后人爱之，易其名曰《酹江月》④，其谁曰不然？"仲先因请余效颦⑤，遂追赋《游金山寺》一阕，倚其声而歌之。昔汉儒家畜声妓⑥，唐人例有音学⑦。而今之乐府⑧，用力多而难为工。纵使有成，未免笔墨劝淫为侠耳⑨。渠辈年少气锐⑩，渊源正学，不致费日力于此也。其词曰：

　　苍波万顷孤岑矗⑪，是一片水面上天竺⑫。金鳌头满咽三杯⑬，吸尽江山浓绿。　　蛟龙虑恐下燃犀⑭，风起浪翻如屋⑮。任夕阳归棹纵横，待偿我平生不足。

【注释】

① 邻曲子：邻居。　严伯昌：其人未详。以〔黑漆弩〕侑酒：指唱白无咎的〔黑漆弩〕(又名〔鹦鹉曲〕)曲劝酒。

② 省郎：中书省的郎中或员外郎。　仲先：其人未详。

③ 江南烟雨：白无咎〔黑漆弩〕中有"睡煞江南烟雨"一句。

④ 东坡三句：苏轼曾作《念奴娇·赤壁怀古》词，词中有"人生如梦，一樽还酹江月"句，后人因以《酹江月》作为《念奴娇》的别名。

⑤ 效颦：即东施效颦。春秋时越国美女西施因患心病而捧心皱眉，同里丑女东施觉得这样很美，于是模仿西施捧心皱眉之态，没想到却更见其丑陋，结果同里的人都躲避她。(典出《庄子·天运》)后比喻不分情况而盲目模仿他人，以致收到相反效果。此处为作者自谦之词。

⑥ 汉儒：指汉代大儒马融。　家畜声妓：家里养着歌女。

⑦ 音学：此指关于诗词创作及合乐而歌的音律之学。

⑧ 今之乐府：指元代散曲。

⑨ 纵使二句：言写作散曲即使能获得成功，也不过是以笔墨诱导人纵情享乐为能事。劝，勉励，引申为诱导。淫，过分。为侠，逞能。

⑩ 渠辈：他辈、彼等。　气锐：气盛。

⑪ 苍波句：谓金山独立高耸于万顷苍波之中。金山原在江苏镇江西北长江之中，后因泥沙淤积而与江岸连接。

⑫ 天竺：古称印度为天竺，后代称佛教圣地。这里以之赞美金山寺的辉煌壮观。

⑬ 金鳌头：指金山上的金鳌峰。

⑭ 蛟龙句：古人以为深水中有蛟龙之类的怪物，用宝物照之即可使之现形。《晋书·温峤传》："至牛渚矶，水深不可测。世云其下多怪物，峤遂毁犀角而照之。须臾，见水族覆火，奇形异状，或乘马车著赤衣者。峤其夜梦人谓己曰：'与君幽明道别，何意相照也？'意甚恶之。"

⑮ 浪翻如屋：形容波浪翻滚，高大如屋。

【评】　此曲序文，表现了王恽保守的曲学观，即将曲学看成是与"正学"相对立的小道末技,认为它不过是以"笔墨劝淫"而已。这恐怕代表了元代一部分正统文人对于曲学的偏见。不过,王恽这首写景之曲,却雄浑壮阔,极有气势。开篇两句,写江面的辽阔无垠、金山的独立高耸,与金山寺的辉煌壮观,构成了雄浑壮美之境。三四两句转写登临揽胜,因壮景激发豪情,气势之盛,足可使江山动容。其后引进传说故事,而且以"浪翻如屋"照应"苍波万顷",更显示出雄浑壮阔之景的神奇与惊险。最后两句不仅再次袒露纵横的豪气,而且表现出一种摆脱俗务、尽情赏玩的轻松与快意。此曲以壮景写豪情,情景交融,相得益彰,有大手笔气概。

侯克中(一首)

侯克中,生卒年不详,字正卿,号艮斋先生,真定(今河北正定)人。曾居汴梁,至元中徙浙中。与徐琰、胡祇遹、白朴等交游,年九十余卒。所著有《大易通义》《艮斋诗集》等。所作杂剧有《春风燕子楼》,已佚。所作散曲今存套数2篇。朱权《太和正音谱》列之于"词林英杰"150人中。

〔正宫〕菩萨蛮

客中寄情

〔菩萨蛮〕镜中两鬓皤然矣①,心头一点愁而已。清瘦仗谁医?羁情只自知②。

〔月照庭〕半纸功名,断送关山③。云渺渺,草萋萋④。小楼风,重门月,应盼人归。归心急,去路迷⑤。

〔喜春来〕家书端可驱邪祟⑥,乡梦真堪疗客饥。眼前百事与心违。不投机,除赖酒支持。

〔高过金盏儿〕举金杯,倒金杯,金杯未倒心先醉。酒醒时候更凄凄。情似织,招揽下相思无尽期,告他谁⑦?

〔牡丹春〕忽听楼头更漏催,别凤又孤栖。暂朦胧枕上重欢会,梦惊回,又是一别离。

〔醉高歌〕客窗夜永岑寂,有多少孤眠况味⑧。欲修锦字凭谁寄⑨? 报与些凄凉事实。

〔尾〕披衣强拈纸与笔,奈心绪烦多书万一。欲向芳卿行诉些憔悴⑩,笔尖头陶写哀情,纸面上敷陈怨气。待写个平安字样,都是俺虚脾拍塞⑪。一封愁信息,向银台畔读不去也伤悲。蜡炬行明知人情意,也垂下数行红泪⑫。

【注释】

① 皤(pó):白色,多指鬓发。

② 羁情:漂泊羁旅之情。

③ 半纸二句:写旅人奔波关隘山川,只不过为了半纸功名。

④ 云渺渺二句:写旅人关山飘零,故乡望而不见,惟见渺渺云烟、萋萋芳草。云渺渺,王冼《蝶恋花》云:"独上高楼云渺渺。"草萋萋,秦观《八六子》:"倚危亭,恨如芳草,萋萋划尽还生。"

⑤ 归心二句:写旅人归心似箭,又欲归不能的痛苦。

⑥ 端可:与后句真堪意同,即真可以、确实可以。

⑦ 告他谁:即欲告无人。

⑧ 况味:滋味。

⑨ 锦字:代指情书。据《晋书》,前秦时,苏蕙因思念在外的丈夫窦滔,曾织五彩锦作《回文璇玑图诗》相赠,后遂称情书为锦书、锦字等。

⑩ 芳卿行:芳卿,指自己的爱妻。行,那边。

⑪ 待写二句:意谓内心实在愁苦,想要向家人报说平安愉快,就完全出于一种虚情假意了。虚脾,元曲中俗语,即虚情假意,明徐渭《南词叙录》:"虚脾,虚情也。五脏惟脾最虚。"拍塞,充塞、充满。

⑫ 红泪:晋王嘉《拾遗记》:"文帝所爱美人,姓薛名灵芸,常山人也……灵芸闻别父母,歔欷累日,泪下沾衣。至升车就路之时,以玉唾壶承泪,壶则红色。既发常山,及至京师,壶中泪凝如血。"后因以红泪指美人之泪或血泪。

【评】　这篇套数抒发羁旅愁情。首曲点明主旨,表明因漂泊他乡而愁染白发。以下六曲即围绕"愁"字展开描写。〔月照庭〕曲从旅人和妻子两处落笔,写相思绵绵而欲归不得。〔喜春来〕转写对家书和乡梦的期盼。其"家书"、"乡梦"二句,想象新奇,耐人玩味。无奈家书难得,乡梦未成,诸事皆不如意,于是只好借酒浇愁。〔高过金盏儿〕极写酒力之弱和思情之深。酒不敌愁,情更悲苦,满怀相思,欲告无人。至此,旅人落寞孤苦之状已得充分表现。其后,〔牡丹春〕却另赋新笔,写旅人与妻子梦中欢会,而梦断愁续,情怀更为难堪。〔醉高歌〕与〔尾〕曲写永夜难眠,欲修书寄意。然而,不仅寄书无人,且究竟是"报与凄凉事实",还是"写个平安字样",也令人煞费苦心。其内心的矛盾痛苦,实源于对思妇的同情和体谅。可是,最终仍免不了写下满纸烦闷忧愁和感叹悲伤,不仅令人愁怀难堪,而即使无情之蜡炬,亦为人伤心流泪。全套起于人,终于物,挽于情,收结得含哀无限。本篇所写之羁愁旅恨,为诗词曲之常题,但作者感情深挚,笔触细腻,含思宛转,语虽浅淡,而意极绵长。

庾天锡（三首）

庾天锡，生卒年不详，字吉甫。钟嗣成《录鬼簿》称其为"大都人，中书省掾，除员外郎，中山府判"。其所作杂剧，《录鬼簿》载录 15 种，今俱不存。其散曲今存小令 7 首，套数 4 篇。贯云石在《阳春白雪序》中品评当代曲家，把吉甫与关汉卿相提并论，称其"造语妖娇"。

〔双调〕蟾宫曲

环滁秀列诸峰①，山有名泉，泻出其中。泉上危亭②，僧仙好事，缔构成功③。四景朝暮不同，宴酣之乐无穷。酒饮千钟，能醉能文，太守欧翁④。

【注释】

① 环滁句：谓滁州四周排列着秀丽的山峰。

② 危亭：高耸的亭子。

③ 缔构：建造。

④ 太守欧翁：即滁州太守欧阳修。欧阳修在宋仁宗庆历五年(1045)知滁州。

【评】 此曲乃檃括欧阳修《醉翁亭记》而成。《醉翁亭记》写滁州之美景，以及醉心自然山水的闲情逸兴，文章骈散兼行，音调和谐，一连用 21 个"也"字，是一篇很有特色的游记文章。作者把该文压缩成一支小令,不仅传达出原文的意境和情趣,而且多袭用和压缩原文语句,表现出很高的艺术才能,不愧为词曲檃括一体中之佳作。

〔双调〕雁儿落过得胜令（五首选二）

春风桃李繁,夏浦荷莲间,秋霜黄菊残,冬雪白梅绽。 四季手轻翻,百岁指空弹。谩说周秦汉①,徒夸孔孟颜②。人间,几度黄粱饭③;狼山④,金杯休放闲。

名缰厮缠挽,利锁相牵绊⑤。孤舟乱石湍,羸马连云栈⑥。 宰相五更寒,将军夜渡关⑦。创业非容易,升平守分难⑧。长安,那个是周公旦⑨;狼山,风流访谢安⑩。

【注释】

① 谩说句:借周秦汉三代概言历代帝王皆不值一提。谩说,空说。

② 徒夸句:借孔子、孟子和颜回概言历代心怀天下而汲汲事功者,最终空忙一场。

③ 黄粱饭:即黄粱梦,指人生虚幻。唐沈既济《枕中记》叙卢生于邯郸店遇吕翁,得瓷枕而梦,享尽荣华富贵,梦醒,店家黄粱饭尚犹未熟。

④ 狼山:河北易县西南有狼山,汉武帝时,江充以巫蛊事诬陷太子,太子出奔,其子远遁狼山隐居避难。此泛指山林隐居之地,与上句"人间"相对。

⑤ 名缰二句:比喻人的追名逐利,犹如被缰绳和锁链束缚。厮,相。

⑥ 孤舟二句:形容追名逐利之危险,如乱石急流中行舟,如连云栈道上走马。连云栈,在陕西汉中地区,为古代川陕通道,行走极为艰险。

⑦ 宰相二句：古时群臣早朝，即便冬日，也常于五更时赴朝，等候皇帝升殿；武将们则常在深夜率兵出征，度越关山。这两句极言将相之辛苦。

⑧ 升平句：言太平时代守住祖宗基业也并非易事。

⑨ 周公旦：即周公姬旦，曾在武王死后摄政，尽心辅佐年幼的成王，传说他勤于国事，常"一沐三握发，一饭三吐哺"。

⑩ 谢安：晋人，据《晋书》本传，谢安曾隐居东山，倜傥风流，出游时必携妓以从。

【评】 庾天锡的〔雁儿落过得胜令〕组曲共 5 首，内容皆感叹人生易逝、功名虚幻，应及时行乐。这里所选二首，第一曲开头〔雁儿落〕四句写春夏秋冬四季美景，既表现流光易逝，也写出怡然自乐的闲适情怀。其后〔得胜令〕中"四季"二句承上启下，由四季美景言及百岁人生，深感岁月如流、人生短暂；接着以惊世骇俗之论否定功名圣贤，最后表现隐居山林、开怀痛饮之豪情。第二曲〔雁儿落〕四句慨叹追名逐利之危险，极生动形象，令人惊悚。其后〔得胜令〕前四句先泛言创业艰难、守成不易；后四句感叹世无周公贤明之主，即便艰苦创业已不可得，因而只有退隐了。元曲家此类叹世归隐之作，实人生失意之大悲叹，表面虽极放达，内心却极悲凉。

王实甫（五首）

王实甫，生卒年不详，大都（今北京）人，名德信。《录鬼簿》列为"前辈已死名公才人"而位于关汉卿之后，据此推断他大约与关汉卿同时而稍后。元末明初贾仲明为他补写的〔凌波仙〕吊词称其"作词章风韵美，士林中等辈伏低"，由此可以看出他在当时有很高的声望。王实甫的创作活动主要在大德前后。《录鬼簿》著录其所作杂剧 14 种，今存《西厢记》《丽堂春》《破窑记》3 种。此外，《芙蓉亭》《贩茶船》各存 1 折曲词。《西厢记》是王实甫最重要的作品，也是元杂剧中最成功的才子佳人戏，号称"天下夺魁"。

〔中吕〕十二月过尧民歌

别　情

自别后遥山隐隐，更那堪远水粼粼①。见杨柳飞绵滚滚②，对桃花醉脸醺醺③，透内阁香风阵阵④，掩重门暮雨纷纷⑤。　怕黄昏忽地又黄昏⑥，不销魂怎地不销魂⑦。新啼痕压旧啼痕，断肠人忆断肠人。今春，香肌瘦几分，搂带宽三寸⑧。

【注释】

① 粼粼：水流清澈而波动的样子。翁卷《题东池》诗："一池寒水绿粼粼。"

② 见杨柳句：此句暗写离别。化用王昌龄《闺怨》"忽见陌头杨柳色，悔教

夫婿觅封侯"和曾布妻《菩萨蛮》"三见柳绵飞,离人犹未归"等句意而成。

③ 对桃花句:此句亦暗写别情。暗用崔护"人面不知何处去,桃花依旧笑东风"诗意。醺醺,形容醉态很浓,此处比喻桃花盛开,极其娇艳。

④ 内阁:此处指深闺、内室。

⑤ 掩重门句:写思妇处薄暮时分之凄景。宋李清照《念奴娇》:"萧条庭院,又斜风细雨,重门须闭。"宋李重元《忆王孙》:"欲黄昏,雨打梨花深闭门。"宋张炎《高阳台·西湖春感》:"无心再续笙歌梦,掩重门,浅醉闲眠。"皆为此种意境。

⑥ 怕黄昏:黄昏时最易引起离人寂寞孤独之感,故云。李清照《声声慢》:"梧桐更兼细雨,到黄昏点点滴滴,这次第,怎一个愁字了得!"宋周邦彦《庆宫春》:"生怕黄昏,离思牵萦。"

⑦ 销魂:失魂落魄的痴呆之状。江淹《别赋》:"黯然销魂者,唯别而已矣。"

⑧ 香肌二句:形容为离愁而憔悴,消瘦。宋柳永《蝶恋花》:"衣带渐宽终不悔,为伊消得人憔悴。"搂带,即缕带,衣带。

【评】 这支带过曲写思妇在暮春时思念远游丈夫的悲情。前曲〔十二月〕写景,但景中融情。遥山远水,内阁重门,暮雨黄昏,绿柳红桃,无论近景远景、凄景美景,无不映衬着离人的内心愁情。后曲〔尧民歌〕直抒离情,用魂消肠断、啼痕无尽,极写离愁深重,悲恨无穷。前曲妙用叠字排比,后曲巧于句式连环。全曲流利朗畅,声韵铿锵,声情并茂,极有韵致。

崔莺莺待月西厢记(第一本第三折摘选)①

〔越调·斗鹌鹑〕玉宇无尘②,银河泻影。月色横空,花阴满庭。罗袂生寒③,芳心自警④。侧着耳朵儿听,蹑着脚步儿行。悄悄冥冥⑤,潜潜等等⑥。

……

〔拙鲁速〕对着盏碧荧荧短檠灯⑦,倚着扇冷清清旧帏屏⑧。灯儿又不明,梦儿又不成。窗儿外淅零零的风儿透疏棂,忒楞楞的纸条儿鸣⑨。枕头儿上孤另,被窝儿里寂静。你便是铁石人,铁石人也动情。

【注释】

① 崔莺莺待月西厢记:简称《西厢记》,共 5 本 21 折,是一连台本大戏。由正旦扮莺莺,正末扮张生,旦扮红娘,三人分别主唱。其剧情大致如下:唐已故崔相国之女莺莺与赴京赶考的张生在普救寺一见钟情,私相恋爱,在侍女红娘的热情帮助下,崔、张二人终于冲破阻挠,私下结合。崔母发现后,几设障碍,迫使张生赴京求取功名。张生及第荣归,有情人终成眷属。此第一本第三折写崔、张在僧房偶遇之后,张以攻书为名而借住寺中,是夜二人隔墙吟诗,互诉衷肠。

② 玉宇:明静的天空。

③ 罗袂(mèi):丝绸衣袖。

④ 芳心:指年轻女子之心。　警:机警,敏悟。

⑤ 悄悄冥冥:悄悄地、暗暗地。

⑥ 潜潜等等:时行时躲的样子。

⑦ 短檠(qíng)灯:灯架短的灯。檠,灯架。

⑧ 帏(wéi)屏:挂着帐帘的屏风。

⑨ 忒楞(léng)楞:象声词,在此形容窗纸被风吹动的声音。

【评】　此处所选两曲在本折戏的开头和结尾,为张生所唱。〔斗鹌鹑〕一曲写张生得知莺莺烧夜香,遂悄悄在园中等待,以期一见。此曲先描绘明空、银河、月光、花阴,由此构成优美而寂静的环境氛围,反衬出张生惊喜与兴奋的情怀。其后写张生的诚惶诚恐、小心翼翼和急不可待,生动逼真地表现了张生又喜又急又怯的内心世界。〔拙鲁速〕一曲写莺莺走后,张生回到室内后的孤寂凄凉之感。通过室内摆设的孤陋,室外的清寒,反衬其处境的凄苦,内心的孤独寂寞,给人以凄凉哀切之感。这两曲一前一后,情景交融,以景写情,生动真切地表现了张生内心活动的变化。

崔莺莺待月西厢记(第二本第三折摘选)①

〔得胜令〕谁承望这即即世世老婆婆②,着莺莺做妹妹拜哥哥。白茫茫溢起蓝桥水③,不邓邓点着袄庙火④。碧澄澄清波,扑剌剌将比目鱼分破⑤。急攘攘因何?扢搭地把双眉锁纳合⑥。

......

〔折桂令〕他其实咽不下玉液金波⑦。谁承望月底西厢,变做了梦里南柯⑧。泪眼偷淹,酩子里揾湿香罗⑨。他那里眼倦开软瘫做一垛⑩,我这里手难抬称不起肩窝。病染沉疴⑪,断然难活。则被你送了人呵,当甚么喽啰⑫。

......

〔离亭宴带歇指煞〕从今后玉容寂寞梨花朵⑬,胭脂浅淡樱桃颗⑭,这相思何时是可?昏邓邓黑海来深⑮,白茫茫陆地来厚,碧悠悠青天来阔。太行山般高仰望,东洋海般深思渴。毒害的恁么⑯!俺娘呵,将颤巍巍双头花蕊搓^⑰，香馥馥同心缕带割^⑱，长搀搀连理琼枝挫^⑲。白头娘不负荷^⑳，青春女成担搁，将俺那锦片也似前程蹬脱^㉑。俺娘把甜句儿落空了他，虚名儿误赚了我^㉒。

【注释】

① 第二本写叛将张飞虎兵围普救寺，欲掠莺莺为妻，危难之际，夫人为解燃眉之急，宣布有能退兵者，便许莺莺为妻。张生挺身而出，修书请友人白马将军杜确解围，不料崔母却食言赖婚。其后红娘设计相助，崔、张二人得以成亲。此本第三折写因夫人赖婚给崔、张二人带来的痛苦。

② 即即世世：老于世故，处事圆滑。

③ 白茫茫句：《庄子·盗跖》载，尾生与一少女相爱，约定在桥下相会。尾生先至，遇河水暴涨，他守信不肯离开，结果被淹死。蓝桥，唐裴航遇仙女云英处，元曲中常代指男女相会的地点。

④ 不邓邓：形容火势凶猛的样子。　祆(xiān)庙火：即火烧祆庙的传说故事。相传蜀帝公主与乳母陈氏之子相爱，约定在祆庙相会。公主入庙，见陈生熟睡，遂解玉环附生怀中而去。生醒见环，知恋人已去，怨气化火，其身与庙俱焚(见《渊鉴类函》卷五八引《蜀志》)。元曲中用为姻缘不遂之典。

⑤ 扑剌剌：形容事情突如其来。　比目鱼：古代传说中的鱼。汉韩婴《韩诗外传》卷五："东海致比目之鱼，名曰'鲽'，比目而行，不相得不能达。"人们常用以比喻感情很好的夫妻或情人。

⑥ 扢(gē)搭：忽地，一下子。　双眉锁纳合：指皱眉。

⑦ 玉液金波：比喻美酒。

⑧ 梦里南柯：即南柯一梦。唐李公佐传奇小说《南柯太守传》叙淳于梦梦至槐安国，国王以女妻之，任南柯太守，富贵荣华，显赫一时。后与敌战败，被遣回。随即梦醒，寻梦中旧迹，见槐树南枝下有蚁穴，即梦中所历之境。后人因称梦境、美梦为南柯。

⑨ 酩(míng)子里：暗地里。亦作瞑子里、闷子里。

⑩ 一垛：一堆。

⑪ 病染沉疴(kē)：身患重病。

⑫ 喽啰：这里有英雄、能干之意。

⑬ 玉容寂寞梨花朵：化用白居易《长恨歌》中"玉容寂寞泪阑干,梨花一枝春带雨"句,形容莺莺日后因寂寞痛苦,洁白如玉的脸上泪痕斑斑。

⑭ 樱桃颗：形容莺莺之美丽小嘴如樱桃一颗。

⑮ 昏邓邓：黑暗貌。亦作昏澄澄、昏腾腾。

⑯ 恁么：这么,这样。

⑰ 双头花蕊：即并蒂花,比喻夫妻或恋人。　搓：揉搓,弄碎。

⑱ 馥馥(fù)：香气浓烈。　同心缕带：即同心结,古时用锦带打成的连环回文样式的结,用作男女相爱的象征。

⑲ 长挽挽：犹言长长的。挽挽,形容很长的样子。　连理琼枝：即连理枝的美称。

⑳ 负荷：担负,负责。

㉑ 蹬(dēng)脱：踢开。

㉒ 赚(zhuàn)：诓骗。

【评】　这三曲系莺莺得知老夫人变卦后所唱。〔得胜令〕一曲是莺莺为老夫人突如其来的变卦行为震惊后所唱的第一曲。作者用叠字领起的对偶句,或用典、或设喻、或白描,表现出莺莺此时怒火中烧、无比悲痛和怨愤的感情。〔折桂令〕一笔两用,既写莺莺的悲痛,又写莺莺眼中张生的哀怨和精神不振,两相映衬,悲痛之情愈甚。〔离亭宴带歇指煞〕一曲系莺莺下场时所唱。写美梦成空的满腕怨愤与万般无奈。作者用一连串的比喻和叠字构成排比句式,表达了内心极大的痛苦,反映出老夫人棒打鸳鸯散的无情。此三曲妙在口语叠字的运用所形成的淋漓气势,由此将莺莺内心的痛苦和怨愤之情作了酣畅淋漓的抒发。其口语叠字和对偶的运用,工巧而不失自然,有生动圆熟和婉转流利之美,既显示出曲的当行本色,也展示了作者的艺术才华。

崔莺莺待月西厢记（第二本第四折摘选）①

〔小桃红〕人间看波②，玉容深锁绣帏中，怕有人搬弄。想嫦娥，西没东生有谁共？怨天公，裴航不作游仙梦③。这云似我罗帏数重，只恐怕嫦娥心动，因此上围住广寒宫。

〔天净沙〕莫不是步摇得宝髻玲珑④？莫不是裙拖得环珮丁冬⑤？莫不是铁马儿檐前骤风⑥？莫不是金钩双控⑦，吉丁当敲响帘栊？

〔调笑令〕莫不是梵王宫⑧，夜撞钟？莫不是疏竹潇潇曲槛中？莫不是牙尺剪刀声相送⑨？莫不是漏声长滴响壶铜⑩？潜声再听在墙角东，原来是近西厢理结丝桐⑪。

〔秃厮儿〕其声壮，似铁骑刀枪冗冗⑫；其声幽，似落花流水溶溶⑬；其声高，似风清月朗鹤唳空⑭；其声低，似听儿女语，小窗中，喁喁⑮。

【注释】

① 第二本剧情见上文。第四折叙张生依红娘琴挑之计，在月下弹琴并歌《凤求凰》一曲，其哀怨的琴声歌声深深打动了莺莺，二人心心相印，幽情暗通。

② 人间看波：即看人间。波，语气助词，无意。

③ 裴航：唐裴铏《传奇·裴航》叙唐秀才裴航落第出游，遇樊夫人（即云翘夫人，是玉皇使女）与诗云："一饮琼浆百感生，玄霜捣尽见云英。蓝桥便是神仙窟，何必驰驱上玉京。"后经蓝桥驿，渴而求饮，见一少女名云

英,裴航忆及樊夫人诗,因向云英母求婚。老妪言,若得玉杵臼便能娶云英,且约以百日为期。裴航至京城,买得玉杵臼,返回蓝桥,为老妪捣药百日,终与云英结为夫妻。成婚之日,有车马童仆迎裴航至一华丽居所,见云英之姊,乃是樊夫人。裴航后与云英双双修炼成仙。此处是崔莺莺感叹她与张生不能像云英与裴航那样幸福结合。

④ 步摇:古代女子首饰名,上有垂珠,随步行而摇动。　玲珑:形容玉声。

⑤ 环珮:同"环佩",古人衣带上所系的佩玉,行走时互相撞击而出声。

⑥ 铁马:檐马,悬于檐间的铁片,风吹则相击而发声。

⑦ 金钩:卷挂帘子的铜钩。　控:投,引申为碰击。此句连同下句意为:是不是两个挂钩与帘子相碰而发出丁当的响声?

⑧ 梵王宫:本指大梵天王的宫殿,亦泛指佛寺。

⑨ 牙尺:镶嵌着象牙或兽骨的尺子,此为尺之美称。　声相送:一声紧接一声。

⑩ 漏声:铜壶滴漏的声音,古时用以计时。　壶铜:即铜壶,古人计时所用的漏壶。

⑪ 理结丝桐:弹琴的雅称。理结,整理琴弦,作好弹奏准备。丝桐,代指琴。因琴多用桐木制成,且以丝为弦,故云。

⑫ 冗冗:象声词,形容刀枪撞击发出的声音。全句形容琴声雄壮激烈,其状如无数骑兵奔驰的马蹄声和刀枪搏杀的金属声。

⑬ 溶溶:象声词,形容水流动的声音。

⑭ 唳(lì):鹤、雁等高亢的鸣叫。

⑮ 喁喁(yóng):低声细语。

【评】 这里所选四曲,写莺莺在花园中烧夜香时,眼望明月,耳听琴声,不禁浮想联翩。〔小桃红〕一曲把满腹哀怨"忽然借月明替换题目,翻洗笔墨"(金圣叹语),借怜悯嫦娥的月宫孤独,感叹自己的春闺寂寞,是悲哀、忧愁交织的叹息。〔天净沙〕和〔调笑令〕两曲,连用8个"莫不是"领起各句,从不同角度比喻琴声的悦耳动听,结构相同的句式排比直下,一气呵成,既有酣畅淋漓之美,又有变化多端之妙。〔秃厮儿〕继续用排比句式、比喻手法写琴声的高低疾徐、抑扬顿挫,美妙的琴声所构成的不同意境,表现了崔、张二人感情的融通,给人赏心悦目的视听效果。总之,这四只曲子优美和谐,比喻巧妙,刻画细腻,极具音乐美感。如就其描写音响效果而言,与白朴《梧桐雨》第四折有异曲同工之妙。

崔莺莺待月西厢记(第四本第三折摘选)①

〔正宫·端正好〕碧云天,黄花地②,西风紧,北雁南飞。晓来谁染霜林醉? 总是离人泪③。

〔滚绣球〕恨相见得迟,怨归去得疾。柳丝长玉骢难系④,恨不倩疏林挂住斜晖⑤。马儿迍迍的行⑥,车儿快快的随,却告了相思回避,破题儿又早别离⑦。听得道一声"去也",松了金钏⑧;遥望见十里长亭,减了玉肌⑨。此恨谁知⑩!

〔叨叨令〕见安排着车儿、马儿,不由人熬熬煎煎的气;有甚么心情花儿、靥儿⑪,打扮的娇娇滴滴的媚;准备着被儿、枕儿,则索昏昏沉沉的睡⑫;从今后衫儿、袖儿,都揾做重重叠叠的泪⑬。兀的不闷杀人也么哥⑭! 兀的不闷杀人也么哥! 久以后书儿、信儿,索与我凄凄惶惶的寄⑮。

……

〔四边静〕霎时间杯盘狼藉,车儿投东,马儿向西,两意徘徊,落日山横翠。知他今宵宿在那里? 有梦也难寻觅。

〔耍孩儿〕淋漓襟袖啼红泪⑯,比司马青衫更湿⑰。伯劳东去燕西飞⑱,未登程先问归期。虽然眼底人千里,且尽生前酒一杯。未饮心先醉⑲,眼中流血,心内成灰⑳。

〔五煞〕到京师服水土㉑,趁程途节饮食㉒,顺时自保揣身体㉓。荒村雨露宜眠早,野店风霜要起迟! 鞍马秋风里,最难调护,最要扶持。

〔四煞〕这忧愁诉与谁? 相思只自知,老天不管人憔悴。泪添九曲黄河溢,恨压三峰华岳低㉔。到晚来闷把西楼倚,见了些夕阳古道,衰柳长堤。

〔三煞〕笑吟吟一处来,哭啼啼独自归。归家若到罗帏里,昨宵个绣衾香暖留春住,今夜个翠被生寒有梦知。留恋你别无意,见据鞍上马,阁不住泪眼愁眉。

〔二煞〕你休忧文齐福不齐㉕,我则怕你停妻再娶妻㉖。你休要一春鱼雁无消息㉗! 我这里青鸾有信频须寄㉘,你却休金榜无名誓不归。此一节君须记:若见了那异乡花草,再休似此处栖迟㉙。

〔一煞〕青山隔送行,疏林不做美,淡烟暮霭相遮蔽。夕阳古道无人语,禾黍秋风听马嘶。我为甚么懒上车儿内,来时甚急,去后何迟?

〔收尾〕四围山色中,一鞭残照里。遍人间烦恼填胸臆,量这些大小车儿如何载得起!

【注释】

① 第四本叙崔、张二人自由结合一个月后,被老夫人察觉,因拷问红

娘,红娘道破实情,据理力争。老夫人无奈之下,只得允婚,但却要张生考中以后才能婚娶,张生只好与莺莺相别而上京赴试。第三折叙张生赴考,莺莺、红娘、老夫人等人于长亭送别。

② 碧云天二句:语本宋范仲淹《苏幕遮》词:"碧云天,黄叶地,秋色连波,波上寒烟翠。"

③ 晓来两句:其意本董解元《西厢记诸宫调》:"君不见满川红叶,尽是离人眼中血。"

④ 柳丝长句:意为柳丝虽长却系不住玉骢马,比喻情虽长却留不住张生。玉骢(cōng),一种毛色青白相杂的马。

⑤ 倩:请。

⑥ 迍迍(zhūn zhūn):行动迟缓的样子。

⑦ 破题儿:旧时试帖诗及八股文开头的形式,即须用一两句话说破题目的要义。这里比喻事情的开始。

⑧ 松了金钏(chuàn):意为因相思、别离之苦而人瘦了许多,手上带的金钏子显得松了。钏,古之臂环,今称为镯子。

⑨ 减了玉肌:言相思折磨得人瘦削了。玉肌,肌肤光泽如玉,此代指人的身体。

⑩ 恨:遗憾,惆怅。

⑪ 靥(yè):原指嘴角的酒窝,这里指妇女贴在两颊上的花饰。

⑫ 则索:只好。

⑬ 揾(wèn):抹,擦。

⑭ 兀的不:怎么不。 也么哥:表示感叹的语词,多用在句末,以加强语气。

⑮ 索:应当。 凄凄惶惶:这里有急急忙忙的意思。

⑯ 红泪:古代诗词中多指美人之泪或血泪。典出晋王嘉《拾遗记》。参见本书侯克中〔正宫〕菩萨蛮《客中寄情》注释⑫。

⑰ 比司马句:白居易被贬为江州司马时,曾于浔阳江头闻琵琶女的精彩弹奏并听其述说悲凉身世,因感而作《琵琶行》诗叙其事,其中有"座中泣下谁最多,江州司马青衫湿"句。

⑱ 伯劳句:比喻人的离别。劳燕分飞是表示人离散的成语。伯劳,

一种小鸟。

⑲ 未饮心先醉：语出唐刘禹锡《酬令狐相公杏园花下饮有怀见寄》诗：“未饮心先醉，临风思倍多。”

⑳ 眼中两句：形容极度悲伤。据《烟花录》，昔有一商人泊舟西河下，岸上楼中一美女，相视月余，两情相悦，但未遂所愿。商货尽而去，女思疾而亡。父遂焚之，独心中一物如铁不化，磨出，隐隐照见舟中楼头二人对视情景。其父以为奇，藏之。后商复来，访其女，得观此物，不觉泪下成血，滴其上，即成灰。

㉑ 服：适应，习惯。

㉒ 趁：赶。

㉓ 顺时句：言顺应气候变化，估量健康状况，保重自己的身体。揣，估量。

㉔ 泪添两句：比喻忧愁之多如黄河水溢，忧愁之重可将华岳之三峰压低。华岳，即西岳华山，在今陕西华阴县南。华岳三峰，即莲花峰、玉女峰、松桧峰；一说即莲花峰（中峰）、仙人峰（东峰）、落雁峰（南峰）。

㉕ 文齐福不齐：宋元时常用语，指文才已备，福分却不够。

㉖ 停妻再娶妻：遗弃原配妻子而另娶新妻。

㉗ 一春句：语本宋秦观《鹧鸪天》词：“一春鱼鸟无消息，千里关山劳梦魂。”鱼雁，古代有鱼腹藏信、雁足传书的传说，后人常用以指代书信。

㉘ 青鸾：古代传说中一种能报信的鸟。据说汉武帝时西王母降临，青鸾先来报信。

㉙ 栖迟：游息。

【评】 此折前三曲是莺莺在赴长亭路上所唱。〔端正好〕曲化用范仲淹《苏幕遮》词意境，用蓝天白云、红叶黄花、西风北雁等最具秋令特征的景物，构成空旷辽远、萧瑟凄清的境界，从而衬托出莺莺内心凄凉而又深重的离别悲愁。〔滚绣球〕一曲紧扣一“恨”字，写莺莺的痴情痴想痴感，正面表现了莺莺难以与张生分别的复杂心情。以上两曲都是莺莺的内心独白，其后〔叨叨令〕一曲直抒胸臆，从眼前叙及别后，是莺莺面对红娘哭诉自己满腹的别恨离愁。一连串叠字排比句式和字声的儿化，造成了一种回环往复、泣不成声的艺术效果。从〔四边静〕到〔收尾〕是长亭送别中崔、张依依惜别的怨恨愁情，激荡着汹涌澎湃的感情波澜。〔四边静〕写夕阳落日中"车儿投东，马儿向西"时的"两意徘徊"，其两情相依、难以割舍之状，如在目前。〔耍孩儿〕一曲融化典故，巧用比兴，抒断肠情怀。"未登程先问归期"，人未别，心先痛！"东去西飞"、"眼底生前"、"眼中心内"，句句是血泪之语，字字是断肠之言。尽管不胜离别悲痛，在〔五煞〕中莺莺仍不忘对张生的百般叮咛，反复嘱托，由此也表现出对张生的万般眷恋。其后〔四煞〕和〔三煞〕两曲再次想像别后凄凉，不禁再涌悲涛恨浪！泪溢九曲黄河、恨压华岳三峰，虽是夸张之语，却是至诚至深之情。至〔二煞〕，莺莺终于道出内心的隐忧：怕张生"停妻再娶妻"，袒露了矛盾的内心世界。〔一煞〕和〔收尾〕两曲是莺莺在张生起程后，目送张生远去，久久伫立而不忍离去的情景。"淡烟暮霭"、"夕阳古道"、"禾黍秋风"、"四围山色"、"一鞭残照"等萧瑟凄凉的深秋暮景，正是其悲凉心情的生动写照。"四围"两句，淡远之景，融无限情思，它使"长亭送别"留下意味无穷的余韵。本折各曲，可谓句句别愁，曲曲离恨，细读深味，莺莺之愁容可见，哀怨可知，深情可感。王实甫高超的语言艺术、抒情手段，亦不得不令人叹为观止。他巧用叠字排比、比喻夸张，把书卷典语、口头俗语融为一炉，锻炼得如此精纯，如此圆熟，又如此自然，如此流利！诚如朱权所评，"王实甫之词，如花间美人，铺叙委婉，深得骚人之趣"；又诚如曹雪芹借林黛玉之感所言，"但觉词句警人，余香满口"。只要天下有情人代代皆有，此等文字便会世世不灭！

张弘范(一首)

张弘范(1238—1280),字仲畴,人称张九元帅。河北定兴人。中统初授御用局总管,后改行军总管、顺天路管民总管、益都淄莱等路行军万户。因攻宋襄阳、建康有军功,改亳州万户,不久授镇国上将军、江东道宣慰使。至元十五年(1278),为蒙古汉军都元帅攻宋,俘丞相文天祥;次年攻崖山,陆秀夫负帝昺投海而死。至元十七年(1280),弘范病卒,封淮阳王,谥献武。《元史》有传。其著有《淮阳集》《淮阳乐府》。其散曲今存小令3首。朱权《太和正音谱》列之于"词林英杰"150人中。

〔双调〕殿前欢

襄阳战①

鬼门关,朝中宰相五更寒②。锦衣绣袄兵十万,枝剑摇环③,定输赢此阵间。无辞惮,舍性命争功汗。将军战敌,宰相清闲。

【注释】

① 襄阳战:元军于至元五年(1268)围宋襄阳,至元十年(1273)城破,宋元攻防之战,前后长达五年。张弘范时为益都淄莱等路行军万户帅兵参战,攻破襄阳,弘范立有大功。

② 朝中句:形容朝臣之辛苦。见庾天锡〔双调·雁儿落过得胜令〕注释⑦。

③ 锦衣二句：极写元兵之军威盛壮。枝剑，形容剑戟众多，如树枝林立。摇环，摇撼刀环。环，刀把或刀头上之金属环。

【评】　这首小令写襄阳之战的军威和感触，为散曲中难得的记实之作。开篇一句，用"鬼门关"形容襄阳之战难以取胜，次句言朝廷上下皆为攻取襄阳而辛苦策划。"锦衣"五句极写元军兵力盛壮，要与宋军一决雌雄；将士们不辞辛劳，舍命死战，为的是建功立业。最后写策划已定，武将血战沙场，而文官则可享受清闲了。此曲用有限的篇幅展现了襄阳之战阔大的场面，既有概括叙述，又有具体描写，塑造了英勇无畏的将军形象。

邓玉宾（四首）

邓玉宾（？—1298后），名锜。早年曾官峄州同知。后入黄冠，道号玉宾子（或以为"玉宾子"为另一曲家，宁希元考其为邓玉宾道号，可从）。著有《道德真经三解》《大易图说》等。钟嗣成《录鬼簿》列入"前辈已死名公有乐府行于世者"一栏中。现存散曲有小令7首，套数4篇。朱权《太和正音谱》评其曲如"幽谷芳兰"。

〔正宫〕叨叨令

道　情①（四首选二）

一个空皮囊包裹着千重气②，一个干骷髅顶戴着十分罪③。为儿女使尽些拖刀计，为家私费尽些担山力④。您省的也么哥，您省的也么哥⑤，这一个长生道理何人会⑥。

白云深处青山下，茅庵草舍无冬夏。闲来几句渔樵话⑦，困来一枕葫芦架。您省的也么哥，您省的也么哥，煞强如风波千丈担惊怕⑧。

【注释】

① 道情：本为道士所唱含有教化劝诫意义的通俗歌曲，元曲家取其义以写警世之曲，遂成为元曲中一体。见明朱权《太和正音谱·乐府体式》。

② 皮囊：皮口袋。佛教用以比喻人的肉体、躯壳。

③ 干骷髅：此处比喻人干瘪的骨架。骷髅，死人头骨或全副骨骼。

④ 为儿女二句：比喻为儿女家私费尽心机、使尽力气。

⑤ 也么哥：或作"也波哥"、"也末哥"，表感叹之多音节语气词。在两个重叠句句尾加上"也么哥"三字，是〔叨叨令〕曲的定格。　省：省悟。

⑥ 长生道理：指道家修身养性的长生不老之术。

⑦ 渔樵话：渔夫樵子们谈论历史兴亡的闲话。宋张升《离亭燕》："多少六朝兴废事，尽入渔樵闲话。"

⑧ 煞强如：远胜过。

【评】　邓玉宾的《道情》组曲共 4 首，内容为劝世人鄙弃功名利禄，以求身心两放的清静闲适。前曲先用 4 个比喻，以见为功名利禄和儿女家私争斗打拼的不值，接着讽喻世人不知放弃名利以求长生的道理，在劝诫中表现出愤世嫉俗之情。此曲巧于取譬，造语警拔。后曲从悠闲的时空和闲散的生活等方面表现隐逸生活的恬静，并以此与风波千丈而使人担惊受怕的官场形成鲜明对比，从而更反衬其乡居生活的怡然自得。可谓文辞俊爽，意境清丽，情趣闲雅。

〔双调〕雁儿落过得胜令

闲　适（三首选一）

乾坤一转丸①，日月双飞箭②。浮生梦一场③，世事云千变。　万里玉门关，七里钓鱼滩④。晓日长安近⑤，秋风蜀道难⑥。休干⑦，误杀英雄汉⑧。看看，星星两鬓斑⑨。

【注释】

① 乾坤句：意谓宇宙像一个能够运转的小圆球。

② 日月句：言时光飞逝如箭。

③ 浮生：古人认为人生虚幻，富贵无定，因以人生为"浮生"。李白《春夜宴从弟桃花园序》："浮生若梦，为欢几何？"

④ 万里二句：分别用班超辞官和严光避世的典故言其归隐之志。据《后汉书·班超传》，班超在绝域戍守，建功立业，老来思还乡土，因上疏朝廷，有"臣不敢望到九泉郡，但愿生入玉门关"等语。据《后汉书·逸民传》，严子陵少有高名，与光武同学，及光武即位，"除为谏议大夫，不屈，乃耕于富春山，后人名其钓处为严陵濑焉。"注引《舆地志》云："七里濑在东阳江下，与严陵濑相接，有严山。桐庐县南有严子陵渔钓处，今山边有石，上平，可坐十人，临水，名为'严陵钓坛'也。"濑(lài)，浅水沙石滩。

⑤ 晓日句：指入朝为官。这里用晋明帝小时先说"日远长安近"，后又说"日近长安远"故事。见《世说新语·夙慧》。

⑥ 秋风句：指仕途艰险犹如蜀道。此用李白《蜀道难》诗意。

⑦ 休干：不要去做官。干，干禄，谋求官职禄位。

⑧ 误杀：即"误煞"，错误到极点。

⑨ 星星：形容鬓发斑白。左思《白发赋》："星星白发，生于鬓垂。"

【评】 邓玉宾题为《闲适》的小令共3首，内容皆为感慨世事无常、人生虚幻。此曲首言时光如流、浮生若梦，以抒发其年已老大而功业未成之叹；然后连用班超、严光等典故，表明对仕途生涯的厌倦；最后毅然决然地表示弃官不做，以免空耗年华。此曲音韵铿锵，风格豪放，颇有阳刚之美。

〔南吕〕一枝花

〔一枝花〕连云栈上马去了衔①，乱石滩里舟绝了缆。取骊龙颔下珠,饮鸩鸟酒中酖②。阔论高谈,是一个无斤两的风云怛③。蝜蝂虫般舍命的贪④。此事都谙⑤,从今日为头罢参⑥。

〔梁州第七〕俺只待学圣人问礼于老聃⑦,遇钟离度脱淮南⑧。就虚无养个真恬淡⑨。一任教春花秋月,暮四朝三。蜂衙蚁阵,虎窟龙潭。阃纷纷的尽入包涵⑩,只是这个舞东风的宽袖蓝衫。两轮日月是俺这长明朗不灭的灯龛⑪,万里山川是俺这无尽藏长生药篮⑫,一合乾坤是俺这养全真的无漏仙庵⑬。可堪!这些儿钝憨⑭,比英雄回首心无憾。没是待雷破柱落奸胆⑮,不如将万古烟霞赴一簪⑯,俯仰无惭。

〔随煞〕七颠八倒人谁敢?把这坎位离宫对勘的岩⑰。火候抽添有时暂⑱,修行的好味甘。更把这谈玄口缄⑲,甚么细雨斜风哨得着俺⑳。

【注释】

① 连云栈:比喻极危险的栈道。见庾天锡〔双调·燕儿落过得胜令〕注释⑥。

② 取骊龙二句:形容功名利禄诱人,但求取却极其危险。骊龙颔下珠,传说骊龙颔下有千金之珠,但要取到它要冒生命危险。鸩鸟,传说中一种有毒的鸟,以其羽泡酒,饮之能毒人。

③ 风云怛:疑当为"风云担",元代俗语,意为徒有虚名。"怛"字疑为"擔"字简写为"担",再因形近而讹为"怛"。

④ 蝜蝂虫:一种好负重攀爬的小虫。见柳宗元《蝜蝂传》。

⑤ 谙:明白。

⑥ 为头:从头,开始。 罢参:指停止参与。

⑦ 圣人:指孔子。 老聃:即老子。相传孔子曾问礼于老聃。

⑧ 钟离：传说中道教八仙之一。姓钟离，名权，字云房。　　度脱：使人解脱人世的苦难而达于仙界。　　淮南：指汉淮南王刘安，传说被八仙度脱，白日升天。

⑨ 虚无：道家指道的本体。意为道无所不在但又无形可见。

⑩ 阑纷纷：乱纷纷。　　尽入包涵：一并包裹。

⑪ 灯毬：此指灯笼。

⑫ 无尽藏(zàng)：佛家语，意即无尽的宝藏。

⑬ 一合乾坤：整个宇宙。乾坤，代指天地。《易·乾彖》："大哉乾元，万物资始，乃统天。"故以乾为天。《易·坤彖》："至哉坤元，万物资生，乃顺承天。"故以坤为地。　　全真：保全人的本性天真，此为金元时道教全真派的宗旨。

⑭ 钝憨：笨拙痴呆。

⑮ 没是：犹言"莫是"。意即莫不是，莫非是。　　雷破柱落奸胆：比喻天颜震怒，使奸佞破胆。

⑯ 赴一簪：意即出家修道。道士以簪束发，故云。

⑰ 七颠二句：意即严格按照八卦原理来安炉炼丹，没有谁敢于将阴阳颠倒、坎离倒置。坎、离，皆为八卦名称。对堪，对合。岩，用同"严"。

⑱ 火候句：指炼丹过程中的火力调节。

⑲ 谈玄：谈论老庄等玄言哲理。

⑳ 甚么句：此句喻意为没有什么社会纠纷可以牵绊到自己。哨，同"潲"，雨被风斜吹到身上。

【评】 邓玉宾曾官至同知，后于"急流中弃官修道"（邓玉宾〔中吕·粉蝶儿〕），远离尘俗，独善苟全于林泉丘壑间，修心养性，学道求仙。这篇套数正表现了他由官而道的人生感触。首曲〔一枝花〕连用4个比喻，形象地展示官场的风险，然后又对高谈阔论之人和贪心不足之辈进行嘲讽。〔梁州第七〕一曲，写跳出宦海险恶之地而潜心修道的悠闲生涯和虚无胸襟。竟可以日月为长明灯，以万里山川为长生药篮，以天地宇宙为栖身之所，并携带万古烟霞进入修炼境界。〔随煞〕"甚么细雨斜风哨得着俺",更庆幸自己远离红尘的安全和一无牵挂的悠闲。此篇取象譬喻极生动形象,文笔洒脱,气势超迈,由此形成一种放逸宏丽的风格特征。

滕 斌(二首)

滕斌,生卒年不详,一作滕宾,字玉霄,黄冈(今属湖北)人。至大(1308—1311)间任翰林学士,出为江西儒学提举,后弃家入道。钟嗣成《录鬼簿》列之于"前辈已死名公有乐府行于世者"一栏中。今存散曲,有小令15首。朱权《太和正音谱》评其曲如"碧汉闲云"。

〔中吕〕普天乐(四首选一)

财

一瓢贫①,千钟富②,是天生分定,何必枉图?锦步障,黄金坞③。狗苟蝇营贪不足,为妻儿口体区区④。君家饱暖,他人冻馁,于汝安乎?

【注释】

① 一瓢贫:言非常贫穷。《论语·雍也》:"一箪食,一瓢饮,在陋巷,人不堪其忧,回也不改其乐。"

② 千钟富:言特别富有。钟,古代容量单位。六斛四斗为一钟。

③ 锦步二句:言生活极其豪奢。据《晋书·石崇传》,石崇与人争富,曾作锦布障长五十里。又据《三国志·董卓传注》,董卓筑郿坞,其中藏"金有二三万斤,银八九万斤,珠玉锦绮奇玩杂物皆山崇阜积,不可知数"。

④ 为妻句:为妻子儿女的吃穿不愁而得意洋洋。口体,口腹身体的享受。区区,同"姁姁(xū xū)",怡然自得的样子。

【评】 作者用〔普天乐〕曲牌所作的这组小令共 4 首,分题《酒》《色》《财》《气》,借以抒发嗟生叹世之感。此首对贪官们的欲壑难填和豪奢无度进行了愤怒的谴责和无情的嘲讽,并对达官显宦们漠视贫穷者的生存状况表示出极大的义愤。最后一句反问,感情强烈,力透纸背,是站在人道主义立场对贪官污吏们的当头棒喝。

〔中吕〕普天乐（十一首选一）

　　淡烟迷,遥山翠。秋天雁唳①,夜月猿啼。小径幽,茅檐僻。秋色南山独相对,傲西风菊绽东篱②。疏林鸟栖,残霞散绮③,归去来兮④。

【注释】

① 唳:鸟鸣,多指鹤或鸿雁的鸣叫。

② 秋色二句:化用陶渊明《饮酒》之五"采菊东篱下,悠然见南山"诗意。

③ 残霞散绮:化用南朝齐谢朓《晚登三山还望京邑》"余霞散成绮"句意。

④ 归去来兮:借用晋陶渊明《归去来辞》首句。陶文叙述其出仕和弃官归田的经过。

【评】 作者用〔普天乐〕曲牌而末句均作"归去来兮"的重尾小令共有 11 首,其内容为歌颂隐逸闲适,一些曲子还含有警世之意,故旧时选家择其中数曲,或题为《四季道情》,或题为《劝世》。此曲即为《乐府群珠》所选而题为《四季道情》的四首之一。

作者从大自然的美好着墨,以彩笔情辞,绘写秋日的淡雅明媚之景,并非常自然地牵进陶渊明的归隐生活图景,从而表现了自己的隐逸情怀。其笔意疏朗,意境清丽,给人以美的享受。

伯　颜（一首）

伯颜（1237—1295），姓八邻氏，蒙古人。至元初奉使入朝，受忽必烈赏识，拜中书左丞相，后升任同知枢密院事。至元十一年（1274）统兵伐宋，宋亡，曾出镇和林。元成宗时加太傅录军国重事。卒赠太师开府仪同三司，追封淮安王，谥忠武。《元史》有传。本传称其深谋善断，颇能文学。其现存散曲仅有小令1首。

〔中吕〕喜春来

金鱼玉带罗襕扣①，皂盖朱幡列五侯②，山河判断在俺笔尖头③。得意秋，分破帝王忧。

【注释】

① 金鱼：即古代高官佩带的金鱼符。　玉带：镶嵌有玉的腰带。罗襕扣：以紫罗襕制成的官服。自唐至元，朝廷品级最高的官员穿紫色罗襕。以上皆高官服饰标志。

② 皂盖朱幡：指元代高官所用之黑色车盖及仪仗中的朱色旗。见《元史·舆服志》。　五侯：指古代公、侯、伯、子、男五等爵位。

③ 判断：这里有主宰之意。

【评】"文如其人"，散曲亦然。伯颜作为元朝攻灭南宋的最高统帅，位高权重，在这首小令中，作为战胜者的踌躇满志，溢于言表。开篇两句以得意之笔展现其显赫身份，充满着无比喜悦的豪情。"山河"句则既表现出自己的位高权重,更透露出他还能在谈笑间平定天下的文治才能和儒雅风度,颇有东坡笔下周郎"羽扇纶巾",谈笑间成就大业的风流潇洒。但是他并没有得意忘形,而牢记着为帝王分忧的责任。短短 31 字中,无处不体现出他从容自得、豪迈自信的喜悦情怀和举重若轻的潇洒风度。此曲充分表现了征服者不可一世的气概和胸襟,与同时代绝大多数沉沦下僚者的失意悲吟相比,就真有天壤之别了。

姚 燧（四首）

　　姚燧（1238—1313），字端甫，号牧庵，洛阳（今属河南）人。幼孤，依伯父姚枢成人。至元（1264—1294）间官陕西汉中提刑按察司副使、翰林直学士、大司农丞。后历官江东廉访使、江西行省参知政事、太子少傅、翰林学士承旨、知制诰兼修国史。晚年退居潜江（今属湖北），筑藏书楼，名曰"白鹤楼"，日读书、著述其间。卒谥文。《元史》有传。姚燧为元代古文大家，后世评其可比唐之韩、柳。著有《牧庵文集》五十卷。其所存散曲有小令 29 首，套数 1 篇。朱权《太和正音谱》列之于"词林英杰"150 人中。

〔中吕〕阳春曲

　　墨磨北海乌龙角①，笔蘸南山紫兔毫②，花笺铺展砚台高。诗气豪，凭换紫罗袍③！

【注释】

　　① 北海乌龙角：唐代书法家李邕官北海太守，人称李北海。　乌龙角：一种名贵的墨。

　　② 紫兔毫：用紫色兔毛制成的一种笔，非常名贵。白居易《紫毫笔》诗曰："江南石上有老兔，吃竹饮泉生紫毫。宣城之人采为笔，千万毛中拣一豪。"

　　③ 紫罗袍：古代朝廷高官的官服，此代指高官显宦。

【评】 本曲中笔墨纸砚的美好形象实为烘托曲家自己当年的意气风发和壮志凌云,而他的才思也确实为他赢得了盛名,使他成为整个元代较为得志、在仕途上取得高位的少数汉族文人之一。全曲描绘了曲家年轻时才思横溢和充满豪情逸兴的形象。此类昂扬奋发的乐观基调,元曲中甚为少见。

前 调

笔头风月时时过①,眼底儿曹渐渐多②。有人问我事如何?人海阔,无日不风波。

【注释】

① 笔头句:指舞文弄墨的文士生涯。
② 眼底儿曹:指眼下所见的新进后辈。

【评】 此曲以平白之语写人世感慨。起笔先感叹时光如流,自己在不知不觉中进入晚年,士林中已是新人辈出。中间以设问转折,由人生易逝,转向对人海茫茫、仕途险恶的慨叹。"人海阔,无日不风波",既是答问,也是对自己仕途生活感受的总结。看起来仿佛冷峻旁观,实则置身其中,因而感慨深沉。语虽平易,但凝练精警,笔力遒劲。

〔中吕〕醉高歌

感 怀(四首选一)

十年燕月歌声①,几点吴霜鬓影②。西风吹起鲈鱼兴③,已在桑榆暮景④。

【注释】

① 十年句:指作者早年在京城的游宦生涯。燕月,燕京风月。

② 吴霜句:作者于大德五年(1301)出任江东廉访使,曾滞留吴地,其时已至晚年,故云。

③ 鲈鱼兴:晋代张翰,吴地人,在洛阳为官,见秋风吹起,因思念故乡的莼羹与鲈鱼脍,遂辞官还乡。见南朝宋刘义庆《世说新语·识见》。

④ 桑榆暮景:指晚年。《淮南子》:"日西垂景在树端,谓之桑榆。"故桑榆多喻人之晚年。

【评】 作者题为《感怀》的〔醉高歌〕小令凡 4 首,或思乡,或叹世,或感别,内容上没有太多联系。此首感慨宦海漂泊、辗转羁旅,颇有些厌倦之感和思乡之情。此曲语言极凝练,意象极精粹,用典极贴切,感慨极深沉,内涵极丰富,不愧大家风范。

〔越调〕凭栏人

寄征衣

欲寄君衣君不还,不寄君衣君又寒。寄与不寄间,妾身千万难。

【评】 此曲辞短意长,曲折细腻地刻画出思妇的特殊心理活动。"欲寄君衣",流露出思妇对征人的关切,目睹寒来暑往,她就下意识地想到远人,心系他的冷暖;然而,征人收到衣服,会不会因为没有了寒冷的侵袭就忘记了家中那颗企盼沉重的心呢？狠下心来置他的冷暖不顾吧，又怎么能忍心让他受冻？在"寄"与"不寄"的进退维谷中，思妇的心缠绕着挚爱和思念的结。此时不仅仅是读者，恐怕连她自己也已分不清她是关心自己多一点，还是关爱征人多一点了。曲子终以思妇的矛盾抑郁收尾，这是一种恐怕永远也割舍不断、纠缠不清的情感，一种女性世界里永恒的心结。

卢　挚(八首)

卢挚(1242?—1315?),字处道,一字莘老,号疏斋,又号嵩翁,祖籍涿郡(今河北涿州),后迁河南。20岁左右,以诸生进为忽必烈侍从之臣。后历官燕南河北道提刑按察司、江东道提刑按察司副使、陕西提刑按察使、河南路总管。大德初,授集贤学士,持宪湖南,迁江东道廉访使。复入京为翰林学士,迁承旨,贰宪燕南河北道,晚年客寓宣城。卢挚文名颇隆,与姚燧并称,诗与刘因齐名。其所著,今人李修生编有《卢疏斋集辑存》。其散曲今存小令120首。贯云石评其曲"妩媚如仙女寻春,自然笑傲"。

〔双调〕沉醉东风

秋　景

挂绝壁松枯倒倚①,落残霞孤鹜齐飞②。四围不尽山,一望无穷水,散西风满天秋意。夜静云帆月影低,载我在潇湘画里③。

【注释】

① 挂绝壁句:此句化用李白《蜀道难》"连峰去天不盈尺,枯松倒挂倚绝壁"句。

② 落残句:此句化用王勃《滕王阁序》"落霞与孤鹜齐飞"句。

③ 潇湘画:宋代著名画家宋迪有《潇湘八景图》组画,此借以指江水静谧澄澈,优美如画。

【评】 此曲写秋景之美。开端两句化用前人诗文名句,组合巧妙,且"挂"、"落"二字置于句首,使意境开阔,气势飞动,从而赋予静景以动感之美。接着以山川无尽和秋空辽远写足秋意,最后以秋景如画、令人陶醉作结。美景乐情,融合成自然而高雅的意境。

前　调

叹　世

拂尘土麻绦布袍,助江山酒圣诗豪[①]。乾坤水上萍,日月笼中鸟,叹浮生几回年少? 破屋春深雪未消,白发催人易老。

【注释】

① 酒圣:古人谓酒之清者曰圣,浊者曰贤,故"酒圣"指清酒、美酒。参见《三国志·魏书·徐邈传》,又李白《月下独酌》诗:"已闻清比圣,复道浊如贤。"

【评】 开篇两句勾勒出一位悠闲文士的形象,他是逍遥自得的。然而,在仕途羁縻之感和韶华易逝之叹的双重压迫之下,他内心越来越强烈地生发出一种不自由的悲凉情绪。"乾坤水上萍,日月笼中鸟",乾坤是如此的虚浮无定,连日月也遭受如此的牢笼,又何论人生? 因而,在"叹浮生几回年少"、"白发催人易老"的感叹中,便表现出了一种最为宏深广远的悲剧意识。作者所抒发的虽是多感文士的一种传统的人生感喟,但却依然有着深沉的感染力。

前　调

闲　居

雨过分畦种瓜，旱时引水浇麻。共几个田舍翁^①，说几句庄家话。瓦盆边浊酒生涯，醉里乾坤大^②。任他高柳清风睡煞^③。

【注释】

① 田舍翁：老农夫。

② 醉里句：言醉乡里的天地广大，含有逃避现实的意味。

③ 睡煞：犹言睡死。

【评】　此曲表现了对悠然闲适的农村田园生活的向往。作者不仅描写了极富农村生活气息的"分畦种瓜"、"引水浇麻"等普通日常劳作，而且还描写了劳作之余的"浊酒生涯"，并渴望钻进"醉里乾坤"，彻底浇灭人生的烦恼，去体验忘世的恬静，还要醉倒在"高柳清风"之下，表现出孤高傲世的出世精神和隐逸乐趣。本曲所表现出的悠然自得、澹然忘世，也映衬出对官场的厌倦。全曲用语平淡自然，极富农村生活气息。

〔双调〕蟾宫曲

想人生七十犹稀，百岁光阴，先过了三十^①。七十年间，十岁顽童，十载尪羸^②。五十岁除分昼黑^③，刚分得一半儿白日。风雨相催，兔走乌飞④。子细沉吟⑤，都不如快活了便宜。

【注释】

　　① 想人生三句：言人生活到 70 岁是不多的，因此算一百岁光阴，就得先除去 30 岁了。杜甫《曲江》之二："酒债寻常行处有，人生七十古来稀。"

　　② 尪羸(wāng léi)：瘦弱，孱弱。此指孱弱老人。

　　③ 除分昼黑：言分开白天和黑夜。

　　④ 兔走乌飞：犹言日月运行，光阴流逝。古代传说月中有玉兔，因以兔代指月亮；传说太阳里有三足金乌，因以乌代指太阳。唐韦庄《秋日早行》诗："行人自是心如火，兔走乌飞不觉长。"宋晏殊《清平乐》词："兔走乌飞不住，人生几度三台。"

　　⑤ 沉吟：沉思，思索。

【评】　此曲抒发人生感叹，其构思命意，可谓别出心裁。作者首先给我们算了一笔时间账，告诉我们人生短促，韶华易逝，劝人们及时行乐，从而表现出对建功立业的否定，这是表层内容。其深层意味在于，正因为生命短促，更应惜时如金，珍爱生命，体现生命的价值，表现出与封建政权的离心倾向，也产生了"未仕每愿仕，既仕复思归"的矛盾心态。本曲语言本色平易，娓娓道来，于平易中见真情。

前　调（八首选一）

萧　娥①

晋王宫深锁娇娥，一曲离筵，百二山河②。炀帝荒淫,乐淘淘凤舞鸾歌。琼花绽春生画舸,锦帆飞兵动干戈③。社稷消磨④,汴水东流⑤,千丈洪波。

【注释】

① 萧娥:萧姓女子,隋炀帝为晋王时选为妃,登基后立为后。娥,美女,后用为女子的泛称,如秦娥、韩娥。

② 晋王三句:言隋炀帝恃山河险固,沉湎酒色,结果被杀,而萧后也流离塞外,只能以胡笳寄托对百二山河的故国之思。晋王宫,指杨广为晋王时的宫邸。离笳,犹离别曲;笳,胡笳,古代西域管乐器;此暗示萧后流落塞北。百二山河,古代形容秦地之山河险固,二万人可挡诸侯百万。参见《史记·高祖本纪》。

③ 琼花二句:相传隋炀帝为看扬州琼花,曾携带萧娥乘华丽的龙舟沿运河南下,终于导致干戈四起、隋朝灭亡。琼花,一种名花,花色微黄而有香,相传扬州后土祠之琼花最为名贵。见宋周密《齐东野语·琼花》。画舸(gě),装饰华美的大船。锦帆,隋炀帝龙舟以锦缎作帆。干戈,指隋末农民起义。

④ 社稷句:指国家灭亡。社为土神,稷为谷神,合称则代国家。消磨,消耗磨灭,消亡。

⑤ 汴水:古河名,发源于河南,流经江苏,转入泗水。

【评】 卢挚曾用 8 首〔蟾宫曲〕歌咏古代 8 位红颜薄命的女子,如丽华、杨妃、西施、绿珠等。或借佳丽悲运感慨帝王的荒淫误国,或借红颜薄命慨叹乐事难终。本曲通过描写萧娥的遭遇批判隋炀帝的荒淫误国,并就此抒发国家兴亡的感慨。开篇三句写隋炀帝在晋王宫深锁美人,恃山河险固,一味享乐,最终导致亡国,萧后流落塞外。其后四句具体揭露了隋炀帝的荒淫堕落,整日凤舞鸾歌,不理朝政,乃至锦帆南下,荒淫奢侈之甚,终于导致干戈四起。最后三句发出了与苏轼"大江东去,浪淘尽、千古

风流人物"的同一感慨,用江河永恒,反衬隋王朝的短暂;汴河之
"千丈洪波",仿佛诉说着历史的悲恨,其感慨无比深沉悲凉。

前　调（十八首选一）

咸阳怀古

对关河今古苍茫,甚一笑骊山^①,一炬阿房^②。竹帛
烟消^③,风云日月,梦寐隋唐。快寻趁王家醉乡,见终南
捷径休忙^④。茅宇松窗,尽可栖迟^⑤,大好徜徉^⑥。

【注释】

① 骊山:山名,在陕西省临潼县东南。《史记·周本纪》:"西夷犬戎
攻幽王,幽王举烽火征兵,兵莫至,遂杀幽王骊山下。"

② 一炬句:指秦所建之阿房宫被项羽农民起义军焚毁。杜牧《阿房
宫赋》:"楚人一炬,可怜焦土。"

③ 竹帛:竹简和白绢丝,古代用以为纸,此借指史册、史籍。

④ 终南捷径:指一些人通过隐居的方式博取名声以进入仕途。唐刘
肃《大唐新语·隐逸》:"卢藏用始隐于终南山中,中宗朝累居要职。有道
士司马承祯者,睿宗迎至京,将还,藏用指终南山谓之曰:'此中大有佳处,
何必在远?'承祯徐答曰:'以仆所观,乃仕宦捷径耳。'藏用有惭色。"司马
承祯之言,意在讽刺卢藏用通过隐居捷径进入仕途。

⑤ 栖迟:游息、居住。《诗经·陈风·衡门》:"衡门之下,可以栖迟。"

⑥ 徜徉:徘徊、盘旋,自由自在往来。

【评】　作者随足迹所至而用〔蟾宫曲〕凭吊名胜古迹的曲子
共 18 首,其内容或诉说兴亡,或抚事伤怀,大多厚重悲凉,感慨
深沉。此曲是作者游历咸阳而写的一首怀古感今之作,其前半

是对历史的感慨,悼古伤怀,令人凄然。繁华已去,世事无常,古人所成就的千秋功业,已然如烟似梦,今人又能何为? 于是决定寻找酣醉之乡、栖隐之所和徜徉漫步之地,以此打发人生,看似极放脱,实则极悲凉,极凄婉。

〔双调〕寿阳曲

别珠帘秀①

才欢悦,早间别②,痛煞煞好难割舍。画船儿载将春去也③,空留下半江明月。

【注释】

① 珠帘秀:元代著名杂剧女演员。元夏庭芝《青楼集》:"珠帘秀,姓朱氏,行第四。杂剧为当今独步;驾头、花旦、软末泥等,悉造其妙。"与关汉卿、卢挚、胡紫山等皆有交往唱和。

② 间别:离别。

③ 画船儿:装饰华丽的游船。春,指美景,此喻指珠帘秀,也象征二人的感情。

【评】 此曲是作者送别珠帘秀时所写的一首富有真情与文采的惜别之曲。前三句写面对离别而惜别之情达到最高潮那一瞬间的感受。"才欢悦,早间别"写欢聚的短暂,离别的迅速,纯是一种内心的感受。"痛煞煞"句写出了离别时几乎捣床捶胸的痛苦神态,将难舍难分之状和盘托出,毫无粉饰,却感人至深。"画船儿"句写出了不能阻止离别的无奈之情,友人离去,将昔日欢娱如春天般温暖和明媚的生命之光也一并带走了。"空留下"

一句,其残缺不全的意象,更显示出孤独与苦闷,与前遥相呼应,意境更为深远。全曲以白描手法直陈而出,热烈奔放,不假思索,不假雕饰,真切自然,感人肺腑。

〔双调〕湘妃怨

西　湖(四首选一)

梅梢雪霁月芽儿^①,点破湖烟雪落时,朝来亭树琼瑶似^②。笑渔蓑学鹭鸶^③,照歌台玉镜冰姿。谁僝僽鸱夷子,也新添两鬓丝^④。是个淡净的西施^⑤。

【注释】

① 雪霁:雪停放晴。　月芽儿:新月。

② 琼瑶似:像白玉一样。喻亭树积雪。

③ 笑渔蓑句:披蓑衣的渔夫,满蓑白雪,活像鹭鸶一样,令人觉得好笑。鹭鸶,水鸟,羽毛多为白色。

④ 谁僝僽(chán chǒu)二句:言吴山积雪像伍子胥一样愁生白发。僝僽,愁苦。鸱夷子,本指伍子胥,此代指吴山,坐落于西湖东南,钱塘江北岸,因纪念伍子胥而得名,初名"伍山",后误伍为吴,故名吴山。据《史记·伍子胥列传》,吴王夫差逼伍子胥自刎,"乃取子胥尸,盛以鸱夷革,泛之江中"。裴骃《集解》引应邵曰:"取马革为鸱夷。鸱夷,榼形。"后人因此也称伍子胥为"鸱夷子"。

⑤ 西施:春秋时越国美女,曾被越王献与吴王夫差,助越灭吴后,与范蠡隐遁。

【评】　作者题咏西湖的〔湘妃怨〕重尾小令共 4 首,分咏春、夏、秋、冬四季之西湖美景,卢曲据苏轼《饮湖上初晴后雨》"水光潋滟晴方好，山色空濛雨亦奇。欲把西湖比西子，浓妆淡抹总相宜"一诗之意，以西施比喻西湖。本曲为冬日西湖，作者描绘出了西湖夜雪初晴、一派银装素裹的绰约风姿。作者没有写天地茫茫的雪景，而是选择几个独具特色的典型：亭树、渔翁、吴山等被冰雪覆盖后的奇景，给人清新素雅、赏心悦目之感。

珠帘秀（一首）

珠帘秀，生卒年不详。本姓朱，排行第四，艺名珠帘秀。元代著名杂剧女演员。夏庭芝《青楼集》载之，称其"杂剧为当今独步；驾头、花旦、软末泥等，悉造其妙"。与关汉卿、胡祗遹、卢挚、冯子振等皆有诗词唱答。曾一度在扬州献艺，晚年在杭州嫁一道士。其散曲作品今存小令1首，套数1篇。

〔双调〕寿阳曲

答卢疏斋①

山无数，烟万缕，憔悴煞玉堂人物②。倚篷窗一身儿活受苦，恨不得随大江东去③。

【注释】

① 卢疏斋：即卢挚。卢挚前有赠珠帘秀曲，此为珠帘秀的答曲。

② 玉堂人物：指卢挚。宋以后称翰林院为玉堂，卢挚于至元五年中进士，官翰林院集贤学士，故称。

③ 大江东去：原为苏轼《念奴娇·赤壁怀古》词首句，此处巧借旧句，表达生不如死的离别之情。

【评】 此曲为珠氏答和卢挚之作。前两句视野开阔，意境迷茫，情味深长。无数山水阻隔了他们的视线，万缕云烟勾起了她绵绵的愁丝。景中融情，情染山水。第三句写卢挚"痛煞煞好难割舍"的忧愁痛苦情状,表现出他们之间无比深厚的感情。后两句转向自身,远离心爱之人,真是"活受苦",还不如"随大江东去",一死了之,这样自然把感情推向高潮。全曲情感激烈,沉痛悲凉,一笔写两情,在众多的"别情"曲中,可谓难得。

陈草庵（四首）

陈草庵（1247—1330后），名英，字彦清，号草庵，以号行。析津（今北京）人。据张养浩《归田类稿》中《甘肃行省创建来远楼记》《析津陈氏先茔碑铭》等文，可知其大德、延祐间先后任山东、陕西、河北诸路副廉访使，江南行台侍御史，云南、山南、浙西等路中书左丞，甘肃、河南行省参知政事等。其所存散曲，《全元散曲》辑有小令26首。曲风疏放自然。

〔中吕〕山坡羊

叹　世（二十六首选四）

三闾当日①，一身辞世，此心倒大无萦系②。涒其泥③，啜其醨④，何须自苦风波际？泉下子房和范蠡⑤，清，也笑你；醒，也笑你。

【注释】

① 三闾：即战国时楚国诗人屈原，仕于怀王，为三闾大夫，故称。

② 倒大：有非常、十分、多么等意，也作"倒大来"、"到大来"。

③ 涒(gǔ)：搅浑。

④ 啜(chuò)：喝、饮。　醨(lí)：薄酒。

⑤ 子房：即张良，字子房，曾佐刘邦安天下。　范蠡：替越王勾践雪会稽之耻后，逃隐而去。两人皆功成身退的典型。

【评】 陈草庵所作26首〔山坡羊〕，内容为仕宦人生的各种感慨，如历史虚无、富贵无常、功名虚幻等，集中表现了仕宦无聊的倦怠情绪。此曲借对屈原的感叹以抒己怀。开篇似乎为屈原当日"一身辞世"，摆脱红尘羁绊而庆幸；接着却转而否定屈原的不同流合污和以身殉志；最后设想子房、范蠡对屈原清醒的讥笑，再次否定屈原"众人皆醉我独醒"的人生态度。作者看似无是非立场，实则是面对艰难险恶的仕途和腐败黑暗的吏治显得无可奈何，是愤激而又无奈的反语。

前调·前题

晨鸡初叫，昏鸦争噪，那个不去红尘闹①。路遥遥，水迢迢，功名尽在长安道②。今日少年明日老。山，依旧好；人，憔悴了。

【注释】

① 红尘：原意为尘土飞扬，形容繁华。后来佛教徒、道教徒称俗世为红尘。

② 长安道：代指入京求官之道。

【评】 作者以漫画之笔，描绘出一群追名逐利之徒奔走于仕途的浮世绘。首先是世俗之人忙碌图：红尘俗子，为生计所迫，披星戴月，不辞劳苦，竞相角逐。其次是名利之徒求官图，此辈一为名利所俘，即使山迢水远，亦挡不住诱惑，"长安道"上，熙熙攘攘，皆为名利往来。最后是"收获"图，少年变成白发，惨淡经营，仕途依然艰难；万般付出皆流水，春夏秋冬，换来名利值几何？作者于粗线条的勾勒中,抒发了对浮世人生的慨叹,以及对功名的极度鄙视和厌弃。

前调·前题

渊明图醉①,陈抟贪睡②,此时人不解当时意。志相违,事难随,不由他醉了齁睡。今日世途非向日。贤,谁问你？愚,谁问你？

【注释】

① 渊明图醉:东晋诗人陶渊明性好酒,"每饮期在必醉,既醉而退,曾不吝情去留"。见《五柳先生传》。

② 陈抟贪睡:陈抟,宋初隐士,高卧华山不愿出仕。传说他一睡百余日不起。

【评】 此曲感叹贤佞不分、清浊不辨的社会现实。首三句先指出世俗之人对陶渊明和陈抟等人选择隐居的"当时意"茫然不知;接着表明自己对古代隐士的理解:那是因为他们"志相违,事难随",因为统治秩序的混乱,造成贤明之人求仕无路、抱负落空、事与愿违,所以他们只有隐居,在醉乡与睡梦中消遣日月。最为不幸的是,当今世途,浑浑灏灏,即便想选择陶渊明等人的洁身自好,也无人理解了。在曲的结尾,作者以两个反问句,将内心所有的愤懑和不平一泻而出,既体现出作者对现实的彻底绝望,也暗暗流露出作者欲从此归隐的遁世情怀。一贤一愚的对照与厉声诘问的语气强化了表达效果。

前调·前题

　　红尘千丈，风波一样，利名人一似风魔障①。恰余杭②，又敦煌③，云南蜀海黄茅瘴④，暮宿晓行一世妆⑤。钱，金数两；名，纸半张⑥。

【注释】

　　① 利名句：言为追求名利如同走火入魔、发疯中邪一样。风，同"疯"，此处有着迷、入迷之意。魔障，佛家语，魔王所设障碍，此处有深陷其中而无力自拔的意思。

　　② 余杭：即杭州。

　　③ 敦煌：今属甘肃省，是古代通往西域的交通要道。

　　④ 云南句：指云南、四川等瘴气肆虐的边远之地。黄茅瘴，西南边远地区在秋冬之交茅草枯黄时所产生的瘴气。

　　⑤ 一世妆：犹言终身所得。

　　⑥ 纸半张：极言功名之虚幻。

【评】　此曲同样表达了对名利的蔑视以及对追名逐利的批判：红尘中人，欲壑难填，却不知名利背后，风险无处不在。文中以一系列跨度较大的地名，展现出红尘中人为求名利所付出的巨大代价：天南海北，朝行暮宿，半世忙碌，到头来只求得蝇头小利。这样的收获，岂不令人心寒？而作者正是想通过这种对比所形成的反差，来达到警醒世人的目的。值得注意的是，此曲并非泛写，而是作者深有感触的自叹。参以张养浩《归田类稿》中《析津陈氏先茔碑铭》和《甘肃行省创建来远楼记》等文所述陈草庵的生平仕历来看，可知曲中"恰余杭，又敦煌，云南蜀海黄茅瘴"等叙写,正是草庵自己的仕宦经历。他反思大半生官场拼搏,最终不过赢得"钱,金数两;名,纸半张"而已。穷,尚可"独善其身";而"达",却并不能"兼济天下";那么,奔波劳碌的仕宦人生,又有什么价值可言? 由此可知,元曲家的历史虚无感和人生幻灭感,其实都是由现实造成的。

刘 因(一首)

刘因(1249—1293),原名骃,字梦骥,后更名因,字梦吉,号樵庵。河北容城县人。六岁能诗,七岁能文。及长,由不忽木、张子友等荐于朝,擢承德郎、赞善大夫,不久以母疾辞归。至元二十八年(1291)以集贤学士、嘉议大夫征,不赴。其为人清廉,不苟合取容。爱诸葛亮"静以修身"之语,题其居曰"静修"。延祐中,赠翰林学士、追封容城公,谥文靖。《元史》有传。所著有《静修集》《丁亥集》《四书精要》等。其散曲今存小令 2 首。

〔黄钟〕人月圆

茫茫大块洪炉里①,何物不寒灰②?古今多少,荒烟废垒,老树遗台。 太行如砺③,黄河如带,等是尘埃④。不须更叹,花开花落,春去春来。

【注释】

① 茫茫句:此言茫茫宇宙,亦在造化之炉中经受冶炼。大块,宇宙。洪炉里,此指造化的作用。《庄子·大宗师》:"今一以天地为大炉,以造化为大冶,恶乎往而不可哉?"

② 寒灰:即死灰、灰烬。

③ 砺:磨刀石,此处比喻太行山的渺小。

④ 等是:同是。

【评】 此曲抒写生命短暂、人生无常的感慨,颇似庄子的豪放洒脱。开篇化用庄子"大块"、"洪炉"之典,既俯瞰苍天大地、茫茫宇宙、渺渺人世,也冷对古往今来、荒烟废垒、老树遗台;深感太行、黄河不过如砺如带,一如尘埃,何况更为渺小的人类呢?沧海桑田,世路遥远,人生无常,而万般又皆尘埃,所以要无欲无求,顺从自然,无须"更叹",这体现了作者远离浮世红尘而"静以修身"的人生态度。这与庄子的"无欲无求",超然物外的虚无思想是一脉相承的。

王仲文（一首）

王仲文，生卒年及生平事迹不详。大都（今北京）人。元代杂剧作家。《录鬼簿》列之于"前辈已死名公才人有所编传奇行于世者"一栏中。元末明初戏曲家贾仲明为其所作吊词称"仲文踵迹住金华"，孙楷第《元曲家考略》认为"金华"乃京华之误，并考证王仲文乃大学士史惟良之师，金末进士。《录鬼簿》载其所著杂剧 10 种，今存《救孝子贤母不认尸》1 种；《五丈原》和《张良辞朝》今存残篇。贾仲明吊词谓其"才思相兼关、郑、马"；朱权《太和正音谱》评其曲如"剑气横空"。

救孝子贤母不认尸（第三折摘选）①

〔满庭芳〕似这等含冤负屈，拼着个割舍了三文钱的泼命②，更和这半百岁的微躯。你要我数说您大小诸官府，一划的木笏司糊突③，并无聪明正直的心腹。尽都是那绷扒吊拷的招伏④，把囚人百般拴住，打的来登时命卒⑤。哎哟！这便是您做下的个死工夫。

……

〔五煞〕人死者不复生，那断弦者怎再续？从来个罪疑便索从轻恕。磨勘成的文状才难动⑥，罗织就的词因到底虚⑦！官人每枉请着皇家禄，都只是捉生替死，屈陷无辜。

〔四煞〕则你那捆麻绳用竹签,批头棍下脑箍⑧。可不道父娘一样皮和骨,便做那石镌成骨节也槌敲的碎,铁铸就的皮肤也锻炼的枯。打得来没半点儿容针处。方信道人心似铁,您也忒官法如炉。

〔二煞〕我明明的眼觑着,暗暗的心自苦。那一面沉枷脖项难回顾。透枷拴深使钉来钉⑨,侵井口窄将印缝铺⑩。恰便似刀搅着你这娘肠肚。望后来怎禁推抢⑪,待向前去又被揪捽⑫。

【注释】

① 救孝子贤母不认尸:简称《不认尸》《救孝子》,是4折1楔子的旦本戏,正旦扮李氏。其剧情如下:大兴府尹王翛然到开封府西军庄征兵,杨门李氏有二子兴祖、谢祖,李氏力争让习武的亲生子兴祖从军赴险,留下亡夫小妾所生的谢祖在家习文。后来兴祖之妻王春香被娘家唤回拆洗衣服,谢祖奉母命送嫂,至半途而返。独行的春香道遇歹徒赛卢医,遂被强行劫走。赛卢医强迫春香脱下自己的衣服穿在被其害死的梅香身上,又将梅香面部毁容以造成春香被害的假象。梅香尸体被发现后,春香的母亲便认为死者就是春香且系谢祖所为,于是两家打起官司。糊涂官吏把谢祖屈打成招,母亲李氏痛斥官吏却又无可奈何。此时兴祖在立军功后归家探亲,途遇被歹徒劫走并被虐待做苦役的妻子春香,夫妻二人说明经过,兴祖拿住赛卢医去开封府,杨家的冤情遂得以昭雪,凶手和糊涂官吏各自得到了应有的惩处。第三折写杨谢祖被官府用酷刑屈打成招,李氏心疼不已,当堂怒斥官府草菅人命。

② 割舍句:即豁出去那不值钱的性命。三文钱的泼命,喻指极不值钱的性命。

③ 一划的:一概的。 木笏司:意即古板的官府。木笏,或言即元曲中"慕古"(亦作墓古、暮古,意即古板)二字之近音借字,金元人读古、胡同音。 糊突:即糊涂。

④ 绷扒句：指用绳索捆绑、悬吊拷打，使人屈招认罪。

⑤ 登时：即顿时。

⑥ 磨勘：层层勘问。　难动：难以上报。动，传送，上报。

⑦ 罗织：编造（罪名）。

⑧ 脑箍：旧时酷刑之一。行刑时紧扎人头使之痛苦不已。《宋史·刑法志》载："缠绳于首，加以木楔，名为脑箍。"

⑨ 透枷拴：古代木制枷锁分为两半，用木栓穿插其中连接成一体，透枷拴当指此。拴，同栓，即插销。

⑩ 侵井口：指木枷套锁犯人脖子的洞口。　印缝铺：指在枷锁上贴上盖有官印的封条。

⑪ 推抢：推推攘攘。

⑫ 揪捽（zuó）：揪住、抓住。

【评】　这四曲是李氏面对官府断案昏庸、屈打成招的愤恨和痛斥，是在眼睁睁看着儿子无辜受罪时的痛心陈诉。〔满庭芳〕写李氏大胆控诉大小官员心术不正、办案糊涂、屈打成招甚至草菅人命的行径。在她眼中官府无异于以折磨人为事的阎王殿。〔五煞〕进一步指责官吏们的不仁不道，只能靠编造事实、罗织罪名以糊涂结案，不惜草菅人命，屈陷无辜。〔四煞〕以悲愤之语指责官吏们刑讯逼供，滥用刑罚，心狠如铁。〔二煞〕是母亲看到儿子无辜受刑时心痛万分，却又无力回天的愤恨和悲苦。这几首曲子直抒胸臆，酣畅淋漓，以本色之语写悲愤之情，把李氏爱子的深情和疾恶的刚强表现得真切感人。

马致远（二十四首）

马致远（1250？—1321？），号东篱，大都人。曾为江浙行省务官。元代著名戏曲家、散曲家，与关汉卿、白朴、郑光祖并称为元曲四大家。在曲坛享有较高声誉。朱权《太和正音谱》把他列为"古今群英"之首。贾仲明为他所作〔凌波仙〕挽曲云："万花丛里马神仙，百世集中说致远，四方海内皆谈羡。战文场曲状元，姓名香贯满梨园。《汉宫秋》《青衫泪》，《戚夫人》《孟浩然》，共庚白关老齐肩。"所作杂剧15种，现存7种。因作品多写神仙道化故事，故有"马神仙"之称。《汉宫秋》为其杂剧代表作。其散曲成就尤为世所称，有辑本《东篱乐府》，今存小令104首，套数17篇。马曲豪放圆熟，写情、写景、叙事均臻于妙境，是元散曲中豪放派的代表作家。

〔南吕〕四块玉

恬　退（四首）

绿鬓衰，朱颜改，羞把尘容画麟台^①。故园风景依然在。三顷田，五亩宅，归去来^②。

绿水边，青山侧，二顷良田一区宅。闲身跳出红尘外。紫蟹肥，黄菊开，归去来。

翠竹边，青松侧，竹影松声两茅斋。太平幸得闲身在。三径修^③，五柳栽^④，归去来。

酒旋沽⑤，鱼新买。满眼云山画图开，清风明月还诗债。本是个懒散人，又无甚经济才⑥，归去来。

【注释】

① 麟台：汉宣帝曾把功臣霍光等人的肖像画于麒麟阁，以示表彰，后用以称建功立业获得殊荣者。

② 归去来：陶渊明有《归去来兮辞》叙述其弃官归隐始末，此借用其首句，表明效法陶之归隐。去来，此为偏义复词，意即去。

③ 三径：此指隐士院中路径。据晋赵岐《三辅决录·逃名》，西汉末年，王莽专权，兖州刺史蒋诩告病辞归，隐居乡里，于院中辟三径，仅与求仲、羊仲等志同道合者往来。

④ 五柳：陶渊明因其宅边有柳树五棵，因自号五柳先生，并作《五柳先生传》以自况。

⑤ 旋：即时。

⑥ 经济才：治国安邦之才。

【评】 这组重尾小令共 4 首，内容皆为抒发归隐田园山林的澹泊闲适之情。首曲感慨人已衰老，欲建功立业已势不可得，因而决定效法陶渊明的归隐田园。后面三首即照应着首曲，着力描绘优美的"故园风景"：尽管良田不宽，茅斋不广，但那绿水青山、紫蟹黄菊、竹影松声、清风明月，却如诗如画，如世外桃源般优美和醉人。曲中斑斓的色彩配搭，正与作者闲适淡雅的情怀相应，看似色彩绚烂的景语，实则表现了恬静愉悦的情致。这种优美之境、闲适之情的展示，既表现了作者向往田园山林的归隐情怀，也暗暗反衬出作者对官场仕途的厌恶与鄙视。

前　调

叹　世（五首选一）

　　两鬓皤①，中年过，图甚区区苦张罗②？人间宠辱都参破③。种春风二顷田，远红尘千丈波，倒大来闲快活④。

【注释】

① 两鬓皤(pó)：指两鬓头发斑白。

② 区区：元代俗语，形容辛苦奔走貌。

③ 参破：指看破红尘。参，思考，琢磨。

④ 倒大来：元代俗语，有非常、十分、多么等意。

【评】　作者用〔四块玉〕这一曲牌所作叹世之曲，其篇末重复"倒大来闲快活"一句者共5首，这显然是一组重尾小令，其内容皆为感叹人生无常、功名虚幻，并极力歌颂退隐的闲适与快乐。此曲开篇慨叹双鬓皤然，还如此奔波劳累，究竟为的是什么？在对人生目的意义的追寻中，猛然醒悟，觉得无须再为名利"张罗"，应远离世俗红尘，寻一方静地，自耕自种，过清闲淡泊的田园生活，免去身心的过分忧劳，那该是多么快活的日子啊！此曲从追名逐利的辛苦劳累给身心带来的压力和忧虑这一角度来感叹世道艰难，并抒发其归隐情志。

前　调（三首选一）

　　带月行，披星走，孤馆寒食故乡秋①。妻儿胖了咱消瘦。枕上忧,马上愁,死后休。

【注释】

① 寒食:我国古代民俗节日之一。相传春秋时晋人介子推因功未受封赏,逃入深山,晋文公为逼他出山,便放火烧山,介子推不出,终抱木而死。文公为悼念他,下令这一天不准点火,大家都吃冷食,故称寒食。

【评】 此曲感叹身心为名利所俘,便终身难以摆脱羁绊。作者先叹自己披星戴月,从春忙到秋,苦苦"张罗",其结果不过是换来家人的富贵,自己身体却极度消瘦,精神上日夜忧愁,挥之不去。为这样的"富贵"如此忧劳,作者深感不值,所以又蕴涵着作者对富贵的否定,对世道的哀叹。这让读者深深地体味到作者看破红尘后的极度无奈,其所有的忧愁,仿佛只有"死后"方得完结。元曲家难以摆脱的人生忧患,马致远是说得最为真切的。

〔南吕〕金字经(三首选二)

担头担明月,斧磨石上苔,且做樵夫隐去来。柴,买臣安在哉①? 空岩外,老了栋梁材。

夜来西风里,九天雕鹗飞,困煞中原一布衣。悲,故人知未知? 登楼意②,恨无上天梯。

【注释】

① 买臣:即朱买臣。据《汉书·朱买臣传》,朱买臣字翁子,吴人。家贫,好读书,不治产业,无以为生,常靠卖柴度日,其妻嫌其穷困,弃之而

去。此借以抒发怀才不遇的悲感。

② 登楼意：汉末王粲以西京丧乱，避难荆州，未得到刘表赏识，于是作《登楼赋》以抒发其才能不得施展而产生的思乡情绪。

【评】 作者的〔金字经〕组曲共 3 首，其内容皆为感士不遇。此处所选二曲，前一曲借朱买臣未遇时的潦倒沦落，抒发仕途失意的落魄情怀。后一曲慨叹自己即便有雕鹗一样的冲天之志，但"恨无上天梯"，壮志不得施展，只能如王粲一样流离漂泊，失意悲叹。这既是作者在感叹自己的遭遇，抒发自己的悲愤，也是为当时大量失意文人的遭遇鸣不平。因为元朝统治者实行极不合理的用人制度，特别是实行种族歧视，极大地埋没了汉族士子的才华，全曲的言外之意无不是对此种世道的强烈控诉。

〔越调〕天净沙

秋　思

枯藤老树昏鸦，小桥流水人家，古道西风瘦马①。夕阳西下，断肠人在天涯②。

【注释】

① 古道：古老的驿路。

② 断肠人：指漂泊在外的游子。

【评】 这首曲子是马致远的代表作，历来享有"秋思之祖"的美誉。作者一连铺写了 10 种景物，这些景物都是作者眼前身边极易见到的，可它们在作者笔下却很自然地形成一幅淡雅凄清、疏朗有致的水墨图画。首先是古藤老树上的晚鸦,接着是地面上的小桥、流水、人家,然后是远处古道秋风中、夕阳下的瘦马。由上到下,由近而远,层次清晰,极有韵致。这一幅萧瑟凄凉的秋景图,拨动着无数羁旅在外的游子的心弦,催落了一代代漂泊者的思归泪,不愧"秋思之祖"的美誉。

〔双调〕清江引

野　兴(八首选二)

　　樵夫觉来山月底,钓叟来寻觅。你把柴斧抛,我把鱼船弃,寻取个稳便处闲坐地①。

　　东篱本是风月主②,晚节园林趣③。一枕葫芦架,几行垂杨树,是搭儿快活闲住处④。

【注释】

　　① 稳便处:方便处。

　　② 东篱:马致远号。元钟嗣成《录鬼簿》载:"马致远,大都人,号东篱。" 风月主:意即为清风明月作主,表现了对自然美景的热爱。

　　③ 晚节:晚年的品节、操守。

　　④ 是搭儿:犹言这里。

【评】 马致远题为《野兴》的〔清江引〕小令共有 8 首,内容是写山野逸兴,形象地表现了作者晚年退隐生活的闲适与快乐。前一曲呈现在读者眼前的是一幅幅流动而醉人的画面:樵夫惬意小憩,渔夫前来相约;夜阑山静,樵夫轻抛柴斧,钓叟漫系渔船;清风明月中二人的身影依稀可见;他们似乎用不着任何的语言,只是闲坐着相互对视,他们的心就非常默契地进行交流了;樵夫渔父似乎就这样处于既没有开始也没有结束的永恒的悠然与闲适之中。相对于前一曲通过理想化的樵夫渔父来表现其闲情逸趣,后一曲则直写其晚年的隐居生活,热爱之情溢于言表。开头两句中的"本"和"晚"两字颇耐人寻味。"本"字表明作者亦有陶潜"性本爱丘山"的情致,因一时迷恋仕途,所以"晚"年才得归隐田园,饱享闲适之乐,大有归去恨晚之意。接下来"一枕葫芦架,几行垂杨树"的简单勾勒,展示给读者的是一幅具体生动的园林雅趣图。仔细品味这图画,你仿佛见得到主人甜美的睡态,听得见他悠然的鼾声。这两首曲子语言自然清新,一无雕琢,意境简淡闲放,其隐居避世之情,以豁达通脱之言和悠然闲适之境予以表现,真正达到了王国维《人间词话乙稿序》中所谓"意与境浑"的效果。

〔双调〕寿阳曲(八首选一)

远浦帆归①

夕阳下,酒旆闲②,两三航未曾着岸。落花水香茅舍晚,断桥头卖鱼人散。

【注释】
① 浦:水滨。
② 酒旆(pèi):酒旗。古代酒店前面悬挂的布招帘。

【评】　马致远题咏风景的〔寿阳曲〕小令凡8首,其内容为歌咏"潇湘八景"。考宋沈括《梦溪笔谈》卷十七《书画》篇载:"度支员外郎宋迪工画,尤善为平远山水,其得意者有平沙雁落、远浦帆归、山市晴岚、江天暮雪、洞庭秋月、潇湘夜雨、烟寺晚钟、渔村落照,谓之八景。"马致远的〔寿阳曲〕组曲,其题目与《笔谈》所载全同,故有可能为题画之曲。本曲描绘了夕阳西下、远浦归帆的景象,充满了和平宁静的渔村生活气息。其疏朗有致的布局,闲适淡雅的意境,给人以美的享受。

前　调

从别后,音信绝,薄情种害煞人也①。逢一个见一个因话说②,不信你耳轮儿不热③。

【注释】

① 薄情种:女子对男子的娇嗔之称。　害煞人:害死人。
② 因话:承接别人话头。
③ 耳轮儿:耳朵。唐王建《晚秋病中》诗:"万事风吹过耳轮,贫儿活计亦曾闻。"

【评】　此曲完全以思妇口吻写出,简短几句便道出对丈夫的思念之切,爱恋之深。语言质朴,抒情淋漓酣畅。其"薄情种"的娇嗔之称,将那种又念又怨、又爱又恨的浓情蜜意表现得极为真切。"逢一个见一个因话说",颇有画面感,不禁让人联想起鲁迅笔下痛失阿毛的祥林嫂的唠叨,其深切之爱满纸;篇末道出思妇爱极生恨的"报复"心理,极有情趣。

〔双调〕庆东原

叹　世（六首选一）

拔山力，举鼎威，喑呜叱咤千人废①。阴陵道北②，乌江岸西③，休了衣锦东归。不如醉还醒，醒而醉④。

【注释】

① 拔山三句：皆用项羽典故，形容其力大过人，勇猛无敌。司马迁《史记·项羽本纪》载："籍长八尺余，力能扛鼎，才气过人。"又载："项王则夜起，饮帐中。有美人名虞，常幸从；骏马名骓，常骑之。于是项王乃悲歌慷慨，自为诗曰：'力拔山兮气盖世，时不利兮骓不逝。骓不逝兮可奈何，虞兮虞兮奈若何！'歌数阕，美人和之。项王泣数行下，左右皆泣，莫能仰视。"又《史记·淮阴侯列传》载：信再拜贺曰："惟信亦为大王不如也。然臣尝事之，请言项王之为人也。项王喑呜叱咤，千人皆废，然不能任属贤将，此特匹夫之勇耳。"喑呜叱咤，发怒吼叫声。

② 阴陵：汉县名，故楚邑，在今安徽定远西北，即项羽兵败迷路处。《史记·项羽本纪》载："项王渡淮，骑能属者百余人耳。项王至阴陵，迷失道，问一田父，田父绐曰'左'。左，乃陷大泽中。……以故汉追及之。"

③ 乌江：即今安徽和县东北长江西岸之乌江浦，为项羽自杀处。《史记·项羽本纪》载："于是项王乃欲东渡乌江。乌江亭长檥船待，谓项王曰：'江东虽小，地方千里，众数十万人，亦足王也。愿大王急渡，今独臣有船，汉军至，无以渡。'项王笑曰：'天之亡我，我何渡为！且籍与江东子弟八千人渡江而西，今无一人还，纵江东父兄怜而王我，我何面目见之？纵彼不言，籍独不愧于心乎！'……乃自刎而死。"

④ 醉还醒，醒而醉：见苏轼《渔父》词："酒醒还醉醉还醒，一笑人间今古。"

【评】 此曲歌咏项羽,本为咏史,却题为《叹世》,显然是借项羽的悲剧人生,来表现自己对功名的深深失望。一代霸王,一生显赫,到头来却无颜"衣锦东归",只落得身首异处,何况我一区区吏人呢! 不如休官归隐,醉酒田园。此曲语言本色自然,风格遒劲豪放。末两句看似软冷,实则忧愤沉郁。

〔双调〕拨不断

叹寒儒,谩读书①。读书须索题桥柱,题柱虽乘驷马车②,乘车谁买《长门赋》③? 且看了长安回去。

【注释】

① 谩:空,徒然。

② 题桥二句:指抱负远大,用司马相如典。据晋常璩《华阳国志·蜀志》云:"蜀郡……城北十里有'升仙桥',有'送客观'。司马相如初入长安,题市门曰:'不乘赤车驷马,不过汝下也。'"

③《长门赋》:为司马相如所作。梁萧统《文选》卷十六《长门赋序》曰:"孝武皇帝陈皇后,时得幸,颇妒。别在长门宫,愁闷悲思。闻蜀郡成都司马相如,天下工为文,奉黄金百斤,为相如、文君取酒,因于解悲愁之辞。而相如为文以悟主上,陈皇后复得亲幸。"

【评】 此曲用司马相如典故,抒发了元代儒生读书无用的忧愤。元之科举时行时辍,儒生失去仕进机会,地位低下,十年寒窗只落得"且看了长安回去"。作者用古典反衬现实,发出"乘车谁买《长门赋》"的无奈感叹。在表现形式上,其顶针格式的运用使全曲紧密钩连,浑然一体。

前　调

菊花开，正归来。伴虎溪僧鹤林友龙山客^①，似杜工部陶渊明李太白^②，有洞庭柑东阳酒西湖蟹^③。哎！楚三闾休怪^④。

【注释】

① 虎溪句：指所交往者皆为高人。虎溪僧，指东晋时高僧慧远法师。虎溪，在江西庐山东林寺前。据宋陈舜禹《庐山记》卷二，晋时慧远法师住庐山东林寺，他送客不过溪，过溪则虎吼。一次与诗人陶渊明、道士陆修静边走边谈，不觉已过溪，虎大吼，三人亦大笑而别。鹤林友，指神仙殷天祥。据南唐沈汾《续仙传·殷天祥》载，殷天祥曾使鹤林寺的杜鹃花非时而开。鹤林寺，在江苏镇江黄鹤山下。龙山客，指晋人孟嘉。据刘义庆《世说新语》载，晋桓温九月九日在龙山宴客，孟嘉为桓温参军，时在座，风吹孟嘉帽落，他泰然自若，不以为意。

② 杜工部：即唐代诗人杜甫。唐代宗广德二年(764)，杜甫故友严武再镇蜀，表奏其为节度参谋、检校工部员外郎，后世因称"杜工部"。此句所言三人皆有高洁之志，陶渊明"不为五斗米而折腰"，杜甫、李白亦不向权贵低头，此借以表现作者心志之高洁。

③ 洞庭柑：太湖洞庭山，以产柑橘著名。　东阳酒：东阳即浙江金华地区，当时以产酒著名。　西湖蟹：西湖所产之蟹，以肥美著称。

④ 楚三闾：指曾为楚国三闾大夫的屈原。见《史记·屈原贾生列传》。

【评】　此曲写隐居的高雅、闲适与快活。开篇"菊花开，正归来"，暗用陶渊明之典，让人不由想起渊明"采菊东篱下，悠然见南山"的归隐之趣。以下三句既对仗精工，又流利朗畅。作者以鼎足对形式铺陈渲染，极言自己归隐生活的悠闲与快乐。细细品味,不觉让人心驰神往。结句用调侃之笔,非常幽默风趣地表明自己决意归隐的人生态度。

前　调

酒杯深,故人心,相逢且莫推辞饮。君若歌时我慢斟,屈原清死由他恁①。醉和醒争甚?

【注释】

　① 清死:指屈原不肯与浊世同流合污,宁愿清白而死。　　恁:如此。

【评】 此曲亦为叹世归隐之作。开篇三句言其邀故人痛饮,暗示其苦闷情怀。四五两句写苦中作乐、不问是非、不分醒醉、顺其自然、随遇而安的生活态度。这不禁让人想起李白在《将进酒》中的吟唱:"与君歌一曲,请君为我侧耳听。钟鼓馔玉不足贵,但愿长醉不愿醒……"结尾反问,如一警钟,发人深省。

前　调

布衣中①,问英雄,王图霸业成何用! 禾黍高低六代宫,楸梧远近千官冢②。一场恶梦!

【注释】

　① 布衣:指普通人,用诸葛亮典。其《出师表》云:"臣本布衣,躬耕于南阳,苟全性命于乱世,不求闻达于诸侯。"

② 禾黍二句：喻指人世变迁之巨大。借用唐许浑《金陵怀古》诗成句："松楸远近千官冢,禾黍高低六代宫。"六代,指东吴、东晋、宋、齐、梁、陈。

【评】　此曲亦为叹世之作。首三句直抒胸臆,感慨王侯功业、将士勋名,都如过眼烟云,一无用处。四五两句借用前人诗句,用六朝古都金陵的沧桑巨变,再次呼应主题。过去的金粉繁华,变为眼前的荒冢松楸、残宫禾黍,鲜明强烈的盛衰对比让人惊悚。末句慨叹,表现出强烈的幻灭之感。此曲感慨强烈,极有气势。

前　调

　　子房鞋①,买臣柴②,屠沽乞食为僚宰③,版筑躬耕有将才④。古人尚自把天时待,只不如且酩子里胡揣⑤。

【注释】

　　① 子房鞋：此言汉张良(子房)见黄石公事。《史记·留侯世家》："良尝闲从容步游下邳圯上,有一老父,衣褐,至良所,直堕其履圯下,顾谓良曰：'孺子,下取履!'良愕然,欲殴之,为其老,强忍,下取履。父曰：'履我!'良业为取履,因长跪履之。父以足受,笑而去。良殊大惊,随目之。父去里所,复还,曰：'孺子可教矣。'……出一编书,曰：'读此则为王者师矣。'……旦日视其书,乃《太公兵法》也。"

　　② 买臣柴：言汉朱买臣早年穷困时靠打柴度日。据《汉书》卷六十四："朱买臣字翁子,吴人也。家贫,好读书,不治产业,常艾薪樵,卖以给食,担束薪,行且诵书。"但其后发达,位列九卿。

　　③ 屠沽：言周吕望曾为屠夫。《韩诗外传》卷七："吕望行年五十,卖食棘津,年七十屠于朝歌,九十乃为天子师,则遇文王也。"　乞食：言汉韩

信早年曾乞食漂母事。事见《史记·淮阴侯列传》。

④ 版筑躬耕：分别指傅说和诸葛亮事。《史记·殷本纪》："武丁夜梦得圣人，名曰'说'。以梦所见视群臣百吏，皆非也。于是乃使百工营求之野，得说于傅险中。是时说为胥靡，筑于傅险。见于武丁，武丁曰：'是也'。得而与之语，果圣人，举以为相，殷国大治。故遂以傅险姓之，号曰傅说。"又晋陈寿《三国志·诸葛亮传》："亮躬耕陇亩，好为《梁父吟》。身长八尺，每自比于管仲、乐毅，时人莫之许也。"

⑤ 酩子里：元曲中俗语，暗地里、背地里之意。

【评】　此曲借古人自况，以抒发其怀才不遇的人生悲感。作者先列举古代几位穷而后达的豪杰伟人，既表现了对自己才华的高度自信，也对自己的沦落不遇十分怅惘。曲中有对古人的艳羡，又有对未来的憧憬，然而在残酷的现实面前，又不得不颓然丧气了。此种感情变化，显然是作者矛盾痛苦心情的真实流露。

〔般涉调〕耍孩儿

借　马

〔耍孩儿〕近来时买得匹蒲梢骑①，气命儿般看承爱惜②。逐宵上草料数十番，喂饲得膘息胖肥③。但有些秽污却早忙刷洗，微有些辛勤便下骑。有那等无知辈，出言要借，对面难推。

〔七煞〕懒设设牵下槽④，意迟迟背后随⑤，气忿忿懒把鞍来鞴⑥。我沉吟了半晌语不语，不晓事颓人知不知⑦？他又不是不精细，道不得"他人弓莫挽，他人马休骑"。

〔六〕不骑呵西棚下凉处拴,骑时节拣地皮平处骑,将青青嫩草频频的喂。歇时节肚带松松放,怕坐的困尻包儿款款移⑧。勤觑着鞍和辔,牢踏着宝镫,前口儿休提⑨。

〔五〕饥时节喂些草,渴时节饮些水。着皮肤休使粗毡屈⑩,三山骨休使鞭来打⑪,砖瓦上休教稳着蹄。有口话你明明的记:饱时休走,饮了休驰。

〔四〕抛粪时教干处抛,尿绰时教净处尿⑫,拴时节拣个牢固桩橛上系。路途上休要踏砖块,过水处不教践起泥。这马知人义,似云长赤兔⑬,如翼德乌骓⑭。

〔三〕有汗时休去檐下拴,渲时休教侵着颓⑮,软煮料草铡底细⑯。上坡时款把身来耸,下坡时休教走得疾。休道人忒寒碎⑰,休教鞭飐着马眼⑱,休教鞭擦损毛衣。

〔二〕不借时恶了弟兄,不借时反了面皮。马儿行嘱咐叮咛记⑲:"鞍心马户将伊打,刷子去刀莫作疑⑳。"则叹的一声长吁气,哀哀怨怨,切切悲悲。

〔一〕早晨间借与他,日平西盼望你,倚门专等来家内。柔肠寸寸因他断,侧耳频频听你嘶。道一声"好去",早两泪双垂。

〔尾〕没道理没道理,忒下的忒下的㉑!恰才说来的话君专记,一口气不违借与了你。

【注释】
① 蒲梢:良马名。《史记·乐书》:"后伐大宛得千里马,马名蒲梢。"

138

② 气命儿般：即爱命儿般、命根儿般。

③ 膘息胖肥：膘肥肉胖。息，肉也。

④ 懒设设：懒洋洋的样子。

⑤ 意迟迟：懒散，没精神。

⑥ 鞴(bèi)：装备车马，把鞍辔套在马、驴之上。如关汉卿《窦娥冤》第二折："我一马难将两鞍鞴。"

⑦ 頦人：当时骂人之粗语。如关汉卿《救风尘》第一折："我一世没男儿直甚頦！"

⑧ 尻(kāo)包儿：屁股。 款款移：缓缓地移动。

⑨ 前口儿：马嚼子两端与缰绳相连的环形铁器，置于马口，便于驾驭。

⑩ 着皮句：意即不能让粗毡子叠压在马的皮肤上。

⑪ 三山骨：亦名三山股，马后背靠近腿的骨头。

⑫ 尿绰：撒尿。

⑬ 云长赤兔：即三国时蜀将关羽(字云长)的坐骑赤兔马。

⑭ 翼德乌骓：即三国时蜀将张飞(字翼德)的坐骑乌骓马。骓，一种黑白杂色的名马。

⑮ 渲：洗刷。 侵：碰。 頦：此指雄马之生殖器。

⑯ 铡底细：铡得细。

⑰ 忒寒碎：太寒酸小气。

⑱ 颩(diū)：抛掷，挥击。

⑲ 马儿行：马儿那里。

⑳ 鞍心二句：这是一种用和字拆字来骂人的话。鞍心，指骑马之人。马户，即驴也。刷子去刀，即"屌"字。

㉑ 忒下的：犹言做得太过分。

【评】 这篇套数通过细腻的心理刻画和生动的细节描写，为读者展示了一个爱马如命的人物形象。全套共 9 支曲子，开头两曲为故事开端，写马主人对马的精心饲养爱护和面对别人借马的内心矛盾。作者用大量的心理描写突出马主人爱马如命的性格特征,不想将马借人但又不好不借的矛盾心理得到生动真切的表现。从〔六煞〕到〔三煞〕为故事的发展,铺叙了马主人对借马人的仔细叮咛,充分渲染了其爱马的性格。铺陈手法的运用是这一部分的显著特点。絮絮叨叨,重复拖沓,而正是这样,一个惜马如命的形象才会呼之欲出。〔二煞〕、〔一煞〕为故事的转折,写马主人转而与马的告别。以"哀哀怨怨"、"切切悲悲",道尽了百般不忍的内心疼痛。〔尾〕曲是故事的结尾。马主人无限激愤地请借马人要牢记他的叮嘱。读这篇套曲,极易让人想起周立波笔下赶了 29 年马车的老孙头,二者对马具有同样的爱。静而思之,可能所有的人对其心爱之物大都如此吧!因而,它反映的现象应该是极为真实极为典型的。综观这篇套曲,夸张手法的运用极为突出。大量的夸张和铺叙相结合,使其极富喜剧色彩;而粗俗口语的运用,又将曲文学的俗与趣发挥得淋漓尽致,很好地实现了它的娱乐功能。

〔双调〕夜行船

秋　思

〔夜行船〕百岁光阴一梦蝶①,重回首往事堪嗟。今日春来,明朝花谢,急罚盏夜阑灯灭②。

〔乔木查〕想秦宫汉阙,都做了衰草牛羊野。不恁么渔樵无话说③。纵荒坟横断碑,不辨龙蛇④。

〔庆宣和〕投至狐踪与兔穴⑤,多少豪杰!鼎足虽坚半腰里折⑥,魏耶?晋耶?

〔落梅风〕天教你富，莫太奢。没多时好天良夜⑦。富家儿更做道你心似铁，争辜负了锦堂风月⑧。

〔风入松〕眼前红日又西斜，疾似下坡车。不争镜里添白雪⑨，上床与鞋履相别⑩。休笑巢鸠计拙⑪，葫芦提一向装呆⑫。

〔拨不断〕利名竭，是非绝。红尘不向门前惹，绿树偏宜屋角遮，青山正补墙头缺，更那堪竹篱茅舍。

〔离亭宴煞〕蛩吟罢一觉才宁贴⑬，鸡鸣时万事无休歇，何年是彻！看密匝匝蚁排兵，乱纷纷蜂酿蜜，急攘攘蝇争血。裴公绿野堂⑭，陶令白莲社⑮。爱秋来时那些：和露摘黄花，带霜分紫蟹，煮酒烧红叶。想人生有限杯，浑几个重阳节。人问我顽童记者⑯：便北海探吾来⑰，道东篱醉了也⑱。

【注释】

① 梦蝶：用庄周梦为蝴蝶的故事。《庄子·齐物论》："昔者庄周梦为蝴蝶，栩栩然蝴蝶也，自喻适志与，不知周也；俄然觉，则蘧蘧然周也。不知周之梦为蝴蝶与？蝴蝶之梦为周与？周与蝴蝶必有分矣。此之为物化。"

② 罚盏：罚酒。　夜阑：夜尽。

③ 不恁么：不这样。

④ 纵荒坟二句：言帝王将相们昔日辉煌的陵墓现在已经荒废了，纵然还留下几块断碑，但也分辨不清上面的字迹了。龙蛇，此指断碑上的文字。

⑤ 投至：及至，等到。

⑥ 鼎足句：言三国鼎立之势最终消亡了。鼎足，指魏、蜀、吴三国并立。

⑦ 没多句：意即好景不长。

⑧ 锦堂风月：指富贵人家的生活享受。锦堂，即昼锦堂，北宋著名宰相韩琦在故乡安阳的建筑。

⑨ 不争：元曲中俗语，意即不要紧、无所谓。

⑩ 上床句：言上床睡觉，鞋子一脱，也许就与世长辞，再也不能穿鞋下床了。

⑪ 巢鸠计拙：相传斑鸠性拙，不会营巢，借喜鹊的巢来下卵。

⑫ 葫芦提：宋元时口语，又作"葫芦题"、"葫芦啼"等，即糊里糊涂。

⑬ 蛩(qióng)：蟋蟀。 宁贴：舒服，安逸。

⑭ 裴公绿野堂：唐宪宗时宰相裴度在洛阳构筑的别墅。据《旧唐书·裴度传》，裴度在唐宪宗时官至中书侍郎同平章事，讨平淮蔡，擒吴元济，被封为晋国公。后因宦官专权，于洛阳筑别墅"绿野草堂"，与白居易等饮酒吟咏其中。

⑮ 陶令：即陶渊明，他曾经任彭泽令，故有此称。 白莲社：晋庐山东林寺慧远法师发起的宗教组织，曾邀陶渊明加入，但陶没有参加。

⑯ 记者：记着。

⑰ 北海：指东汉末的北海太守孔融。据《后汉书·孔融传》载，孔融好客，曾云"座上客常满，樽中酒不空，吾无忧矣"。

⑱ 东篱：作者自称。马致远号东篱。

【评】 这篇套数可谓集元散曲叹世、归隐、咏史之大成，集中表现了作者看破红尘，彻悟历史与现实，决意归隐林下的人生志趣。开篇〔夜行船〕一曲总慨人生短促，应及时行乐。〔乔木查〕、〔庆宣和〕两曲放怀历史，感叹帝王豪杰的建树、三国英雄的伟业、秦宫汉阙的壮观等，最终都免不了成为历史的陈迹。〔落梅风〕、〔风入松〕两曲则慨叹人生无常、聚富无益。最后〔拨不断〕、〔离亭宴煞〕两曲则精心构筑了一个优美如画的隐居环境，并与现实红尘的肮脏龌龊形成鲜明强烈的对比，然后在美与丑的对比中选择归隐，充分表现了对世俗社会争名夺利的厌弃和对恬淡闲适之趣的追求。作者襟怀博大、才气纵横，故全套曲子显得淋漓酣畅、收放自如，无论是鼎足对的精工，比喻的巧妙，画面的生动，色彩的鲜明，还是语言的娴熟，声韵的朗畅等，都给人以艺术享受的巨大快感。王国维《宋元戏曲考·元剧之文章》有云："马东篱《秋思》一套，周德清评之为'万中无一'，明王元美等亦推为套数中第一，诚定论也。"此套曲子不仅赢得历代学者的推崇，而且吸引了如明代茅溱、清代许宝善等曲家的模仿创作，许氏的模仿竟达 7 套之多。凡此，皆可见这篇套曲在曲史上的巨大影响了。

破幽梦孤雁汉宫秋（第三折摘选）①

〔七兄弟〕说什么大王，不当、恋王嫱，兀良②，怎禁他临去也回头望！那堪这散风雪旌节影悠扬，动关山鼓角声悲壮。

〔梅花酒〕呀！俺向着这迥野悲凉③，草已添黄，兔早迎霜。犬褪得毛苍，人搊起缨枪④，马负着行装，车运着糇粮⑤，打猎起围场⑥。他他他。伤心辞汉主；我我我，携手上河梁⑦。他部从入穷荒，我銮舆返咸阳。返咸阳，过宫墙；过宫墙，绕回廊；绕回廊，近椒房；近椒房，月黄昏；月黄昏，夜生凉；夜生凉，泣寒螿；泣寒螿，绿纱窗；绿纱窗，不思量！

〔收江南〕呀！不思量，除是铁心肠；铁心肠，也愁泪滴千行。美人图今夜挂昭阳，我那里供养，便是我高烧红烛照红妆⑧。

【注释】

① 破幽梦孤雁汉宫秋：简称《汉宫秋》，元杂剧末本戏，正末扮汉元帝。全剧4折1楔子。其剧情如下：毛延寿为汉元帝挑选宫女，王昭君因不肯行贿，毛丑化其图形，昭君被打入冷宫。后昭君偶遇元帝，得以受宠。而毛延寿为躲避元帝的捉拿逃至匈奴，且挑拨匈奴王索要昭君，并以出兵南侵相威胁。无奈之下，元帝只好忍痛割爱让昭君和番。不料昭君在番汉交界处投河自杀。第三折叙昭君远行和番，元帝于灞桥送别。

② 兀良：用作衬字，表感叹。

③ 迥野：广阔的原野。

④ 搠(shuò)：持，提。

⑤ 糇(hóu)粮：干粮。

⑥ 起围场：意思是打猎的撤掉了围场。

⑦ 携手句：《文选·李陵与苏武诗》："携手上河梁，游子暮何之。"表示惜别的意思，此用其意。

⑧ 高烧句：宋苏轼《海棠》诗："只恐夜深花睡去，故烧高烛照红妆。"此处化用。红妆，指昭君图像。

【评】 此处所选三曲，是汉元帝送别昭君时落寞、悲凉、无奈的痛苦心情的倾诉。直抒胸臆、尽情倾吐是这三支曲子抒情的一大特点。其中〔梅花酒〕一曲，均为短句，前半对仗工整，后半顶针回环，既增强了唱词的乐感，又使人物感情倾泻而出，酣畅淋漓，读来令人回肠荡气、余味无穷。重视意境的创造，以景衬情，是这三支曲子的又一特色。作者以诗笔写剧，先描绘出一幅辽阔、旷远、苍凉的塞北风光图，其后又勾勒出一幅幅幽深、冷清、衰飒的宫苑画，情景相生，凄景映衬着悲情，构成唱词独特的审美意境，历来为人们击节赞赏。总之，这三支曲子将情感抒发与环境展现交相融会，非常成功地表现了汉元帝失去昭君后落寞无助的痛苦心情。

江州司马青衫泪(第二折摘选)①

〔叨叨令〕我这两日上西楼盼望三十遍,空存得故人书,不见离人面。听的行雁来也我立尽吹箫院,闻得马嘶声也目断垂杨线。相公呵,你元来死了也么哥,你元来死了也么哥②,从今后越思量越想的冤魂儿现。

……

〔二煞〕少不的听那惊回客梦黄昏犬,聒碎人心落日蝉。止不过临万顷苍波③,落几双白鹭,对千里青山,闻两岸啼猿④。愁的是三秋雁字,一夏蚊雷⑤,二月芦烟。不见他青灯黄卷⑥,却索共渔火对愁眠⑦。

【注释】

① 江州司马青衫泪:简称《青衫泪》,元杂剧旦本戏,正旦扮裴兴奴。大致由白居易《琵琶行》敷衍而成。全剧4折1楔子。其剧情如下:吏部侍郎白居易一日上街游玩,结识了教坊司歌妓裴兴奴,二人互相赏识,情投意合,遂私订终身。后白居易被贬江州司马离京,江西茶客刘一郎和裴母趁此设计强娶裴兴奴。最后,在白居易挚友元稹的帮助下,二人又终于永结同好。第二折写白居易被贬江州司马,而裴兴奴被其母和刘一郎设计,诡言白居易已死,因而骗娶兴奴,也远赴江州。

② 元来:即原来。 也么哥:元曲中语尾复音叹词,相当于现代汉语"啊"。

③ 止不过:只不过。

④ 对千里二句:化用李白《朝发白帝城》诗中"两岸猿声啼不住,轻舟已过万重山"句。

⑤ 蚊雷:形容蚊多,其声如雷。

⑥ 青灯黄卷：这里是刻苦读书的意思。古时读书点油灯，上冒青烟，故称为"青灯"。古人用黄檗等辛味、苦味之物染纸，纸色黄，故称"黄卷"。

⑦ 索：须，应。　共渔火对愁眠：形容生活孤凄愁苦。唐张继《枫桥夜泊》诗："月落乌啼霜满天，江枫渔火对愁眠。"

【评】　此处所选〔叨叨令〕一曲，写裴兴奴得知白居易"病死"之后的痛苦心情。作者多以兴奴的痴情举动，写其盼望之急切，以及她的失望与痛苦。此曲直抒胸臆，情深意挚，兴奴翘首期盼、泣血哀号的形象感人至深。〔二煞〕一曲写裴兴奴被迫随刘一郎前往江西临行时的痛苦心情。此曲以衰煞凄凉之景衬落寞悲苦之情，情景交融，意味更加隽永深长。对偶和铺排的结合运用是此曲一大特色。对偶增加了曲词的雅炼之美，但诸多领字的引带逗转，又使其不失曲体风致，读来铿锵悦耳，朗朗上口。而人物的"愁"情也正是靠铺排众多的景物构成鲜明的意境来加以表现的，这或许是最有蕴涵的抒情方式吧！

半夜雷轰荐福碑(第一折摘选)①

〔寄生草〕想前贤语，总是虚。可不道书中车马多如簇，可不道书中自有千钟粟，可不道书中有女颜如玉，则见他白衣便得一个状元郎②，那里是绿袍儿赚了书生处③？

〔幺篇〕这壁拦住贤路，那壁又挡住仕途。如今这越聪明越受聪明苦，越痴呆越享了痴呆福，越糊突越有了糊突富④。则这有银的陶令不休官⑤，无钱的子张学干禄⑥。

【注释】

① 半夜雷轰荐福碑：简称《荐福碑》，元杂剧末本戏，正末扮张镐。全剧 4 折 1 楔子。其剧情如下：落魄书生张镐时运不济，一再倒霉，满腹才华却流落他乡，以教蒙童度日。他也曾得到八拜至交的哥哥范仲淹三封荐书的帮助，可是两次投书都遭到失败。后又流落到饶州荐福寺。荐福寺长老见他可怜，让他拓印碑文卖钱作进京赶考的盘缠，却不料半夜里碑文被雷电击毁。后来终于时来运转，在范仲淹的帮助下，考取状元，飞黄腾达。第一折叙张镐流落他乡，巧遇范仲淹，得到了三封荐书的帮助，求取功名之心再起。

② 白衣：素民之衣，指没有身份地位的平民。

③ 绿袍儿：古时八品、九品官所服之衣，此处指下层官吏。

④ 糊突：同糊涂。

⑤ 陶令：晋时陶渊明，以其曾做彭泽县令，后人遂称为陶令。这里喻指各级官员，含讥讽之意。

⑥ 子张学干禄：语出《论语·为政》。子张，孔子学生。干，求也。学干禄，即请教求取功名利禄之事，子张曾问此事于孔子。此处用此典故，是说贫穷的读书人希望求取功名利禄，却难以办到。

【评】 此处所选二曲写张镐穷困、失志之时愤懑不平的内心感受。〔寄生草〕一曲写张镐对前贤语的怀疑与反讥。首句中一"虚"字统领该曲，写出了张镐对社会现状的不满和内心的绝望。"可不道"三字的重复领用，一贯而下，抒情极为酣畅淋漓。〔幺篇〕一曲运用对比手法，写尽了张镐内心的不平和愤慨，有力地揭示了社会的荒谬。特别是中间的鼎足对，连用六个"越"字，意饱气足，抒情极为痛快淋漓。这两支曲子全是直接的叙述和抒情，白描直叙，毫不掩饰，非常真实地表现了剧中人物的心情。

李寿卿（二首）

李寿卿，生卒年不详。太原人。元代杂剧作家。钟嗣成《录鬼簿》列入"前辈已死名公才人有所编传奇行于世者"一类中，载其为"将仕郎，除县丞"。其活动年代约与纪君祥、郑廷玉等同时。其所作杂剧，《录鬼簿》载有 10 种，存世者有《伍员吹箫》《度柳翠》2 种，《庄子叹骷髅》存残篇。《太和正音谱》评其曲如"洞天春晓"，又谓"其词雍容典雅，变化幽玄，造语不凡"。

月明和尚度柳翠（第二折摘选）①

〔黄钟尾〕你道是"这回和月常相守"，才赚的春风可便树点头。聚莺朋，会燕友，蜂衙喧②，蝶梦幽③。啭黄鹂，鸣锦鸠，噪昏鸦，覆野鸥。袅金丝，春水沟；拂红裙，夜月楼。酒旗前，望竿后④。风又狂，雨又骤；霜正严，雪正厚；霜来欺，月来救。我救的这月里桫椤永长寿⑤，我着你访灵山会首⑥，也不索别章台的这故友⑦，我则怕你又折入情郎画眉手⑧。

【注释】

① 月明和尚度柳翠：又名《度柳翠》《临歧柳》，是 4 折 1 楔子的末本戏，正末扮月明尊者。其剧情如下：观音菩萨净瓶内的杨柳枝因偶染风尘，被罚下界投生倡门，艺名柳翠。柳翠精通伎艺，作了上厅行首。月明借柳翠母亲请僧众为柳翠亡父诵经之机到了柳翠家，想方设法给她讲授

禅机，让她了悟尘缘而出家。起初柳翠非常抗拒，几番周折后终于随月明出家，最后月明带她到南海复本还原。第二折写月明以幻术使柳翠经历生死，柳翠终于感悟生死幻情，决定随月明出家。

② 蜂衙：众蜂簇拥蜂王，如朝拜护卫，故称蜂衙。

③ 蝶梦：语出《庄子》，指梦幻。《庄子·齐物论》："昔者庄周梦为蝴蝶，栩栩然蝴蝶也……俄然觉，则蘧蘧然周也。不知周之梦为蝴蝶与？蝴蝶之梦为周与？"后常以此典言人生虚幻。

④ 望竿：酒店前悬挂招帘的竹竿。

⑤ 桫椤(suō luó)：即桫椤(亦作娑罗)树。旧时人们把月中的阴影想象成长生不衰的桫椤树。参见宋洪迈《容斋四笔》卷六"娑罗树"条。

⑥ 灵山：即灵鹫山，乃释迦牟尼讲道之所，为佛家圣地。

⑦ 不索：不须。 章台故友：指风月场中的旧相好。章台，代指冶游场所。唐许尧佐传奇小说《柳氏传》叙天宝年间韩翃与柳氏相恋，后韩翃离京，柳氏留居都下，三年后，韩题《章台柳》词寄赠柳氏，有云："章台柳，章台柳，昔日青青今在否？纵使长条似旧垂，亦应攀折他人手。"后因以章台指冶游之处，而以章台柳指妓女。

⑧ 画眉：暗用张敞画眉的典故。《汉书·张敞传》载张敞为妇画眉而受到同僚的非议，面对皇帝询问，他回答说："闺房之内，夫妇之私，有过于画眉者。"后人多以"张敞画眉"作为夫妇相爱的典故。这里借喻情场。

【评】 此曲是月明度化柳翠的唱词。月明苦口婆心，锲而不舍，力图让柳翠皈依佛门，达到参破色相的彼岸。此曲开首两句，月明感叹为度柳翠出家，自己费尽心思，终于让柳翠答应，犹如春风使树点头，实为不易。其后连用20个三字句，均围绕柳树而极尽排比铺陈之能事，其字句华丽，音韵和美，且颇具转折变化的匠心。全曲充分表现了月明度化柳翠锲而不舍的耐心，以及静观万象、了悟幻缘的心境。

月明和尚度柳翠(第三折摘选)①

〔三煞〕来了你呵,黄莺也懒更啼,金蝉也无处栖;来了你呵,再不见那绿荫深处把青骢系;来了你呵,再不见那舞春风楚宫别院纤腰细②;来了你呵,再不见那缀晓露汉殿长门翠黛低③;来了你呵,再不见那影蹁跹比张绪多娇媚④;来了你呵,再不见那助清凉陶令宅两行斜映⑤,增杀气亚夫营万缕低垂⑥。

【注释】

① 本剧剧情见前。第三折写月明三度柳翠。柳翠尽管对自己的相好牛员外和母亲尚存眷顾之情,但在月明师父的敦促下,终于下定决心出家,月明以船载柳翠到达"彼岸"。

② 楚宫腰细:《墨子·兼爱中》:"昔者,楚灵王好士细腰,故灵王之臣皆以一饭为节,胁息然后带,扶墙然后起。比期年,朝有黧黑之色。"后却常用以比喻女人的细腰,这里用以喻柳。

③ 汉殿长门:即汉代皇宫中之长门宫。汉武帝之陈皇后失宠后曾居此。 翠黛低:此写长门柳叶姿态,又暗喻陈皇后愁眉。

④ 张绪:南齐吴郡人,美姿仪,"吐纳风流"。齐武帝欣赏宫殿前"枝条甚长,状若丝缕"的蜀柳时说:"此杨柳风流可爱,似张绪当年时。"参见《南史·张裕列传附张绪》。

⑤ 陶令:东晋诗人陶渊明,曾作彭泽令,故名。 两行斜映:犹言斜阳映照着陶渊明宅边的两行柳树。陶渊明有自况之文《五柳先生传》云:"宅边有五柳树,因以为号焉。"

⑥ 亚夫营:西汉名将周亚夫领军所驻扎的营地,名细柳营。此处暗取"细柳"二字。

【评】 此曲写月明告诉柳翠度至彼岸后将对喜怒哀乐、七情六欲无动于衷。无论是黄莺，还是鸣蝉，都会顿失往日的热闹；无论是陶渊明怡然自得的恬静，还是杨柳岸的生别离与深闺中的长相思，又即便是动人的美色和情感，这些都不能牵动淡然禅定的心。此曲用了许多典故，虽不免"掉书袋"之嫌，但都紧密关合着"柳"，可见想像之奇妙，组织之工巧。这种文人化的案头剧虽难以作场上演出，但在剧本的阅读中，却能给人典雅华丽、妙趣横生的艺术享受。作为宣扬佛教思想的案头剧，它无疑是优秀而成功的。

尚仲贤(三首)

尚仲贤,生卒年不详。真定(今河北正定)人。元前期著名杂剧作家。钟嗣成《录鬼簿》列入"前辈名公才人有所编传奇行世者"一栏中。他的戏曲,《录鬼簿》载有杂剧剧目 10 种,其全本尚存者有《柳毅传书》《气英布》《三夺槊》等 3 种。朱权《太和正音谱》评其曲如"山花献笑"。

汉高皇濯足气英布(第四折摘选)^①

〔黄钟·醉花阴〕俺则见楚汉争锋竞寰土^②,那楚霸王甘心伏输?此一阵不寻俗,这汉英布武勇谁如?据慷慨堪称许,善韬略晓兵书,没半霎儿早熬翻了楚项羽!

〔喜迁莺〕骨刺刺旗门开处^③,那楚重瞳在阵面上高呼^④:"无徒杀人可恕^⑤,情理难容!"这匹夫两下里厮耻辱^⑥,那一个道"待你非轻",这一个道"负你何辜"?

〔出队子〕俺这里先锋前部,会支分能对付。咪咪咪^⑦,响飕飕阵上发个金镞^⑧。火火火,齐臻臻军前列着士卒^⑨。呀呀呀,俺则见垓心里骤战驹。

〔刮地风〕咚咚咚,不待的三声凯战鼓^⑩,忽刺刺两面旗舒。扑腾腾二马相交处,则听的闹垓垓喊震天隅。俺则见一来一去不见赢输,两匹马两员将有如星注。那一个使火尖枪,正是他楚项羽,忽的呵早刺着胸脯。

〔四门子〕俺英布正是他的英雄处,见枪来早轻轻的放过去,两员将各自寻门路⑪。整彪躯轮巨毒⑫,虚里着实,实里着虚,厮过瞒各自依法度⑬。虚里着实,实里着虚,则听的连天喊举!

〔古水仙子〕纷纷纷溅土雨⑭,霭霭霭黑气黄云遮了太虚⑮,刷刷刷马荡动征尘,隐隐隐人蟠在杀雾,吁吁吁马和人都气促。吉当当枪和斧笼罩着身躯,扢挣挣斧迎枪几番烟焰举⑯,可擦擦枪迎斧万道霞光出,厮琅琅断铠甲落兜鍪⑰。

〔尾声〕嗔忿忿将一匹跨下征骓紧缠住⑱,杀的那楚项羽促律律向北忙遄⑲,兀的不生搭损明晃晃这柄簸箕般金蘸斧⑳。

【注释】

① 汉高皇濯足气英布:简称《气英布》。元杂剧末本戏,正末扮英布、探子。全剧 4 折。剧情如下:楚汉交战,刘邦兵败,屯住荥阳,随何前往说服儿时好友英布归汉,并剑斩楚王使臣,迫使英布率部投汉。刘邦为挫其锐气,在洗脚时接见英布,英布自觉受辱,决意离汉落草为寇。后刘邦亲自出来迎接,并封英布为九江侯、破楚大元帅,英布感戴不已,战败项羽而归。第四折先由正末扮探子,向汉王、张良等人报告英布与项王交战的情况;其后正末再改扮英布由战阵归来,被刘邦封为淮南王。

② 寰土:指疆域。

③ 骨刺刺:象声词,形容声音响亮。亦作古刺刺、忽喇喇。

④ 楚重瞳:此指项羽。传说舜和项羽眼睛中均有两个瞳人,所以古籍中以重瞳称舜或项羽。参见《史记·项羽本纪》。

⑤ 无徒:犹无赖,即无赖之徒的省称。元剧多骂无赖汉为泼无徒。

⑥ 厮耻辱:相互羞辱。厮,相。

⑦ 唻唻唻：象声词，模拟箭离弦之声。

⑧ 金镞(zú)：金属箭头。镞，箭头。

⑨ 齐臻(zhēn)臻：犹言齐整整。

⑩ 凯：击。

⑪ 门路：此指破绽。

⑫ 巨毒：古兵器名。

⑬ 厮过瞒：相互隐瞒。

⑭ 土雨：指尘土。谓空中落下的尘土如下雨一般。

⑮ 太虚：天空。

⑯ 扢挣挣：与后文"可擦擦"，皆模仿双方交战时枪斧撞击之声。

⑰ 兜鍪：古代战士的头盔。

⑱ 嗔忿忿：指十分恼怒。

⑲ 促律律：形容急速的样子。　逋(bū)：逃亡。

⑳ 兀的不：怎不。　生搦(nuò)损：硬捏坏。

【评】　这里所选七曲,借探子之口描述了英布与项羽的激烈战斗。〔醉花阴〕先总体介绍英布与项羽龙虎相争,各不服输,一场恶战,必不可免。〔喜迁莺〕写两人在阵前相互叫骂,相互指责。〔出队子〕绘声绘色,表现出英布调兵遣将指挥有方,士卒气势逼人。〔刮地风〕尤注重音响效果的描摹,展现出英布与项羽两人厮杀恶战的激烈场面。〔四门子〕写两人各施本领,酣战尤烈。〔古水仙子〕绘声绘形,淋漓酣畅地渲染了英、项两人龙争虎斗的激烈场面。〔尾声〕写项羽败北,英布大获全胜。这几支曲子通过探子绘声绘色的描述,非常成功地展示出英布与项羽激烈的战斗场面,从侧面完成了艺术形象的塑造,表现了英布的英勇善战。其叠字排比的运用,造成一种酣畅淋漓的气势,显示出豪辣粗犷的曲风,这对激烈场景的展示和英雄形象的塑造起到了重要作用。

洞庭湖柳毅传书（第二折摘选）①

〔越调·斗鹌鹑〕他两个天北天南，海西海东，云闭云开，水淹水冲，烟罩烟飞，火烧火烘！卒律律电影重②，古突突雾气浓③。起几个骨碌碌的轰雷④，更一阵扑簌簌的怪风⑤。

〔紫花儿序〕险惊杀了负薪的樵子，慌杀了采药的仙童，唬杀了撒网的渔翁。全不见红莲映日，翠盖迎风⑥。遮笼，都是那鬼卒神兵四下攻⑦。则俺这两只脚争些儿踏空，可擦擦坠落红尘⑧，兀的不跌破了我青铜⑨。

〔小桃红〕那小龙大开水殿饮金钟⑩，厮琅琅几部笙歌送⑪，不觉的天边黑云重。昏邓邓敢包笼⑫，忽剌剌半空霹雳声惊动⑬，古都都揭了瓦陇⑭，吸哩哩提了斗栱⑮，滴溜溜早翻过水晶宫。

〔紫花儿序〕忽的呵阴云伏地，淹的呵洪水滔天，腾的呵烈火飞空⑯。泾河龙逃归碧落，钱塘龙赶上苍穹⑰。两条龙的威风，怕不喊杀了鳖大夫、龟将军、鼍相公。这其间各赌神通，早翻过那海岛十洲，只待要拔倒了华岳三峰⑱！

〔鬼三台〕两条龙身躯纵，震的那乾坤动。恶狠狠健勇⑲，赤焰焰满天红，一撞一冲，则教你心如铁石也怕恐，便有那铜山铁壁都没用。钱塘龙逆水忙截，泾河龙淤泥里便劙⑳。

【注释】

① 洞庭湖柳毅传书：简称《柳毅传书》，元杂剧旦本戏，正旦分别扮龙女三娘和电母。全剧4折1楔子。剧情如下：洞庭龙君的女儿嫁给泾河小龙后受虐待，被罚去牧羊。秀才柳毅上京考试落榜，回家路经泾河，龙女求他带一封家书求救，柳毅应允。洞庭君的弟弟钱塘君闻信后，救出龙女，洞庭君想把龙女嫁给柳毅，柳毅不肯，回家后，其母已替他订下范阳卢家女儿为妻，迎娶之日，发现正是洞庭龙女。第二折演洞庭龙君之弟钱塘龙君闻侄女三娘遭受虐待，因赶去与泾河小龙打斗，并战败泾河小龙，将其吞于腹中。电母向泾河老龙禀报钱塘君与小龙恶战的经过。

② 卒律律：形容风、火急烈的样子和声音。　电影重(chóng)：闪电迭发不停的意思。

③ 古突突：形容物体翻滚、上冒的样子和声音。今口语中仍习用此词，亦作骨突突、古都都、骨都都。

④ 骨碌碌：形容物体转动的声音和样子。今口语中仍习用此词。亦作骨鲁鲁、古鲁鲁、骨辘辘、骨噜噜、古鹿鹿。

⑤ 扑簌簌：象声词，形容风声。

⑥ 翠盖：指荷叶。

⑦ 遮笼：遮盖笼罩。

⑧ 可擦擦：象声词，形容相互摩擦发出的声音。亦作可察察、磕擦擦。

⑨ 青铜："青铜镜"的省文。此指电母手中拿的青铜镜。

⑩ 金钟：有金饰的酒杯。此指酒。

⑪ 厮琅琅：象声词，这里形容歌声。　部：指乐队的分部。　笙歌：指演奏乐器和歌唱。谓送来几对乐人奏乐唱歌。

⑫ 昏邓邓：昏暗的样子。亦作昏瞪瞪、昏腾腾、昏澄澄。　包笼：囊括。

⑬ 忽剌剌：象声词，形容声音响亮。亦作古剌剌、古都都、骨剌剌。

⑭ 揭了瓦陇：掀了屋顶之意。陇，同"垄"，屋顶所盖之瓦，凸起的一行叫瓦垄，凹下的一行叫瓦沟。

⑮ 吸哩哩：形容物体飘动的样子和声音。亦作吸力力、吸淋淋、赤力力、赤律律、赤历历。　斗栱：亦作"斗拱"，为我国建筑特有的一种结构，

屋子的柱子和横梁交接处安置的如弓形的承重结构就是栱,垫在栱与栱之间的斗形木块叫斗。

⑯ 淹的:意为突然。亦作奄的、俺的、厌的,音近义并同。　腾的:忽然的意思,亦作"腾地"。

⑰ 碧落、苍穹:皆指天空。

⑱ 海岛十洲:古代传说中的域外仙岛。海岛,即传说海上神仙所居的蓬莱、方丈、瀛洲三岛。十洲,语出六朝人伪托汉东方朔撰的《十洲记》,记称巨海中有祖、瀛、玄、炎、长、元、流、生、凤麟、聚窟十洲。　华岳三峰:指华山的莲花峰、毛女峰、松桧峰。一说为莲花峰、仙人峰、落雁峰。

⑲ 恶哏哏:极端凶恶貌。　健勇:雄健武勇者。指钱塘君和泾河小龙。

⑳ 劃(gǒng):胡乱耸动。

【评】　此处所选五曲描写钱塘君与泾河小龙交战的激烈场面。〔斗鹌鹑〕写钱塘君与泾河小龙在天空中追逐,风云为之变色。〔紫花儿序〕借描写樵子、仙童、渔翁的惊恐,展现出两龙战斗的惨烈。同时也写出了满天神兵鬼卒摇旗呐喊的声势。〔小桃红〕用大量的拟声词描摹出了黑云翻滚、风雷激荡、揭瓦毁屋的场面,展现了泾河小龙腾空而过的惊天动地之势。后〔紫花儿序〕与〔鬼三台〕进一步写两龙在一追一逃的过程中黑云压地、洪水滔天、烈烟弥空、乾坤震动的激烈场景。这几曲层层递进,场面描写与声音的模拟相结合,非常成功地表现出两龙相争的激烈气氛。这种场面要在舞台上搬演是比较困难的,作者借电母之口的描述从侧面加以表现,取得了很好的效果,这与前选《气英布》第四折的手法可谓同一机杼。

陶渊明归去来兮(第四折摘选)①

〔正宫·倘秀才〕面对着青山故友,眼不见白衣送酒②,我则怕明日黄花蝶也愁③。好教我情绪懒,意难酬,无言低首。

〔灵寿杖〕西风落叶山容瘦,呀呀的雁过南楼,霜满汀洲,水痕渐收。山泼黛层层崄④,水泛碧粼粼皱。记的是清明三月三,不觉又重阳九月九。

【注释】

① 陶渊明归去来兮:简称《归去来兮》。据《宋书·陶渊明传》,陶渊明少有高趣,尝著《五柳先生传》以自况。因家贫亲老,起为州祭酒。不堪吏职,少日,自解归。后为彭泽令,郡遣督邮至,县吏曰:应束带见之。陶渊明曰:我不能为五斗米,折腰向乡里小人。即日解印绶去职归。赋《归去来辞》以见志。本剧当据此敷衍而成,未有全本传世,仅第四折存此二曲。

② 白衣送酒:事见南朝宋檀道鸾《续晋阳秋》:"陶渊明九月九日无酒,于宅边菊丛中摘盈把,坐其侧,望见白衣人,乃王弘送酒,即便就酌而后归。"白衣,此指王弘送酒的使者。

③ 我则句:此句引苏轼《九日次韵王巩》诗:"相逢不用忙归去,明日黄花蝶也愁。"

④ 崄(xiǎn):同险,险要高峻的样子。

【评】 此二曲写陶渊明追昔忆旧,隐隐透出了对时光流逝的惆怅和宦情无聊的感慨。〔倘秀才〕一曲先写陶渊明面对青山如故,想起往日白衣小吏送酒来后欣然一醉,心中有一种淡淡的伤感。〔灵寿杖〕一曲通过自然景物的变换衬托出了陶渊明心中的凄凉。"西风"数句先感叹眼下衰煞秋容,"山泼黛"一个对句则追怀昔日之盎然春意;最后一个对句挽合,在盛衰对比中流露出人生易逝的伤感。这两支曲子意蕴深远,音韵浏亮,非常成功地表现出陶渊明忧郁而感伤的心态。

石君宝(一首)

　　石君宝(？—1276),平阳(今山西临汾)人,生平事迹不详。孙楷第《元曲家考略》则考石君宝本女真族,为辽东盖州(今辽宁盖县)人,复姓石盏,名德玉,晚号洪岩老人。元前期杂剧作家。钟嗣成《录鬼簿》把他列入"前辈名公才人有所编传奇行世者"中。他的戏曲,《录鬼簿》载有杂剧剧目 10 种,现存《曲江池》《秋胡戏妻》《紫云亭》等 3 种。《太和正音谱》评其曲如"罗浮梅雪"。

李亚仙花酒曲江池(第一折摘选)①

　　〔寄生草〕他将那花阴串,我将这柳径穿。少年人乍识春风面②,春风面半掩桃花扇。桃花扇轻拂垂杨线,垂杨线怎系锦鸳鸯,锦鸳鸯不锁黄金殿③。

【注释】

　　① 李亚仙花酒曲江池:简称《曲江池》,元杂剧旦本戏,正旦扮李亚仙。全剧 4 折 1 楔子。其剧情如下:书生郑元和奉父命上京应考,在曲江池与游春的李亚仙相遇,一见钟情。后银钱花光,被鸨母逐走,流落街头,靠为丧家唱挽歌为生。郑父知此事后,认为有辱家门,将郑元和打得昏死过去。李亚仙闻讯赶来,救醒郑元和,并用自己的积蓄赎身,与郑元和相依为命,并劝他读书进取。郑元和终于高中状元,在李亚仙的劝解下,郑父也与儿子相认。这一故事唐代早已流行,唐人白行简的传奇小说《李娃传》即写此事。搬演这一故事的元人杂剧,还有高文秀的《郑元和风雪打

瓦罐》(佚)。《曲江池》第一折演李亚仙、郑元和在长安曲江池游春,二人一见钟情,郑元和因随李亚仙而去。

② 春风面:指李亚仙充满青春活力的娇媚面容。

③ 锦鸳鸯句:出自李白《宫中行乐词》:"玉楼巢翡翠,珠殿锁鸳鸯。"

【评】 此曲为李亚仙遇郑元和时所唱,描写了爱情碰撞出火花那一刹那的美妙。两人在如诗如画的优美环境中邂逅,郑元和初见李亚仙时惊喜万分,李亚仙娇容半掩,表现出娇羞无邪、脉脉含情的神态。这支曲子环境呈现与情感抒发交相融会,由柳丝而思系鸳鸯,极其婉曲,其顶针句格的巧妙运用有往复回环、一唱三叹之妙。全曲非常成功地写出了郑、李二人的一见钟情,咏叹了少男少女的纯情之恋。

杨显之(一首)

杨显之,生卒年不详,大都(今北京)人,元前期重要剧作家。钟嗣成《录鬼簿》说他为"关汉卿莫逆之交,凡有文辞,与公较之,号'杨补丁'是也"。明初戏曲家贾仲明为其补写的吊词称他为"前辈老先生",说"王元鼎师叔敬,顺时秀伯父称,寰宇知名"。《录鬼簿》载其所作杂剧共8种,今仅存《潇湘夜雨》和《酷寒亭》2种。其作品风格朴素,为元杂剧本色派作家。朱权《太和正音谱》评其曲如"瑶台夜月"。

临江驿潇湘秋夜雨(第二折摘选)①

〔梁州〕我则见舞旋旋飘空的这败叶,恰便似红溜溜血染胭脂,冷飕飕西风了却黄花事。看了些林梢掩映、山势参差,走的我口干舌苦、眼晕头疭②。我可也把不住抹泪揉眵③,行不上软弱腰肢④。我、我、我款款的兜定这鞋儿⑤,是、是、是慢慢的按下这笠儿,呀、呀、呀我可便轻轻的拽起这裙儿。我想起亏心的那厮,你为官消不得人伏侍⑥?你忙杀呵,写不得那半张纸?我也须有个日头儿见你时⑦,好着我仔细寻思。

〔牧羊关〕兀的是闲言语⑧,甚意思!他怎肯道节外生枝。我和他离别了三年,我怎肯半星儿失志?我则道他不肯弃糟糠妇⑨,他原来别寻了个女娇姿。只待要打灭了这穷妻子⑩。呀、呀、呀！你畅好是负心的崔甸士⑪。

……

〔哭皇天〕则我这脊梁上如刀刺，打得来青间紫，飕飕的雨点下，烘烘的疼半时。怎当他无情无情的棍子，打得来连皮彻骨，夹脑通心，肉飞筋断，血溅魂消，直着我一疼来、一疼来一个死⑫。我只问你个亏心甸士，怎揣与我这无名的罪儿⑬？

……

〔黄钟煞〕休、休、休，劝君莫把机谋使，现、现、现，东岳新添一个速报司⑭。你、你、你，负心人信有之，咱、咱、咱，薄命妾自不是。快、快、快，就今日逐离此，行、行、行，可怜见只独自。细、细、细，心儿里暗忖思，苦、苦、苦，业身躯怎动止？管、管、管，少不的在路上停尸。哎哟天那！但不知那塌儿里把我来磨勒死⑮！

【注释】

① 临江驿潇湘秋夜雨：简称《潇湘夜雨》或《潇湘雨》，元杂剧旦本戏，正旦扮张翠鸾。全剧4折1楔子。其剧情如下：少女翠鸾随父赴任途中与父失散，被渔夫崔文远收容并嫁与其侄崔甸士。崔甸士中举得官后弃妻另娶，张翠鸾遭崔甸士诬陷被发配沙门岛，途经临江驿，巧遇失散已久、现居高官的父亲，才得解救，并与崔甸士重归旧好。第二折写崔甸士中举另娶后陷害张翠鸾的经过。

② 眼晕头疵：眼花头昏。疵，小毛病，引申作不适。

③ 把不住：忍不住。　抹泪揉眵（chī）：形容悲痛伤心落泪的样子。眵，眼屎。

④ 行不上：走不动。

⑤ 款款的：慢慢地。

⑥ 消不得：用不得。

⑦ 日头儿：日子。

⑧ 兀的：此处用为指示代词，即这。

⑨ 则道：只说。　糟糠妇：谓吃糠咽菜一起共患难的妻子。

⑩ 打灭：抛弃，打杀。

⑪ 畅好是：真正是。

⑫ 直着我：直叫我。

⑬ 揣与：强加于人。

⑭ 东岳：迷信传说中主管人间生死、贵贱、祸福的东岳大帝，其属下有七十二司。　速报司：即东岳大帝属下七十二司之一，主管现时报应诸事。

⑮ 那塌儿里：哪里。　磨勒：折磨。

【评】　此处所选四曲写翠鸾赶往秦川县寻夫，得知崔甸士已另娶后既悲又愤，崔甸士却诬陷翠鸾并将其发配沙门岛。〔梁州〕一曲首先营造一派萧瑟凄凉的悲怆气氛，然后用3组叠字带出对句，细致刻画出翠鸾艰难赶路的情景，极富动感。〔牧羊关〕一曲写翠鸾将自己的守志不移与崔甸士的变情负心进行对比，并借此抒发了内心的痛苦与愤激。〔哭皇天〕一曲写崔甸士诬陷翠鸾是偷盗自家东西的家奴后，将其残酷毒打。通过翠鸾的声声哭诉，淋漓尽致地写出了崔甸士的无情和恶毒。〔黄钟煞〕连用八组叠字领起，酣畅淋漓地抒发了翠鸾含冤负屈、无限悲愤的心情。这几首曲子语言简练质朴，叠字和排比句式的运用，使翠鸾和崔甸士一善良一狠毒的形象对比更加鲜明强烈。

纪君祥(一首)

纪君祥,或作天祥。贾仲明为《录鬼簿》中记载的曲家补写挽词,称他和李寿卿、郑廷玉同时,故当为元前期杂剧作家。所作杂剧 6 种,流传者仅《赵氏孤儿》一种,另有佚曲一套。王国维称《赵氏孤儿》"列之于世界大悲剧中亦无愧色"。朱权《太和正音谱》评其曲如"雪里梅花"。

赵氏孤儿大报仇(第二折摘选)①

〔梁州第七〕他、他、他,在元帅府扬威也那耀勇,我、我、我,在太平庄罢职归农。再休想鹓班豹尾相随从②。他如今官高一品,位极三公③,户封八县,禄享千钟。见不平处有眼如朦④,听咒骂处有耳如聋。他、他、他,只将那会谄谀的着列鼎重裀⑤,害忠良的便加官请俸,耗国家的都叙爵论功。他、他、他,只贪着目前受用,全不省爬的高来可也跌的来肿,怎如俺守田园学耕种,早跳出伤人饿虎丛,倒大来从容⑥。

【注释】

① 赵氏孤儿大报仇:亦作《冤报冤赵氏孤儿》《赵氏孤儿冤报冤》,简称《赵氏孤儿》。元杂剧末本戏,冲末扮赵朔,正末扮韩厥、公孙杵臼、程勃(赵武)。全剧 5 折 1 楔子。其剧情如下:春秋时晋国上卿赵盾遭到大将

军屠岸贾的诬陷,全家三百余口被杀。为斩草除根,屠岸贾下令在全国范围内搜捕赵氏孤儿赵武。赵家门客程婴与老臣公孙杵臼定计,救出赵武。为救护赵武,先后有晋公主、韩厥、公孙杵臼献出生命。二十年后,赵武由程婴抚养长大,尽知冤情,禀明国君,亲自拿住屠岸贾并处以极刑,终于为全家报仇。第二折主要写屠岸贾搜孤和程婴、公孙杵臼救孤的惊心动魄的斗争。

② 鹓(yuān)班豹尾:鹓,凤之一种。鹓班,鹓鸟飞行有序,这里比喻官员排班上朝。豹尾,朝廷仪仗上的装饰。

③ 三公:周代太师、太傅、太保称为三公,汉时以大司马(东汉时以太尉)、大司徒、大司空为三公。这里指掌握军政大权的屠岸贾。

④ 矇:矇眬,眼目不明。

⑤ 列鼎重裀:吃饭时摆列着食器,坐卧时垫着锦褥,指富贵豪华的生活。

⑥ 倒大来:十分、非常的意思。

【评】 此曲写正直的老臣公孙杵臼控诉奸臣屠岸贾把持朝政、混淆忠奸的罪行。此曲冷嘲热讽,充分表现了公孙杵臼对屠岸贾的愤慨。全曲多处用"他他他"这样的句式,似万箭齐发,指向万恶不赦的奸贼。其排比和对仗句式的运用,显得气势磅礴,增强了语言的表现力。

戴善夫(一首)

戴善夫,生卒年不详。一作戴善甫。真定(今河北正定)人。元代前期杂剧作家,曾任江浙行省务官。天一阁本《录鬼簿》后有贾仲明补写的吊词曰:"江浙提举任皇宣,同里同僚尚仲贤。《伯瑜泣仗》皆称善,《玩江楼》周月仙,《风光好》一夜姻缘,《三捉红衣怪》,善夫用意坚。湖海流传。"由此可知他与著名杂剧家尚仲贤同时、同乡、同僚。《录鬼簿》所列其5种杂剧,除贾仲明吊词中引到的4种外,还有《宫调风月紫云亭》,今所存者唯《陶学士醉写风光好》一种。《太和正音谱》评其曲如"荷花映月"。

陶学士醉写风光好(第三折摘选)①

〔叨叨令〕学士写时节有些腔儿韵②,妾身讴时节有些词儿顺。做时节难诉千般恨,写时节则是三更尽。学士你记得也么哥③,你记得也么哥?兀的是亲笔写下牢收顿④。

〔滚绣球〕那素衣服是妾身⑤,诈作驿吏妻把香火焚。我诵情诗暗传芳信⑥,向明月中独立黄昏。见学士下砌跟⑦,瞻北辰,转身躯猛然惊问,便和咱燕尔新婚⑧。咱正是武陵溪畔曾相识⑨,今日佯推不认人,道的他满面似烧云⑩。

① 陶学士醉写风光好：简称《风光好》，元杂剧旦本戏，正旦扮秦弱兰。全剧 4 折。其剧情如下：北宋初年，陶穀受命前去南唐说降，反中南唐丞相宋齐丘等人设下的美人计。陶赋《风光好》词赠给妓女秦弱兰，次日宋齐丘在筵席间令弱兰唱《风光好》，揭穿了陶的假道学面目。陶说降不成，又不敢归宋，只好逃避杭州。陶、秦二人后经吴越王钱俶主持成婚。第三折写宋齐丘等人在筵宴前让妓女秦弱兰讴陶穀夜间所赋《风光好》词，其道貌岸然之伪装被秦弱兰当场揭穿。陶羞愧难当，无颜归宋，只得投杭州故人吴越王钱俶而去，并允诺与弱兰成婚。

② 时节：时候。　腔儿韵：原指词的声腔合韵，此指文辞华丽。与下文的"词儿顺"互文并举。

③ 也么哥：又作"也末哥"或"也波哥"。语尾复音助词，无义。相当于现代汉语的"啊"或"吗"。

④ 兀的：指示代词。这，这个。　牢收顿：牢牢收拾，好好存放。

⑤ 素衣服：文中指白色的孝衣。民谚："要想俏，一身孝。"

⑥ 芳信：本指花开的信息或春的消息，这里指相爱的信息。也常用以代指书信。

⑦ 砌跟：台阶。

⑧ 燕尔新婚：形容新婚的欢乐。出自《诗经·谷风》，原为弃妇诉说故夫再娶与新欢作乐的情形，后泛指新婚之乐。

⑨ 武陵溪：陶渊明在《桃花源记》中描述武陵郡渔人发现桃花源佳境，因又称桃花源为武陵源，此便以武陵溪代指桃花源；又南朝时流传汉明帝永平年间刘、阮二人在天台山入桃源遇仙女的故事（参见南宋刘义庆《幽明录》）；此句因借这一典故言陶学士与弱兰的艳遇。

⑩ 烧云：本指日出日落时的天边红霞。此用以比喻因羞愧而脸色发红。

【评】　陶穀为掩饰自己的假道学嘴脸，假装不识弱兰，并在席间抵赖斥骂，秦弱兰被逼无奈，只得当场揭穿其"宜假不宜真"

的假面孔。〔叨叨令〕一曲写秦弱兰回忆陶穀夜间勾引自己时的诸般情景，陶穀在筵前该是怎样的尴尬，便给人留下了丰富的想象空间。〔滚绣球〕一曲写秦弱兰说出自己如何假扮驿吏妻，诵情诗、传芳信，以及夜间与陶学士"燕尔新婚"的恩爱光景，这便给予在筵席间一副道学面孔的陶学士以极大的揶揄和嘲讽，由此产生很强的喜剧性效果。这两支曲子连唱，把陶穀白天人前装模作样，说什么"我头顶儒冠，身穿儒服，乃正人君子"，"一生不吃妇人手内饮食"，"平生目不视邪色，耳不听淫声"，而暗地里却是男盗女娼、勾引人妇的假道学嘴脸剥露无遗，具有冷酷的幽默色彩，也揭示了陶穀此行遭人暗算、难完使命的悲剧性根源。

姚守中（一首）

姚守中，姚燧之侄，生卒年及生平事迹不详。贾仲明为其所作的挽词云："《挂冠解印》汉逢萌，扫笔成阵姚守中。布关串目高吟咏，《牛诉怨》巧用工。《扯招谏》扶立中宗。麒麟阁，狐兔冢，怨雨愁风。"所作杂剧《郝廉留钱》《逢萌挂冠》《扯诏立东宫》三种均失传。散曲存《牛诉怨》套数1篇。明朱权《太和正音谱》称其词如"秋月扬辉"。

〔中吕〕粉蝶儿

牛诉冤

〔粉蝶儿〕性鲁心愚，住烟村饱谙农务。丑则丑堪画堪图，杏花村，桃林野，春风几度。疏林外红日西晡①，载吹笛牧童归去。

〔醉春风〕绿野喜春耕，一犁江上雨。力田扶耙受驱驰，因为主甘分受苦！苦！苦！经了些横雨斜风，酷寒盛暑，暮烟晓雾。

〔红绣鞋〕牧放在芳草岸白蘋古渡②，嬉游于绿杨堤红蓼平湖③，画工描我在远山图。助田单英勇阵④，驾老子蓁山居，古今人吟未足。

〔石榴花〕朝耕暮垦费工夫，辛苦为谁乎？一朝染患倒在官衢⑤。见一个宰辅⑥，借问农夫，气喘因何故？

169

听说罢感叹长吁。那官人劝课还朝去，题着咱名字奏鸾舆。

〔斗鹌鹑〕他道我润国于民，受千辛万苦。每日向堰口拖船，渡头拽车。一勇性天生胆气粗，从来不怕虎。为伍的是伴哥王留，受用的是村歌社鼓。

〔上小楼〕感谢中书部，符行移诸处⑦。所在官司，禁治严明，遍下乡都。里正行，社长行，叮咛省谕：宰耕牛的捕获申路⑧。

〔么〕食我者肌肤未肥，卖我者家私不富。若是老病残疾，卒中身亡⑨，不堪耕锄，告本官，送本都，从公发付，闪得我丑尸不着坟墓。

〔满庭芳〕衔冤负屈，春工办足，却待闲居。圈门前见两个人来觑，多应是将我窥图。一个曾受戒南庄上的忻都，一个是累经断北港王屠⑩。好教我心惊虑，若是将咱卖与，一命在须臾。

〔十二月〕心中畏惧，意下踌躇。莫不待将我衅钟⑪？不忍其觳觫⑫。那思想耕牛为主，他则是嗜利而图。被这厮添钱买我离桑枢⑬，不睹是牵咱过前途。一声频叹气长吁，两眼凄惶泪如珠。凶徒！凶徒！贪财性狠毒，绑我在将军柱⑭。

〔耍孩儿〕只见他手持刀器将咱觑，唬得我战扑速魂归地府⑮。登时间满地血模糊，碎分张骨肉皮肤。尖刀儿割下薄刀儿切，官秤称来私秤上估。应捕人在傍边觑⑯，张弹压先抬了膊项⑰，李弓兵强要了胸脯⑱。

〔二〕却不道闻其声不忍食其肉⑲，划地加料物宽锅

170

中烂煮⑳。煮得美甘甘香喷喷软如酥,把从前的主雇招呼。他则道三分为本十分利,那里问一失人身万劫无㉑。有一等贪哺啜的乔人物㉒,就本店随机儿索唤,买归家取意儿庖厨。

〔三〕或是包馒头待上宾,或是裹馄饨请伴侣。向磁罐中软火儿葱椒焅㉓,胜如黄犬能医冷,赛过胡羊善补虚。添几盏椒花露㉔,你装的肚皮饱旺,我的性命何辜?

〔四〕我本是时苗留下犊㉕,田单用过牸。勤耕苦战功无补,他比那图财害命情尤重,我比那展草垂缰义有余㉖。我是一个直钱底物:有我时田园开辟,无我时仓廪空虚。

〔五〕泥牛能报春㉗,石牛能致雨㉘,耕牛运土遭诛戮。从今后草坡边野鹿无朋友,麦垅上山羊失了伴侣。那的是我伤情处,再不见柳梢残月,再不见古木昏乌。

〔六〕筋儿铺了弓,皮儿鞔做鼓,骨头儿卖与钗环铺。黑角儿做就乌犀带,花蹄儿开成玳瑁梳,无一件抛残物。好材儿卖与了靴匠,破皮儿回与田夫。

〔尾〕我元阳寿未终㉙,死得真个屈苦。告你个阎罗王正直无私曲,诉不尽平生受过苦。

【注释】
① 晡(bū):太阳即将落山之时。
② 白蘋:夏秋之季生长在浅水中的一种蕨类植物。
③ 红蓼:生长在水边或浅水中的一种植物,夏秋之季开红色或白色

谷穗状花,茎中空,味辛辣,俗名辣蓼,入秋叶茎多暗红,故名。

④ 助田单句:战国时齐人田单曾以火牛阵大破燕军。事见《史记·田单列传》。

⑤ 官衢:官道,大道。

⑥ 宰辅:宰相,此指汉代丞相丙吉。据《汉书·丙吉传》,丙吉有一次外出巡查,遇人群殴,死伤横道,他并不理会,但看见耕牛发喘,却详加询问。别人不解,他解释说,管人打架,是司法官的事,而春天牛喘,则有可能是天时不正,这正是做宰相应当管的大事。

⑦ 符:本指信符、凭证,这里指朝廷法令、文告。

⑧ 申路:向上级报告。申,下级向上级呈文。路,宋元时行政区划名。

⑨ 卒中身亡:突然暴死。卒,同"猝",突然。

⑩ 一个二句:作者在这里虚构了忻都、王屠两个常做坏事而受过惩处的人。受戒,因犯罪而遭受械系。戒,同"械"。累经断,因犯罪而多次被官府审断。

⑪ 衅钟:古人用牲血涂抹新铸成的钟鼎。

⑫ 觳觫:害怕发抖的样子。此引《孟子·梁惠王上》:"吾不忍其觳觫,若无罪而就死地"语。

⑬ 桑枢:桑木门枢,指简陋的牛圈。

⑭ 将军柱:旧时法场行刑绑住犯人的柱子。

⑮ 战扑速:犹言害怕得直打哆嗦。

⑯ 应捕人:负责缉拿犯人的衙役。

⑰ 张弹压:作者虚构的管理地方治安的胥吏。

⑱ 李弓兵:作者虚构的地方捕盗兵丁。

⑲ 却不句:语出《孟子·梁惠王上》"见其生,不忍见其死;闻其声,不忍食其肉。"

⑳ 划地:宋元口语,有反而、倒是之意。

㉑ 那里句:言那些歹徒根本不考虑做了坏事,一失人身,将万劫不复。佛教倡因果轮回,认为今生作恶,来生就将被罚作畜生,永不得复为人身。

㉒ 哺啜(bǔ chuò):吃喝。　乔人物:犹言坏家伙。

㉓ 焐(wǔ):指用文火慢慢炖。

㉔ 椒花露：以椒花浸泡的酒。

㉕ 时苗：汉末巨鹿人，曾为寿春令。相传其曾乘一牛车赴任，其后牛生一犊，当其离任时，执意将牛犊留在寿春，认为来上任时并无此犊，不应属自己所有。见《魏略·清介传》。

㉖ 展草垂缰：此为古代两则动物救主的故事。展草，据干宝《搜神记》卷五载，三国时东吴人李信纯酒醉后睡于草堆中，草堆起火，李不觉，其所养之狗名黑龙，以身入池塘蘸水，往返洒于草中，李得救，而狗却累死于旁。垂缰，据刘敬叔《异苑》卷三，前秦苻坚被敌兵追赶，坠落水中，他所乘之马垂下缰绳救其上岸。

㉗ 泥牛句：泥牛，或称"土牛"、"春牛"，我国古代风俗，于立春日造土牛以劝农耕，象征春耕开始。见《后汉书·礼仪志·立春》。

㉘ 石牛句：据《广州记》载，郁林（今广西桂林）池中有石牛，天旱，以牛血和泥涂石牛背，能立即下雨。

㉙ 元：同"原"，本来。　阳寿：活在人世间的岁数。

【评】　这篇套数借一头耕牛被宰杀后向阎王诉冤，来介绍牛一生的遭遇。牛于国于民、于古于今，皆立下莫大功劳，但最终却免不了被宰杀的悲惨命运。牛不负人，而人终负牛，牛的"冤"屈，实暴露了人性的恶劣和残忍。从字里行间，我们可以感到作者并非仅仅是在说牛，而是分明听到那些一生劳碌，到老仍衣食无着的老农的哭诉：辛苦了一生，被剥夺得一无所有，那些口喊重农亲民高调的统治者们从来没有真正关心过他们的死活，他们所关心的只是农民能够给他们创造多少价值！作者借牛的诉冤，不仅对残忍卑劣的人性给予了无情的批判与谴责，而且对勤劳忠朴的广大劳动人民的苦难命运表现出无限的悲悯与同情。本曲虽用叙述口吻，但抒情色彩极浓。作者把戏曲的代言与传统的寓言诗、禽言诗艺术相结合，以滑稽戏谑之笔表现悲愤的内容，由此产生一种含泪的幽默效果。

李好古(一首)

李好古,生卒年不详。其籍贯有三说:一说保定(今属河北)人,一说西平(今属河南)人,一说东平(今属山东)人。孙楷第《元曲家考略》感慨"歧异如此,将何从乎"？并据许有壬《至正集》和杨维桢《东维子文集》证其为西平人,曾官南台御史。钟嗣成《录鬼簿》列入"前辈已死名公才人有所编传奇行世者"中。其所著《镇凶宅》、《劈华山》和《张生煮海》杂剧3种,今仅存《张生煮海》1种。朱权《太和正音谱》评其曲如"孤松挂月"。

沙门岛张生煮海(第二折摘选)①

〔南吕·一枝花〕黑弥漫水容沧海宽②,高崒嵂山势昆仑大③,明滴溜冰轮出海角④,光灿烂红日转山崖,这日月往来,只山海依然在,弥八方遍九垓⑤。问甚么河汉江淮,是水呵都归大海。

〔梁州第七〕你看那缥缈间十洲三岛⑥,微茫处阆苑蓬莱⑦,望黄河一股儿浑流派。高冲九曜⑧,远映三台⑨,上连银汉,下接黄埃。势汪洋无岸无涯,出许多异宝奇哉。看看看波涛涌光隐隐无价珠玑,是是是草木长香喷喷长生药材,有有有蛟龙偃郁沉沉精怪灵胎。常则是云昏,气霭,碧油油隔断红尘界,恍疑在九天外。平吞了八九区云梦泽,问甚么翠岛苍崖。

【注释】

① 沙门岛张生煮海：简称《张生煮海》，一说尚仲贤作。元杂剧旦本戏。正旦扮龙女、仙姑毛女。全剧4折。剧情如下：潮州儒生张羽寓居石佛寺，清夜抚琴，恰遇龙女琼莲出游，二人一见倾心，约定中秋之夜海边相会。张羽届时到了海边却不见琼莲，正彷徨间，遇东华仙姑，始知因龙王阻挠，琼莲无法赴约。张羽便用仙姑所赠宝物在沙门岛架锅煮海，龙王无奈，只好请石佛寺长老做媒，带张羽到龙宫与琼莲婚配。第二折写张羽海边赴约，不遇佳人，正在懊恼，恰遇东华仙姑毛女，仙姑告以龙女之事，并授张羽法术宝物：银锅一只，金钱一文，铁勺一把。张羽得上仙法宝，直奔沙门岛，欲煎煮海水。

② 黑弥漫：形容水势深广浩淼。

③ 崒嵂(zú lù)：高峻陡峭的山岩。亦可形容山势陡峭。

④ 明滴溜：明亮而圆润。　冰轮：指明月。此句状明月出海之景。

⑤ 八方：四方四隅合称八方，亦泛指各方。　九垓：九天，亦指九州。

⑥ 十洲三岛：古代传说中的域外仙岛。十洲，六朝人伪托汉代东方朔撰的《十洲记》中称巨海中有祖、瀛、玄、炎、长、元、流、生、凤麟、聚窟十洲。三岛，指传说中的蓬莱、方丈、瀛洲三神山。《史记·秦始皇本纪》："齐人徐市等上书，言海中有三神山，名曰蓬莱、方丈、瀛洲。"古诗文中常以十洲三岛比喻神仙世界。

⑦ 阆苑蓬莱：阆苑，传说中仙人所居之处。蓬莱，古代传说中的海上仙山。此借指仙境。

⑧ 九曜：星宿名，此指北斗七星及其辅佐二星。

⑨ 三台：星座名，即上台、中台、下台，共六星，两两相对。

【评】　此处所选两曲，是东华仙姑毛女乘兴出游，来到东海岸，面对波翻浪涌的大海所咏唱之词。〔一枝花〕曲运用对偶、比喻、摹状、夸张等多种修辞手法，极状大海吞吐日月，弥八方遍九垓的壮阔气势，尤其前四句运用连璧对和双声连绵词摹景状物，色彩明丽，气势恢宏。山、海、日、月，实与虚，静与动，迭相变换，写壮境如在目前,收到了慑人心魄的艺术效果。〔梁州第七〕一曲借助毛女之口,描绘海外仙境,上连银汉,下接尘埃,云雾缥缈间,十洲三岛,阆苑蓬莱;无价珠玑,长生药材,蛟龙精怪;一个多么奇异和令人向往的神仙世界! 此曲纯以气势唱出,尤其鼎足对和叠字的运用,状蓬莱仙境,绘尘外灵异,夸大海气势,一气呵成,酣畅淋漓,具有强烈的震撼效果。

阿里西瑛(一首)

阿里西瑛,生卒年不详,又名木八刺,字西瑛。西域人,元曲家阿里耀卿之子。十四世纪中叶在世。久居吴城(今苏州),自名其居为"懒云窝",并作〔殿前欢〕小令以述志。今存小令 4 首,皆疏放真率之作。朱权《太和正音谱》列之于"词林英杰"150 人中。

〔双调〕殿前欢

懒云窝(三首选一)

懒云窝①,醒时诗酒醉时歌。瑶琴不理抛书卧,尽自磨陀②。想人生待则么③?富贵比花开落,日月似揎梭过④。呵呵笑我,我笑呵呵。

【注释】

① 懒云窝:作者居所号"懒云窝"。
② 磨陀:消磨时光。
③ 待:将,要,打算的意思。　则么:怎么。
④ 揎梭:喻往复迅速,时光易逝,如同穿梭。

【评】　阿里西瑛是个非常有个性的作家,他不仅将自己的居室命名为懒云窝,而且还写了一组小令加以歌咏,无异于一篇人生宣言!在这首小令中,他表明了自己的人生态度:不追求一般的文人雅士的"雅趣":读书、弹琴;而完全是一种"懒人"的生活：想喝酒时就喝酒，醉了就高歌一曲，醒了再喝酒吟诗，唯求适意而已。由此表现了厌倦功名利禄、追求散淡适意而及时行乐的人生态度。此曲在当时影响很大，不少曲家产生共鸣，如贯云石、乔吉、吴西逸、卫立中、杨朝英等，皆有和作。

岳伯川(一首)

岳伯川,生卒年不详。济南(今山东济南)人,一说江苏镇江人。元代杂剧作家。钟嗣成《录鬼簿》列为"前辈已死名公才人有所编传奇行于世者"。其所作杂剧,《录鬼簿》载有《铁拐李岳》《杨贵妃》2 种,前者今存,后者仅存残曲 1 折。朱权《太和正音谱》评其曲如"云林樵响"。

吕洞宾度铁拐李岳(第一折摘选)①

〔混江龙〕想前日解来强盗,都只为昧心钱买转了这管紫霜毫②。减一笔教当刑的责断,添一笔教为从的该敲③。这一管扭曲作直取状笔,更狠似图财致命杀人刀④。出来的都关来节去⑤,私多公少。可曾有一件儿合天道!他每都指山卖磨⑥,将百姓画地为牢⑦。

【注释】

① 吕洞宾度铁拐李岳:简称《铁拐李岳》或《铁拐李》。元杂剧末本戏,正末先后扮岳寿和铁拐李。全剧 4 折 1 楔子。剧写宋代郑州六案都孔目岳寿有神仙之分,吕洞宾扮作道士来点化他,岳寿不悟。其后,岳寿因触犯上司惊吓而死,吕洞宾让他借小李屠尸体还魂,并度他为弟子,改名李岳,道号铁拐。第一折演岳寿在迎新官上任时,因不明吕洞宾身份,把他吊在门首,适逢韩魏公巡查此地,放走吕洞宾,岳寿遂将韩魏公吊在梁上,后知韩魏公为朝廷命官,乃惊恐万状。

② 紫霜毫：代指毛笔。紫，紫色；霜，白色；皆指兔毫的颜色。

③ 减一笔二句：意为官吏率意执法，有意减一笔罪，当杀的罪犯可以轻责结案；有意添一笔罪，本是从犯却被杖杀。刑，杀的意思。《虎头牌》第二折〔石竹子〕："假若是罪当刑，死而无怨。"敲，《元典章·刑部·延祐新定例》："处死罪仗（杖）杀者曰敲。"

④ 图财致命：图财害命。

⑤ 出来的：由监狱里放出来的。　关来节去：意为打通关节。

⑥ 他每：他们。指贪官污吏。　指山卖磨：比喻依仗权势说空话骗人。磨，石制磨粉或磨面的器具。

⑦ 画地为牢：指活动受到限制。汉司马迁《报任少卿书》："故士有画地为牢，势不可入。"

【评】　生时心眼不正的岳寿，死后还魂于一个瘸子，这对作恶多端的权势者是一种道义上的惩罚。此曲是岳寿贪赃枉法后的感慨，作者通过他的自白，淋漓尽致地揭露了官府歪曲事实、颠倒是非的黑暗和罪恶，以及悍吏的狡诈贪鄙，还有人民遭受摧残的苦难。在元朝，官吏贪赃枉法致使冤狱累累的现象非常严重，此曲可谓当时黑暗社会的画像。

狄君厚（一首）

狄君厚，生卒年不详。平阳（今山西临汾）人。元代杂剧作家。钟嗣成《录鬼簿》列入"前辈已死名公才人有所编传奇行于世者"一类中。其所作杂剧，《录鬼簿》载有《晋文公火烧介子推》一种，今存。散曲存套数 1 篇。朱权《太和正音谱》列入"词林英杰"150 人之中。

晋文公火烧介子推（第四折摘选）①

〔越调·斗鹌鹑〕焰腾腾火起红霞②，黑洞洞烟飞墨云，闹垓垓火块纵横③，急穰穰烟煤乱滚④。悄蹙蹙火巷外潜藏⑤，古爽爽烟峡内侧隐⑥。我子见烦烦的烟气熏⑦，纷纷的火焰喷，急煎煎地火燎心焦⑧，密匝匝烟屯合峪门⑨。

【注释】

① 晋文公火烧介子推：简称《介子推》，元杂剧末本戏，正末分别扮介子推、王安、樵夫。全剧 4 折 1 楔子。其剧情如下：晋献公宠信的骊姬害死太子申生，又欲加害重耳。重耳逃到介子推家，被追逼，介子推之子介林替重耳自刎而死。介子推随重耳出亡，风雪中绝粮，割腿肉以活重耳。后重耳回国即位，为晋文公，封赏功臣，却遗漏了子推。子推归隐，文公烧山逼其出仕，结果子推被烧死，文公设祭绵山。第四折写晋文公下令烧山，作者借樵夫之口叙述了介子推被大火烧死的情景，并抒发了臣子尽忠

有德、君王薄情寡恩的感慨。

　　② 焰腾腾：火势猛烈的样子。

　　③ 闹垓垓：喧哗嘈杂的样子。

　　④ 急穰穰：同急攘攘，此处形容纷乱的样子。

　　⑤ 悄蹙蹙：悄悄地。亦作悄促促。

　　⑥ 古爽爽：形容惊慌忙乱的样子。

　　⑦ 子见：只见。　烦烦的：这里形容烟雾弥漫的样子。

　　⑧ 急煎煎：急急忙忙、十分焦急。

　　⑨ 密匝匝：稠密众多的样子。　屯合：聚集。　峪门：即谷口。

　　【评】　此曲通过樵夫的唱词，虚拟大火烧山的壮烈声势。作者紧扣"烟火"二字，排比直下，一气贯注，不仅写了火的猛烈，也写了烟的气势，还写了樵夫避火的忙乱和焦急的心情。曲文中烟火滚滚的景色描绘，烘托与渲染了激烈的气氛，也衬托出樵夫的愤怒情怀。其叠字、排比手法的运用，既增强了激烈场面的描写效果，又形成了曲文学淋漓酣畅的特有风致。

冯子振(三首)

冯子振(1257—1337后),字海粟,自号怪怪道人,又号瀛洲客,攸州(今湖南攸县)人。曾官承事郎集贤待制。《元史·陈孚传》附载其事,谓"其豪侠与孚略同,孚极敬畏之,自以为不可及。子振于天下书无所不记,当其为文也,酒酣耳热,命侍吏二三人润笔以俟,子振据案疾书,随纸数多寡,顷刻辄尽"。其所著诗文词曲,今人王毅编有《冯海粟集辑存》。其散曲作品,今存小令44首。钟嗣成《录鬼簿》列之于"前辈已死名公有乐府行于世者"一栏中。贯云石在《阳春白雪序》中评其曲"豪辣灏烂,不断古今"。

〔正宫〕鹦鹉曲(四十二首选三)

山亭逸兴

嵯峨峰顶移家住①,是个不唧馏樵父②。烂柯时树老无花③,叶叶枝枝风雨。 〔么〕故人曾唤我归来,却道不如休去。指门前万叠云山,是不费青蚨买处④。

【注释】

① 嵯峨:山势高大、突兀险峻的样子。

② 唧馏:元俗语,有聪明伶俐的意思。

③ 烂柯:据南朝梁任昉《述异记》,晋王质入山砍柴,见几个童子下棋,童子给他一粒枣核大的东西含于口中,便不觉饥饿。等棋一局终了之时,他的斧柄已经腐烂了。柯,斧柄。

④ 青蚨：水虫名，形似蝉而稍大。取其子，母必飞来，据说以母青蚨或子青蚨的血涂钱，钱用出去还会回来（见晋干宝《搜神记》卷十三）。后人因以青蚨代指钱。

【评】　冯子振的 42 首〔鹦鹉曲〕，为和白无咎而作，其序文有云："余壬寅岁留上京，有北京伶妇御园秀一属相从风雨中，恨此曲（白无咎〔鹦鹉曲〕）无续之者……诸公举酒，索余和之。以汴、吴、上都、天京风景试续之。"由此可知此组曲子作于大德六年（1302），组曲内容丰富，或描写山水风光，或抒发归隐情怀，风格豪放，可见作者之艺术才华。此曲写理想中的樵夫。前两句写其居住的环境与人生意趣，"嵯峨峰顶"点出樵夫的远离尘世、甘居山林，这与其"不喞���"的性格相称。三四两句写山林生活的平淡自然。〔幺〕篇前两句承前三四句语意，谓友人让樵夫出来做官，但他却不愿离开。三四句中一"指"字，非常传神地勾画出樵夫甘隐山林、淡泊恬静的神态。曲中樵夫，无疑是作者归隐理想的化身。本曲在语言上俗语与用典相结合，体现了"文而不文，俗而不俗"的语言风格。

前　调

农夫渴雨

年年牛背扶犁住①，近日最懊恼杀农父②。稻苗肥恰待抽花，渴煞青天雷雨③。　〔幺〕恨残霞不近人情，截断玉虹南去④。望人间三尺甘霖⑤，看一片闲云起处。

① 扶犁住：把犁为生。住,过活,生活。

② 懊恼杀：烦恼极了。

③ 渴煞：渴望到极点。

④ 玉虹：彩虹。

⑤ 甘霖：及时雨,久旱之后的雨。

【评】 此曲写正当稻苗扬花吐穗却久旱不雨,农民渴望时雨的急切心情。这种真切地表现农夫思想感情的作品,在元散曲中是不多见的。作品前两句写终日辛苦劳作的农民有了烦恼,次两句揭示烦恼的原因,同时点明主题。〔么〕篇前两句写降雨无望,与农民盼雨的急切心情形成鲜明对比;后两句写明知降雨无望,却仍将希望寄托于天边的一片闲云,这就更体现了他们渴望降雨的万分焦急。这样的曲子,表现了作者真切的悯农情怀。

前　调

市朝归兴

山林朝市都曾住,忠孝两字报君父。利名场反覆如云,又要商量阴雨①。 〔么〕便天公有眼难开,袖手不如家去。更蛾眉强学时妆②,是老子平生懒处③。

【注释】

① 商量：这里有酝酿的意思。

② 蛾眉句：比喻官场中人阿谀逢迎、见风使舵的丑态。蛾眉,本指女子细眉,这里代指女子。

③ 老子：宋元人常以此自称,犹言"老夫"。

【评】 此曲表现了对官场翻云覆雨、变化无常的厌恶,抒发了远离官场、放弃功名利禄的情怀。前两句写自己以忠君孝亲为本的处事原则,三四句言官场反复无常、险恶难料。〔么〕篇前两句用"天公"暗指统治者不辨贤愚,不如自己闲处家中,与前面"商量阴雨"结合得天衣无缝。最后两句既是对那些靠巴结奉承以求得功名利禄之徒的蔑视,也是在表现自己耻于与他们为伍的激愤之情。看似愤激与放达,实则苦涩与无奈。

曾　瑞(五首)

曾瑞(1260？—1330前)，字瑞卿，号褐夫，大兴人(今属北京)。钟嗣成《录鬼簿》列入"方今已亡名公才人余相知者"一类中。称其"自北南来，喜江浙人才之多，羡钱塘景物之盛，因而家焉"，"优游于市井，洒然如神仙中人。志不屈物，故不愿仕，因自号褐夫"。其所作杂剧有《才子佳人误元宵》，惜已失传。散曲集有《诗酒余音》，亦散佚。隋树森《全元散曲》辑其小令95首，套数17篇。朱权《太和正音谱》将曾瑞卿与曾褐夫误为二人，并列于"词林英杰"150人中。

〔南吕〕四块玉

述　怀(五首选二)

冠世才，安邦策，无用空怀土中埋。有人跳出红尘外。七里滩[①]，五柳宅[②]，名万载。

白酒筹[③]，黄柑扭，樽俎临溪枕清流[④]。醉时歌罢黄花嗅。香已残，蝶也愁[⑤]，饮甚酒！

【注释】

① 七里滩：地名，在今浙江省桐庐县严陵山之西，相传是东汉隐士严子陵垂钓处。

② 五柳宅：陶渊明的隐居之处。陶渊明归隐后，曾于宅边植柳五株，

187

作《五柳先生传》,自称五柳先生。

③ 篘(chōu):指滤酒。

④ 枕清流:此言隐居生活。据《三国志·蜀书·彭羕传》,蜀绵竹处士秦宓,"枕石漱流,吟咏缊袍,偃息于仁义之途,恬淡于浩然之域"。

⑤ 香已残,蝶也愁:语出苏轼《九日次韵王巩》诗:"相逢不用忙归去,明日黄花蝶也愁。"

【评】 曾瑞的此组《述怀》小令共 5 首,集中表现了怀才不遇的悲情。这里所选二曲,前一曲开篇三句先以悲愤语表现了对人才被埋没的慨叹,接着笔锋陡然一转,说到"跳出红尘外"的严子陵和陶渊明,赞扬他们不与统治者合作,却留名万载。字里行间有愤懑不平,也有看破红尘的洒脱与豪放,情感内蕴是复杂的。后一曲前半先写临溪枕流、饮酒放歌的闲情,后半则化用典故,借"香残蝶愁"写自己老而无用、大势已去的悲凉。在"饮甚酒"的强烈感慨中,饱含着作者求仕未得的苦闷与牢骚、才高而位卑的愤郁不平,以及对于空怀壮志的沉痛感慨和万般无奈的情绪。

〔中吕〕山坡羊

自 叹

南山空灿,白石空烂①,星移物换愁无限②。隔重关,困尘寰③。几番眉锁空长叹,百事不成羞又赧④。闲,一梦残;干⑤,两鬓斑。

【注释】

① 南山二句:用宁戚典。据《淮南子·道应》《史记·邹阳列传》等书

载,春秋时宁戚想得到齐桓公任用,就扮作商人晚上在城门外歇宿,等齐桓公开门迎客时,他敲着牛角唱道:"南山矸,白石烂,生不遭尧与舜禅。短布单衣适至骭,从昏饭牛薄夜半,长夜漫漫何时旦?"公召与语,悦之,以为大夫。此借用宁戚所歌,抒发生不逢时,怀才不遇之慨。

② 星移物换:唐王勃《滕王阁诗》:"物换星移几度秋"。这里借以指时间的流逝。

③ 尘寰:尘世。

④ 赧(nǎn):因羞愧而脸红。

⑤ 干(gān):指求取功名。

【评】 此曲亦写怀才不遇的感慨。首二句用宁戚饭牛的典故来表明自己的生不逢时与政治上的不遇。两个"空"字更体现了作者感情的沉重,所以也就引出了第三句的"愁无限"。第四句承接上文,点明壮志难酬的原因,即仕途关隘重重,阻碍了作者壮志的施展,因而只落得"困尘寰"、"空长叹"、"羞又赧"的不幸结局。结尾两句总结上文,更表现了进退两难的矛盾心理。此曲简洁凝练,用典贴切,感慨深沉,较为真实地表现了一部分曲家怀才不遇的悲思。

前　调

妓　怨

春花秋月①,歌台舞榭②,悲欢聚散花开谢。恰和协,又离别。被娘间阻郎心趄③,离恨满怀何处说。娘,毒似蝎;郎,心似铁。

【注释】

① 春花秋月：化用李煜《虞美人》词"春花秋月何时了，往事知多少"句意。

② 歌台舞榭：指歌舞楼台。辛弃疾《永遇乐·京口北固亭怀古》："舞榭歌台，风流总被雨打风吹去。"

③ 娘：指妓院老鸨。　间阻：阻挠，扰乱。　趄(qiè)：且前且却，犹豫不进。

【评】　此曲通过一名妓女之口，写她与心上人离别后的怨恨之情，表达了作者对其不幸命运的同情。开篇"春花秋月"三句，是封建时代妓女生活的生动写照。接下来，"恰和协，又离别"，"被娘间阻郎心趄"，写出了她好不容易遇见心爱的人却又不得不分手的原因。最后，写她怨"娘"而又恨"郎"，怨恨到极点却又无可奈何："离恨满怀何处说。"全篇紧扣"怨"字着笔，人物心理刻画细腻真切，语言性格化，比喻生动贴切。

〔般涉调〕哨遍

羊诉冤

〔哨遍〕十二宫分了巳未①，禀乾坤二气成形质②。颜色异种多般，本性善群兽难及。向塞北，李陵台畔③，苏武坡前④，嚼卧夕阳外。趁满目无穷草地，散一川平野，走四塞荒陂。驭车善致晋侯欢⑤，拂石能逃左慈危⑥。舍命于家，就死成仁，杀身报国。

〔么〕告朔何疑⑦，代衅钟偏称宣王意⑧。享天地济民饥，据云山水陆无敌⑨，尽之矣。驼蹄熊掌，鹿脯獐

犯⑩，比我都无滋味。折莫烹炮煮煎熛蒸炙⑪，便盐淹将
后⑫，醋拌糟焙⑬。肉麋肌鲊可为珍⑭，莼菜鲈鱼有何
奇⑮，于四时中无不相宜。

〔耍孩儿〕从黑河边赶我到东吴内⑯，我也则望前程
万里。想道是物离乡贵有些峥嵘⑰，撞着个主人翁少东
没西。无料喂把肠胃都抛做粪，无水饮将脂膏尽化做
尿。便似养虎豹牢监系，从朝至暮，坐守行随。

〔么〕见一日八十番觑我膘脂，除我柯杖外别有甚的。
许下浙江等处恶神祇⑱，又请过在城新旧相知。待赁与老
火者残岁里呈高戏⑲，要雇与小子弟新年中扮社直⑳。穷养
的无巴避㉑，待准折舞裙歌扇㉒，要打摸暖帽春衣㉓。

〔一煞〕把我蹄指甲要舒做晃窗㉔，头上角要锯做解
锥㉕，瞅着颔下须紧要拴挝笔㉖。待生捋我毛裔铺毡
袜㉗，待活剥我监儿踏碾皮㉘。眼见的难回避，多应早
晚㉙，不保朝夕。

〔二〕火里赤磨了快刀㉚，忙古歹烧下热水㉛，若客
都来抵九千鸿门会㉜。先许下神鬼彪了前膊㉝，再请下
相知揣了后腿㉞。围我在垓心内㉟，便休想一刀两段㊱，
必然是万剐凌迟。

〔尾〕我如今刺搭着两个蔫耳朵㊲，滴溜着一条粗硬
腿㊳。我便似蝙蝠臀内精精地，要祭赛的穷神下的
呵吃㊴。

【注释】

① 十二宫：古以人生时为宫，用十二地支与十二种动物相配，为十二

宫：子鼠，丑牛，寅虎，卯兔，辰龙，巳蛇，午马，未羊，申猴，酉鸡，戌狗，亥猪。人生于某年，即肖某物。巳宫属蛇，未宫属羊。

② 禀乾坤句：意即禀受天地阴阳之气而成身。乾坤，天地。《易·说卦》："乾，天也，故称乎父；坤，地也，故称乎母。"二气，阴阳之气。

③ 李陵台：汉代李陵墓，在今内蒙古黑城。李陵为武将，因兵败被迫投降匈奴。见《史记·李将军列传》。

④ 苏武坡：言苏武牧羊之地。汉武帝时中郎将苏武出使匈奴，被扣留于北海（今俄罗斯西伯利亚南部之贝加尔湖）畔牧羊19年。见《汉书·苏武传》。

⑤ 驭车句：用晋武帝驾羊车宠幸嫔妃故事。《晋书·后妃列传上·胡贵妃》："时武帝多内宠，平吴之后，复纳孙皓宫人数千，自此掖庭殆将万人。而并宠者甚众，帝莫之所适，常乘羊车，恣其所之，至便宴寝。宫人乃取竹叶插户，以盐汁洒地，而引帝车。"

⑥ 拂石句：用东汉末年左慈变羊戏曹操故事。据《后汉书·方术列传·左慈传》载，曹操知左慈有异能，欲杀之，几次捕之无获。其后有人逢左慈于阳城山头，复逐之，左慈逃进羊群，变成一只羊而躲过去了。

⑦ 告朔：周制，天子于每年季冬把第二年的历书颁发给诸侯，诸侯把历书藏于祖庙，每月朔日（阴历初一）杀活羊祭于庙，然后回到朝廷听政。祭庙称告朔，听政称视朔。后来诸侯并不视朔，但仍杀羊祭庙。

⑧ 代衅句：《孟子·梁惠王上》叙述齐宣王有一次看见要杀牛衅钟，因不忍见牛的惶恐颤栗，命以羊易之。衅钟，以牲血涂抹新铸成的钟鼎。

⑨ 据云山句：指羊肉味美，山珍海味都无法相比。

⑩ 犯：同羓，腌制的肉干。

⑪ 折莫：无论，任凭。

⑫ 盐淹将卮：言以盐和酱腌制。淹，同"腌"。"将"，同"酱"。卮，同"栀"，一种可提炼香料的植物，此用为动词，有浸染的意思。

⑬ 糟焙：用酒糟熏烤。

⑭ 肉糜：即肉糜（肉粥）。　肌鲊（zhǎ）：以肉拌米粉蒸制。

⑮ 莼菜：一种水生植物，嫩叶可做汤。　鲈鱼：一种较为名贵的鱼。二者皆为江南美味。

⑯ 从黑河句：意为从遥远的北方被驱赶到南方。黑河，即今内蒙古地区的金河，泛指北方。东吴，指南方。

⑰ 峥嵘：本指山势高峻，此处有显贵的意思。

⑱ 许下句：言用羊祭祀浙江等地的恶鬼恶神。神祇，神灵。

⑲ 老火者：犹老火计，指年底张罗杂戏演出的人。 高戏：杂技一类的戏艺。

⑳ 小子弟：一般演艺人。 社直：在迎神赛社中扮演角色。

㉑ 穷养句：意为白养着是毫无道理的。 巴避：因由。

㉒ 准折：犹折兑，折算，此处有换取的意思。

㉓ 打摸：筹划，谋求。

㉔ 舒：展，犹言削成片。 晃窗：窗棂上的装饰品。

㉕ 解锥：又称解结锥，古代解结用的锥形用具。

㉖ 捅(zhuā)笔：毛笔的一种。

㉗ 挦(xián)：拔，扯。 毛裔：毛。

㉘ 监儿：本指被阉的公牛，此指公羊。 磲(diàn)皮：指经过制作以后的熟皮。

㉙ 早晚：迟早。

㉚ 火里赤：蒙古语，即侍卫兵士。

㉛ 忙古歹：蒙古语，小番，小兵卒。

㉜ 鸿门会：即鸿门宴，楚汉相争时，项羽用范增之计，企图在鸿门宴会上借机杀害刘邦(见《史记·项羽本纪》)。后用以代指不怀好意、设计害人的场合。鸿门，地名，在今陕西临潼县。

㉝ 彪(diū)：抛掷，甩。

㉞ 揣：扯，拽。

㉟ 垓心：重重围困的核心。

㊱ 便休句：意即想死得痛快而不可得。

㊲ 刺搭：犹言耷拉。

㊳ 滴溜：提悬着。

㊴ 我便二句：言我就像蝙蝠那样精瘦，被祭奠的神仙们怎么忍心吃啊。下的，亦作"下得"，有舍得、忍得、忍心等意。

【评】 此曲以寓言形式,借羊的不幸遭遇表现人的苦难。作者把羊人格化,让羊向人们诉说它的苦难遭遇和种种冤屈,希望引起人们的同情和公正的评判。〔哨遍〕和〔么〕篇,"羊"先交代自己的家世、习性、能力和各方面的作用。它禀性温和善良,而且全身是宝,从古代帝王的国之礼仪到庶民百姓的宴席,都离不开它。这种叙述有理有据,态度严肃,强调了羊与人类生活的重要关系。但羊的命运却是非常悲惨的。它本想由北入南会因物以稀为贵而前程美好,谁想交了厄运。自〔耍孩儿〕以下,作者以悲愤心情和嬉笑怒骂态度叙述了善良的羊的不幸遭遇。它的新主人刻薄而贪鄙,它的住处简陋不堪,它不仅饥饿难捱,而且还被主人严密监守,预示着它即将遭受算计。果然,主人等不及膘肥,竟用它祭祀恶神恶鬼,于是激起羊的咒骂。但羊终于被宰杀了! 它被宰杀的经过,作者描写得非常细致生动。软弱无辜的羊被肢解凌迟,却有许多人围观屠杀。〔尾〕声所展示的是一个悲惨而可怜的剥皮精赤的胴体,善良的弱小者成了祭祀凶神恶鬼的牺牲。作者写羊的诉冤,实则是替社会弱者、无辜良善任人宰割的悲惨命运鸣冤叫屈,如果联系作者"自北来南"却沉沦不遇的身世看,亦不无作者个人身世悲感的寄寓。此曲与马致远的《马诉冤》、姚守中的《牛诉冤》一样,以滑稽戏谑之笔表现悲愤的内容,由此产生一种含泪的幽默效果。

张养浩(十九首)

张养浩(1270—1329),字希孟,号云庄,济南(今属山东)人。勤而好学,以焦遂荐为东平学正。受知于不忽木平章,被辟作礼部令史。后以丞相椽选授堂邑县尹,惩强去暴,深得民心。武宗朝,入拜监察御史,疏论时政,得罪权贵,被罢去。仁宗时,官翰林直学士、礼部侍郎、参议中书省事等职。英宗即位,因谏勿于元夕大张灯火,触怒英宗,因辞官而归。退隐家乡8年,屡召不赴。天历二年(1329),关中大旱,特拜陕西行台中丞,闻命即登车就道。到任4月,未尝家居,止宿公署。终因积劳成疾,卒于任所。《元史》有传。其所著诗文集有《归田类稿》,散曲集有《云庄休居自适小乐府》,存小令161首,套数2篇。朱权《太和正音谱》评其曲如"玉树临风"。

〔双调〕沽美酒兼太平令

在官时只说闲,得闲也又思官,直到教人做样看。从前的试观,那一个不遇灾难? 楚大夫行吟泽畔①,伍将军血污衣冠②,乌江岸消磨了好汉③,咸阳市干休了丞相④。这几个百般,要安,不安。怎如俺五柳庄逍遥散诞⑤。

【注释】

① 楚大夫:屈原曾官楚国的三闾大夫。 行吟泽畔:屈原被放逐水滨,以吟诗诉悲。见《史记·屈原贾生列传》。

②　伍将军：指伍子胥。春秋时，伍子胥原为楚国大夫，父兄皆为楚平王所杀，因逃奔吴国，参谋军务，故称伍将军。后佐吴败越，因吴王夫差听信谗言，赐以属镂剑使自杀。见《史记·伍子胥列传》。

③　乌江句：指项羽垓下被围，在乌江边自刎而死。见《史记·项羽本纪》。

④　咸阳句：指秦丞相李斯为赵高所谗，被腰斩于咸阳。干休，白白地断送。

⑤　五柳庄：此指作者隐居之所。晋陶渊明归隐后，曾于宅边植柳五株，因自号五柳先生，作《五柳先生传》。张养浩出于向慕之情，亦于宅旁植五柳，因号五柳庄。据云在云庄北，至今尚有五柳闸之地名。

【评】　此曲虽抒发个人情怀，却反映了一部分元代文人典型的心理矛盾：在仕与隐之间的艰难抉择。要为国为民，必然要走进仕途，才能有所作为，但是，作者又从古代忠臣良将的悲剧性结局中看到了官场的险恶，因而最终得出结论：官不如闲。放弃理想，掩埋壮志，从而退隐林下，这对张养浩来说，是很困难的，因此，此曲在表面的放达中蕴涵着万般的无奈与悲愤。

〔双调〕胡十八

正妙年①，不觉的老来到。思往常，似昨朝，好光阴流水不相饶。都不如醉了，睡着。任金乌搬废兴②，我只推不知道。

【注释】

①　妙年：少壮时期。

②　金乌：古代神话传说太阳中有三足金乌，因以代指太阳。

〔双调〕庆东原

鹤立花边玉①,莺啼树杪弦②,喜沙鸥也解相留恋。一个冲开锦川③,一个啼残翠烟④,一个飞上青天。诗句欲成时,满地云撩乱⑤。

【注释】

① 鹤立花边玉:言白鹤立于花边,晶莹如白玉。

② 莺啼树杪弦:言黄莺鸣于树梢,婉转如琴弦。

③ 锦川:碧波如织锦的水面。

④ 翠烟:绿林之间的烟霭。

⑤ 撩乱:纷乱。

【评】 此曲用白话写就精彩,表现了作者对大自然的热爱深情和隐居山林的闲情逸致。开篇两句写白鹤、黄鹂,一着笔于丽形,一着笔于美声,形象美丽动人。接着用"一个"作排比,三句鼎足而成,一句一境,令人觉得美不胜收。其后"诗句欲成时",索性把自己也放进去,生成了"画外音";而"满地云撩乱",则演绎出"蒙太奇"电影画面,诗情画境,水乳交融,令人玩味不已。全曲意象玲珑可爱,意境清新可喜。朱权《太和正音谱》说"张云庄词如玉树临风",或正是就此类曲子而言。

〔双调〕雁儿落兼得胜令

　　往常时为功名惹是非,如今对山水忘名利。往常时趁鸡声赴早朝,如今近晌午犹然睡。　往常时秉笏立丹墀①,如今把菊向东篱②。往常时俯仰承权贵③,如今逍遥谒故知。往常时狂痴,险犯着笞杖徒流罪④;如今便宜,课会风花雪月题⑤。

【注释】

　　① 秉笏立丹墀(chí):指拿着笏板站立朝班。丹墀,古代皇宫前的红色石阶。

　　② 把菊向东篱:指学陶渊明隐居。陶渊明《饮酒》:"采菊东篱下,悠然见南山。"

　　③ 俯仰承权贵:看权贵们的颜色行事。司马迁《报任少卿书》:"从俗浮沉,与时俯仰。"

　　④ 笞(chī)杖徒流:古代几种常见的刑法。笞,用竹杖或藤条打人的背部或臀部。杖,用木棍打背脊、臀部或腿部的刑罚。徒,拘禁作苦役。流,流放。

　　⑤ 课会句:言以风花雪月为题写诗作文。课,命题作诗文。会,一会儿。

【评】　此曲感叹仕宦险恶,赞美隐逸闲适。作者使用对比手法,将为官时的艰辛危险与退隐后的悠闲舒适进行对比,两者形成强烈反差:在朝时必须卑躬屈膝,处处仰承权贵意志,稍有疏忽,则可能被判刑;辞官后却悠闲轻松,舒服自在,如在世外桃源之中。这两种不同感受的比较,完全出自作者本人的亲身体验,因而对当时社会现实黑暗的批判格外有力,态度也极为鲜明。

前　调

　　云来山更佳,云去山如画。山因云晦明,云共山高下。　　倚杖立云沙①,回首见山家。野鹿眠山草,山猿戏野花。云霞,我爱山无价②。看时行踏,云山也爱咱。

【注释】

　　① 云沙:言地势较高的沙地。

　　② 我爱句:与下"云山"句化用李白《独坐敬亭山》:"相看两不厌,只有敬亭山"与辛弃疾《贺新郎》"我见青山多妩媚,料青山见我应如是"等句意。

【评】　此曲抒写对自然山水的由衷热爱,表现了作者远离红尘而醉心自然美景的闲情逸致。作品紧扣"云"、"山"二字反复描写,并汇集与之相关的野鹿、山猿、山草、野花等景物,和谐而悠闲,仿佛一幅水墨云山野趣图。作品对这些景物的描写多用白描,本色恬淡,生趣盎然。其中除了"野鹿眠山草,山猿戏野花"的天趣之外,还有人的活动。爱自然的人也会被自然喜爱,作者不仅把自己融入青山白云,而且把云山当作充满灵性的、活的生命体,说"云山也爱咱",人与自然在这里和谐相通,完全融为一体了。

〔双调〕水仙子

中年才过便休官,合共神仙一样看。出门来山水相留恋,倒大来耳根清眼界宽^①。细寻思这的是真欢。黄金带缠着忧患^②,紫罗襕裹着祸端,怎如俺藜杖藤冠?

【注释】

① 倒大来:元曲中俗语,有多么、十分等意。

② 黄金带:与下句紫罗襕,皆为古代高官服饰,此代指高官显宦。

【评】 此曲描写了辞官归隐后的轻松愉快。首句感慨中年休官,其中大有深意。接着把山林的悠闲与官场的险恶进行对比,写出了自己对官场的厌弃和对山林的喜爱。整首曲子情怀洒脱,意境高远,风格豪放。"黄金带"二句写官场的险恶,出语极生动形象,耐人玩味。

〔双调〕落梅引

野水明于月,沙鸥闲似云,喜村深地偏人静。带烟霞半山斜照影,都变做满川诗兴。

【评】 此曲写隐居环境的恬静和优美。首二句描写了隐居之处的美景:有比月亮还要明亮的野水,有像云彩一样闲游的沙鸥,其恬淡闲适之境,就此写出。接着道出自己由衷喜欢这偏僻的山村,特别钟情于它的和平与宁静。后面写半山烟霞与夕阳斜照,这些美景与野水沙鸥一起,激发了作者的诗兴,仿佛它们都已变做了满川的诗句。作者用清新质朴的语言写出了山村的美丽和寂静,以及人在此种环境中恬淡闲适的心情。

〔中吕〕喜春来（四首）

亲登华岳悲哀雨，自舍资财拯救民①。满城都道好官人。还自哂②，比颜御史费精神③。

十年不作南柯梦④，一旦还为西土臣⑤。空教人道好官人。还自哂，闲杀泺湖春⑥。

路逢饿殍须亲问⑦，道遇流民必细询。满城都道好官人。还自哂，只落的白发满头新。

乡村良善全生命，廛市凶顽破胆心⑧。满城都道好官人。还自哂，未戮乱朝臣。

【注释】

① 亲登二句：据《元史·张养浩传》载，养浩受命陕西行台中丞，"即散其家之所有与乡里贫乏者，登车就道。遇饿者则赈之，死者则葬之。道经华山，祷雨于岳祠"。华岳，华山神庙。悲哀雨，意即求神佛慈悲降雨。

② 自哂：自己嘲笑自己。

③ 颜御史：指颜真卿。据《新唐书·颜真卿传》，颜真卿做监察御史时出使河陇，因五原有冤狱不决，天大旱，颜为之判明，天降大雨，郡人呼为"御史雨"。

④ 南柯梦：指升官发财享受荣华富贵的梦幻。典出唐李公佐《南柯太守传》。

⑤ 西土臣：指自己被朝廷任命为陕西行台御史中丞。因陕西在中国西部，故称。

⑥ 闲杀句：言特别辜负了泺湖的美好春光。泺湖，元代山东历城鹊

山之南因涂水流入而成的一片湖泊。

⑦ 饿殍(piǎo)：被饿死的人。

⑧ 廛(chán)市：集市、城市。　破胆心：吓破胆。

【评】　此组曲子写作者在陕西赈灾的作为与感触。首曲写舍财救民，次曲写出处矛盾，第三曲写招抚流亡，第四曲写惩治凶顽。由于他的善行义举，赢得了老百姓的衷心拥戴，得到了"满城都道好官人"的赞誉。但他却一方面感慨自己费尽心力，以至白发满头；另一方面叹惋无杀伐大权，没能为百姓杀戮那些乱臣贼子。虽然内中蕴涵着难以磨灭的对隐逸闲适的眷恋之情，但更主要的则是表现了他"心为民所系，权为民所用，利为民所谋"的社会责任意识和强烈的悲天悯人情怀，以及正直的士大夫应有的道德良心。这在以前的散曲作品中是从未有过的，这不仅丰富了元散曲的题材内容，也显示了它的思想光华。

〔双调〕沉醉东风

隐居叹（七首选一）

班定远飘零玉关①，楚灵均憔悴江干②。李斯有黄犬悲③，陆机有华亭叹④，张柬之老来遭难⑤。把个苏子瞻长流了四五番⑥。因此上功名意懒。

【注释】

① 班定远：东汉名将班超。　玉关：玉门关，在今甘肃省敦煌县西。班超曾奉命安定西域，在玉门外生活 31 年。晚年思乡心切，上疏求归，有"臣不敢望到酒泉郡，但愿生入玉门关"句。见《后汉书·班超传》。

② 楚灵均：屈原，字灵均。　江干：江边。屈原先后被放逐，"至于江滨，披发行吟泽畔，颜色憔悴，形容枯槁"。见《史记·屈原贾生列传》。

③ 李斯句：李斯为秦丞相，曾帮助秦始皇统一中国。秦二世时，受赵高诬陷，被腰斩。临刑前对儿子说："吾欲与若复牵黄犬俱出上蔡门逐狡兔，岂可得乎？"表达了对从政的悔恨。见《史记·李斯列传》。

④ 陆机句：陆机，西晋诗人，松江华亭人。据《晋书·陆机传》，陆事成都王司马颖，因兵败遭谗，被司马颖所杀。临刑时叹道："华亭鹤唳，岂可复闻乎！"

⑤ 张柬之：唐武则天时宰相。因遭武三思构陷，被贬为新州司马，又流放泷州，当时已八十多岁，终于忧愤而死。见《新唐书·张柬之传》。

⑥ 苏子瞻：北宋诗人苏轼，字子瞻。生当北宋党争最为激烈之时，一生屡遭贬谪。神宗时被贬为黄州团练副使，哲宗时远谪岭南惠州，后又远徙琼州（今海南）。

【评】　作者此组题为《隐居叹》的小令共 7 首，每首皆以"因此上功名意懒"作结，构成一种特殊的"重尾"格式，叙述了作者对功名心灰意懒的种种原因。此首小令列举 6 位遭遇不幸的历史人物居官得祸的例子来说明"功名意懒"的原因。作者有意对历史人物做片面观照，只看见历史人物的悲剧性结局，而忽略他们的建树，其目的无非是求得一种心理平衡，聊以自慰而已。但内中却潜涵着一种愤郁与无奈。

〔中吕〕朱履曲（九首选一）

那的是为官荣贵①，止不过多吃些筵席，更不呵安插些旧相知②。家庭中添些盖作③，囊箧里攒些东西④。教好人每看做甚的⑤？

① 那的：犹哪里，为宋元时口语。

② 更不呵：犹再不然。

③ 盖作：即盖造，指房屋建筑等。

④ 囊箧：箱包。箧，小箱子。　攒：积累。

⑤ 好人每：好人们。

【评】　作者的〔朱履曲〕小令共 9 首，题为《警世》的有 6 首，此为第三首。元曲中否定官场之作，多从宦海险恶安危不保、束缚身心不得自在着眼。本曲则立意新颖，不落俗套。其前五句言荣华富贵不过尔尔，末句言不正当的荣贵会影响人的声誉。以不足珍惜的荣贵，损害理应珍贵的声誉，是得不偿失的。结论只有一个：急流勇退，弃官隐居。不是危言耸听地吓人，而是心平气和地说理，如谈心话旧，语言、内容都平易近人，平淡中见真诚，朴素里涵哲思。曲家胸怀之坦荡诚恳，人格之高尚正直，实为难得，令人起敬。

〔中吕〕普天乐

楚《离骚》①，谁能解？就中之意，日月明白。恨尚存，人何在？空快活了湘江鱼虾蟹。这先生畅好是胡来②。怎如向青山影里，狂歌痛饮，其乐无涯。

【注释】

①《离骚》：楚辞名篇，也是屈原的代表作。屈原在遭谗流放后，作《离骚》表现壮志难酬的悲愤。

② 这先生：指屈原。　畅好是：元曲中俗语，有真正是、的确是等意。

【评】　对屈原自沉汨罗江的非议是元散曲中一个十分常见的主题，此曲亦不例外。屈原激昂的政治热情及其绚烂的诗篇曾激励过历代文士，但在曲家心目中，这种执著和不屈却成了"胡来"，成了不识时务。对屈原的否定，无异于否定儒家的用世精神，放弃士大夫应当肩负的社会责任，从而做到心安理得地避世和玩世。可是，这对张养浩来说，却又是很难做到的。

〔双调〕折桂令

过金山寺①

长江浩浩西来，水面云山，山上楼台。山水相连，楼台相对，天与安排。诗句成风烟动色，酒杯倾天地忘怀。醉眼睁开，遥望蓬莱②。一半儿云遮，一半儿烟霾。

【注释】

① 金山寺：在今江苏镇江西北金山上。殿宇楼台，倚山而建，为佛教名寺。此曲杨朝英《阳春白雪》题作《题金山寺》，署赵天锡作。

② 蓬莱：本指仙境，此即金山寺。

【评】　此曲题为《过金山寺》，故其描写着力在"过"，即以远观为视角，极写金山寺与周边风景的辽阔壮观。前六句写江山楼台，境界开阔，气象雄浑。面对如此壮景，作者不禁发出了"天与安排"的惊叹。"诗句成"二句作一跌宕，写诗人惊叹之余，又不禁吟咏高歌，举杯畅饮，真有惊天地、泣鬼神之概。末三句言醉眼矇眬,遥望金山寺,犹如蓬莱仙境,隐约显现于一片云霭烟霏之中。全曲气势阔大,境界雄浑,表现出豪放恣纵的特色。

〔正宫〕塞鸿秋

　　春来时绰然亭香雪梨花会①,夏来时绰然亭云锦荷花会,秋来时绰然亭霜露黄花会,冬来时绰然亭风月梅花会。春夏与秋冬,四季皆佳会,主人此意谁能会。

【注释】

① 绰然亭:张养浩晚年修身养性之地。

【评】 张养浩在对历史和现实的大彻大悟中,在对做官与居闲的对比中,非常理智地选择了归隐的道路。因此,他没有马致远曲中的悲凉与愤郁,有的只是与贯云石等人相近的宁静与和平。他在退隐的八九年中,家乡的"绰然亭"一直是他的身心休憩之地,他曾一而再、再而三地描绘绰然亭的闲适,此曲是其中最有代表性的一首。作者以重韵体形式描写了一年四季在绰然亭的闲放乐趣,舒心惬意之情洋溢于字里行间。

〔中吕〕山坡羊(九首选一)

潼关怀古①

　　峰峦如聚②,波涛如怒③,山河表里潼关路④。望西都⑤,意踌蹰⑥,伤心秦汉经行处⑦。宫阙万间都做了土。兴,百姓苦! 亡,百姓苦!

【注释】

① 潼关:关名,在今陕西省潼关县北,地势险要,历代皆为兵家必争之地。

② 峰峦如聚:言潼关周围的山峰重重叠叠,如同聚集攒立。

③ 波涛如怒:潼关北临黄河,此写黄河波涛汹涌的气势。

④ 山河表里:表里,犹言内外,潼关外有黄河,内有华山,地势极为险峻。

⑤ 西都:长安。

⑥ 意踌躇:此指一种怅惘情怀。

⑦ 伤心句:长安为秦汉故都,谓经过此地,见这些历史古迹,内心非常感伤。

【评】 天历二年(1329),关中大旱,张养浩出任陕西行台中丞前往赈灾,由商洛进入关中,他用〔山坡羊〕写了9首与关洛地区有关的怀古咏史小令,《潼关怀古》即为其中之一。作者由潼关的险要,联想到昔日秦汉帝国经营西都的辉煌,目睹西都如今的衰败,因而不禁感慨万千。他深悟无论历史的盛衰与朝代的兴亡,带给老百姓的始终都是痛苦。"兴,百姓苦;亡,百姓苦",这种超越历史的深邃认识,充分表现了作者难能可贵的悲天悯人情怀。这种一针见血、振聋发聩的旷古高论,不仅在元散曲中可谓空谷足音,即使在整个中国诗歌史上,也难得一见。此曲将形象的描绘、真情的抒发与精辟的议论融为一炉,遂成为思想性与艺术性完美统一的经典之作。

〔南吕〕西番经(四首选一)

天上皇华使①,来回三四番,便是巢由请下山②。取索檀③，略别华鹊山④。无多惭⑤，此心非为官。

【注释】

　① 天上：指朝廷。　皇华使：《诗·小雅·皇皇者华》序："皇皇者华，君遣使臣也。送之以礼乐，言远而有光华也。"后称皇帝派遣的使臣为皇华使。

　② 巢由：指上古著名的隐者巢父、许由。

　③ 取索檀：犹言取车上路。檀，指檀车。古时车轮多以檀木为之，故以檀车为车之通称。

　④ 华鹊山：指张养浩故乡山东历城的鹊山。

　⑤ 无多二句：言没有什么惭愧的，此次出仕不是为了做官（指到陕西赈灾）。

【评】　作者题为〔西番经〕的4首小令，是他天历二年离家前往陕西赈灾时的惜别之作，表现了他为国为民而被迫放弃宁静闲适的田园生活的内心矛盾与痛苦。此曲为第一首，写朝廷三番五次遣使，请他出山，终于令他感动而离乡就道，并表明心迹：此番出仕完全是为民而不是为官。从作者一生作为看，他的表白是真实的，也是令人感动的。

〔南吕〕一枝花

咏喜雨

〔一枝花〕用尽我为民为国心，祈下些值玉值金雨①。数年空盼望，一旦遂沾濡②。唤省焦枯③。喜万象春如故，恨流民尚在途。留不住都弃业抛家，当不的也离乡背土④。

〔梁州〕恨不的把野草翻腾做菽粟⑤，澄河沙都变化做金珠。直使千门万户家豪富，我也不枉了受天禄⑥。眼觑着灾伤教我没是处⑦，只落的雪满头颅⑧。

〔尾声〕青天多谢相扶助，赤子从今罢叹吁⑨。只愿的三日霖霆不停住⑩。便下当街上似五湖，都淹了九衢⑪，犹自洗不尽从前受过的苦。

【注释】

① 祈下句：据《元史·张养浩传》，张养浩往陕西赈灾，曾往华岳祈雨，"及到官，复祷于社坛，大雨如注，水三尺乃止，禾黍自生，秦人大喜"。

② 沾濡：得到雨水的浸润。

③ 唤省：比喻回生、得救。

④ 当不的：受不住。此言由于旱灾，老百姓无法活下去，只好抛弃家业，到处逃荒。

⑤ 翻腾：变化。　菽：豆的总称。

⑥ 天禄：指朝廷给的俸禄。

⑦ 没是处：不知怎样好。

⑧ 雪满头颅：指由于忧虑操劳过甚，弄得满头白发。

⑨ 赤子：老百姓。

⑩ 霖霆：下很长时间的雨。

⑪ 都淹句：言雨多到把所有的街道都淹没了。衢，大道。

【评】

张养浩在受命任陕西行台中丞后，他忧心如焚地登上征途，"亲登华岳悲哀雨，自舍资财拯救民"，博得了满城百姓的拥戴。或许是因为诚心真可以感动上苍，在他刚上任不久，上天普降大雨，他在惊喜之中写下了此曲。在庆幸之余，作者面对百姓的流离失所以及连年大旱所带来的极度贫困,内心的悲痛仍难以压抑。一方面,他是诚心感谢上苍降下甘霖,同时,他更为百姓连年来所积聚的苦难忧心忡忡,充分体现了一位"好官人"关爱民生、与民同甘共苦的高尚品质。全曲语言平实,绝无雕饰,尤其从末曲那良好的祝愿中,可以触摸到他那诚挚、热切的心灵。

虞　集（一首）

虞集（1272—1348），字伯生，号道园，祖籍四川仁寿，宋丞相虞允文五世孙。其父辈移居崇仁（今属江西）。大德初，被荐为大都路儒学教授，除国子助教博士。历官翰林待制兼国史院编修官、秘书少监、翰林直学士兼国子祭酒、奎章阁侍书学士，受命编修《经世大典》，进侍读学士。卒赠江西行中书省参知政事，封仁寿郡公，谥文靖。虞集为元代文坛大家，所著有《道园学古录》《道园类稿》等。其散曲作品，今存〔折桂令〕小曲 1 首。

〔双调〕折桂令

席上偶谈蜀汉事，因赋短柱体①

鸾舆三顾茅庐②，汉祚难扶，日暮桑榆③。深渡南泸④，长驱西蜀，力拒东吴⑤。美乎周瑜妙术⑥，悲夫关羽云殂⑦。天数盈虚，造物乘除⑧。问汝何如，早赋归欤⑨。

【注释】

① 短柱体：词曲俳体的一种，两字一韵，每句往往有两韵到三韵。

② 鸾舆句：指刘备三次到襄阳隆中请诸葛亮出山。鸾舆，皇帝的车驾，亦代指皇帝。三顾茅庐时刘备尚未做皇帝，此以其后的地位称呼。

③ 汉祚二句：言蜀汉政权难以匡扶，仿佛日薄西山。祚，皇位，王位。桑榆，古人谓日落于桑树和榆树之间，故以之指代晚景。

④ 深渡南泸：指诸葛亮晚年率军南征,平定南中诸郡叛乱事。泸,泸水,指今金沙江。

⑤ 长驱二句：指诸葛亮于赤壁之战后挥兵入蜀,佐刘备建立蜀汉政权,与东吴对峙。

⑥ 美乎句：称赞周瑜在赤壁之战中的才能。

⑦ 悲夫句：悲叹关羽在荆州兵败,被东吴擒杀。殂,死亡。

⑧ 天数二句：言世间事物均有盈虚消长的变化。造物,古人指神主宰的大自然。乘除,指此消彼长的变化。

⑨ 早赋归欤：意指早一点归隐。典出陶渊明《归去来辞》序。

【评】　此曲乃怀古之作,写刘备三顾茅庐到隆中请诸葛亮出山辅佐,与曹魏、孙吴争雄之事。即使英雄如刘备,睿智如孔明,勇猛如关羽,也难扶汉祚。作者把蜀汉功业的最终失败,归结为"天数盈虚,造物乘除",一切都是"天数"所定,在这种感叹中萌生了及早归隐山林,不要白费心思去建功立业的思想,其人生观自然是消极的。全曲篇幅短小,但气势恢宏,将风云变幻的三国事用点滴笔墨加以概括,显示了作者的锤炼工夫。尤其全篇两字一韵的短柱体格式,既有顿挫之妙,又无牵强造作之痕,确非大手笔莫能办。

白　贲（一首）

　　白贲，生卒年不详。字无咎，祖籍太原文水，先世扈宋南渡，居于钱塘，遂为钱塘人。诗人白珽之子，早年随父居杭州等地。后出仕，曾任忻州知州，至治(1321—1323)间为温州路平阳州教授，后为文林郎南安路总管府经历。元代散曲家，今存小令 2 首，套数 3 篇。朱权《太和正音谱》评其曲如"太华孤峰"。

〔正宫〕鹦鹉曲

　　侬家鹦鹉洲边住①，是个不识字渔父。浪花中一叶扁舟，睡煞江南烟雨②。　〔幺〕觉来时满眼青山，抖擞绿蓑归去。算从前错怨天公，甚也有安排我处③。

【注释】
　① 侬：吴方言，即"我"。　　鹦鹉洲：在今武汉市汉阳西南长江中。
　② 煞：表极度之词。
　③ 甚：特别。

【评】　此曲写渔夫的闲适生活。前两句是渔夫的自我介绍，强调不识字，寄喻了作者隐居避世的思想感情。接下四句写悠闲自得的渔夫生活。结尾两句表面上对天公安排的生活非常满意，但实际上却潜含着一种志不得伸的无奈与愤懑。这首小令曾引起一代文人的共鸣，元曲家们唱和甚众，尤其冯子振，和此曲达 42 首之多。

宫天挺(三首)

宫天挺(1265?—1330?),字大用。钟嗣成《录鬼簿》说他是"大名开州人。历学官,除钓台山长,为权豪所中,事获辩明,亦不见用,卒于常州"。并把他列为"方今已亡名公才人余相知者"的首位。据《录鬼簿》著录,其撰有杂剧6种,今存《范张鸡黍》《七里滩》2种。贾仲明在《凌波仙》悼词中称赞他"豁然胸次扫尘埃,久矣声名播省台,先生志在乾坤外。敢嫌他天地窄,更词章压倒元白"。

死生交范张鸡黍(第一折摘选)^①

〔寄生草〕将凤凰池拦了前路^②,麒麟阁顶杀后门^③。便有那汉相如献赋难求进^④,贾长沙痛哭谁偢问^⑤,董仲舒对策无公论^⑥。便有那公孙弘撞不开昭文馆内虎牢关^⑦,司马迁打不破编修院里长蛇阵^⑧。

〔幺篇〕口边厢奶腥也犹未落^⑨,顶门上胎发也尚自存。生下来便落在那爷羹娘饭长生运,正行着兄先弟后财帛运,又交着夫荣妻贵催官运。你大拚着十年家富小儿娇,也少不的一朝马死黄金尽。

〔六幺序〕您子父每轮替着当朝贵,倒班儿居要津^⑩,则欺瞒着帝子王孙。猛力如轮,诡计如神,谁识您那一伙害军民聚敛之臣。现如今那栋梁材平地上刚三寸，你说波怎支撑那万里乾坤⑪？都是些装肥羊法酒人皮囤⑫，一个个智无四两、肉重千斤。

〔幺篇〕这一伙魔军⑬，又无甚功勋，却着他画戟朱门⑭，列鼎重裀⑮，赤金白银，翠袖红裙，花酒盈樽⑯，羊马成群。有一日天打算衣绝禄尽，下场头少不的吊脊抽筋。小子白身⑰，乐道安贫，觑此辈何足云云。满胸襟拍塞怀孤愤⑱，将云间太华平吞⑲！想为人怎敢言而无信？枉了咱顶天立地，束发冠巾。

【注释】

① 死生交范张鸡黍：简称《范张鸡黍》，元杂剧末本戏，正末扮范式。全剧4折1楔子。其剧情如下：范式、张劭、孔嵩、王韬同为太学生，范、张二人因见谗佞当朝，不愿仕进，同时还乡。分手之时，范式与张劭相约，两年后此日到张家相会。范式如期赴约，途遇因盗用孔嵩的万言策而得官的王韬，二人同往。张劭早已杀鸡炊黍相候。吏部尚书第五伦奉命征范式为官，范不肯。范式夜梦张劭鬼魂以老母妻子相托，因急往张家。直到范式素车白马到来，张劭灵车方才得以启动。第五伦再次奉命征聘范式，范式应允，并举荐孔嵩，二人同拜官爵。王韬也因诈冒受罚。第一折从太极初分、三皇兴运，追述到本朝大道不行、妖魔乱舞的社会历程，以范、张间友谊真挚、修身高洁，反衬善恶不分、贤愚颠倒的混混浊世。

② 凤凰池：禁苑中池沼。魏晋南北朝时设中书省于禁苑，后世以其代称中书省。

③ 麒麟阁：汉代阁名。在未央宫中。汉宣帝时曾图画霍光等十一位功臣像于阁上，以表扬其功绩。

④ 汉相如献赋：汉代辞赋家司马相如，字长卿，蜀郡成都（今属四川）人。落魄时与卓文君酤酒临邛，后因杨得意荐介，献《子虚赋》于武帝，天子以为郎。后又献《大人赋》，武帝甚悦。

⑤ 贾长沙痛哭：贾谊，西汉洛阳（今属河南）人。文帝时召为博士，善

议朝政,迁大中大夫,后受人讥谗,被黜为长沙王太傅,意不自得,及渡湘水,为赋以吊屈原,因以自喻。

⑥ 董仲舒对策:董仲舒,西汉广川(今河北冀州)人。少治《春秋》,孝景时为博士。武帝即位,举贤良文学之士前后百数,而仲舒以贤良对策闻名。

⑦ 便有句:言即使有公孙弘一样的才华,也难以仕进。公孙弘,西汉淄川薛(今山东寿光)人,武帝时以贤良征为博士,后历任内史、御史大夫等职,终丞相位。昭文馆,官署名,掌详正图籍、教授生徒、参议礼仪、监修国史等。虎牢关,古关隘名,春秋时属郑国,旧址在今河南荥阳汜水镇,形势险要,历代为军事重镇。

⑧ 司马句:言即使有司马迁一样的文才,也难以冲破仕途障碍。司马迁,西汉人,生于龙门(今陕西韩城),先仕为郎中,后继父司马谈太史公职为太史令,著有《史记》。编修院,指翰林院,因翰林院编修国史,故云。长蛇阵,古代布兵的一种阵法,这里比喻仕途障碍。

⑨ 边厢:旁边。

⑩ 要津:水陆要冲之地,这里比喻机要职位。

⑪ 说波:即说。波,曲中衬字,无义。

⑫ 法酒:照官府规定酿造的酒。　人皮囤:比喻酒囊饭袋。

⑬ 魔军:本指破坏佛法、干扰修行的邪魔,此处指奸佞之臣。

⑭ 画戟朱门:画戟,亦称门戟,立在宫庙、官府以及显贵之家门前作为仪仗;朱门,红色大门;二者皆象征权贵。

⑮ 列鼎重裀:摆着丰盛的筵席,坐着双层软垫子,指非常富贵。

⑯ 花酒:在妓院中狎妓饮宴。

⑰ 白身:尚未取得功名出身。

⑱ 拍塞:充斥,塞满。

⑲ 太华:山名,即西岳华山,在今陕西华阴县南。

【评】　此处所选四曲写范式因不满谗佞盈朝,愤而还乡后的激愤之词。〔寄生草〕一曲通过一系列历史人物的遭际,抨击元代权豪横行、势要当道、普通士人不得获志的社会现实。〔幺篇〕讥讽那些靠祖辈荫封的特权阶级,现正享受着财帛蓄积、官运亨通的富贵荣华,终有一朝落得人死财尽的结局。〔六幺序〕一曲痛骂那些"当朝贵"、"居要津"、瞒上欺下的聚敛之臣是毫无治国才能的酒囊饭袋。〔幺篇〕以自己不求功名、乐道安贫之志反衬那些眼下虽豪富奢华,而终将禄尽身死的人间恶魔。鄙视他们言而无信、枉披人衣的丑恶嘴脸。这四支曲子嬉笑怒骂,将愤懑之情淋漓尽致、恣肆酣畅地抒发出来,有很强的艺术感染力。

严子陵垂钓七里滩(第一折摘选)①

〔青哥儿〕那里面暗隐着风波、风波千丈②。你说波使磁瓯的有甚灾伤? 我醉了呵东倒西歪尽不妨。我若烂醉在村乡,着李二公扶将,到草舍茅堂,靠瓮牖蓬窗③,新苇席清凉,旧木枕边厢,袒脱下衣裳,放散诞心肠,任百事无妨。倒大来免虑忘忧④,纳被蒙头,任意翻身,强如您宰相侯王,遭断没属官象牙床、泥金亢⑤。

〔赚煞尾〕平地上窝弓⑥,水面上张罗网,更谁想相寻相访。鸿鹄志飞腾天一方⑦,拣深山旷野潜藏。莫行唐⑧,蓦岭登冈,拽着个钝木斧,系着条粗麻绳,携着条旧担杖。我则待驾孤舟荡漾,趁五湖烟浪,望七里滩头,轻舟短棹⑨,蓑笠纶竿,一钩香饵钓斜阳。

【注释】

① 严子陵垂钓七里滩:简称《七里滩》。王国维在《元刊杂剧三十种

叙录》中认为此剧即《录鬼簿》所载的《严子陵钓鱼台》。元杂剧末本戏,正末扮严光。全剧 4 折。剧情如下:东汉开国皇帝刘秀,少时为避王莽搜捕,改名金和秀才,与严光为至交。刘秀称帝后,两三次宣命严光入朝,严光拒绝了邀请。刘秀又以布衣之交相邀请,严光始入朝,刘秀摆銮驾出郊相迎,又大摆筵席。严光终因看破朝代更替,富贵无常,不愿被名缰利锁羁绊,遂隐居七里滩垂钓。第一折从王朝变迁、人事兴亡起笔,抒写严光安贫守志、恣情湖山的情怀。

　　② 风波:风浪。这里比喻纠纷或祸端。
　　③ 瓮牖蓬窗:以破瓮之口和蓬草做成的窗户。
　　④ 倒大来:多么,非常。
　　⑤ 断没:因犯法而判决没收财物、妻妾、子女等。　泥金亢:饰金的坐椅。
　　⑥ 窝弓:装有机关、埋伏草丛捕兽的弓箭。
　　⑦ 鸿鹄志:比喻极高远的志向。
　　⑧ 行唐(háng táng):这里有彷徨、犹豫的意思。
　　⑨ 棹:船桨。

　　【评】　此处所选两支曲子,写严光在与世事风波的对比中热恋田舍生活与湖山逍遥的人生意趣。〔青哥儿〕一曲以瓦牖蓬窗、烂醉村乡的狂放散诞、无拘无束的生活,对比王侯将相富贵中暗藏祸端、朝不保夕的命运,凸显严光放浪形骸、自由散诞的叛逆个性。〔赚煞〕一曲通过对人事无常的反思,用湖山之美映衬世事险恶,表现严光追求散诞逍遥、自由自在的生活理想。这是元代士人大志难展而不得不逃避现实的一种人生选择,表面上散诞逍遥,内中却潜涵着愤激与悲凉。

严子陵垂钓七里滩(第三折摘选)①

〔二煞〕你也不是我的君,我也不是你的卿,咱两个一樽酒罢先言定。若你万圣主今夜还归去，我便七里滩途程来日登。又不曾更了名姓，你则是十年前沽酒刘秀②，我则是七里滩垂钓的严陵③。

〔煞尾〕您每朝聚九卿，你须当起五更，去得迟呵着这两班文武在丹墀候等④。俺出家来纳被蒙头，黑甜一枕，直睡到红日三竿，犹兀自唤不的我醒⑤。

【注释】

① 第三折写严光入朝庆贺汉光武刘秀称帝，见面后与光武宴饮叙旧。

② 沽酒：卖酒。　刘秀：即东汉光武皇帝。字文叔，南阳蔡阳(今湖北枣阳)人。与李轶等起兵反对王莽新政，王莽被杀后，又削平各路义军，建立东汉王朝。

③ 严陵：即严光。字子陵，一名遵，会稽余姚(今浙江余姚)人。少与光武帝刘秀同游学。光武即位，累召不就，隐居于富春山。

④ 丹墀：古代宫殿前的石阶，漆成红色，称为丹墀。

⑤ 兀自：犹、还的意思。

【评】〔二煞〕一曲写严光与光武帝约定仍以布衣之交时的朋友之情相待，不用显达时的君臣之礼相接。酒罢后一个归金阶殿中，一个归七里滩头。〔煞尾〕一曲用隐士生活的闲旷自适、放诞逍遥对比帝王日常的循规蹈矩、不得闲暇，表现不羡万乘尊荣、只求闲适自由的散诞情怀。这两支曲子以朋友的无贵无贱向君臣伦常挑战，用无拘无束的任诞而为向束缚人性的封建礼教发难，是元代士人在高压情势下迸发出的叛逆精神的火花，是平等自由新意识的萌芽。

郑光祖（四首）

郑光祖，生卒年不详，字德辉，平阳（今山西临汾）人，元代后期杂剧作家。钟嗣成《录鬼簿》在"方今已亡名公才人余相知者"一栏中列之，并记载说："光祖字德辉，平阳襄陵人，以儒补杭州路吏。为人方直，不妄与人交，故诸公多鄙之，久则见其情厚，而他人莫之及也。病卒，火葬于西湖之灵芝寺。诸吊送客有诗文。公之所作，不待备述。名香天下，声振闺阁，伶伦辈称'郑老先生'，皆知其为德辉也。"周德清《中原音韵·自序》将他和关汉卿、白朴、马致远等并称，后人因合称"元曲四大家"。明何良俊在《四友斋丛说》中更认为元曲作家中"当以郑为第一"，虽不免溢美，但郑光祖在曲坛的巨大影响却由此可见。其所作杂剧，《录鬼簿》载有 17 种，今存 7 种，代表作有《倩女离魂》《王粲登楼》等。其散曲作品，《全元散曲》辑有小令 6 首，套数 2 篇。

〔双调〕蟾宫曲

梦中作

半窗幽梦微茫，歌罢钱塘，赋罢《高唐》①。风入罗帏，爽入疏棂②，月照纱窗。缥缈见梨花淡妆，依稀闻兰麝余香③。唤起思量，怎不思量！

【注释】

① 半窗三句：借古人艳梦写其梦中韵事。歌罢钱塘，宋代司马才仲

昼寝,梦钱塘名妓苏小小为歌曲,有云:"妾本钱塘江上住……"后任钱塘幕官,所居官舍后正是苏小小之墓。见《春渚纪闻》卷七。赋罢高唐,楚宋玉有《高唐赋》叙楚襄王梦中与神女欢会之事。

② 爽:清爽的凉意。　疏棂:雕花的窗格。

③ 兰麝:兰膏与麝香,古时所用的香料。

【评】　此曲既题为"梦中作",而曲中所叙与恋人的梦会情景当为梦中之梦了。首句先写与所恋之人的梦会,给人依稀恍惚之感;二三两句借古人艳梦点名所恋之人的歌女身份,更见其隐微之情。其后"风入"三句,以鼎足对写梦会时宜人的环境与夜色,给人真切之感。然后再以一对句写恋人的绰约风姿,却又依稀缥缈,似真似幻。最后终于跌进"待不思量"、"怎不思量"的痛苦之中。梦会是虚幻的,但由梦会引起的相思痛苦却是真切的。此曲委曲婉转,迷离恍惚,颇似宋人情词。

醉思乡王粲登楼(第三折摘选)①

〔迎仙客〕雕檐外红日低②,画栋畔彩云飞;十二阑干、阑干在天外倚③。我这里望中原,思故里,不由我感叹酸嘶④,越搅的我这一片乡心碎!

〔红绣鞋〕泪眼盼秋水长天远际,归心似落霞孤鹜齐飞⑤,则我这襄阳倦客苦思归。我这里凭阑望,母亲那里倚门悲,争奈我身贫归未得。

〔普天乐〕楚天秋,山叠翠,对无穷景色,总是伤悲。好叫我动旅怀难成醉,枉了也壮志如虹英雄辈,都做助江天景物凄其^⑥。气呵做了江风淅淅,愁呵做了江声沥沥,泪呵弹做了江雨霏霏。

【注释】

① 醉思乡王粲登楼:简称《王粲登楼》,元杂剧末本戏,正末扮王粲,全剧 4 折 1 楔子。其剧情如下:东汉末年,书生王粲奉母命进京求官,因恃才傲物,其父执蔡邕故意冷漠他,王粲愤而离去。蔡邕明激暗助,使曹植助王粲投奔刘表,刘表也因其傲慢不用。王粲失望不已,因登楼远眺,感而作赋,以抒郁闷之怀。其后,因"万言策"受皇帝赏识而出任"兵马大元帅",并与蔡邕之女成婚。作者借剧中之王粲抒发自己不遇情怀,饱含元代知识分子的人生悲感。明李开先《词谑》认为该剧"四折俱优,浑成慷慨,苍老雄奇"。第三折写王粲登溪山风月楼,虽面对江山美景,但因壮志难酬,不仅无心赏玩,反而倍增失意沦落之悲和他乡流落之叹,差一点跳楼自杀。正落魄彷徨之际,忽得朝廷降诏,宣其为天下兵马大元帅,遂得意而去。

② 雕檐:有各种美丽图案装饰的屋檐,这里指溪山风月楼的楼檐。

③ 阑干:即栏杆。

④ 酸嘶:象声词,形容凄楚哽咽之声。

⑤ 泪眼二句:化用唐王勃《滕王阁序》"秋水共长天一色,落霞与孤鹜齐飞"。

⑥ 凄其:此处意同凄凄。

【评】 第三折声情激越,感人至深。此处所选三曲写王粲在重九日应约登溪山风月楼饮酒,本想借此消除羁愁旅恨,不料却对景伤怀,反而倍增感伤之情。〔迎仙客〕一曲写王粲登上高楼,面对红日西斜、彩云纷飞之景,不禁更增思乡之情和不遇之感。周德清《中原音韵·作词十法·定格》特别从声韵的角度推崇此曲,谓"〔迎仙客〕累百无此调也。美哉! 德辉之才,名不虚传"。

其后〔红绣鞋〕一曲化用王勃名句,用长天远水、孤鹜落霞的凄清旷远之景,衬托他乡飘零、欲归不得的落寞之情,并通过慈母倚门念远的形象对比,来加重其"只因身贫归不得"的不遇之感和沦落之悲。〔普天乐〕一曲则具体渲染其求仕不遇的悲愁。本来饱读诗书,"壮志如虹",到头来都化为无穷的气、愁、泪。末尾一鼎足对则利用字声的重叠,铺排"气"、"愁"、"泪"三字,使无尽的悲涛恨浪达到高潮。这三支曲子词语优美,情景交融,充分表达了王粲思亲怀远的愁情和壮志未酬的悲痛。

迷青琐倩女离魂(第一折摘选)①

〔后庭花〕我这里翠帘车先控着②,他那里黄金镫懒去挑③。我泪湿香罗袖,他鞭垂碧玉梢。望迢迢,恨堆满西风古道④。想急煎煎人多情人去了,和青湛湛天有情天亦老⑤。俺气氲氲喝然声不定交⑥,助疏剌剌动羁怀风乱扫⑦;滴扑簌簌界残妆粉泪抛⑧,洒细蒙蒙浥香尘暮雨飘⑨。

【注释】

① 迷青琐倩女离魂:简称《倩女离魂》,元杂剧旦本戏,正旦扮张倩女。全剧4折1楔子。此剧本事出唐陈玄祐传奇小悦《离魂记》。剧情如下:张倩女和王文举自幼订婚,待其长大成人,张母却以不招白衣女婿为由,让他们以兄妹相称,执意要等王文举应试得官后方可成亲。文举因上京赴试,倩女一病不起,灵魂离开躯体,伴文举一同进京。在家的倩女则恹恹卧病。当文举考中,得官归来,倩女的离魂与病中的倩女复又合二为一。王、张二人最终美满结合。此剧充分展示了情与理的矛盾冲突。王

国维《宋元戏曲考》把此剧与《汉宫秋》《梧桐雨》称为元杂剧中"三大杰作",评其为"千古绝品"。第一折写王文举奉命上京赴考,张倩女和母亲在折柳亭为其送行的情景。

② 控着:停着。控,控制住,不使其前行。

③ 黄金镫:对马鞍脚镫的美称。

④ 西风古道:化用马致远〔越调·天净沙〕《秋思》"古道西风瘦马,夕阳西下,断肠人在天涯"几句之意境。

⑤ 天有情天亦老:用唐李贺《金铜仙人辞汉歌》"天若有情天亦老"句。

⑥ 气氲氲:气很盛,此指十分生气的样子。 喟然声不定交:叹息声接连不断。

⑦ 疏刺刺:象声词,形容风声。 羁怀:挂念、怀念、思念的意思,羁的本意是马笼头,在这里特指联系、联络的意思。

⑧ 界残妆粉泪抛:即泪痕划破了残妆。界,划分,这里指泪痕。

⑨ 浥香尘:此指细雨润湿了路面泥土。

【评】 此曲通过张倩女停车诉情这一特定场面,表现了倩女与文举在临别之际难舍难分的离别悲愁。一个停车,一个驻马;一个泪湿罗袖,一个鞭垂玉梢;眷恋之情,可见可感。饯别未了,便遥想离人前行的西风古道和惆怅情怀,早已不胜悲情,一旦情人别去,就真有些痛不欲生了。所以接下来连用"急煎煎"、"青湛湛"、"气氲氲"、"疏刺刺"、"扑簌簌"、"细蒙蒙"等叠字铺排成章,一气直下,淋漓酣畅地抒发了离别悲痛。

迷青琐倩女离魂(第三折摘选)①

〔迎仙客〕日长也愁更长,红稀也信尤稀②,春归也奄然人未归。我则道相别也数十年,我则道相隔着几万里。为数归期，则那竹院里刻遍琅玕翠③。

〔红绣鞋〕去时节杨柳西风秋日，如今又过了梨花暮雨寒食④。则兀那龟儿卦无定准⑤，枉央及⑥。喜蛛儿难凭信，灵鹊儿不诚实，灯花儿何太喜⑦！

〔普天乐〕想鬼病最关心⑧，似宿酒迷春睡；绕晴雪杨花陌上，趁东风燕子楼西⑨。抛闪杀我年少人，辜负了这韶华日。早是离愁添萦系，更那堪景物狼籍⑩。愁心惊一声鸟啼，薄命趁一春事已，香魂逐一片花飞。

【注释】

① 第三折写卧病在家的倩女正苦思苦盼，正好文举差人向岳母送信，言其得官，并言不日将与小姐一同还家。倩女以为王文举别为婚娶，痛不欲生。

② 红稀：言春花凋谢稀少。

③ 琅玕：指竹子。唐杜甫《郑驸马宅宴洞中》："主家阴洞细烟雾，留客夏覃青琅玕。"

④ 寒食：节名，每年冬至后一百零五日，约在清明节前一、二日。晋文公为求介之推出仕而焚烧山林，之推抱木而死，全国哀悼，于是乃定此日禁火寒食(见《艺文类聚》卷四《岁时·寒食》引晋陆翙《邺中记》)。

⑤ 龟儿卦：即占卜算卦。上古时占卜多用龟甲，故名。

⑥ 央及：央告，央求。

⑦ 喜蛛儿三句：古人认为喜蛛出现、喜鹊鸣叫和灯花爆火，都是有喜事的好兆头。

⑧ 鬼病：难以言述之病，此处应指相思病。

⑨ 绕晴雪二句：此指张倩女在梦幻中飘忽神游之状。

⑩ 景物狼籍：照应上文"红稀"二字，言春花凋谢的衰败情形。狼籍，东西杂乱无章、无秩序，也写作狼藉。

【评】 此处所选三曲写王文举走后杳无音讯,张倩女在家度日如年,沉迷于极度思念之中。〔迎仙客〕一曲以春景反衬离愁,以春归反衬人未归,并以对时间和距离的痴感,以及刻遍琅玕的痴举,真实而细腻地写出了倩女怀人的痴情。〔红绣鞋〕一曲先以节物交替写别离之久,再以卦辞不准、好兆无凭,写相思之切。〔普天乐〕一曲写倩女相思成病,意乱情迷,面对春景,悲叹韶华,形象地表现了倩女因过度思念而伤身伤情的情形。此曲对仗的运用自然妥帖,尤其结尾一鼎足对,更显得珠圆玉润,酣畅淋漓地抒发了倩女的思念深情和离别悲愁。这 3 首曲子情景交融,词语华美,但又不失曲的圆熟自然,不愧大手笔所为。

杨　梓（二首）

杨梓（？—1327），祖籍浦城（今属福建），后迁居海盐（今浙江海盐）澉浦。至元三十年（1293），元军海征爪哇，杨梓以招谕有功，为安抚总使，官至嘉议大夫、杭州路总管。卒赠弘农郡侯，谥康惠。善长音律。元姚桐寿《乐郊私语》载杨梓与贯云石交往甚厚，并"独得其真传"，对南曲"海盐腔"的发展作出了贡献。其所作杂剧，今存有《豫让吞炭》《霍光鬼谏》《敬德不伏老》三种。

功臣宴敬德不伏老（第一折摘选）①

〔那吒令〕知尉迟，辕门外的众军；讲尉迟，普天下的万民；谮尉迟的，是你这样小人。我将这鏖战册件件与你观，功劳簿桩桩与你论，那其间便见得元勋。

〔鹊踏枝〕我也曾在沙场上领着敌军②，舍着残生；我也曾揸鼓夺旗③，抓将挟人④；我也曾杀得败残兵骨碌碌人头乱滚⑤，渗渗呵热血相喷⑥。

〔寄生草〕太平时文胜似武，事急也武胜似文。我也曾苦相持恶战讨遭危困，扶持的国家安天下定今日狼烟净，生熬的剑锋缺鞭节曲枪尖钝⑦。我只待要一心儿分破帝王忧，军师，只我这两条眉锁江山恨。

〔前腔〕想为官的如骑着虎，他用人似积薪，教后来人在上居尊⑧。李道宗这厮呵他非武非文⑨，他曾立甚么功勋？怎敢欺侮俺开国的功臣？他走将来上首头无些谦逊，论功处谁敢欺人？若不是军师救了咱危困⑩，他须是一枝一叶，俺须是四海他人⑪。

〔前腔〕也不索胡云，休论我性不容人。拳打了谗臣，恁般生嗔。若不是军师可便劝准，我没来由献甚么勤？知他是君负其臣，臣负其君？若留得个恶楚强秦，怎生便敢诛了韩信⑫？古人言语不虚云⑬，想淮阴与鄂国咱两个同时运⑭，一任那渔樵闲话，少不得青史标名。

【注释】

① 功臣宴敬德不伏老：简称《敬德不伏老》，元杂剧末本戏，由正末扮尉迟敬德。全剧4折1楔子。剧情如下：太宗着人举办功臣宴，在宴会上，尉迟敬德因忍受不了皇室宗亲李道宗的专横跋扈，将其打伤，因被削职为民。后高丽国举兵进犯，徐茂公受皇帝命令去请敬德出战，敬德装病不出，后被徐茂公用计识破，敬德不计前嫌，毅然出战，并取得胜利。凯旋后，敬德不愿再做官，甘愿归乡种田。第一折写敬德赴宴并打了李道宗，差一点被主宴官房玄龄斩首，后因徐茂公等人求情，才被削职为民，放归田里。

② 领着敌军：指敌军可以听其"指挥"而前来送死。

③ 揸（zhā）鼓夺旗：夺取敌人的旗鼓。揸，方言，拿取。

④ 抓将挟人：俘虏敌军将领。

⑤ 骨碌碌：形容物体滚动的样子和声音。或作骨鲁鲁、骨噜噜、古鲁鲁、古鹿鹿等。

⑥ 渗渗：此指血流不止的样子。

⑦ 生熬的：生，谓强而致之也，犹今俗语硬、愣、强（qiǎng）。放在动词前用作副词。

⑧ 他用二句：据《史记·汲郑列传》记载，汉武帝时大臣汲黯很早就做了朝中的官员，可是后来一直没有得到提升，以前比他官职低的张汤、

公孙弘等都做了比他还大的官,于是汲黯说汉武帝用人如积薪,使后来者居上。

⑨ 李道宗:字承范,唐高祖李渊的堂侄。在本剧中他是作为一个反面人物出现的,与史实不相符。

⑩ 军师:此指徐茂公。本剧中是徐茂公替尉迟敬德向房玄龄求情,才使尉迟敬德免遭杀身之祸。

⑪ 他须二句:言李道宗是皇室宗亲,而自己则是外人。一枝一叶,形容与皇室有关联。四海他人,即普通外人。

⑫ 韩信:西汉开国功臣之一,临死前曾有"兔死狗烹,鸟尽弓藏"之叹。

⑬ 古人句:此句所云古人言,即韩信所感叹之"兔死狗烹,鸟尽弓藏"之言。

⑭ 淮阴:即韩信,因其曾被封为淮阴侯。 鄂国:即尉迟敬德,因被封为鄂国公。

【评】 此处所选五曲,前两曲写尉迟敬德动手打李道宗后,面对李道宗问他有何功劳的愤怒回应;后三曲写敬德被罚后的满腔悲愤。〔那吒令〕写敬德面对李道宗的"你有何功勋"的无理诘问,他的回应既是反驳,也是怒斥。〔鹊踏枝〕则回忆自己当年疆场鏖战、出生入死而勇不可挡的英姿。〔寄生草〕以下三曲,写敬德被罚之后,对当朝者的无情进行了有力抨击。他由诉说自己的盖世奇功与忠肝义胆,反衬出"兔死狗烹,鸟尽弓藏"的可悲命运,统治者的无情无义,也就由此见出。作者借剧中人之口,抒发了一种历史悲感,显得是那么沉重与悲凉。其语言质朴无华,但却如行云流水,自然成文。不仅感慨深沉,而且气势豪壮,人物个性化色彩十分突出,不愧为元杂剧本色派中的上乘之作。

功臣宴敬德不伏老（第三折摘选）①

〔耍三台〕你须知咱名讳②，尽忠心天知地知。这一场小可如美良川交兵的手段③，御科园单鞭夺槊的雄威④。小可如牛口谷鞭伏了窦建德⑤，小可如下河东与刘黑闼相持⑥。你看我再施逞生擒王世充的英雄⑦，你看我重施展活捉雷世猛当时的气力⑧。

〔幺篇〕我老只老呵，老了咱些年纪。老只老呵，老不了我胸中武艺。老只老呵，老不了我龙韬虎略。老只老呵，老不了我妙策神机。老只老呵，老不了我一片忠心贯日。老只老呵，尚兀自万夫难敌⑨。俺老只老，止不过添了些雪鬓霜髭。老只老，又不曾驼腰曲背。

〔尾声〕老只老呵，只我这水磨鞭不曾长出些白髭须，量这厮何须咱费力。他便跳下马受绳缚，着这厮卷了旗，卸了甲，收了军，拱手儿降俺这大唐国。

【注释】

① 第三折主要写敬德在大敌当前之际，面对皇上的宣诏，尽释前嫌，毅然受命，表现了老当益壮、顾全大局的英雄形象。

② 须：毕竟，终究。

③ 小可：此处指轻而易举之事。后两处"小可"用法亦同此。美良川：又名美阳川、秦王涧，位于今山西闻喜县西南。投唐以前，尉迟敬德曾经追杀李世民于美良川，与前来保驾的秦琼打了个平手。

④ 御科园：又名榆窠园，位于河南洛阳郊外。 单鞭夺槊：尉迟敬德投唐后，李世民一次在榆窠园遇单雄信追杀，情势危及，敬德单鞭赤身，一

手将单雄信的槊夺了过来,两人打在一起,李世民获救。元无名氏杂剧《单鞭夺槊》即演此事,元尚仲贤《三夺槊》杂剧亦源于此事。

⑤ 牛口谷:即牛口峪,位于今河南荥阳西北黄河南岸。 鞭伏窦建德:指李世民进攻洛阳王世充,窦建德驰救,在牛口谷布阵,尉迟敬德助李世民打败窦建德。窦建德,隋末农民起义领袖,先后称长乐王、夏王,深得民心。《唐书》有传。

⑥ 刘黑闼:隋末农民起义军首领,与窦建德同乡而友善。窦建德死,刘收拾余部再起,后为太子李建成、齐王元吉俘虏,被杀。《唐书》有传。

⑦ 王世充:隋末新丰(在今陕西临潼东北)人,隋炀帝死,王在洛阳拥立杨侗为帝,次年废帝自立,国号郑。武德四年(621)为秦王李世民所败,降唐后为仇人所杀。《唐书》有传。

⑧ 雷世猛:此言活捉雷世猛,与上文"与刘黑闼相持"以及"生擒王世充"等,史书皆无记载。

⑨ 尚兀自:作副词,有尚、还、犹等义。

【评】 这里所选尉迟敬德所唱的 3 只曲子,表现了他老当益壮、雄心不已的豪情。〔耍三台〕一曲是敬德通过回忆自己当年的英雄事迹,表现了"不伏老"的壮心。〔幺篇〕和〔尾声〕通过人老武艺不老、人老忠心尚在、人老韬略犹存的反复歌唱,表现了他雄心豪气不减当年,并表现出对敌人的蔑视和自己马到功成的英雄气概。总之,这几曲紧紧围绕题目中的"不伏老"三字,将敬德老当益壮、忠心为国的开国元勋形象塑造得神完气旺,其赤胆忠心、壮心豪气,即使千载而下,犹凛然如生。

金仁杰(一首)

金仁杰(？—1329),字志甫,杭州人。元文宗天历元年授建康(今江苏南京)崇宁务官,翌年卒于任所。钟嗣成《录鬼簿》云:"所述虽不骈骊,而其大概多有可取焉。"且有〔凌波仙〕曲挽吊其人:"心交元不问亲疏,契饮那能较有无。谁知一上金陵路,叹亡之命矣夫。梦西湖何不归欤？魂来处,返故居,比梅花想更清癯。"所作杂剧7种,现仅存《追韩信》一种。《太和正音谱》评其曲如"西山爽气"。

萧何月下追韩信(第二折摘选)①

〔双调·新水令〕恨天涯流落客孤寒,叹英雄半世虚幻。坐下马枉踏遍山水雄,背上剑枉射得斗牛寒②!恨塞于天地之间,云遮断玉砌雕栏,按不住浩然气透霄汉!

〔驻马听〕回首青山,拍拍离愁满战鞍;举头新雁,呀呀哀怨伴天寒③。止望学龙投大海驾天关④,划地似军骑羸马连云栈⑤。且相逢,觑英雄如匹似闲⑥,堪恨无端四海苍生眼!

〔沉醉东风〕干功名千难万难,求身仕两次三番。前番离了楚国,今次又别炎汉,不觉的皓首苍颜。就月朗回头把剑看,忽然伤感默上心来,百忙里揾不干我英雄泪眼⑦！

【注释】

① 萧何月下追韩信：元杂剧末本戏，正末扮演韩信、吕马童。全剧4折。其剧情如下：楚汉相争之际，韩信未达时，忍受胯下之辱、一饭之怜。先投项羽，因不受重用，遂改投刘邦。刘邦因未识其才，仍未加重用，韩信又离去，被萧何星夜追回，荐于刘邦，拜为大元帅。其后在九里山定下十面埋伏计打败项羽。第二折叙韩信离汉，途中叹怀才不遇，后被萧何劝回。

② 背上句：言宝剑空有锐利锋芒。《晋书·张华传》载：张华见斗、牛之间常有紫气，因唤精纬象之人雷焕询之，焕以为乃"宝剑之精，上彻于天"。后于丰城掘狱屋基，得一石函，内有龙泉、太阿两柄宝剑。得剑之后，"斗、牛间气不复现焉"。斗、牛，星宿名。

③ 呀呀：雁叫声。

④ 止望：只望。

⑤ 划地：宋元口语，为转折词，犹反而、倒是。　嬴(léi)马：瘦马、劣马。嬴，瘦弱。　连云栈：栈道名，在陕西汉中地区，古为川陕之通道。元曲中常用以比喻危险境地。

⑥ 匹似闲：不打紧，没价值，亦作譬似闲、譬如闲、匹如闲。

⑦ 揾(wèn)不干句：言壮志难酬之意。辛弃疾《水龙吟·登建康赏心亭》："倩何人，唤取红巾翠袖，揾英雄泪。"揾，揩，擦。

【评】　此处所选三曲写韩信抒发自己空有一身抱负而怀才不遇的悲愤心情。〔新水令〕一曲以恨字为主，通过坐下马、背上剑的遭遇反衬韩信的落魄潦倒、空怀壮志。〔驻马听〕一曲融情入景，以理想和现实的巨大差距来嗟叹自己怀才不遇。〔沉醉东风〕一曲写韩信通过自己的遭遇，叹岁月催人，想到壮志难酬，不觉悲上心来。三首曲子，语壮情豪，感慨深沉，极有气势。

范　康(一首)

范康,生卒年不详,字子安,一作子英,杭州人。钟嗣成《录鬼簿》列入"方今已亡名公才人余相知者"一类中。称其"明性理,善讲解,能词章,通音律"。其所作杂剧,《录鬼簿》载有《杜甫游春》和《竹叶舟》两种,今存者仅《杜甫游春》。其散曲作品,今存小令4首,套数1篇。朱权《太和正音谱》评其曲如"竹里鸣泉"。

〔仙吕〕寄生草

酒色财气(四首选一)

常醉后方何碍,不醒时有甚思?糟腌两个功名字,醅淹千古兴亡事,曲埋万丈虹蜺志①。不达时皆笑屈原非②,但知音尽说陶潜是。

【注释】

① 糟腌三句:此言将功名之念、兴亡之感、冲天之志皆付醉乡。糟腌,用酒糟腌渍。醅淹,用浊酒淹埋。曲埋,用酒曲埋掉。虹蜺志,气贯长虹的壮志。虹蜺,即虹霓。

② 不达时:不识时务。

【评】 此曲借醉酒抒发郁闷情怀。作者愿长醉不醒,把所有的功名壮志都消磨在沉醉之中,字里行间透露出强烈的愤世嫉俗之情。同时借否定屈原的执著而肯定陶渊明的豁达，表现了作者的归隐情怀。此曲中间三句鼎足对的运用颇见功力。全曲笔力遒劲，气势雄豪，但却难以掩盖其沉郁悲愤的底蕴。

睢景臣（一首）

睢景臣，生卒年不详，字景贤，或云名舜臣，字嘉宾，里居未详。钟嗣成《录鬼簿》列入"方今已亡名公才人余相知者"一类中。云其大德七年(1303)"自维扬来杭"。从《录鬼簿》所载和钟嗣成所作吊词看，景臣终身未仕，以书会才人终老。其所存套数3篇，以《高祖还乡》一套滑稽戏谑之作知名于世。朱权《太和正音谱》评其曲如"凤管秋声"。

〔般涉调〕哨遍

高祖还乡①

〔哨遍〕社长排门告示②：但有的差使无推故，这差使不寻俗。一壁厢纳草除根③，一边又要差夫，索应付④。又言是车驾⑤，都说是銮舆，今日还乡故。王乡老执定瓦台盘⑥，赵忙郎抱着酒胡芦⑦。新刷来的头巾⑧，恰糨来的绸衫⑨，畅好是妆么大户⑩。

〔耍孩儿〕瞎王留引定火乔男女⑪，胡踢蹬吹笛擂鼓⑫。见一彪人马到庄门⑬，匹头里几面旗舒。一面旗白胡阑套住个迎霜兔⑭。一面旗红曲连打着个毕月乌⑮。一面旗鸡学舞⑯，一面旗狗生双翅⑰，一面旗蛇缠葫芦⑱。

〔五煞〕红漆了叉⑲，银铮了斧⑳，甜瓜苦瓜黄金

236

镀㉑。明晃晃马镫枪尖上挑㉒，白雪雪鹅毛扇上铺㉓。这几个乔人物，拿着些不曾见的器仗，穿着些大作怪衣服。

〔四〕辕条上都是马，套顶上不见驴。黄罗伞柄天生曲。车前八个天曹判㉔，车后若干递送夫。更几个多娇女，一般穿着，一样妆梳。

〔三〕那大汉下的车，众人施礼数，那大汉觑得人如无物。众乡老展脚舒腰拜，那大汉那身着手扶。猛可里抬头觑㉕，觑多时认得，险气破我胸脯。

〔二〕你身须姓刘，你妻须姓吕，把你两家儿根脚从头数：你本身做亭长耽几盏酒㉖，你丈人教村学读几卷书。曾在俺庄东住，也曾与我喂牛切草，拽耙扶锄㉗。

〔一〕春采了桑，冬借了俺粟，零支了米麦无重数。换田契强秤了麻三秤，还酒债偷量了豆几斛。有甚糊突处？明标着册历㉘，见放着文书。

〔尾〕少我的钱差发内旋拨还㉙，欠我的粟税粮中私准除㉚。只道刘三谁肯把你揪摔住㉛？白甚么改了姓更了名唤做汉高祖㉜！

【注释】

① 高祖：汉代开国皇帝刘邦，其庙号为高祖。

② 社长句：言社长挨门挨户通知。社，乡里基层单位，元代五十家为一社，选有地位者为社长。排门，挨门挨户。告示，即通知。

③ 一壁厢：一边，一面。 纳草除根：交纳去根的草。

④ 索：必须。

⑤ 车驾：与下句"銮舆"，均指皇帝所乘的车，因用以代指皇帝。

⑥ 乡老：乡里掌教化、备顾问的虚职，推德高望重的长者为之。《周

礼·地官》已见,二乡设一人。秦汉时乡置三老,亦称乡老。《汉书·高帝纪上》:"举民年五十以上,有修行,能帅众为善,置以为三老,乡一人。"宋祁注:"百官表云:十里一亭,亭有长;十亭一乡,乡有三老。三老掌教化,秦制也。" 瓦台盘:陶制托盘。

⑦ 赵忙郎:作者随意命名的农民。

⑧ 刷:洗。

⑨ 恰:刚,新。 糨(jiàng):洗净后的衣物再用米汤或粉浆浸过,晾干后平整挺括,谓之糨。今作"浆"。

⑩ 畅好是:真正是。 妆么:装模作样。 大户:财主。

⑪ 瞎王留:乡人的诨名。 火:同"夥",一帮。 乔男女:不三不四的人。乔,坏,恶劣。男女,此处有蔑称意味。

⑫ 胡踢蹬:胡乱地,乱七八糟地。

⑬ 一彪(diū):一队,一群。

⑭ 一面句:此句写仪仗中的月旗。胡阑,合音为"环",白胡阑,即白环。迎霜兔,泛指白兔。传说月亮中有玉兔捣药,用白环套着白兔即象征月亮。

⑮ 一面句:此句写仪仗中的日旗。曲连,合音为"圈",红曲连,即红圈。毕月乌,指乌鸦。传说日中有三足乌,见《淮南子·精神训》及高诱注。毕为星宿名,二十八星中西方七宿之一。星历家以日月火水木金土七曜,及各种鸟兽与二十八宿相配,"毕月乌"即其一。红圈套着乌鸦,象征日旗。

⑯ 鸡学舞:此指舞凤旗。

⑰ 狗生双翅:此指飞虎旗。

⑱ 蛇缠葫芦:此指蟠龙戏珠旗。

⑲ 叉:指仪仗中的戟。

⑳ 铮:镀。 斧:指仪仗中的斧钺。

㉑ 甜瓜句:指仪仗中的金瓜锤。

㉒ 明晃晃句:指仪仗中的朝天镫。

㉓ 白雪雪句:指鹅毛宫扇。

㉔ 天曹判:本指天上的判官,此处比喻威风凛凛、面容呆板严肃的

侍从。

㉕ 猛可里：猛然间。

㉖ 亭长：古代秦时十里为一亭，十亭为一乡，亭有亭长。刘邦早年曾做过沛县泗水的亭长。

㉗ 杷：当作"耙"，一种碎土的农具。或作"垻"。

㉘ 册历：账簿。

㉙ 差发：差拨，即官方派的差役钱粮。

㉚ 私准除：暗中扣除。

㉛ 揪捽：揪住，抓住。

㉜ 白甚么：为什么平白无故地。

【评】 此曲取材于刘邦在汉十二年（前 195）平定淮南王英布后回故乡沛县的史实。作者没有歌颂刘邦威加海内、衣锦还乡的气派，而是借一个与之有瓜葛的乡民来叙述这件事情的经过。作者借乡民之眼观物，借乡民之口叙事，如此一来，庄严的事件结果显得荒诞滑稽。首曲〔哨遍〕与〔耍孩儿〕前两句，先揶揄接驾人众，虽然极尽逢迎，却乱哄哄不成章法；从〔耍孩儿〕以下至〔四煞〕，再嘲弄皇帝驾前的随从仪仗，本来是富丽堂皇的皇家仪仗队，仿佛成了一个玩杂耍的马戏班，没有了盛大庄严，只有光怪陆离、滑稽可笑。〔三煞〕是一转折，写乡民认出这位已"唤做汉高祖"的"刘三"时的惊愕神情。自〔二煞〕以后的三曲，便由这位乡民来揭刘邦的老底。龙袍被无情地扒下，帝王的威风荡然无存，原来，这位"威加海内"的真命天子，从前也不过是一个酒鬼加无赖而已。在作者看来，能创造一个空前强盛的汉帝国的刘邦尚不过如此，那么，当今"圣上"，以及众多权倾朝野、不可一世的达官显宦们，又算得了什么呢？据钟嗣成《录鬼簿》记载，元曲家们曾一度兴起"高祖还乡"创作热，那么，曲家们借古讽今、抒写愤懑的用意就不难理解了。钟嗣成称赞它"制作新奇,诸公者皆出其下",或许正着眼于它在谐谑调笑中嘲弄帝王,在轻松愉快的调侃中否定皇权,着眼于那由嘲讽而带来的幽默。

周文质（五首）

周文质（1285 前后—1334），字仲彬，建德（今属浙江）人，后移居杭州。钟嗣成《录鬼簿》列入"方今已亡名公才人余相知者"一类中。称其"体貌清癯，学问该博，资性工巧，文笔新奇。家世儒业，俯就路史。善丹青，能歌舞，明曲调，谐音律，性尚豪侠，好事敬客。余与之交二十年，未尝跬步离也"。其所作杂剧，《录鬼簿》载有 4 种，今唯《苏武还乡》尚存残篇，余皆散佚。其所存散曲，《全元散曲》辑有小令 43 首，套数 5 篇。朱权《太和正音谱》评其曲如"平原孤隼"。

〔正宫〕叨叨令

自　叹

筑墙的曾入高宗梦①，钓鱼的也应飞熊梦②，受贫的是个凄凉梦，做官的是个荣华梦。笑煞人也末哥③，笑煞人也末哥，梦中又说人间梦。

【注释】

① 筑墙句：指傅说遇殷高宗事。据《史记·殷本纪》，傅说本是傅岩筑墙之人，高宗梦中遇一圣人，名"说"，视群臣皆非，乃使人求之于野，得傅说，与之交谈，果圣人，便举以为相，殷大治。

② 钓鱼句：指姜太公吕尚遇文王事。据《史记·齐太公世家》："西伯将出猎，卜之，曰：'所获非龙非骊，非虎非罴，所获霸王之辅。'于是周西伯

猎，果遇太公于渭之阳，与语大说……载与俱归，立为师。"古时熊罴连用，后因以"非熊"为姜太公代称，并讹为"飞熊"，故有"飞熊入梦"说。

③ 也末哥：即"也么哥"，宋元时口语，复音语尾叹词，约相当"啊"。〔叨叨令〕倒数二三两句重复"也么哥"为定格。

【评】 此曲抒发人生如梦的感慨并悲叹自己的沦落不遇。前两句引典入曲，流露出对古代傅说、吕尚等起初出身卑下但最终却得以飞黄腾达的艳羡；三四两句，通过"受贫的"和"做官的"两相对比，以及"凄凉梦"和"荣华梦"的两相对照，表现出世事难料的无奈。作者虽以人生若梦的思想来淡化自己沦落不遇的悲感，看似超脱放达，实则更表现了内心深处无尽的苦闷与心酸。"梦"字在韵脚反复，构成曲中的"独木桥体"，恰好将"梦"的偶然与"梦"的虚幻等特点结合钩连，别具韵致。

前　调

去年今日题诗处，佳人才子相逢处①。世间多少伤心处，人面不知归何处②。望不见也末哥，望不见也末哥，绿窗空对花深处。

【注释】

① 去年二句：此化用唐代诗人崔护《题城南》前二句"去年今日此门中，人面桃红相映红"意。

② 人面句：此化用崔护《题城南》后二句"人面不知何处去，桃花依旧笑春风"意。

【评】 人世间真挚的爱情最令人难忘,但真挚的爱情却往往不能尽如人意。作者化用唐代诗人崔护的爱情故事,曲中所谓的"才子佳人"相逢题诗,即指崔护之艳遇,其意在借这失恋的艳遇来表达人世间不能如愿的爱情。情人不知归何处,空对着花深处的绿窗,唯有独自感叹。全曲重叠"处"字韵,重复出现的"处"字,强化了此曲的意境。"处"表现了空间,这个空间既是人物聚散的空间,也是爱情得失的空间。曲家的爱情悲剧正是以这空间为舞台上演的,因此,曲中的"处"字便带有浓重的悲剧色彩。全曲虚实结合,自然流畅,耐人玩味。

前　调

四　景

春寻芳竹坞花溪边醉①,夏乘舟柳岸莲塘上醉,秋登高菊径枫林下醉,冬藏钩暖阁红炉前醉②。快活也末哥,快活也末哥,四时风月皆宜醉。

【注释】

① 竹坞:此指溪边竹园。
② 藏钩:古代一种室内游戏。

【评】 此曲写对春夏秋冬四时美景的醉赏。前四句一句写一个季节,极概括凝练,且又意境鲜明,最后都归结到"醉"字,突出四季常醉,及时行乐。这无疑是作者对当时黑暗社会的一种特殊的反抗方式,以此麻醉自己以减轻精神上的痛苦。全曲通押一"醉"字,其"独木桥体"的形式使全曲一气贯注,强化了及时行乐的主题,表现出作者看破世情的人生态度。

前　调

悲　秋

　　叮叮当当铁马儿乞留玎琅闹①,啾啾唧唧促织儿依柔依然叫②,滴滴点点细雨儿淅零淅留哨③,潇潇洒洒梧叶儿失流疏剌落④。睡不着也末哥,睡不着也末哥,孤孤另另单枕上迷飚模登靠⑤。

【注释】

　　① 铁马儿:屋檐下的风铃。　乞留玎琅:象声词,铁马摇动的响声。

　　② 促织儿:指蟋蟀。它的鸣声报凉秋已至,催促妇女织布以制寒衣,故称"促织"。　依柔依然:促织的叫声。

　　③ 淅零淅留:滴滴点点的细雨之声。　哨:应为潲,雨斜飘入屋。

　　④ 失流疏剌:树叶飘落的声音。

　　⑤ 迷飚(diū)模登:形容迷惘困倦的神态。

　　【评】　此曲并未出现"悲"字和"秋"字,却淋漓尽致地表现了悲秋的主题。作者选用了最能引起秋思的典型事物,从不同侧面描摹秋声。秋夜中的风声、雨声、虫鸣声、落叶声,声声都敲击着主人公的心扉,引发出她内心深处的烦恼与忧愁。"睡不着也末哥"紧承上文,并两次重复,加深了感情的分量,写出了主人公孤寂凄凉的心境,非常成功地表现了悲秋的主题。全曲多用叠字和象声词,音韵铿锵,句法鲜活,有很强的艺术感染力。

〔越调〕寨儿令

鸳枕孤①,凤衾余,愁心碎时窗外雨。漏断铜壶,香冷金炉②,宝帐暗流苏③。情不已心在天隅,魂欲离梦不华胥④。西风征雁远,湘水锦鳞无⑤。吁!谁寄断肠书?

【注释】

① 鸳枕:与下句"凤衾",指绣有鸳凤的枕头和被子。鸳与凤是同一种类的鸟,常连用,表示男女欢会恩爱之情。

② 漏断二句:言夜已很深了。铜壶,或称漏壶,是古代计时器。古代没有钟表,常用铜壶滴漏与金炉焚香来计时。漏断与香冷同意,皆指夜已很深了。

③ 流苏:帐上饰物,为下垂的穗子,多用彩色丝线或羽毛制成。因夜深天黑,故曰"暗流苏"。

④ 华胥:传说中的国名,相传黄帝昼寝,梦游于华胥之国。后用以指梦境。

⑤ 西风二句:古代诗词中常以鱼雁代指信使,此言"征雁远"、"锦鳞无",即指书信断绝。

【评】 此曲写离别相思,可谓情真意切,表现了闺中人的一片痴情。开篇先写离人孤独无伴,苦苦相思,长夜难眠。其后写见面无期,音书难达,原本希望在梦中相逢,但现在却连梦也没有了,无奈之情何堪。本来还可以通过书信互诉相思之苦的,可惜"征雁远"、"锦鳞无",纵有"断肠书"也无法寄到情人的手中了,这就更加令人悲痛欲绝。离情由此被推到高潮,但却戛然而止,令人回味无穷。与其他散曲的质朴本色不同,这首曲子具有词体的华美与婉转。

贯云石(十一首)

贯云石(1286—1324),名小云石海涯,号酸斋,又号芦花道人,维吾尔族人。初袭父职为两淮万户府达鲁花赤,不久让位其弟,北上从姚燧学,深得赏识。仁宗即位,拜翰林侍读学士中奉大夫知制诰同修国史,后以疾辞,归隐江南,居杭州。泰定元年(1324)卒。赠集贤学士中奉大夫护军,追封京兆郡公,谥文靖。云石诗文具有法度,散曲之作领时代风骚。其所作散曲,今存小令79首,套数8篇。元姚桐寿《乐郊私语》谓其曲"骏逸为当行之冠",朱权《太和正音谱》评其曲如"天马脱羁"。

〔正宫〕小梁州

朱颜绿鬓少年郎,都变做白发苍苍。尽教他花柳自芬芳,无心赏,不趁燕莺忙。 〔幺〕东家醉了东家唱,西家再醉何妨? 醉的强? 醒的强? 百年浑是醉^①,三万六千场!

【注释】

① 浑:全,都。

【评】 此曲写青春短暂、人生易逝的悲感。首二句以"今日少年明日老"表现时光无情、人生易老;次言即使欣赏芳春花柳,也了无心情,其慵懒心态,达于极点。〔幺〕篇自然过渡到劝人对酒当歌,及时行乐,一醉方休! 其悲观厌世之情,借豪放雄浑之语表达,充分表现了作者的逸怀豪兴与恣纵才情。

前　调

相偎相抱正情浓,争忍西东①？相逢争似不相逢②！愁添重,我则怕画楼空。〔么〕垂杨渡口人相送,拜深深暗祝东风:他去的高挂起帆,则愿休吹动。刚留一宿,天意肯相容?

【注释】

① 争忍:怎忍心。

② 争似:怎如。

【评】　此曲写男女恋情,表现大胆,毫无顾忌,但又真挚感人。开篇从相逢的欢愉写起,相逢是短暂的欢快的,从而更映衬分离时的愁苦。一个"怕"字,既写出了在长期离别中女子独守空房的孤寂和冷清,又写出了相逢时喜中带忧的复杂矛盾心理。通过女子"暗祝东风"这一天真的举动,更见其痴情难舍。最后一句对天发问,看似为自己的行为辩解,实则肯定自己的正当要求。整首曲子将一个细腻而又天真、温柔而又大胆的闺中少妇形象刻画得栩栩如生。

前　调（四首选一）

秋

芙蓉映水菊花黄,满目秋光。枯荷叶底鹭鸶藏。金风荡①,飘动桂枝香。 〔么〕雷峰塔畔登高望②,见钱塘一派长江③。湖水清,江潮漾,天边斜月,新雁两三行。

【注释】

① 金风:秋风。

② 雷峰塔:五代时吴越王钱俶妃黄氏建,原在杭州西湖南屏山上,1924 年倒塌。

③ 一派长江:此指钱塘江,在今浙江省内,流经杭州城外,涨潮时景象颇为壮观。

【评】 此曲写西湖秋景。前四句先写芙蓉、黄花,已秋光满目;继写鸳鸯戏水、桂子飘香,补足西湖秋意,更令人赏心悦目。〔么〕篇写登塔远眺所见之远水长天,不仅秋意更浓,而且境界亦极开阔。此曲以清丽淡雅之语,描绘出西湖美丽的秋景,表现了作者悠然自适的心境。

〔中吕〕红绣鞋

东村醉西村依旧,今日醒来日扶头①,直吃得海枯石烂恁时休②! 将屠龙剑,钓鳌钩,遇知音都去做酒③!

【注释】

① 来日扶头:谓日日沉醉。扶头,酒醉的样子。

② 恁时:那时。

③ 将屠龙三句:此言放弃一切作为,只管与知音狂饮。屠龙剑,比喻治

国安邦的才能。钓鳌钩,比喻获取功名的本领。皆出于《庄子·列御寇》。

【评】 此曲写作者嗜酒如命,甘愿沉迷醉乡,其实抒发的是对官场的厌弃和对现实的逃避。作者并非酒徒,却如此烂饮狂醉,内心之抑郁悲愤,由此可见。此曲慷慨悲歌,酣畅淋漓,豪气干云,与李白的《将进酒》有异曲同工之妙。

前　调

挨着靠着云窗同坐[①],偎着抱着月枕双歌,听着数着愁着怕着早四更过。四更过情未足,情未足夜如梭。天哪! 更闰一更儿妨甚么[②]。

【注释】

① 云窗:高楼上之窗户。

② 闰:增加。

【评】 此曲写恋情。其相恋男女的热烈大胆,为诗词中所罕见。前三句连用八个"着"字写一对恋人炽热如火的恋情,以及对来之不易的短暂欢聚的珍视。因怨恨时光飞逝、欢会未足,遂由闰年闰月而突发闰更的奇想,真所谓无理而妙。作者妙用排比、顶针的修辞手法,语言明白如话,风格质朴率真,即便言情,亦非同凡响。

〔双调〕清江引（三首选二）

弃微名去来心快哉①，一笑白云外。知音三五人，痛饮何妨碍②？醉袍袖舞嫌天地窄。

竞功名有如车下坡，惊险谁参破③？昨日玉堂臣④，今日遭残祸，争如我避风波走在安乐窝⑤！

【注释】

① 微名：此指功名。作者不屑进取，所以称功名为微名。

② 何妨碍：没有什么妨碍。

③ 参破：佛教用语，看破的意思。

④ 玉堂臣：指高官。玉堂，官署名，汉侍中有玉堂署，后世亦称翰林院为玉堂。

⑤ 争如：怎如。

【评】 作者〔清江引〕小令 3 首皆写叹世归隐情怀。此选二曲，前一首写远离官场后的逍遥生活和畅快心情，开篇两句便直接抒发抛弃功名利禄和远离官场后的喜悦情怀，次二句写远离官场从功名利禄中解脱后，过着与两三知己饮酒作乐的逍遥生活。末句写饮醉后手舞足蹈起来，仿佛天地都嫌窄了。看似无比豪迈狂放，但实则寄寓着难以言述的痛苦与愤懑。后一曲感叹仕宦险恶，高歌隐逸的快乐与闲适。前两句把追求功名比作车下坡，稍不留意便车毁人亡，但这可怕的后果却无人识破，作者于此，特别以反问发人深省。接着用"昨日玉堂臣，今日遭残祸"的典型例子说明官场的险恶；第五句表明在经过两相对比后的人生选择：远离官场，逍遥世外。这两曲语言通俗，意象新奇,语短而意深。

前　调

惜　别（四首选一）

若还与他相见时,道个真传示^①:不是不修书^②,不是无才思,绕清江买不得天样纸!

【注释】

① 真传示:传一个准确信息。

② 修书:写信。

【评】　作者以〔清江引〕写离别相思的曲子凡 4 首,此选其一。此曲写作者让人捎口信给家中的心上人,说自己不给她写信的原因不是不想她,也不是没有才思,而是因为纸短情长,写不下。其构思精巧别致,意脉转折顿挫,在连用两个否定句后逼出第三句,但依然以否定句形式出现,转来折去,百般蓄势,却引而不发,始终未曾说破,可谓巧妙至极。

前　调

立　春

金钗影摇春燕斜^①,木杪生春叶^②。水塘春始波,火候春初热^③,土牛儿载将春到也^④。

【注释】

① 春燕：此指女子头上的燕形钗饰。

② 木杪：树梢。

③ 火候：一般指火力的强弱，在此指天气。

④ 土牛：我国古代风俗，于立春日造土牛以劝农耕，象征春耕开始。见《后汉书·礼仪志·立春》。

【评】 此曲描写春景，由女性春装，写到大自然的春叶、春水，再写到气候的春阳发动，以及春日劝耕的古老风俗，由此给人春意盎然、生机蓬勃之感，表现了作者对春的热爱与喜悦。此曲结构非常特别，不仅每句都嵌有一个"春"字，而且每句分别用金、木、水、火、土五字开头，虽是游戏之作，但难度极大，写来却无生硬造作痕迹，作者之才华由此可见。

〔双调〕殿前欢

　　楚怀王①，忠臣跳入汨罗江②。《离骚》读罢空惆怅，日月同光③。伤心来笑一场，笑你个三闾强④。为甚不身心放？沧浪污你⑤？你污沧浪？

【注释】

① 楚怀王：战国时楚王，姓熊名槐，昏庸无能，宠信奸佞，而疏远屈原等忠臣。后受骗入秦，被秦扣留，死于秦国。

② 汨罗江：水名，发源于江西，流入湖南。战国时，屈原自沉于此。

③ 日月同光：《史记·屈原贾生列传》中说屈原的《离骚》可与日月争光。

④ 三闾：屈原曾做过楚国的三闾大夫，此处即指屈原。　强（jiàng）：

执拗倔强。

⑤ 沧浪：《孟子·离娄上》："有孺子歌曰：'沧浪之水清兮，可以濯我缨；沧浪之水浊兮，可以濯我足。'"

【评】 此曲看似嘲否屈原不知明哲保身，从而落得跳江自杀的可悲下场，但实则正话反说，嬉笑怒骂，更为深沉地表达了作者的愤世情怀。

〔仙吕〕村里迓鼓

隐 逸

〔村里迓鼓〕我向这水边林下，盖一座竹篱茅舍。闲时节观山玩水，闷来和渔樵闲话。我将这绿柳栽，黄菊种，山林如画。闷来时看翠山，观绿水，指落花。呀！锁住我这心猿意马①。

〔元和令〕将柴门掩落霞，明月向杖头挂。我则见青山影里钓鱼槎②，慢腾腾间潇洒。闷来独自对天涯，荡村醪饮兴加③。

〔上马娇〕鱼旋拿④，柴旋打，无事掩荆笆⑤，醉时节卧在葫芦架。咱，睡起时节旋去烹茶。

〔游四门〕药炉经卷作生涯⑥，学种邵平瓜⑦。渊明赏菊在东篱下⑧，终日饮流霞⑨。咱，向炉内炼丹砂⑩。

〔胜葫芦〕我则待散诞逍遥闲笑耍，左右种桑麻。闲看园林噪晚鸦，心无牵挂。蹇驴闲跨⑪，游玩野人家。

〔后庭花〕我将这嫩蔓菁带叶煎，细芋糕油内炸。

白酒磁杯咽,野花头上插,兴来时笑呷呷⑫。村醪饮罢,绕柴扉水一洼。近山村看落花,是蓬莱天地家⑬。

〔青哥儿〕呀!看一带云山云山如画,端的是景物景物堪夸。剩水残山向那答⑭,心无牵挂。树林之下,椰瓢高挂⑮。冷清清无是无非诵南华⑯,就里乾坤大。

【注释】

① 心猿意马:原为佛教语,比喻浮躁不安的心思。佛、道两家均将其克服作为内修的重要内容。

② 槎:木筏。

③ 村醪:农家自酿之酒。

④ 旋:立刻,及时。

⑤ 荆笆:用荆条编制的篱笆。

⑥ 药炉经卷:炼丹服药,阅读道经。

⑦ 邵平瓜:秦时,邵平为东陵侯,秦亡,邵平隐居不仕,在长安城东种瓜,相传瓜味甜美,俗称东陵瓜,亦称邵平瓜。见《史记·萧相国世家》。此处意为甘当隐士。

⑧ 渊明句:指归隐。陶渊明《饮酒》:"采菊东篱下,悠然见南山。"

⑨ 流霞:仙酒名。见晋葛洪《抱朴子·祛惑》。

⑩ 丹砂:即朱砂,一种矿物,古代道士炼制丹药的原料。

⑪ 蹇驴:跛脚驴。

⑫ 呷(gā)呷:笑声,犹言"哈哈"。

⑬ 蓬莱:传说中的海上仙山,此言神仙世界。

⑭ 那答:那里。

⑮ 椰瓢高挂:以许由挂瓢事比喻隐居生活。《太平御览》卷七六二引汉蔡邕《琴操》:"许由无杯器,常以手捧水。人以一瓢遗之,由操饮毕,以瓢挂树。风吹树,瓢动,历历有声。由以为烦扰,遂取捐之。"后因以"挂瓢"作为隐居之典。

⑯ 南华:《南华经》,即《庄子》,战国时宋人庄周所作,被道家列为经典。

【评】 这篇套数从多角度反复铺写隐居闲适之乐。首曲〔村里迓鼓〕先写隐居环境是"竹篱茅舍",有简淡古朴之风;又写日常生活不过是观山玩水,种菊栽柳,有清静无为之意。其后〔元和令〕、〔上马娇〕两曲扣住"竹篱茅舍",继写柴门夕阳、杖头明月、青山鱼槎,以及鲜鱼村酒、新柴新茶,其风景优美如画,生活恬淡如诗。第四曲〔游四门〕插入炼丹读经的道士生活与种瓜赏菊的隐居闲情,以古衬今,更见其倜傥风流。此后〔胜葫芦〕、〔后庭花〕两曲写种桑麻、听晚鸦、插野花、饮村酒等等,再次展现悠闲自适之乐。最后〔青哥儿〕一曲总束全曲,表明决意隐居的生活态度。全曲语言清雅自然,意境恬静优美,风格清爽冲淡,不愧为隐居乐道之曲中的上乘之作。

乔　吉(十五首)

　　乔吉(1280？—1345)，又作乔吉甫，字梦符，号笙鹤翁，又号惺惺道人。太原人，流寓杭州，一生未仕。钟嗣成《录鬼簿》列入"方今已亡名公才人余相知者"一类中。称其"美容仪，善词章，以威严自饬，人敬畏之，居杭州太乙宫前。有题西湖〔梧叶儿〕百篇，名公为之序。江湖间四十年，欲刊所作，竟无成事者"。又钟氏〔凌波仙〕吊词有云："平生湖海少知音，几曲宫商大用心。百年光景还争甚？空赢得雪鬓侵，跨仙禽路绕云深。"其所作杂剧，《录鬼簿》载有 11 种，今存《扬州梦》《两世姻缘》《金钱记》三种，均为爱情喜剧，词藻华丽，富有才情。散曲与张可久齐名，并称"张乔"，为清丽派代表作家。今存小令 209 首，套数 11 篇。朱权《太和正音谱》评其曲如"神鳌鼓浪"。

〔正宫〕绿幺遍

自　述

　　不占龙头选①，不入名贤传。时时酒圣②，处处诗禅③。烟霞状元④，江湖醉仙，笑谈便是编修院⑤。留连，批风抹月四十年⑥。

【注释】

　　① 龙头：状元的别称。王禹偁《寄状元孙学士何》："惟爱君家棣华榜，登科记上并龙头。"

② 酒圣：古人谓酒之清者曰圣，浊者曰贤，故"酒圣"指清酒、美酒。参见《三国志·魏书·徐邈传》。

③ 诗禅：吟诗参禅。苏轼《夜直玉堂携李之仪诗百余首读至夜半书其后》："暂借好诗消永夜，每逢佳处辄参禅。"

④ 烟霞状元：言流连自然美景为天下第一。

⑤ 编修院：宋代朝廷中负责编修国史的机构。

⑥ 批风抹月：犹言吟风弄月。苏轼《和何长官六言次韵》诗之五："贫家何以娱客？但知抹月批风。"

【评】 此曲叙述了作者的人生经历和处世态度。乔吉由太原南下，但游宦未成，于是流连诗酒，放浪江湖。开篇两句即道出与众不同的人生态度，第三、四句顺势写出自在逍遥的诗酒生涯，第五到第七句不仅是一种超乎寻常的自我陶醉，而且还表现出对科举功名与仕途人生的一种揶揄和调侃。"烟霞"与"状元"的搭配看似荒谬，但实际上正是其妙处所在。最后两句总结自己的人生，在对"批风抹月四十年"的自鸣得意中，表明醉心诗酒风月的人生意趣。乔吉另有〔双调·折桂令〕《自述》，内容大同小异，可以参读。

〔南吕〕玉交枝带四块玉

闲适二曲①（之一）

山间林下，有草舍蓬窗幽雅，苍松翠竹堪图画，近烟村三四家。飘飘好梦随落花，纷纷世味如嚼蜡。一任他苍头皓发，莫徒劳心猿意马②。　自种瓜，自采茶，炉内炼丹砂③。看一卷《道德经》④，讲一会渔樵话。闭上槿树篱,醉卧在葫芦架,尽清闲自在煞。

【注释】

①　本曲之曲牌,《文湖州集词》《乔梦符小令》皆作〔玉交枝〕,考《乐府群珠》所收无名氏〔玉交枝带四块玉〕令曲,其格式与乔曲基本相同,兹从之。

②　心猿意马:原为佛教语,比喻浮躁不安的心思。佛、道两家均将克服这种浮躁之心作为内修的重要内容。

③　自种三句:暗用古代隐士之典借指隐居修炼生活。种瓜,暗用邵平之典。据《史记·萧相国世家》,秦时邵平为东陵侯,秦亡,邵平隐居不仕,在长安城东种瓜。采茶,当暗用陆羽之典。据《新唐书·陆羽传》,陆羽少为孤儿,由僧人抚养成人,嗜茶,曾著《茶经》传于世。炼丹,当暗用葛洪之典。据《晋书·葛洪传》,葛洪曾在广东罗浮山炼丹,优游闲养,著述不辍。丹砂,即朱砂,一种矿物,古代道士炼制丹药的原料。

④　《道德经》:为老子所著,分上、下两篇,上篇称《道经》,下篇称《德经》,合称《道德经》,亦称《老子》,为道家尊奉的重要经典。

【评】　此曲描绘了诗人隐居乐道生活的理想图景。前面〔玉交枝〕首四句的环境描写展示了作者理想中的世外桃源,表现了对宁静闲适生活的向往。五六两句转向对无味的世俗生活的感慨。七八两句通过感叹世俗之人汲汲于功名富贵的徒劳无益自诫。后面〔四块玉〕描述其隐逸静修的闲适生活,在具体描写中暗以古人映衬,由此丰富了情感内涵。全曲既在"醉卧清闲"中表现了看破红尘的自放,也在咀嚼世味中流露出失意潦倒的无奈,非常真实地表现了一部分仕进无门的曲家的心态。

〔中吕〕满庭芳

渔父词（二十首选一）

江声撼枕，一川残月，满目遥岑。白云流水无人禁，胜似山林。钓晚霞寒波濯锦，看秋潮夜海熔金。村醪窨①，何人共饮，鸥鹭是知心。

【注释】

① 村醪：乡村中人家自酿之米酒。　窨(yìn)：此指在地窖里陈放后的酒。

【评】 乔吉的〔满庭芳〕《渔父词》组曲共 20 首，内容皆写渔父生活的闲适与潇洒。此曲开头三句先从听觉和视觉来写，由江声、残月、远山构成一幅美丽画面，衬托出了渔父的闲适之情。第四至第七句是对渔父生活环境的赞美，比喻生动，形象鲜明，境界优美如画；而且还在与"山林"的对比中充分肯定了渔父生活的幽雅与闲适。最后三句正面写渔父生活的淳朴与快意，表露出由衷向往的情怀。作者通过描绘绚烂夺目的秋江美景，展现了理想化的渔父生活，实际上是借以表现自己的情怀与心志。

〔中吕〕山坡羊

寓　兴

鹏抟九万①，腰缠十万，扬州鹤背骑来惯②。事间关③，景阑珊④，黄金不富英雄汉。一片世情天地间。

白,也是眼;青,也是眼⑤。

【注释】

① 鹏抟(tuán)九万:比喻志向高远。《庄子·逍遥游》:"鹏之徙于南冥也,水击三千里,抟扶摇而上者九万里。"抟,盘旋。

② 腰缠二句:指集富、贵与成仙三者于一身。"腰缠十万"言富,"扬州"言贵,"骑鹤"言成仙。南朝梁殷芸《殷芸小说》卷六:"有客相从,各言所志。或愿为扬州刺史,或愿多赀财,或愿骑鹤上升。其一人曰:'腰缠十万贯,骑鹤上扬州。'欲兼三者。"

③ 间关:指事情不顺,多有阻碍。

④ 阑珊:残破,衰败。

⑤ 白四句:据《晋书·阮籍传》,阮籍狂放桀骜,能为青白眼,对满意的人以青眼相看,对讨厌的人则投以白眼。这里化用其典,写世人嫌贫爱富的情态。

【评】 此曲感叹英雄失意与世情浇薄,寄寓了强烈的愤世嫉俗情怀。它并非单是感性喟叹,而是伴有深沉的理性思索。前三句先写飞黄腾达者的有钱有势与骄奢淫逸,次三句则感慨英雄汉的穷困潦倒与沦落失意,最后则揭斥以权势钱财论英雄的浇薄世风,对天地间嫌贫爱富的"一片世情"表示了极大的愤慨和憎恶,字里行间流露出曲家对当时社会的不满情绪。

〔越调〕天净沙

即 事

莺莺燕燕春春,花花柳柳真真①。事事风风韵韵②,娇娇嫩嫩,停停当当人人③。

【注释】

① 真真:美女名。唐进士赵颜写仙女真真之事,见杜荀鹤《松窗记》及《太平广记·画工》。此代指作者所见之游春美人。

② 风风韵韵:本指人的风度和韵致,后形容妇女的风流神态。

③ 停停当当:妥当标致。

【评】 此曲写春景和美人的妖艳动人。开篇两句先写莺歌燕舞、百花争妍、绿柳摇春的阳春艳景,后三句写游春美人的风神韵致,景美人丽,相得益彰。全曲充满诗情画意,洋溢着赏惜春景的欢乐情怀。此曲妙在不用动词,却富有很强的动感;又妙在通篇用叠字,音韵和谐、节奏感强,极富音乐美。

〔越调〕凭栏人

金陵道中

瘦马驮诗天一涯①,倦鸟呼愁村数家②。扑头飞柳花,与人添鬓华。

【注释】

① 驮诗:背负诗囊。此用唐人李贺骑驴,"背一古破锦囊,遇有所得,即书投囊中"的典故。见唐李商隐《李长吉小传》。

② 倦鸟:喻倦游之人。晋陶渊明《归去来辞》:"鸟倦飞而知还。"

【评】 这是作者行经金陵道上的一首即兴小令,描写了天涯漂泊的愁思。首句写旅途遥远、行程漫长,一"瘦"字形象地表明了路途的艰辛。第二句化用陶渊明"鸟倦飞而知还"来表达行旅之苦。最后二句的柳花既点明暮春时令,使衰景与哀情相应,又非常形象地表明岁月在浪游漂泊中流逝。全曲注重白描,情景交融,真切感人。

〔双调〕折桂令

自　述

华阳巾鹤氅蹁跹[①],铁笛吹云[②],竹杖撑天。伴柳怪花妖,麟祥凤瑞,酒圣诗禅[③]。不应举江湖状元,不思凡风月神仙。断简残编,翰墨云烟,香满山川。

【注释】

① 华阳巾:道士所戴的头巾。鹤氅:用羽毛所制裘衣,为道士所穿。

② 铁笛吹云:铁笛之声嘹亮入云。铁笛,多为隐者所用。朱熹《铁笛亭》诗序:"侍郎胡公明仲,尝与山之隐者刘君兼道游,刘……善吹铁笛,有穿云裂石之声。"

③ 伴柳三句:言与花柳、麟凤、诗酒做伴。花柳,指歌妓。麟凤,指异人。酒圣诗禅,指美酒与吟诗参禅,见前〔正宫·绿幺遍〕《自述》注释②、③。

【评】　此曲也是乔吉的自述,但较〔绿幺遍〕显得更为具体。开篇三句描述自我形象:一位自由自在的隐逸高士。次三句则从日常交往和爱好来写他的生活。诗人放浪江湖,玩世不恭,与歌女、异人、诗酒做伴。七、八两句看似矛盾的组合,正是作者的秉性和不同于流俗的新观念的显现,同时也是他的情趣和爱好的形象概括。最后三句则表现出对自己诗酒人生的高度自负。

将此曲与〔绿幺遍〕互读,可以充分见出作者摒弃世俗功名而纵情诗酒、流连风月的洒脱与放浪,以及与关汉卿《不伏老》一样的坚定与执著、乐观与豪迈,然而,其人生被社会扭曲的不幸与可悲,也是难以掩盖的。

前　调

荆溪即事

问荆溪溪上人家①,为甚人家,不种梅花? 老树支门,荒蒲绕岸,苦竹圈笆。寺无僧狐狸样瓦②,官无事乌鼠当衙③。白水黄沙,倚遍阑干,数尽啼鸦。

【注释】

① 荆溪:在江苏宜兴县南,以近荆南山而得名。

② 寺无句:言寺庙的荒凉破败。样瓦,摔瓦。样,同漾。

③ 官无句:言官府衙门的混乱不堪。乌鼠,乌鸦与老鼠,此处喻指吏役之辈。

【评】 这是一篇典型的即景抒情小令。劈头以设问写起,使人顿生好奇之心。荆溪沿岸风景秀丽,但诗人却没能见到暗香浮动的梅花,大有寻景而不见梅的遗憾。接下来几句,笔锋陡转,呈现出令人触目惊心的荒凉破败之景,并由对荒凉之境的描写,转而直接抨击和讽刺官府"乌鼠当衙"的混乱不堪。最后在远望白水茫茫、黄沙漫漫、目睹乱鸦啼叫中结束,流露出无尽的惆怅与悲怆。此曲表现了诗人对现实的不满,但又无可奈何的悲凉心境。

〔双调〕水仙子

吴江垂虹桥①

飞来千丈玉蜈蚣,横驾三天白蝃蝀②,凿开万窍黄云洞③。看星低落镜中,月华明秋影玲珑。赑屃金环重④,狻猊石柱雄⑤,铁锁囚龙⑥。

【注释】

① 垂虹桥:江苏吴江的一座名桥,有七十二桥洞,俗称长桥,桥上有垂虹亭。

② 三天:道家称清微天、禹余天、大赤天为三天,此泛指高空。 蝃蝀(dì dōng):虹。

③ 黄云洞:此指桥洞。

④ 赑屃(bì xì):传说中一种像龟的动物,常被用为石碑下座基的造型。 金环:指龟形石座上用为装饰物的铜环。

⑤ 狻猊(suān ní):狮子。

⑥ 铁锁囚龙:言垂虹桥横跨吴江,犹如锁住了这条蛟龙。

【评】 此曲描绘吴江垂虹桥的雄伟壮丽。开头一鼎足对,对仗工巧,笔力雄健,用博喻勾画垂虹桥的雄姿与飞腾气势,形象贴切,气象非凡。四五两句写桥下秋水与星月倒影,别具诗情画意。六七两句以“赑屃金环”、“狻猊石柱”等描写垂虹桥构造精工,更显出这座名桥的华丽与别致。最后以“铁锁囚龙”将桥与江钩连,在意境和气势上与开头照应。全曲色彩绚丽,气象雄浑,风格豪放,充分展示了垂虹桥横跨河面的雄姿。

前　调

寻　梅

　　冬前冬后几村庄,溪北溪南两履霜,树头树底孤山上①。冷风来何处香? 忽相逢缟袂绡裳②。酒醒寒惊梦③,笛凄春断肠④,淡月昏黄⑤。

【注释】

　　① 孤山:在杭州西湖中,是西湖名胜之一,为北宋诗人林逋隐居之处,以多梅著称。

　　② 缟袂绡裳:白绢和薄绸做的衣袖与上衣。这里首先借以代指美人,再进而比喻梅花。

　　③ 酒醒句:暗用赵师雄遇梅仙之典。据唐柳宗元《龙城录》载,隋赵师雄路过广东罗浮山,遇一白衣女郎邀他共饮而醉,醒后发现自己睡在一棵白梅树下。此处形容见到梅花的迷醉情态。

　　④ 笛凄:古代笛曲中有《梅花落》,此处引来丰富曲意。

　　⑤ 淡月昏黄:化用宋林逋《山园小梅》"暗香浮动月黄昏"诗意。

【评】　此曲题为"寻梅","寻"字便为全曲主线。开篇三句写寻梅情景,点明时令、地点并写出奔走劳苦。"两鬓霜"表明寻梅的艰难,"树头树底"则形象地表现了寻梅的细致。开篇这一鼎足相对,为下句遇梅的喜悦蓄势。其后"冷风来何处香? 忽相逢缟袂绡裳"二句,既写出遇梅之喜,又表现了梅花的神韵仙姿。但"酒醒"二句又作一跌宕,冬寒使他酒醒梦断,顿觉寒气袭人,而笛声凄凉,更使人情怀难堪。结句"淡月昏黄"既暗写梅花神韵,又把诗人内心的惆怅与伤感融入月色,惨淡朦胧,余意不尽。

前 调

重观瀑布

天机织罢月梭闲①,石壁高垂雪练寒②,冰丝带雨悬霄汉。几千年晒未干,露华凉人怯衣单③。似白虹饮涧④,玉龙下山,晴雪飞滩。

【注释】

① 天机:传说中织女的织布机。

② 雪练:洁白的丝绢。

③ 露华:露水,此指飞溅的瀑布水滴。

④ 似白虹饮涧:像白色的虹伸到溪涧饮水。

【评】 此曲写瀑布,想象丰富,意象雄浑,气韵生动。开篇三句夸写瀑布的神奇高寒与冰清玉洁,先通过织女的神话传说写出瀑布的神奇来历,一"垂"字突出瀑布雄浑壮观的气势,其"雪练"、"冰丝"的比喻,则写出瀑布的洁美与高寒。中间二句,紧扣其洁美与高寒特征作更进一步夸写。最后三句以一"似"字领起,再以博喻手法描绘瀑布的各种形态,其"长虹"、"玉龙"、"雪飞"的比喻,表现出瀑布的动态,更具有一种飞动腾越之美。全曲气韵流动,一气呵成,一系列奇特的比喻和夸张把瀑布描写得神完气旺,足令人目眩神飞、惊心动魄。

〔双调〕卖花声

悟 世

肝肠百炼炉间铁^①，富贵三更枕上蝶^②，功名两字酒中蛇^③。尖风薄雪^④，残杯冷炙^⑤，掩清灯竹篱茅舍。

【注释】

① 肝肠句：言历经世事磨难，即使壮志坚硬如铁，也早已消磨，犹如炉间快被融化的铁块了。

② 富贵句：言富贵犹如梦幻。化用庄子梦蝶之典，见《庄子·齐物论》。

③ 功名句：言功名之中充满着疑虑与恐惧，也可解作功名如酒中蛇影之虚幻。此用成语"杯弓蛇影"之典，详见《晋书·乐广列传》。

④ 尖风薄雪：言风雪寒冷刺骨，犹如尖刀扎人。尖、薄，皆指刀之锋利。

⑤ 残杯冷炙：即残酒剩菜，写生活的艰辛。杜甫《奉赠韦左丞丈二十二韵》："朝扣富儿门，暮随肥马尘。残杯与冷炙，到处潜悲辛。"

【评】 此曲抒写历经世事、彻悟富贵功名后安然自适的人生态度。开篇三句以鼎足对形式抒发对个人情志以及富贵功名的感叹，首句先抒发壮志消磨的悲愤，后两句感叹富贵功名的虚幻。即便本来就已经很虚幻的富贵功名，对于作者来说，也可望而不可即，所以其感慨会加倍沉痛。其后"尖风薄雪"三句极写生活的艰辛悲苦，即便如此，但一想到富贵功名对人的折磨，也就能冷峻地面对，而且安之若素了。此曲风格冷峻，将一颗饱经坎坷而心灰意懒的心灵袒露得淋漓尽致。

〔南吕〕一枝花

合　筝

〔一枝花〕酒酣春色浓,帘卷花阴静。佳人娇和曲,豪客醉弹筝。心与手调停,敛袂待弦初定①。雁行斜江月影②,搊银甲指拨轻清③,按《金缕》歌喉数声④。

〔梁州第七〕歌应指似林莺呖呖,指随歌似山溜泠泠⑤。同声相应的《凉州令》⑥。滴银盘秋雨,敲玉树春冰。恰壮怀慷慨,又私语丁宁⑦。迸琼珠万颗玎玲⑧,间骊珠一串分明⑨。恰便似卓文君答抚琴相如⑩,黄念奴伴开元寿宁⑪,小单于学鼓瑟湘灵⑫。绎如也以成⑬,迟疾纤巧随抠掐无些儿病⑭。腔儿稳,字儿正,一对儿合得着绸缪有情⑮,效鸾凤和鸣。

〔尾〕煞强如泣琵琶泪湿青衫上冷⑯,仿佛似鹦鹉声讹锦罩内听⑰。洗得平生耳根净,风流这生,乞戏可憎⑱。我便有陶学士的鼻凹也下不得绷⑲。

【注释】

① 敛袂:整理衣袖,表示恭敬。

② 雁行斜:言托起筝弦的一排筝柱顺次斜放,正像空中的雁行。江月影:筝柱形如弯月,又在一条条白色丝弦之下,因以之比喻。

③ 搊银甲:以手指弹拨。银甲,套在指尖上的拨弦器具。

④《金缕》:古代曲调《金缕曲》或《金缕衣》的省称,此泛指名曲。

⑤ 山溜:山中飞泉。　泠泠:指泉水的清脆之音。

⑥《凉州令》:隋唐时西北少数民族的乐曲之一,此泛指流行歌曲。

⑦ 私语丁宁：形容乐声低回细柔，如窃窃私语、叮咛嘱咐。丁宁，即叮咛。

⑧ 玎玲(cōng zhēng)：形容玉石相击的声音。

⑨ 骊珠一串：或言"一串骊珠"、"一串珠"，比喻歌声的婉转动听。白居易《寄明州于驸马使君三绝句》："何郎小妓歌喉好，严老呼为一串珠。"骊珠，宝珠。传说出骊龙颔下，故名。《庄子·列御寇》："夫千金之珠，必在九重之渊，而骊龙颔下。"

⑩ 卓文君：汉临邛大富商卓王孙女，好音律，新寡家居，司马相如以琴挑之，文君夜奔相如，同驰归成都。

⑪ 黄念奴：唐天宝间著名歌女，得玄宗赏爱。见宋王灼《碧鸡漫志》。开元寿宁：指唐开元年间的寿王李瑁与宁王李宪，二人皆精于音乐。

⑫ 小单于：此殆指一位善音乐的北方少数民族首领子弟，其人待考。鼓瑟湘灵：屈原《远游》："使湘灵鼓瑟兮，令海若舞冯夷。"湘灵，传说中的湘水女神。

⑬ 绎如：指音乐的连贯相续。语出《论语·八佾》。

⑭ 抠搯：指弹拨筝弦的指法。

⑮ 合得着：配合得很默契。

⑯ 煞强如句：言远胜过白居易听琵琶而泪湿青衫。白居易《琵琶行》有"座中泣下谁最多，江州司马青衫湿"句。

⑰ 仿佛句：意谓乐声动听仿佛使人误以为是鸟笼中的鹦鹉鸣叫。锦罩，指鸟笼外面罩衣。

⑱ 乞戏：元代俗语，意即可喜，也写作"吃戏"、"吃喜"。　可憎：可爱。爱极之语。

⑲ 我便句：意谓即便我有陶学士端介不苟的脸皮，现在也绷不起来了。陶学士，指宋初翰林学士陶穀，字秀实，以端介著称。曾奉命出使南唐，在邮亭中与歌女秦弱兰相爱，后来才知中了韩熙载的美人计。元戴善甫《陶学士醉写风光好》杂剧(本书有选)即以此为题材。鼻凹，嘴脸、脸面。绷，同绷。

【评】 这篇套数写佳人歌唱、豪客弹筝伴奏,声乐器乐,珠联璧合,精彩绝伦。〔一枝花〕仿佛序曲,先写佳人豪客合作的环境氛围,以及调弦试声的准备。其"娇和"、"醉弹"四字,极富韵味。〔梁州第七〕是对"合筝"效果的具体描写,用一连串的比喻和典故渲染"娇和"、"醉弹"的美妙,仿佛让人亲身感受到乐曲出神入化的艺术魅力。尾曲写自己被深深打动后的动心移情,算是对乐曲神奇的艺术魅力的侧面烘托。前人描写音乐的诗词不少,但像这篇套数这样写歌唱与器乐的配合,一笔两用,既写出歌声的美妙,又同时写出筝声的神奇,而且如此精彩纷呈,却是少见的。全篇善用对仗和比喻,成功地为瞬息即逝的音乐传真留影,千载而下,亦令人神往。

李太白匹配金钱记(第一折摘选)①

〔寄生草〕他是一片生香玉,他是一枝解语花②,则见他整云鬟掩映在荼蘼架③,荡湘裙微显出凌波袜④,露春纤笑捻香罗帕⑤。那姐姐怕不待庞儿俊俏可人憎⑥,知他那眉儿淡了教谁画⑦?

〔金盏儿〕这娇娃是谁家⑧? 寻包弹觅破绽敢则无纤掐⑨。似轴美人图画,画出来怎如他? 这娇娘恰便似嫦娥离月殿,神女出巫峡⑩。我虽不能够朝云和暮雨,也强似流水可兀的泛桃花⑪。

〔后庭花〕你看那指纤长铺玉甲,髻嵯峨堆绀发⑫。可便似舞困三眠柳⑬,端的是这春风恰破瓜⑭。我见他簇双鸦⑮,将眼梢儿斜抹,美姿姿可喜煞⑯。

270

〔醉扶归〕兀的不妆点杀锦绣香风榻⑰,风流杀花月小窗纱。且休说共枕同衾觑当咱⑱。若得来说几句儿多情话⑲,则您那娇脸儿咱根前一时半霎,便死也甘心罢。

〔金盏儿〕紫燕儿画檐外谩嘈杂,黄莺儿柳梢上日呱呱⑳,蜜蜂儿只恁的你可也无闲暇㉑,蝴蝶儿少罪我把你厮央咱㉒。黄莺儿怕你寻友处迷了伴侣,紫燕儿怕你衔泥处老了生涯,蝴蝶儿我怕你怯春寒花内宿,蜜蜂儿又则怕迟了你日暮树边衙㉓。

【注释】

① 李太白匹配金钱记:简称《金钱记》,元杂剧末本戏,正末扮韩飞卿(韩翃)。全剧4折。其剧情如下:唐代洛阳书生韩飞卿入京应举,在九龙池观赏牡丹花时,与王府尹千金柳眉儿一见钟情。柳眉儿留下御赐金钱五十文而去。韩飞卿追至王府后院,被王家误作贼人,命人将其吊起,幸贺知章及时赶到解围。王府赏识韩飞卿才华,礼聘其做了门馆先生。一日,王府尹与飞卿饮酒时发现了御赐金钱五十文,顿生怒气,再次将韩飞卿吊起来。急难时贺知章带圣旨前来解救,并为韩飞卿保婚。韩飞卿考中状元,李白奉旨着韩飞卿与柳眉儿成亲。全剧在喜庆的气氛中结束。第一折写韩飞卿在参加完进士考试后,学士贺知章设宴款待,韩飞卿从席间逃出,前往九龙池观赏杨家牡丹花一捻红。恰逢王府尹之女柳眉儿也来此游春,两人于是一见钟情。柳眉儿将皇上赐予王府尹的开元通宝金钱五十文故意遗落,作为信物,随后怏怏而归。

② 解语花:五代王仁裕《开元天宝遗事》卷下"解语花"条:"明皇秋八月,太液池有千叶白莲数枝盛开,帝与贵戚宴赏焉。左右皆叹羡。久之,帝指贵妃示于左右曰:'争如我解语花?'"后以此比喻合人心意之美人。

③ 则:只。 荼蘼(tú mí):灌木名,叶羽状,柄多刺,夏初开红、白色重瓣花。

④ 荡湘裙句：化用曹植《洛神赋》："从南湘之二妃，携汉滨之游女。……凌波微步，罗袜生尘。"这里借指柳眉的娇姿美态。

⑤ 春纤：此指女子纤细的手指。　捻(niǎn)：用手指揉搓。

⑥ 怕不待：纵然，尽管。　可人憎：可憎，爱极之反语。

⑦ 知他句：《汉书·张敞传》载京兆尹张敞曾为妻子画眉，当时传为佳话。后世多指夫妻恩爱。

⑧ 家：语尾助词，附于人称代词后，无实义。

⑨ 包弹：缺点，毛病，与后面"破绽"同义。　敢则：必定，包管。　纤掐：一点儿，很少。

⑩ 神女出巫峡：战国时楚国辞赋家宋玉《高唐赋》中描写楚王游云梦时，曾梦见与巫山神女欢会。后多用来指男女欢会。

⑪ 可兀的：句中衬字，无实义。　泛桃花：此用刘晨、阮肇之典。《太平御览》卷四十一载：东汉永平年间浙江剡县人刘晨、阮肇进天台山采药，误入桃花源，遇两仙女留住半年，还乡后其子孙已过七世。

⑫ 嵯峨：原指山势高峻，这里指发髻高耸。　绀(gàn)发：佛教传说如来毛发为绀琉璃色，此处美称头发。

⑬ 可便：便，就。　三眠柳：《三辅旧事》记载，汉苑中有柳状如人形，号曰人柳，一日三眠三起。这里指柳眉的柔姿媚态。

⑭ 端的：果然。　破瓜：旧时文人拆"瓜"字为"二"、"八"，谓十六岁，多用于女子。

⑮ 簇：聚集。　双鸦：指双眉。以鸦之乌黑喻眉毛。

⑯ 美姿姿：即美滋滋。　煞：极、甚、很之义。与下文"妆点杀"、"风流杀"等"杀"字意同。

⑰ 兀的不：表反诘语气，意即这岂不。

⑱ 觑当：细看。"当"轻读，语气助词，无实义。

⑲ 得来：能够。

⑳ 呱吼(guā zhá)：形容莺声繁细。

㉑ 恁的：如此，这般。

㉒ 厮央：相央，意即央求你。　咱：语气助词，多表希望或请求。

㉓ 则：只。　衙：指蜂衙，众蜂簇拥蜂王，如朝拜护卫，故称蜂衙。

【评】 此处五曲是韩翃初次见到柳眉时的所见和所感。〔寄生草〕曲辞典雅,用典故写柳眉之美,令人心旷神怡。〔金盏儿〕写韩翃内心对柳眉的赞叹,表露出欲求欢会之意,为后面作了铺垫。〔后庭花〕一曲不仅有韩翃对柳眉的赞美,更有柳眉的暗送秋波,意趣横生。〔醉扶归〕写此时的韩翃早已在想象着以后的美好时光。〔金盏儿〕借对紫燕、黄莺、蜜蜂和蝴蝶的调侃,表现了内心的喜悦。这几曲用词典雅而不失喜剧气氛,将韩翃内心的欢快之情抒发得淋漓尽致。

李太白匹配金钱记（第二折摘选）①

〔煞尾〕我本是个花一攒锦一簇芙蓉亭有情有义双飞燕,却做了山一带水一派竹林寺无影无形的并蒂莲②。愁如丝泪似泉,心忙杀眼望穿。只愿的花有重开月再圆,山也有相逢石也有穿。须觅鸾胶续断弦③,对抚瑶琴写幽怨④,闲傍妆台整鬓蝉⑤,同品鸾箫并玉肩⑥,学画蛾眉点麝烟⑦。几时得春日寻芳斗草轩,夏藤簟纱厨枕臂眠⑧,秋乞巧穿针会玉仙⑨,冬赏雪观梅列玳筵⑩。指淡月疏星银汉边,说海誓山盟曲槛前。唾手也似前程结姻眷,绾角儿夫妻称心愿⑪。藕丝儿将咱肠肚牵,石碑丕将咱肺腑镌,笋条儿也似长安美少年。不能够花朵儿似春风玉人面,干赚的相如走偌远,空着我赶上文君则落的这一声喘⑫。

【注释】
① 第二折演韩飞卿追柳眉儿至王府后院,被误作贼人吊起来,幸得贺

知章及时赶到解围。王府因赏识韩飞卿的才华,聘其做了门馆先生。

② 并蒂莲:荷花中的一类,一茎两花。常用来比喻美好夫妻。

③ 鸾胶:传说用鸾鸟的喙煎成的胶,可用以续接断弦。参见汉东方朔《海内十洲记》,又见《汉武外传》。

④ 对抚句:据《史记·司马相如列传》载,司马相如与临邛令王吉作客于临邛富人卓王孙家,王孙有女文君,新寡,好音,相如"以琴心挑之",文君乃夜奔相如。

⑤ 鬓蝉:即蝉鬓,把鬓发梳成蝉翼般的式样。晋崔豹《古今注》:"魏文帝宫人,所绝爱者有莫琼树、薛夜来、田尚衣、段巧笑四人,日夕在侧。琼树乃制蝉鬓,缥缈如蝉。"

⑥ 同品句:用弄玉、萧史之典。汉刘向《列仙传》载:"萧史者,秦穆公时人也,善吹箫,能致孔雀、白鹤于庭。穆公有女,字弄玉,好之,公遂以女妻焉。日教弄玉作凤鸣。居数年,吹似凤声,凤凰来止其屋。公为作凤台,夫妇止其上,不下,数年,一旦皆随凤凰飞去。"

⑦ 学画句:此句暗用汉代张敞为妻画眉之典。参见《汉书·张敞传》。麝烟,麝香点燃时所散出的香烟。

⑧ 藤簟(diàn):凉席。纱厨:避蚊的纱帐。

⑨ 乞巧:旧传农历七月七日为牵牛织女相聚之日,民间女子多于此夕摆设供品,向织女星乞求智巧,名曰"乞巧"。参见宋孟元老《东京梦华录》卷八"七夕"条。

⑩ 玳筵:豪华而丰富的筵席。玳,玳瑁,形似海龟的海生动物,其甲壳光亮有花纹,可做装饰品。

⑪ 绾角儿夫妻:结发夫妻。

⑫ 干赚二句:用司马相如事,见注④。

【评】 此曲写韩飞卿追柳眉儿至王府后院,但未能见到其人,内心充满了苦恼。作者通过许多想象,描写了韩飞卿期待与柳眉儿再次相会的心愿。少年书生的痴情,跃然纸上。此曲虽连用典故,但贴切允当,有清丽自然之美。

刘　致(六首)

　　刘致,生卒年不详,字时中,号逋斋,石州宁乡(今山西离石)人。随父流寓长沙。大德二年(1298),得姚燧赏识,被荐为湖南廉访使司幕僚,至大三年(1310)姚燧又荐其为河南行省椽。至治(1321—1323)后,历官太常博士、翰林待制、江浙行省都事。钟嗣成《录鬼簿》列入"方今名公",称"刘时中待制"。其散曲作品今存小令 74 首、套数 2 篇。朱权《太和正音谱》列入"词林英杰"150 人中。或以为刘致与〔端正好〕《上高监司》套数作者刘时中为同一人,非是(详后刘时中简介)。

〔南吕〕四块玉

　　佐国心[①],拿云手[②],命里无时莫强求,随缘过得休生受[③]。几叶绵,几匹绸,暖时候。

【注释】

　　① 佐国心:辅佐君主治国安邦之心。《周礼·天官·冢宰上》:"以佐王均邦国。"

　　② 拿云手:喻志向远大,本领高强。李贺《致酒行》:"少年心事当拿云,谁念幽寒坐呜呃。"

　　③ 生受:烦忧、辛劳。

【评】　此曲表现了一种淡薄功名利禄、随遇而安的心态。一开篇说纵有佐国之心、拿云之才,但也是"命里无时莫强求",这就表现出一种与世无争、随缘而过的洒脱态度和旷达心胸。既然对仕途是如此淡然,无可而无不可,那么对于富贵功名,也就处之泰然了。最后三句,便充分表现了对绫罗绸缎、锦衣玉食等富贵荣华的一种蔑视态度。其自然、流畅、通俗的语言与平和、淡漠的情怀十分协调,可谓曲味十足。

前　调

咏郑元和[①]

　　风雪狂,衣衫破,冻损多情郑元和,哩哩哕哕哕哩罗学打莲花落[②]。不甫能逢着亚仙[③],肯分的撞着李婆[④],怎奈何?

【注释】

　　① 郑元和:元杂剧中人物。唐白行简《李娃传》曾叙述荥阳郑生与长安娼女李娃的恋情故事,元石君宝据以改编为杂剧《李亚仙花酒曲江池》。剧中郑元和(即小说中荥阳郑生)为长安娼女李亚仙(即小说中李娃)耗尽旅资而被父遗弃,沦为乞丐。亚仙却将其收留,并助其攻读,最终获取功名而举家团聚。

　　② 莲花落:民间曲艺名,常为乞丐所唱,以两块竹片翻打击拍,故称打莲花落。

　　③ 不甫能:元曲中语词,有想不到、没料到等意。　亚仙:即李亚仙,见注释①。

　　④ 肯分的:元曲中语词,有恰好、正好等意。　李婆:亚仙的假母。

【评】　此曲歌咏郑元和与李亚仙的故事,可见这一戏曲故事在当时盛为流行。前四句写郑元和沦为乞儿的悲苦,后三句就郑元和的好运发表感叹,字里行间充满着对"公子落难,佳人多情"的艳羡,并流露出知音难遇的慨叹。

〔中吕〕山坡羊

侍牧庵先生西湖夜饮①

微风不定,幽香成径,红云十里波千顷②。绮罗馨③,管弦清,兰舟直入空明镜,碧天夜凉秋月冷。天,湖外影;湖,天上景。

【注释】

① 牧庵:元代著名文学家姚燧,号牧庵。

② 红云:形容荷花盛开的景象。

③ 绮罗馨:游湖的仕女们身穿绫罗,发出阵阵幽香。

【评】 此曲对西湖夜饮的迷人环境和美丽景色作了非常凝练、生动的描写。前三句先写黄昏之际的湖面景色,侧重在荷花的幽香秀色,以及湖面的辽阔旷远。其后四句写夜游情景,丽人管弦与明湖碧天相互映衬,令人心旷神怡。虽然仅着笔于陪同夜饮的歌妓们的艳妆与技艺,但其明眸皓齿、妖姿艳容自在不言之中。最后四句写作者西湖夜饮的感受,寥寥数笔,便把西湖秋夜的美丽景色淋漓尽致地描绘出来,既是写景的极致,也是抒情的高潮。

〔越调〕小桃红

辛尚书座上赠合弹琵琶何氏

纤纤香玉插重莲①，犹似羞人见。斜抱琵琶半遮面②，立当筵，分明微露黄金钏。鹧鸡四弦③，骊珠一串④，个个一般圆。

【注释】

① 纤纤句：言何氏双手纤纤玉指，仿佛如两朵盛开的莲花。

② 斜抱句：语出白居易《琵琶行》："千呼万唤始出来，犹抱琵琶半遮面。"

③ 鹧鸡四弦：指琵琶上用鹧鸡筋所做的四根琴弦。

④ 骊珠一串：形容乐声的清脆动听。详见乔吉〔南吕·一枝花〕《合筝》注释⑨。

【评】 此曲写女艺人何氏双手合弹琵琶的绝妙技艺。首句"纤纤香玉插重莲"，便着眼一个"合"字，先写何氏之手美，以手美映衬人美。其后"羞人"、"半遮"、"微露"各句，写何氏情态之娇羞，可谓栩栩如生。此前皆着笔在何氏的美貌娇羞，"四弦"一句始点出琵琶，而真正赞美何氏双手合弹琵琶技艺者，仅最后两句："骊珠一串，个个一般圆。"作者从音乐效果的角度赞美乐声的珠圆玉润、清脆悦耳与自然流畅，而何氏技艺之高妙，就自在不言之中了，故其有片语胜千言之妙。

〔双调〕殿前欢

醉颜酡①，太翁庄上走如梭②。门前几个官人坐，有虎皮驮驮③。呼王留唤伴哥④，无一个，空叫得喉咙破。人踏了瓜果，马践了田禾。

【注释】

① 酡：因饮酒而脸红。

② 太翁：本意指曾祖父，此为对老年长者的尊称。

③ 虎皮驮驮：以虎皮做成放在马背上装载东西的驮兜。

④ 王留、伴哥：元曲中常用以称农村少年。

【评】 此曲纯用白描手法，生动地描写了元代官吏下乡鱼肉百姓、村民惊恐遭殃的情景。一边是官吏们的醉脸醺醺、颇有来势；一边是村民惊恐、早已躲避，仅剩下"太翁"被强制使唤。在官吏们大肆骚扰、吃饱喝足而离开之时，还免不了给老百姓带来灾难："人踏了瓜果，马践了田禾。"此曲形象地揭示了元代官吏扰民的现实，反映了元代吏治的黑暗和百姓的苦难。全曲语言平易自然、生动传神，尤长于动词的使用，如"走"、"坐"、"呼"、"叫"、"踏"、"践"等，寻常之词，却写活场景与人物，元曲之妙，可见一斑。

〔双调〕新水令

代马诉怨

〔新水令〕世无伯乐怨他谁？干送了挽盐车骐骥①。空怀伏枥心②，徒负化龙威③。索甚伤悲④，用之行舍之弃⑤。

〔驻马听〕玉鬣银蹄⑥，再谁想三月襄阳绿草齐⑦。

雕鞍金辔,再谁收一鞭行色夕阳低[8]。花间不听紫骝嘶[9],帐前空叹乌骓逝[10]。命乖我自知,眼见的千金骏骨无人贵[11]。

〔雁儿落〕谁知我汗血功[12]?谁想我垂缰义[13]?谁怜我千里才?谁识我千钧力?

〔得胜令〕谁念我当日跳檀溪,救先主出重围[14]?谁念我单刀会随着关羽[15]?谁念我美良川扶持敬德[16]?若论着今日,索输与这驴群队!果必有征敌,这驴每怎用的?

〔甜水令〕为这等乍富儿曹,无知小辈,一概地把人欺。一地里快蹄轻踮[17],乱走胡奔,紧先行不识尊卑。

〔折桂令〕致令得官府闻知,验数目存留,分官品高低[18]。准备着竹杖芒鞋,免不得奔走驱驰。再不敢鞭骏骑向街头闹起,则索扭蛮腰将足下殃及[19]。为此辈无知,将我连累,把我埋没在蓬蒿,失陷污泥。

〔尾〕有一等逞雄心屠户贪微利,咽馋涎豪客思佳味。一地把性命亏图,百般地将刑法陵迟[20]。唱道任意欺公[21],全无道理。从今去谁买谁骑?眼见得无客贩无人喂。便休说站驿难为[22],则怕你东讨西征那时节悔!

【注释】

① 世无二句:言世无伯乐,千里马只能在拉盐车中被折腾至死。比喻贤才不遇良主,只能在困境中遭受折磨。伯乐,古代善相马、驯马的人,姓孙,名阳。骐骥,千里马。《战国策·楚策四》:"夫骥之齿至矣,服盐车而上太行。蹄申膝折,尾湛胕溃,漉汁洒地,白汗交流,中阪迁延,负辕不能上。伯乐遭之,下车攀而哭之,解纻衣以幂之。骥于是俯而喷,仰而鸣,

声达于天,若出金石声者。何也？彼见伯乐之知己也。"

② 伏枥心：比喻即使年老,但仍存雄心壮志。曹操《步出夏门行》："老骥伏枥,志在千里。"枥,马槽。

③ 化龙：南朝梁任昉《述异记》曰："东海岛龙川,穆天子养八骏处也。岛中有草名龙刍,马食之,一日千里。古语云：'一秣龙刍,化为龙驹。'"化龙威,一日千里之威。

④ 索甚：犹为何、何必。

⑤ 用之句：语出《论语·述而》："用之则行,舍之则藏。"

⑥ 玉鬣银蹄：指马鬣和马蹄皆为白色。鬣,马颈上的长毛,即马鬃。

⑦ 三月襄阳：指刘备当年在襄阳跃马檀溪而侥幸脱险的故事。见《三国志·蜀书·先主传》裴松之注。

⑧ 再谁句：用王实甫《西厢记·长亭送别》〔收尾〕一曲中所写张生告别莺莺后在夕阳中骑马前行的意境："四围山色中,一鞭残照里。"

⑨ 紫骝：古骏马名。

⑩ 帐前句：项羽被刘备兵围垓下,帐下作歌别虞姬,有云："力拔山兮气盖世,时不利兮骓不逝。"乌骓,项羽所骑骏马名。逝,前进,奔跑。

⑪ 千金骏骨：战国时燕昭王以千金购得死马的骨头,以求得到活的千里马。此句感叹千里马不被人赏识。

⑫ 汗血：古大宛所出良马名汗血马,其汗水为红色。良马所立大功为汗血功。

⑬ 垂缰义：良马报效主人之恩义。详见姚守中〔中吕·粉蝶儿〕《牛诉冤》注释㉖。

⑭ 谁念二句：见本篇注释⑦。

⑮ 单刀句：传说三国纷争时,鲁肃设重兵请关羽相会,意欲索取荆州。关羽骑赤兔马提单刀赴会,鲁肃未敢加害。关汉卿《关大王独赴单刀会》杂剧(本书有选)即敷衍此事。

⑯ 美良川：地名,在今山西介休市。尉迟敬德投唐前是刘武周部下,曾在美良川与唐将秦琼大战。两《唐书》秦琼传有载。 敬德：尉迟恭字。

⑰ 一地里：元曲中语词,也作"一地",有到处、一味地等意。此句意为到处,其后〔尾〕曲中"一地"意为一味地。 蹿：跳。 跕：以脚尖着地

行走。

⑱ 致令三句：言官府只能根据马的数目，按官品高低分配，在决定马的去留时也分不清是良马还是凡马了。

⑲ 再不二句：言良马被弃，再不能奋蹄街头，只能扭捏作态让足遭殃了。

⑳ 陵迟：即凌迟，先断肢体然后处死的一种酷刑。

㉑ 唱道：元曲中常用语词，有正是、真是意。

㉒ 站驿：即驿站，古代供传送公文的差役及出差官员中途暂住、换马的地方。

【评】《代马诉冤》同姚守中《牛诉冤》、曾瑞的《羊诉冤》堪称曲中寓言体套曲三绝。虽然在构思上三曲颇有相同之处，但表现内容和手法又各有不同。本套通过"马"的诉冤，主要表现了英雄失意甚而遭受陷害之悲。〔新水令〕至〔得胜令〕四曲，先抒写良马怀才不遇的悲愤。因世无伯乐，致使良马命运多舛，怀才而不遇于时，虽曾立有汗血之功，但在今世地位却竟不如驴！这正是对"英俊沉下僚"的控诉。〔甜水令〕至〔尾〕三曲怨贤愚颠倒，良马为"乍富儿曹，无知小辈"所欺，最后竟然被人屠宰。这不正是对小人得志而英才遇难的感慨吗？最后，良马发出感叹，说自己遭受厄运不要紧，只是当人需要用它的时候就要后悔了。此曲以马喻人，反映了沉沦之士对元代社会的不满情绪。全曲亦古亦今，亦马亦人，结构灵活，关合自然，多用问句，很有气势，更富感情色彩。

刘时中(一首)

刘时中,生卒年不详,古洪(今江西南昌)人,生平失考。从现存作品观之,似为一失意潦倒的下层官吏。他的散曲作品,现存杨朝英《阳春白雪》所收〔端正好〕《上高监司》套数 2 篇。因《阳春白雪》还收有山西刘致(字时中)的小令和套数,或以为此两人即一人。其实,《阳春白雪》编者在该书前集卷二收刘致小令,署"刘时中",并特别注明:"时中号逋斋,翰林学士";在后集卷三收《上高监司》套数 2 篇,则特意署"古洪刘时中",以示区别。由此可知,小令作者刘时中与《上高监司》套数作者刘时中应为二人。

〔正宫〕端正好

上高监司①

〔端正好〕众生灵,遭磨障②,正值着时岁饥荒。谢恩光拯济皆无恙③,编做本词儿唱。

〔滚绣球〕去年时正插秧,天反常,那里取若时雨降④?旱魃生四野灾伤⑤。谷不登,麦不长,因此万民失望,一日日物价高涨。十分料钞加三倒⑥,一斗粗粮折四量⑦,煞是凄凉。

〔倘秀才〕殷实户欺心不良⑧,停塌户瞒天不当⑨,吞象心肠歹伎俩⑩。谷中添粃屑,米内插粗糠,怎指望他儿孙久长。

〔滚绣球〕甑生尘老弱饥⑪，米如珠少壮荒。有金银那里每典当⑫？尽枵腹高卧斜阳⑬。剥榆树餐，挑野菜尝。吃黄不老胜如熊掌⑭，蕨根粉以代糇粮⑮。鹅肠苦菜连根煮⑯，荻笋芦莴带叶哐⑰，则留下杞柳株樟⑱。

〔倘秀才〕或是捶麻柘稠调豆浆⑲，或是煮麦麸稀和细糠，他每早合掌擎拳谢上苍。一个个黄如经纸⑳，一个个瘦似豺狼，填街卧巷。

〔滚绣球〕偷宰了些阔角牛㉑，盗斫了些大叶桑。遭时疫无棺活葬，贱卖了些家业田庄。嫡亲儿共女，等闲参与商㉒。痛分离是何情况！乳哺儿没人要撇入长江。那里取厨中剩饭杯中酒，看了些河里孩儿岸上娘，不由我不哽咽悲伤！

〔倘秀才〕私牙子船湾外港㉓，行过河中宵月朗，则发迹了些无徒米麦行㉔。牙钱加倍解㉕，卖面处两般装㉖，昏钞早先除了四两㉗。

〔滚绣球〕江乡相㉘，有义仓㉙，积年系税户掌㉚。借贷数补答得十分停当，都侵用过将官府行唐㉛。那近日劝粜到江乡㉜，按户口给月粮。富户都用钱买放㉝，无实惠尽是虚桩㉞。充饥画饼诚堪笑㉟，印信凭由却是谎㊱。快活了些社长知房㊲。

〔伴读书〕磨灭尽诸豪壮，断送了些闲浮浪㊳。抱子携男扶筇杖㊴，尪羸伛偻如虾样㊵。一丝好气沿途创㊶，阁泪汪汪。

〔货郎〕见饿莩成行街上㊷，乞出拦门斗抢㊸，便财主每也怀金鹄立待其亡㊹。感谢这监司主张，似汲黯开仓㊺。披星带月热中肠，济与枭亲临发放。见孤孀疾病无饭向㊻，差医煮粥分厢巷。更把赃输钱分例米，多般儿区处的最优长㊼。众饥民共仰，似枯木逢春，萌芽再长。

〔叨叨令〕有钱的贩米谷置田庄添生放，无钱的少过活分骨肉无承望；有钱的纳宠妾买人口偏兴旺，无钱的受饥馁填沟壑遭灾障㊽。小民好苦也么哥㊾！小民好苦也么哥！便秋收鬻妻卖子家私丧。

〔三煞〕这相公爱民忧国无偏党㊿，发政施仁有激昂。恤老怜贫，视民如子，起死回生，扶弱摧强。万万人感恩知德，刻骨铭心，恨不得展草垂缰㊾。覆盆之下㊾，同受太阳光。

〔二煞〕天生社稷真卿相，才称朝廷作栋梁。这相公主见宏深，秉心仁恕，治政公平，莅事慈祥㊾。可与萧、曹比并㊾，伊、傅齐肩㊾，周、召班行㊾。紫泥宣诏㊾，花衬马蹄忙㊾。

〔一煞〕愿得早居玉笋朝班上㊾，伫看金瓯姓字香㊾。入阙朝京，攀龙附凤㊾，和鼎调羹㊾，论道兴邦。受用取貂蝉济楚㊾，衮绣峥嵘㊾，珂珮丁当㊾。普天下万民乐业，都知是前任绣衣郎㊾。

〔尾声〕相门出相前人奖，官上加官后代昌。活被生灵恩不忘，粒我烝民德怎偿㊾？父老儿童细较量，樵叟渔夫曹论讲㊾。共说东湖柳岸旁㊾，那里清幽更舒畅。靠着云卿苏圃场㊾，与徐孺子流芳挹清况㊾。盖一座祠堂人供养，立一统碑碣字数行⑫。将德政因由都载上，使万万代官民见时节想⑬。

【注释】

① 高监司：或言即高纳麟，元天历二年(1329)全国许多地方大旱，高纳麟时任江西道廉访使，次年调任湖广行省参知政事。这篇套数应作于大旱第二年。监司，监察州郡的官，元朝至元年间设置。参见《元史·百官制》。

② 生灵：即生民、百姓。　磨障：本佛家语，指磨难、灾难。

③ 恩光：恩德、恩惠。指高监司放赈，使百姓得到救济。

④ 若时雨：那及时雨。若，同偌，即那。时雨，及时雨。

⑤ 旱魃(bá)：又称旱母，古代传说中的旱魔。

⑥ 十分句：言物价高涨，旧的钞票大大贬值。料钞，元代发行的一种纸币。加三倒，旧钞换新钞时要加三成，即旧钞贬值。

⑦ 一斗句：言粮商出售粮食，一斗要扣去四升。折，扣除。

⑧ 殷实户：富户，有钱人家。

⑨ 停塌户：囤积粮食的人家。停塌，即堆栈，在元代叫"塌仓"。

⑩ 吞象心肠：比喻贪得无厌。俗语有"人心不足蛇吞象"。

⑪ 甑生尘：指长期断炊。甑，古代做饭用的瓦器或蒸食物的用具。

⑫ 那里每：犹言何处、哪里。

⑬ 枵(xiāo)腹：空着肚皮。枵，中心空虚的树根，此指因饥饿而空着肚子。

⑭ 黄不老：即黄檗，又叫黄柏，落叶乔木，果实如黄豆，可食，但味极苦。

⑮ 蕨根：蕨菜之根。　糇粮：干粮。

⑯ 鹅肠：一种野菜，即蘩缕。　苦菜：即荼，嫩苗可食。

⑰ 荻笋：荻草的嫩芽。　芦荟：芦苇的嫩茎。　哐(zhuāng)：大口吞咽。

⑱ 杞柳株樟：指不能充饥的几种树木。

⑲ 麻柘(zhè)：此指麻的籽粒和柘树的果实。

⑳ 黄如经纸：形容人的面色枯黄。经纸，古代抄印佛经的黄表纸。

㉑ 阔角牛：角很宽的水牛。

㉒ 嫡亲二句：言父母儿女骨肉分离，永远不能相见。参与商，指二十八宿中的参宿与心宿，两星东西相对，此出彼没，互不相见，故用参商比喻人分两地而不能见面。

㉓ 私牙子：未得官方许可的商贩。牙子，旧时买卖行业的中间经纪人。　船湾外港：把船停泊在港外，以躲避巡查。

㉔ 无徒：无赖之徒。

㉕ 牙钱：经纪人应得的佣金。　解：给付。

㉖ 两般装：指卖面之处的作弊手段。

㉗ 昏钞：有破损的钞票。　先除了四两：指扣下四成，即十两银子的纸币只值六两。

㉘ 相：同厢，意即那边。

㉙ 义仓：旧时地方设立以备救荒的粮仓。

㉚ 积年：历年。　系：是。　税户：纳税的富户。　掌：掌管。

㉛ 借贷二句：指掌管义仓的人侵用了积谷，却十分妥当地假造了借贷账目，蒙蔽官府。补答，补救。行唐，搪塞、蒙蔽。

㉜ 劝粜(tiào)：指官府派人动员和督促富户出卖余粮给灾民。

㉝ 买放：买通官吏，不用出卖余粮，以便囤积居奇。

㉞ 无实句：指富户买通官吏后，灾民并没有得到劝粜的实惠。

㉟ 充饥画饼：即画饼充饥。比喻有名无实，不解决实际问题。

㊱ 印信：官府图章。　凭由：文书凭据。

㊲ 社长：社为基层单位，元代五十家为一社，推选有声望的长者为社长。　知房：元代州县衙门分别设吏、户、礼、兵、刑、工等六房管事，各房主司即知房。

㊳ 闲浮浪：没有正经事做的流浪汉。

㊴ 筇(qióng)杖：竹杖，泛指手杖。筇，一种竹名。

㊵ 尪羸(wāng léi)：指身体瘦弱。　伛偻：弯腰驼背。

㊶ 一丝好气：仅存的一点点活气。

㊷ 饿莩：饿死的人。莩，通殍。

㊸ 乞出句：指前一乞丐刚乞得食物出门，就被外面一群乞丐拦门抢夺并相互打斗。

㊹ 鹄立：像天鹅般伸长脖子站立，用以表示盼望、等待。鹄，天鹅。

㊺ 汲黯开仓：汲黯，汉武帝时的一位廉吏。据《史记·汲郑列传》他有一次视察黄河水灾，见灾情严重，来不及奏闻便下令开仓赈济灾民。

㊻ 孤孀：寡妇。　皈(guī)向：归宿、依靠。

㊼ 更把二句：言高监司把各项赃款和应由官府供给的米粮都处理得很好。赃输钱，经查获应交到官府的各种赃款。分例米，按条列应供给的各项粮米。

㊽ 灾障：灾难，祸患。

㊾ 也么哥：宋元时口语，表感叹语气，相当于现代汉语“啊”。

㊿ 偏党：偏袒亲朋私党。

(51) 展草垂缰：犹言效犬马之劳报效主人。详见姚守中〔中吕·粉蝶儿〕《牛诉冤》注释㉖。

(52) 覆盆之下：比喻极黑暗的地方。

(53) 莅事：临事。

(54) 萧、曹：汉代的开国功臣萧何、曹参。

(55) 伊、傅：伊尹、傅说，均殷代名相。

(56) 周、召：周公旦、召公奭，皆周初名臣。

(57) 紫泥宣诏：天子的诏书用紫泥封印，以示吉祥、权威。这里指高监司被召回朝。

(58) 花衬马蹄忙：指晋升官职。唐孟郊《登科后》诗：“春风得意马蹄急，一日看尽长安花。”此暗用其意。

(59) 玉笋朝班：比喻朝班中出类拔萃的人物。《新唐书·李宗闵列传》谓宗敏知供举，“所取多知名士，若唐冲、薛庠、袁都等，世谓之玉笋”。

(60) 金瓯姓字：指皇帝任命的大臣。此处祝愿高监司回朝能受到皇帝重用。宋孔平仲《谈苑》卷四：“唐明皇命相，先以八分书书姓名，金瓯覆之。”

(61) 攀龙附凤：常用以比喻巴结、依附权贵，此指辅佐帝王成就功业。

⑫ 和鼎调羹：比喻宰相等重臣辅佐君主治理国家，犹如厨师调和鼎中肉汤的味道。鼎，烹饪器皿。羹，肉汤。

⑬ 貂蝉：汉代高官所戴帽子，其上有貂尾蝉文，故名。

⑭ 衮绣：衮衣和绣裳。衮衣是皇帝穿的衮龙衣，绣裳是上公穿的华服，这里泛指王侯公卿的礼服。　峥嵘：此处指高雅华贵，气象不凡。

⑮ 珂珮丁当：指古代官员礼服上佩带的玉饰叮当作响。

⑯ 绣衣郎：指御史，这里指高监司。

⑰ 粒我烝民：使人民得到饭吃。粒，用作动词，意为吃饭。烝民，众民。语出《尚书·益稷》："烝民乃粒。"

⑱ 曹：群，众，意为共同。语出《国语·周语》："民所曹好。"

⑲ 东湖：在豫章（今江西南昌），是宋代隐士苏云卿隐居的地方。

⑳ 云卿：即苏云卿。　苏圃场：指苏云卿的菜园。苏云卿在东湖结庐居住，自己曾辟菜园种菜，故称苏圃。

㉑ 徐孺子：东汉隐士徐稺，字孺子，豫章人，为人清高，不肯应征做官，筑室隐居，常亲自耕稼，人称为南州高士。　挹：接。

㉒ 一统：一块，一座。

㉓ 见时节：见到之时。

【评】 在这篇套数前，刘时中还有一套同题同宫调之曲，内容是指陈元代钞法弊端，也是上呈给高监司的套曲，可见作者关心民生疾苦的一贯立场。对于刘时中的这篇套数，郑振铎先生在他的《中国俗文学史》中曾做过精辟的评价："这是一幅最真实的民生疾苦图。在元曲里充满了个人的愁叹，而这里却是为民众而呼吁着；这不能不说是空谷足音了。"当然，为民众呼吁，除刘时中外，也还有张养浩。不过，但就其反映元代重大社会问题、真实具体地反映民生疾苦而言，刘曲倒的确可算是凤毛麟角了。套数再现了元末江西饥荒的真实景象。一方面是干旱严重、久盼不雨、田野龟裂、麦谷无收、物价高涨、百姓吃野菜充饥、卖儿鬻女、流离失所、尸填沟壑的悲惨境况；另一方面则是富家豪商官吏互相勾结、狼狈为奸、投机倒把、趁火打劫、牟取暴利、贪得无厌的罪恶行径。曲家通过对比，细致地勾勒了一幅天灾图中两个截然不同的世界，深刻地反映了封建时代天灾人祸给百姓带来的沉重灾难，以及两大阶级之间的尖锐矛盾，真实地表达了作者对人民痛苦遭遇的深切同情。作品在描写上具体细致，讥刺入骨。其语言自然浑朴，但不乏尖新，从而使套曲的艺术表现与思想内容相得益彰，故成为元散曲中以套数为呈文的新奇之作。

王　晔（一首）

王晔，生卒不详。字日华，一作日新，号南斋，杭州人。元代散曲及杂剧作家。《录鬼簿》将其列入"方今才人相知者"一类中，称其"体丰肥而善滑稽。能词章乐府，临风对月之际，所制工巧"。曾辑有《优戏录》（已佚）。其所作杂剧，《录鬼簿》载有《卧龙岗》《双卖华》《桃花女》等三种，今存者唯《桃花女》。散曲有与朱凯合写的《题双渐小卿问答》小令 16 首，另有套数 1 篇。其曲作"人多称赏"（《录鬼簿》语）。

桃花女破法嫁周公（第二折摘选）①

〔滚绣球〕则你这媒人一个个②，唼人口似蜜钵③，都只是随风倒舵④，索媒钱嫌少争多。女亲家会放水，男亲家点着火。你将那好言语往来收撮，则办得两下里挑唆。你将那半句话搬调做十分事，一尺水翻腾做百丈波，则你那口似悬河。

【注释】

① 桃花女破法嫁周公：简称《桃花女》，又名《智赚桃花女》。元杂剧旦本戏，正旦扮桃花女。全剧 4 折 1 楔子。其剧情如下：摆卦铺的周公为人卜算 30 年无一差错。后来，周公与石留住、彭祖卜算，被任二公之女桃花女用法破掉，使周公所算不灵。周公为了除去桃花女，用计聘其为儿媳，并准备在结婚当天用法术将桃花女害死。谁知桃花女计高一筹，使其

如意算盘处处落空,并且用法术将周公一家全部咒死。后因彭祖求情,才将周公一家救活。全剧气氛热烈,语言幽默,以周公与桃花女二人斗法为主线展开,表现了浓郁的市民气息。第二折写周公知道桃花女破他的法术之后,与彭祖定计要聘桃花女为儿媳,以便害死桃花女。

② 则:只。

③ 啜(chuò)人口句:吃了人家东西的嘴巴像蜜钵一样甜。

④ 随风倒舵:犹言见风使舵。

【评】 这是本剧第二折中桃花女面对媒人的求亲,知周公不怀好意而对媒人的一段怒斥。这里采用了对比的手法将媒人们为了图钱财而不顾男女双方的感受,翻手为云,覆手为雨,使奸耍乖,从中挑唆,然后借机敛财的丑恶行径进行了真实描绘。在这里,作者还运用了比喻和夸张的手法:"半句话搬调做十分事,一尺水翻腾做百丈波,则你那口似悬河",既生动形象,又通俗易懂,媒人们的可恶嘴脸,也就由此揭出。

阿鲁威(二首)

阿鲁威,生卒年不详,字叔重(一作叔仲),号东泉,蒙古人。延祐(1314—1320)间官延平路总管,至治(1321—1323)间官泉州路总管,泰定(1324—1328)间官翰林侍读学士、经筵官、参知政事。后退居杭州。能诗善曲。今存散曲作品有小令 19 首。朱权《太和正音谱》评其曲如"鹤唳青霄"。

〔双调〕蟾宫曲

烂羊头谁羡封侯①? 斗酒篇诗②,也自风流。过隙光阴③,尘埃野马④,不障闲鸥。离汗漫飘蓬九有⑤,向壶山小隐三秋⑥。归赋登楼⑦,白发萧萧,老我南州⑧。

【注释】

① 烂羊头:典出《后汉书·刘玄传》,刘玄被立为更始帝后,滥封官爵,甚至连身边的"膳夫庖人"都能拜将封侯。当时长安流传着这样的谚语:"灶下养,中郎将;烂羊胃,骑都尉;烂羊头,关内侯。"曲中指对廉价、浮滥功名的蔑视。

② 斗酒篇诗:杜甫《饮中八仙歌》:"李白斗酒诗百篇。"

③ 过隙:比喻时光飞快。语出《庄子·知北游》:"人生天地之间,若白驹之过隙,忽然而已。"

④ 尘埃野马:比喻事物的转瞬即逝。语出《庄子·逍遥游》:"野马也,尘埃也,生物之以息相吹也。"

⑤ 汗漫：意为不可知的广阔之地，此指神仙所居之境。语出汉刘安《淮南子·俶真》："甘暝于溷澜之域，而徙倚于汗漫之宇。" 飘蓬：比喻漂泊无定。 九有：九州。《诗经·商颂·玄鸟》："方命阙后，奄有九有。"《毛诗传》："九有，九州也。"

⑥ 壶山：东汉樊英隐居过的地方。在今河南鲁山县南。

⑦ 归赋登楼：指王粲在流寓荆州13年后登上麦城(今湖北当阳县东南)城楼，凭栏远眺，思归望乡，感慨万端，写下了著名的《登楼赋》。

⑧ 南州：此暗以东汉高士徐稚自喻。徐稚，南昌(今江西南昌)人，为当时五处士之冠，人称"南州高士"。

【评】 整首小令篇幅短小，但思想容量相当丰富。起首一句立意显豁，造语警拔，表现出对世俗之人追求富贵功名的蔑视。接着转入对自己生活理想的正面描述，即对李白豪放飘逸的个性人格的仰慕与对现实人生苦乐的超脱，在这种鲜明的对比中表明对隐居不仕生活的向往和追求。句末"壶山小隐"、"白发苍苍"、"老我南州"则一气呵成，写出了自乐自适的隐逸情怀。全曲感情色彩极其强烈，艺术表现上，作者把《庄子》、杜诗、古谚、典故等多种前人语言有机地熔铸在一起，构成自己作品独特的意境。

〔双调〕寿阳曲

千年调①，一旦空，惟有纸钱灰晚风吹送。尽蜀鹃血啼烟树中②，唤不回一场春梦③。

【注释】

① 千年调：长久之计。据唐范摅《云溪友议》卷三载，王梵志有诗云：

294

"世无百年人,拟作千年调。打铁作门闩,鬼见拍手笑。"调,计算、打算。

②尽蜀鹃血啼：言任凭杜鹃在烟树中哀啼。蜀鹃,杜鹃鸟,传说是蜀望帝杜宇之精魂所化,其啼声哀切,每至口中流血。见常璩《华阳国志·蜀志》。

③春梦：比喻富贵无常、缥缈易逝的人生。

【评】 此曲乃悟破人生的叹世曲。人生在世,无论荣辱祸福,千态百状,到头来无非"一场春梦","唯有"后人祭奠烧化的"纸钱灰"被"晚风吹送"而已。人生一旦逝去,就再也不可挽回,即便如杜鹃哀啼,也无济于事。此曲流露出人生无常的悲观态度,但也真切地反映了元代文人的心态。一方面是自我意识的觉醒,追求个性和精神的自由;另一方面却又是仕进无门的无奈。整首小令虽篇幅短小,但情感悲凉厚重。

钟嗣成（五首）

钟嗣成(1275？—1345 后)，字继先，号丑斋，大梁（今河南开封）人，后居杭州。朱凯《录鬼簿后序》谓其"累试于有司，命不克遇，从吏则有司不能辟，亦不屑就"。其所著之《录鬼簿》，记载金元散曲与杂剧作家 150 余人和他们的创作，成为后世研究元曲作家的珍贵史料。其所作杂剧 7 种均佚，其散曲作品今存小令 59 首，套数 1 篇。朱权《太和正音谱》评其曲如"腾空宝气"。

〔正宫〕醉太平（三首选一）

风流贫最好①，村沙富难交②。拾灰泥补砌了旧砖窑，开一个教乞儿市学③。裹一顶半新不旧乌纱帽，穿一领半长不短黄麻罩，系一条半联不断皂环绦④。做一个穷风月训导⑤。

【注释】

① 风流：此指风度潇洒，不拘礼法。

② 村沙：村犹蠢，沙犹傻。亦作村桑、沙村，有粗野、鲁莽之意。

③ 乞儿市学：即为乞丐儿童办的学校。

④ 皂环绦(tāo)：黑色丝绸编织的腰带。

⑤ 穷风月：指贫穷但不俗气。　训导：本是古代州县公立学校的教官，此处借指私塾里的教书先生。

【评】 原作共 3 首,写玩世不恭的情态,此为第三首。此曲真实地反映了元代下层落魄文士的困窘生活。全曲世俗气息极重,在表面的自得其乐中透露出辛酸与愤慨。作者以"穷风月训导"自诩,以滑稽幽默之笔具体细腻地描写其极不协调的衣冠穿戴,极显放浪、落拓之态。其语言浅俗质朴,但富有表现力。除前三句外,一连用五个排比句构成连珠对,有俗中求雅之妙。

〔双调〕清江引(十首选一)

凤凰燕雀一处飞,玉石俱同类。分甚高共低,辨甚真和伪。早寻个稳便处闲坐地。

【评】 原作共 10 首,尾句皆同,属元散曲中常见的重尾体组曲,此首列第八。全曲纯用对比,以对凤凰与燕雀、玉与石的贤愚不分、真伪莫辨,指斥统治者的昏庸和社会的混乱,表达了元代下层文人对社会现状的愤怒与失望。全曲语言质朴,文字浅显,尤其因反义词的对比运用,更产生了生动鲜明的艺术效果。

〔双调〕凌波仙(十九首选二)

吊范子安[①]

诗题雁塔写秋空[②],酒满舨船棹晚风,诗筹酒令闲吟咏。占文场第一功,扫千军笔阵元戎[③]。龙蛇梦,狐兔踪,半生来弹铗声中④。

【注释】

① 范子安:即元杂剧作家范康,为作者好友,本书选有其曲,可参见。子安,一作子英。

② 诗题雁塔:指考中进士。五代王定保《唐摭言》卷三:"进士题名,自神龙之后,过关宴后,率皆期集于慈恩塔下题名(按慈恩塔即大雁塔)。"这里推崇范子安才华出众。

③ 笔阵:喻意文场犹如战阵。 元戎:主将,统帅。此指文才超群,当为第一。化用杜甫《醉歌行》:"词源倒流三峡水,笔阵独扫千人军。"

④ 弹铗:语出《战国策·齐策四》,贤士冯谖寄食孟尝君门下,不满意其所处地位与待遇的低下,多次弹铗(剑把)而歌,后得到礼遇。此指范康自伤贫困不遇,希望得到他人救助。

【评】 这是钟嗣成为相知好友范康所作吊词。首三句回忆与好友生前诗酒往来的快乐,展现了好友的潇洒自在。中间两句对好友之才能进行了高度概括。后三句巧妙运用历史上不得志人物的典故,书写好友身负异才却不得重用的人生悲剧,寄予了作者深切的同情和对世事的愤慨。此曲用典自然贴切,感情真挚感人。

前　调

吊周仲彬①

丹墀未知玉楼宣②,黄土应埋白骨冤,羊肠曲折云更变③。料人生亦惘然,叹孤坟落日寒烟。竹下泉声细,梅边月影圆。因思君歌舞十全④。

【注释】

① 周仲彬：即周文质，为钟嗣成相交二十余年之挚友，不幸中年逝世。本书选有其曲，可参见。

② 丹墀(chí)句：指周文质没能得到圣旨宣召而一展才华。丹墀，古代宫殿前的红色石阶，此代指皇宫。未知，未见。玉楼宣，指皇帝的宣召。

③ 羊肠：曲折而狭窄的路。此处用以比喻人生之艰难曲折。

④ 歌舞十全：据《录鬼簿》载，周文质"善丹青，能歌舞，明曲调，谐音律"。

【评】 此曲是钟嗣成为中年弃世的知交周文质所作吊词。首三句用鼎足对，极力感叹好友身负异才却困居吏员，一生不得施展才华的悲剧命运。接着两句感叹好友的英年早逝，情感直露而真挚。然后再用一合璧对，写自己对亡友的思念。全曲语言清丽，对仗工整，情感深挚，感人肺腑。

〔南吕〕一枝花

自序丑斋①

〔一枝花〕生居天地间，禀受阴阳气②。既为男子身，须入世俗机③。所事堪宜，件件可咱家意，子为评跋上惹是非④。折莫旧友新知⑤，才见了着人笑起。

〔梁州〕子为外貌儿不中抬举，因此内才儿不得便宜。半生未得文章力，空自胸藏锦绣，口唾珠玑⑥。争奈灰容土貌⑦，缺齿重颏⑧，更兼着细眼单眉，人中短髭鬓稀稀⑨。那里取陈平般冠玉精神⑩，何晏般风流面皮⑪，那里取潘安般俊俏容仪⑫。自知，就里。清晨倦把青鸾对⑬，恨杀爷娘不争气。有一日黄榜招收丑陋的⑭，准拟夺魁⑮。

〔隔尾〕有时节软乌纱抓扎起钻天髻⑯，干皂靴出落着簸地衣⑰。向晚乘闲后门立，猛可地笑起⑱，似一个甚的？恰便似现世钟馗唬不杀鬼⑲。

〔牧羊关〕冠不正相知罪⑳，貌不扬怨恨谁？那里也尊瞻视貌重招威㉑，枕上寻思，心头怒起。空长三十岁，暗想九千回。恰便似木上节难镑刨㉒，胎中疾没药医。

〔贺新郎〕世间能走的不能飞。饶你千件千宜，百伶百俐。闲中解尽其中意，暗地里自恁解释㉓。倦闲游出塞临池㉔。临池鱼恐坠，出塞雁惊飞，入园林俗鸟应回避。生前难入画，死后不留题。

〔隔尾〕写神的要得丹青意㉕，子怕你巧笔难传造化机㉖。不打草两般儿可同类，法刀鞘依着格式，装鬼的添上嘴鼻，眼巧何须样子比㉗。

〔哭皇天〕饶你有拿雾艺冲天计，诛龙局段打凤机㉘。近来论世态，世态有高低。有钱的高贵，无钱的低微，那里问风流子弟㉙。折末颜如灌口㉚，貌赛神仙，洞宾出世㉛，宋玉重生㉜。没答了镘的，梦撒了寮丁，他采你也不见得㉝。枉自论黄数黑㉞，谈是说非。

〔乌夜啼〕一个斩蛟龙秀士为高第㉟，升堂室今古谁及㊱。一个射金钱武士为夫婿，韬略无敌，武艺深知㊲。丑和好自有是和非，文和武便是傍州例㊳。有鉴识，无

· 300 ·

嗔讳㊴。自花白寸心不昧㊵，若说谎上帝应知。

〔收尾〕常记得半窗夜雨灯初昧，一枕秋风梦未回。见一人，请相会。道咱家，必高贵。既通儒，又通吏。既通疏㊶，更精细。一时间，失商议。既成形，悔不及。子教你，请俸给。子孙多，夫妇宜。货财充，仓廪实。禄福增，寿算齐㊷。我特来，告你知。暂相别，恕情罪。叹息了几声，懊悔了一会。觉来时记得，记得他是谁？原来是不作美当年的捏胎鬼㊸！

【注释】

① 丑斋：作者之号。

② 禀受句：古代哲学家认为人的生命是由阴阳二气交合而成。

③ 须入句：意即投身世俗，练达人情。

④ 子为：只为。　评跋：评论。　此句意为只是在相貌的品评上惹麻烦。

⑤ 折莫：尽管，即使。亦作折末、遮莫。

⑥ 口唾珠玑：指口多锦言妙语。

⑦ 争奈：怎奈，即无奈。　灰容土貌：形容相貌丑陋。

⑧ 重颏(kē)：即所谓双下巴，指脸的下部肌肉过于臃肿。

⑨ 人中：鼻子与上唇之间稍凹的地方。　髭：上唇的胡子。　鬓：近耳边的头发。

⑩ 陈平：《汉书·陈平传》说陈平貌美如冠玉。

⑪ 何晏：魏何晏美姿仪，"面至白，魏明帝疑其傅粉"，有"傅粉何郎"之说(见《世说新语·容止》)。

⑫ 潘安：魏晋时美男子。事见《晋书·潘安传》。

⑬ 青鸾：此指镜子，因其上有鸾凤形花纹，故用以指代。

⑭ 黄榜：朝廷的文告，因用黄纸书写，故称黄榜。

⑮ 准拟：一定。　夺魁：夺得头名。

⑯ 抓扎：梳扎。　　钻天髻：梳得很高的发髻。

⑰ 干皂靴：黑色的皂靴。　　出落：显出。　　簌地衣：拂地的长衣。

⑱ 猛可地：突然。

⑲ 恰便似：正好像。　　现世：当世。　　钟馗：古代传说中会捉鬼的神，其貌极丑。

⑳ 冠不正相知罪：意思说冠不正还可怪罪相知的朋友。

㉑ 那里句：哪里还说得上用庄重的仪表赢得别人的尊重。尊瞻视，使仪表尊严。貌重招威，容貌端庄，使人畏惧。《论语·尧曰》："君子正其衣冠，尊其瞻视，俨然人望而畏之。"

㉒ 木上节：指树上疖瘤，木工最难刨削。　　镑刨：刨削而使平直。

㉓ 世间五句：意为世间的事物总不能两全其美，尽管你这行那行，聪明伶俐，但总会有缺陷。我就是这样悟透其中道理，并暗中自我安慰的。

㉔ 倦闲句：意为懒得去塞外游览，也懒得去临池照影。

㉕ 写神的：画像的人。　　丹青意：绘画的技艺和道理。

㉖ 造化机：自然创造的奥妙。

㉗ 不打四句：意为画我的像不用打草稿，就像画钟馗一样乱画一通就像我的模样了。画刀鞘也依着钟馗执刀的格式，只需在钟馗像上添上嘴鼻就是我了，你画工手眼工巧，用不着对着我的样子去画。

㉘ 饶你二句：意即就算你有天大的本事。诛龙局段，即屠龙的本领。典出《庄子·列御寇》。打凤机，捉住凤凰的机谋。

㉙ 风流子弟：指有风度才华的男子。

㉚ 折末：即使。　　灌口：四川都江堰灌口有二郎神庙，祀二郎神，貌美。

㉛ 洞宾：唐代吕岩，字洞宾，传说中的八仙之一，状貌清奇。

㉜ 宋玉：战国楚人，传为屈原弟子，美容仪。

㉝ 没答三句：意即缺少钱财，人家就不理你。没答了，亦作抹搭了，意即用完了，没有了。镘的，钱的背面，元曲中常用以代指钱。梦撒了寮丁，宋元俗语，意即没有了钱。采你，理你。

㉞ 论黄数黑：说长论短。

㉟ 一个句：指面貌丑陋的澹台灭明凭本事成为孔子登堂入室的高

足。澹台灭明,字子羽,一次过延津,有两蛟夹舟,他挥剑斩之。起初,子羽因貌丑被孔子轻视,他退而自修,很有成绩,成为孔门高足。孔子后来总结教训说:"以貌取人,失之子羽。"事见《史记·仲尼弟子列传》。

㊱ 升堂室:意即登堂入室。

㊲ 一个三句:五代前蜀王元膺貌丑,"蛇眼黑色,目视不正",但武艺出众,能射钱中孔。元杨显之《丑驸马射金钱》杂剧(已佚)殆演其事。

㊳ 文和武句:意谓上面所说的一文一武就是好例子。傍州例,榜样。

㊴ 无嗔讳:不恼怒忌讳。

㊵ 花白:巧言表白。 不昧:不隐瞒。

㊶ 通疏:通达疏放。

㊷ 寿算齐:谓能长寿。

㊸ 捏胎鬼:古代迷信说法,人成胎时,有鬼神捏造成型,此鬼将其相貌、性格、命运都同时捏定,因称捏胎鬼。

【评】 这篇套曲借自嘲以讽世。全套由 9 支曲子组成,每 3 曲为一段落。第一段 3 曲,作者放纵笔墨丑化自己,将其形貌的丑陋描写得惊世骇俗、无以复加。第二段 3 曲,作者进一步描写自己的丑陋,却多了一些理性的思考和自我安慰,但更多的是愤懑和不平。第三段 3 曲,作者转而将矛头指向不公正的社会,对世俗社会重金钱轻才能和以貌取人等恶习痛加鞭笞。〔收尾〕一曲突发奇想,借捏胎鬼入梦致歉,道出但愿命运能够改变的心底渴望。全曲以"丑"为题,借"丑"讽世,痛斥社会的丑恶,鞭挞人性的卑劣。在表面的滑稽诙谐、嬉笑怒骂和豪迈洒脱中,不知包含着多少难言的辛酸和愤懑!

周　浩(一首)

周浩,或作周诰,其生平无考。与钟嗣成大致同时。散曲仅存小令 1 首,为赞钟嗣成《录鬼簿》而作。

〔双调〕蟾宫曲

题《录鬼簿》①

想贞元朝士无多②,满目江山,日月如梭。上苑繁华③,西湖富贵④,总付高歌。麒麟冢衣冠坎坷⑤,凤凰城人物蹉跎⑥。生待如何,死待如何?纸上清名,万古难磨。

【注释】

① 《录鬼簿》:元钟嗣成著,载录有元一代杂剧作家及其作品。

② 贞元:唐德宗年号(公元 785—804 年),唐刘禹锡《听旧宫人穆氏唱歌》:"休唱贞元供奉曲,当时朝士已无多。"后多用于表达物是人非的感慨。

③ 上苑:即上林苑。本秦旧苑,汉武帝扩建,周围至三百里,有离宫七十所,供皇帝春秋打猎。这里借指元大都。

④ 西湖:这里代指杭州。

⑤ 麒麟冢:指王侯贵族的坟墓。

⑥ 凤凰城:指京都。

【评】 时光虽逝,江山不改。王侯将相,当年繁华,都早已灰飞烟灭。只有元曲作家光照丹青。作者通过对王侯贵族的蔑视,表现出对元曲作家的热情赞颂,和对元代文士不幸人生的深切理解和同情。作者不愧是钟嗣成的同调、《录鬼簿》的知音。

薛昂夫（七首）

薛昂夫（1275 前后—1350 后），又名薛超吾、马昂夫、马九皋，西域回鹘人。历官江西行中书省令史、太平路总管、三衢路总管等职。昂夫才华卓荦，诗词曲兼善。其散曲作品，今存有小令 65 首，套数 3 篇。其曲风逸丽豪放，志趣高远，为元散曲豪放派中重要作家之一。

〔正宫〕塞鸿秋

功名万里忙如燕，斯文一脉微如线①，光阴寸隙流如电，风霜两鬓白如练。尽道便休官，林下何曾见？至今寂寞彭泽县②。

【注释】

① 斯文句：指文人高尚的品格和情操作为一种文化命脉的传承，已十分微弱，随时都有断裂的危险。

② 彭泽县：指陶渊明，曾为彭泽县令。

【评】 此曲可看作是刺向假隐士的犀利投枪。前四句以连璧对形式写禄蠹们奔忙于功名利禄，耗尽青春，却丧失了自己的人格精神。"尽道"二句将禄蠹们之言与行作一对比，彻底撕掉了其口不应心的假隐士面目。最后一句借慨叹陶渊明的寂寞，感慨品格高洁、言行一致的真隐士实在少见。全篇只描述，不议论,只用事实说话,故讽刺力极强。

前　调

凌歊台怀古

凌歊台畔黄山铺,是三千歌舞亡家处^①。望夫山下乌江渡,是八千子弟思乡去^②。江东日暮云,渭北春天树^③。青山太白坟如故^④。

【注释】

① 凌歊(xiāo)二句:凌歊台,在安徽黄山,南朝宋武帝刘裕所建,台上蓄有三千歌女。唐许浑《凌歊台》诗:"宋祖凌歊乐未回,三千歌舞宿层台。"亡家,指歌女被召入宫,失去家庭。

② 望夫二句:言项羽兵败一事。望夫山,在安徽当涂县西北四十里。乌江渡,在安徽和县东北。项羽兵败逃到此处,乌江亭长请他渡江,他说:我和江东子弟八千人渡江而西,现在没有一个人回来,我有何面目见江东父老?遂自刎。见《史记·项羽本纪》。

③ 江东二句:杜甫《春日忆李白》诗:"渭北春天树,江东日暮云。"指两人分隔渭北、江东两地,这里借以表示对李白的怀念。

④ 青山:在安徽当涂县东南。　太白坟:在青山西北。

【评】　此曲慨叹凌歊台上刘裕的三千歌女早已风流云散,而项羽的八千子弟也已荡然无存,只有李白在青山的坟墓依然如故。作者在两相对比中感慨帝王将相盛衰无常,而卓有建树的诗人却可享有万世声名。

〔中吕〕朝天曲（二十首选三）

沛公，大风，也得文章用①。却教猛士叹良弓，多了游云梦②。驾驭英雄，能擒能纵，无人出彀中③。后宫，外宗，险把炎刘并④。

【注释】

① 沛公三句：刘邦起事反秦时，被众人立为沛公。后来他建立汉朝，于汉十二年（公元前195年）还乡，在沛宫置酒作乐，酒酣作歌曰："大风起兮云飞扬，威加海内兮归故乡，安得猛士兮守四方！"后人因名曰《大风歌》。得文章用，言刘邦也具有文采。

② 却教二句：汉高祖六年（公元前201年），有人告韩信谋反，刘邦用陈平之计，伪游云梦（今湖北东南部），欲袭击韩信。信自度无罪，往见刘邦，为武士所缚。信曰："果如人言：'狡兔死，良狗烹；高鸟尽，良弓藏；敌国破，谋臣亡。'天下已定，我固当烹。"

③ 彀中：本指箭射出去所能达到的有效范围，后用以指牢笼、圈套。

④ 后宫三句：刘邦死后，吕后擅权称制，大封诸吕，杀害刘氏诸王，差一点灭了刘氏江山。后宫，指吕后。外宗，指吕产、吕禄等人。炎刘，古代迷信五行之说，刘氏自称因火德兴起，故称炎刘。

【评】 作者的〔朝天曲〕咏史小令共20首，分咏刘邦、姜尚等20位古人，很少囿于传统看法，颇多翻案，往往能独出新见，言人所未言，在咏叹中对所有历史人物所蕴含的人格意义几乎都持一种批判态度。这是原作的第一首，批判和讽刺汉高祖刘邦玩弄权术、诛杀功臣、宠幸吕后，差点断送了大汉江山。

前　调

卞和,抱璞①,只合荆山坐。三朝不遇待如何? 两足先遭祸。传国争符②,伤身行货③,谁教献与他? 切磋,琢磨,何似偷敲破。

【注释】

① 卞和:春秋时楚国著名的玉工。据说他在楚山发现一块内藏宝玉的"璞",拿去献给楚厉王,厉王以为是欺诈,断其左足。武王即位,他再抱玉石进献,被断其右足。楚文王即位,他抱玉石在荆山下痛哭三天三夜,文王使人剖璞加工琢磨,果得宝玉,命名为和氏璧。事见《韩非子·和氏》。

② 传国争符:和氏璧被秦王刻为玉印,称传国玉玺,为历代帝王争夺。

③ 行货:东西。

【评】　帝王不辨璞与石,不加验证便视璞为石,以诚为诈,并断人足,可见其昏聩残暴。但是,作者不去指斥厉王、武王的野蛮专制,也不肯定卞和的执著精神,却批判卞和不该去献宝,只该呆在荆山,不如自己偷偷地把玉敲破了事,即劝人不要献才,那样做无非招祸。作者拐着弯对帝王进行嘲弄,指桑骂槐,迂回曲折,构思新颖,可看出其愤世激情。当然,批评卞和的献宝,不过是对入世精神的一种否定。

前　调

老莱①,戏采,七十年将迈。堂前取水作婴孩,犹欲双亲爱。东倒西歪,佯啼颠拜,虽然称孝哉。上阶,下阶,跌杀休相赖。

【注释】

① 老莱:即老莱子,春秋时楚隐士。避秦乱,耕于蒙山下。楚王闻其贤,欲用之,老莱子遂与其妻至江南,隐居不出。相传老莱子年七十,父母犹存,常身着彩衣为婴儿,戏于父母之前。又尝取水上堂,跌仆,恐父母伤心,因假装摔倒,卧地为小儿啼。后人将老莱"戏采"的故事列为二十四孝之一。汉刘向《列女传》、南朝宋师觉授《孝子传》等皆载其事。

【评】 老莱戏采的故事,历来被作为孝亲的典型。但是,作者不但没有对老莱子的孝加以赞扬,反而认为老莱子以耄耋之年的戏采、佯跌行为是一种矫情,因而给以辛辣的嘲讽和奚落。这就使此曲具有明显、强烈的反传统意识,表现出作者的批判精神。

〔中吕〕山坡羊

大江东去,长安西去,为功名走遍天涯路。厌舟车,喜琴书,早星星鬓影瓜田暮①。心待足时名便足。高,高处苦;低,低处苦。

【注释】

① 星星:形容头发花白。谢灵运《游南亭》诗:"戚戚感物叹,星星白发垂。" 瓜田暮:暗用秦末汉初邵平种瓜之事。详见乔吉〔南吕·玉交枝带四块玉〕《闲适二曲》注释③。

【评】 此曲是作者敞开心扉,对于充满矛盾和烦恼的不安灵魂的自我解剖。作者心情沉重地回顾了自己大半生"为功名走遍天涯路"的劳碌和艰辛,坦诚地诉说了寄身官场,枉耗生命的无谓,以及未能早些实践自己"厌舟车,喜琴书"的志趣的无奈。最后虽然得以挣脱名缰利锁的羁绊,学邵平隐居种瓜,但已到人生的暮年了。最后,作者抒发了功名缠人、岁月磨人、随遇而安、知足常乐的人生见解和深沉感慨,反映了他未能彻底摆脱功名之累的矛盾痛苦。

前 调

西湖杂咏(四首选一)·春

山光如淀,湖光如练,一步一个生绡面①。扣逋仙②,访坡仙③,拣西湖好处都游遍。管甚月明归路远。船,休放转;杯,休放浅。

【注释】

① 生绡:没有漂煮过的丝织品,古以之作画,故可借指画卷。

② 逋仙:指北宋初年诗人林逋。

③ 坡仙:指北宋中叶文学家苏轼,字子瞻,号东坡。

【评】 这首写景纪游之作,贯穿着曲家的隐逸情怀。在湖光山色中享受人生,在醉乡中追求真趣。他纵情山水,流连诗酒,表现出与众不同的高雅情怀。他以追求传统的士大夫隐逸情调和自由来超脱人世中的庸俗与物累,执著地追求人的真实的生命意义,优游人生,似乎不染丝毫的尘俗。

贾　固（一首）

贾固,字伯坚,山东沂州(今山东临沂)人。曾任山东金宪、西台御史、扬州路总管、中书左参政事等职。《录鬼簿续编》有小传,称其"善乐府,谐音律,有《朱砂渍玉鼎》〔庆元贞〕盛行于世"。乔吉散曲中所称"维扬贾侯"者,即此人。由此可知其与乔吉大致同时。其所作散曲,今存者仅带过曲 1 首。

〔中吕〕醉高歌过红绣鞋

寄金莺儿

乐心儿比目连枝①,肯意儿新婚燕尔②。画船开抛闪的人独自,遥望关西店儿③。　黄河水流不尽心事,中条山隔不断相思④。当记得夜深沉人静悄自来时。来时节三两句话,去时节一篇诗,记在人心窝儿里直到死。

【注释】
① 比目、连枝:即比目鱼、连理枝,常以喻夫妻恩爱。参见查德卿〔寄生草〕《间别》注释②、③。
② 肯意:乐意、愿意。　新婚燕尔:极言新婚欢乐。燕,宴,欢乐貌。
③ 关西店儿:指作者赴任函谷关以西的陕西一带的旅店。
④ 中条山:山名,在山西永济,是晋、陕间的屏障。

【评】　据元夏庭芝《青楼集》所记,贾固任山东金宪时与歌妓金莺儿相爱,后调任陕西行台御史,仍念之不忘,于是作此曲以寄。后因此事被弹劾罢官,不知所终。这首带过曲即表现了作者与金莺儿深挚的恋情。前曲〔醉高歌〕回忆与金莺儿热恋时的甜蜜与缠绵,以及离别时的难分难舍;后曲〔红绣鞋〕写别后相思难忘,并回忆当初热恋时的某些情景和细节。"黄河"、"中条"二句写相爱深情,一写其缠绵,一写其坚定;末句是直白语,也是泣血含悲的真情话! 全曲语言直白通俗,但情感深挚缠绵,那些哀感顽艳、生死不渝的爱情表白,至今让人震撼不已!

周德清（四首）

　　周德清(1277—1365)，字日湛，号挺斋，高安（今属江西）人。宋代词人周邦彦之后。元代著名音韵学家、曲学家。他为规范北曲的创作而著《中原音韵》一书，提出了一系列关于散曲创作的理论与主张，其总体倾向是崇雅卑俗。《录鬼簿续编》有传，称"德清之韵，不但中原，乃天下之正音也；德清之词，不惟江南，实天下之独步也"。所作散曲，今存小令 31 首，套数 3 篇。朱权《太和正音谱》评其曲如"玉笛横秋"。

〔正宫〕塞鸿秋

浔阳即景①（二首选一）

　　长江万里白如练②，淮山数点清如淀③，江帆几片疾如箭，山泉千尺飞如电。晚云都变露，新月初学扇④。塞鸿一字来如线。

【注释】

　　① 浔阳：即现在江西九江，长江流过此处的一段称浔阳江。

　　② 练：白色的熟绢。此句化用齐谢朓《晚登三山还望京邑》"澄江静如练"句意。

　　③ 淀：又作"靛"，青蓝色染料。

　　④ 新月句：谓新出之月，正慢慢向盈圆变化。化用东汉班婕妤《怨歌行》："裁成合欢扇，团团似明月。"

【评】 此曲描写了一幅辽阔旷远、清新明丽的山水美景。首二句写远望中的长江与淮山,形神兼备,境界开阔,气势宏大。三四句写江帆与山泉,通过"如箭"、"如电"和"千尺"的夸喻,突出了江流之疾、山泉之高和山势之险。后三句以"晚云"、"新月"、"塞鸿"转写天空,表现了黄昏时分的秋空暮色,给人一种清新明丽之感。此曲开篇连用四个比喻句构成连璧对,新奇妥帖,气势酣畅。其写江山胜景,笔势即如滔滔长江,一泻千里,有雄浑奔放之美。四五句境界变化,文气上稍作顿荡,末句忽又疏放开来。全曲抑扬起伏,收放自如,有飞腾起落、跌宕生姿之妙。

〔中吕〕阳春曲

秋 思

　　千山落叶岩岩瘦①,百结愁肠寸寸愁②,有人独倚晚妆楼。楼外柳,眉叶不禁秋③。

【注释】

① 岩岩瘦:此既指秋冬时节的山容瘦削,也语意双关,指人的清瘦,即瘦岩岩。

② 寸寸愁:此句用欧阳修《踏莎行》:"寸寸柔肠,盈盈粉泪。"

③ 眉叶:此双关,既指像眉一样的柳叶,也指像柳叶一样的眉。

【评】 此曲写闺中女子的秋日情思。首句以山之瘦削喻人之清瘦,暗示情绪低落,意象生动。次两句直写思妇满怀愁绪难以排解,独倚楼台而凄凉孤独。首二句对偶精工,数词叠字,皆锤炼精妙。末两句看似写景,实写人之眺望,柳叶人眉一语双关。此曲句句写思妇眼中之景,景中含情,情由景出,情景交融,浑然一体。全曲既清丽雅洁,又通俗朗畅,仍具曲之特点。

〔双调〕蟾宫曲

别　友

宰金头黑脚天鹅,客有钟期[1],座有韩娥[2]。吟既能吟,听还能听,歌也能歌。和《白雪》新来较可[3],放行云飞去如何[4]? 醉睹银河,灿灿蟾孤[5],点点星多。

【注释】

① 钟期:钟子期,以精于辨音著称。《吕氏春秋·本味》:"伯牙鼓琴,钟子期听之。方鼓琴而志在太山,钟子期曰:'善哉乎鼓琴,巍巍乎若在太山。'少选之间而志在流水,钟子期又曰:'善哉鼓琴,汤汤乎若流水。'"此喻指宾客中有精通音乐的知音行家。

② 韩娥:古代传说中一位善歌的女子。《列子·汤问》:"昔韩娥东之齐,匮粮,过雍门,鬻歌假食。既去而余音绕梁,三日不绝,左右以其人弗去。"此喻指宴席上侑酒的歌妓有精妙的歌唱技艺。

③ 白雪:古代高雅乐曲的名称。宋玉《对楚王问》:"客有歌于郢中者……其为《阳春》、《白雪》,国中属而和者不过数十人。"后常以"阳春白雪"喻意高雅。

④ 放行云句:形容歌唱技艺高超。《列子·汤问》:"薛谭学讴于秦青,未穷青之技,自谓尽之,遂辞归。秦青弗止,饯于郊衢,抚节悲歌,声振林木,响遏行云。"此句赞扬友人的曲子能遏住行云,自己的和曲却能让彩云重飞。

⑤ 蟾:代指月亮。《五经通义》:"月中有兔与蟾蜍。"此句化用唐寒山诗:"远望孤蟾明皎皎,近闻群鸟语啾啾。"

【评】 此曲为周德清在友人饯别宴上的即兴之作。前三句描述宴席之丰盛、知音之情笃和歌女之技高。中间三句排比,写宴席上宾主皆优雅倜傥,能吟善歌又妙解音律,气氛融洽欢快。"吟"、"听"、"歌"三字,首尾重出,别有韵味。"白雪"、"行云"二典翻新出奇,既赞友人曲作高雅,又称自己堪当友人知音,语气幽默俏皮,意趣横生,同时巧谐别离之意。末三句以景结情,不着痕迹地将文思转向抒发因离别而生的惆怅寂寞情怀,与前之欢乐情状形成对比。此曲用典贴切、灵活,无堆垛之病,既切合宾主身份,又抒发了知音难得、依依惜别的深情。全曲和婉流畅,声情并美,可谓曲中精品。

前　调

　　倚蓬窗无语嗟呀,七件儿全无①,做甚么人家?柴似灵芝②,油如甘露③,米若丹砂④。酱瓮儿恰才梦撒,盐瓶儿又告消乏⑤。茶也无多,醋也无多。七件事尚且艰难,怎生教我折柳攀花?

【注释】

① 七件儿:柴、米、油、盐、酱、醋、茶。

② 灵芝:药草名。古人认为服之可长生不老。

③ 甘露:又名天酒,古人认为饮之可以成仙。

④ 丹砂:朱砂,一种红色矿物,道教徒以此炼治所谓长生不老的灵丹。此即代指灵丹。以上三句极言穷苦人家对于柴、油、米的珍贵。

⑤ 酱瓮二句:指缺盐缺酱。梦撒,消乏,皆当时口语,意即缺乏。

【评】　此曲以夸张、比喻手法描写了柴米油盐酱醋茶等生活必需品的极度缺乏与珍贵,反映了元代下层文人的落魄窘困。末句故作调侃诙谐语,欲变愁苦为嬉笑,却更显内心之强烈酸楚。其语言直白,感慨深沉,在自我嘲谑中表现出一种愤懑情绪。

吴弘道(三首)

吴弘道,生卒年不详,名仁卿,号克斋。钟嗣成《录鬼簿》列为"方今才人相知者",称其"历仕府判致仕,有《金缕新声》行于世"。其所作杂剧,《录鬼簿》载有 5 种,皆亡佚;其散曲集《金缕新声》亦散佚。今所存散曲有小令 34 首,套数 4 篇。朱权《太和正音谱》评其曲如"山间明月"。

〔南吕〕金字经

颂升平

太平谁能见?万村桑柘烟,便是风调雨顺年。田,绿云无尽边。穷知县,日高犹自眠。

【评】 此曲欲扬先抑,先写太平景象之不易见到,再写自己又有幸见到。其后"田,绿云无尽边",照应前面"万村桑柘烟",都是对"风调雨顺年"的形象描绘。最后两句则从知县的廉洁自守、为政宽简,表现了丰收年景中安定宽松的政治环境。吴弘道曾为江西省检校史,官至府判,曲中所描绘的升平景象或许就是他的亲身经历。全曲语言清新、简洁,一个"穷"字看似平淡,但却包含着官穷民富的深刻蕴涵,其中有产生太平景象的政治原因,有他的理想,也有作者的欣赏喜爱之情。

前　调

咏渊明

晋时陶元亮①,自负经济才,耻为彭泽一县宰②。栽,绕篱黄菊开。传千载,赋一篇《归去来》③。

【注释】

① 陶元亮:东晋诗人陶渊明,字元亮,后改名潜。

② 耻为句:陶渊明作彭泽县令时,逢郡督邮来县,县吏告之应束带相见,他叹道:我不能为五斗米折腰向乡里小儿。即日解印归田,以诗酒自娱。详见《晋书》本传。

③《归去来》:指陶渊明辞彭泽令后,作《归去来辞》抒写隐逸情怀。

【评】　此曲截取陶渊明一段很典型的经历,即辞去彭泽县令之后隐居、并创作《归去来辞》进行歌咏。曲中有叙有议,明确表示了对陶渊明辞官归隐的赞赏态度,并传达出对隐居生活的向往之情,还有对自身才华的高度自信,也隐含着有志难展和不与污浊社会同道的情怀与心志。

〔中吕〕上小楼

题小卿双渐①

苏卿告覆,金山题句②。行哭行啼,行想行思,行写行读③。自应举,赴帝都,双郎何处? 又随将贩茶人去④。

【注释】

① 小卿双渐：小卿，又称苏小卿或苏卿，庐州娼妓，与书生双渐相爱，历经曲折，终成夫妇，是金元时勾栏中流传的佳话，元曲中多有题咏。

② 金山题句：指小卿与双渐一见钟情，后为茶商冯魁骗娶，路过金山寺时，小卿题诗留示双渐。大都歌妓王氏〔中吕·粉蝶儿〕套数亦歌咏其事。

③ 行哭三句：言小卿被迫随冯魁去时对双渐的思念和题句时的悲苦情状。王氏〔中吕·粉蝶儿〕套〔上小楼〕曲歌咏此事有云："怕不待开些肺腑，都向诗中吩咐。我这里行想行思，行写行读，雨泪如珠。都是些道不出，写不出，忧愁思虑。忍不住放声啼哭。"

④ 自应四句：王氏〔中吕·粉蝶儿〕套〔上小楼·幺〕咏其事云："他争知我嫁人，我知他应过举。翻做了鱼沉雁杳，瓶坠簪折，信断音疏。咫尺地半载余，一字无。双郎何处？我则索随他贩茶船去。"

【评】　苏双恋情故事，为元曲中热门题材。在元代，文士、歌妓、商人的三角恋爱是较为普遍的现象，而且往往以失意文人的失败告终。在苏双故事中，苏小卿不为冯魁的财富所动，始终坚守着对双渐的真情爱恋，这就非常难能可贵，故曲家们乐于歌咏这一题材。此曲选取了苏双故事中"金山题句"这一片段进行歌咏，恰到好处地展现出小卿的复杂细腻心理，作品中也渗透着曲家对沦落女子命运的同情。

赵善庆（三首）

赵善庆，生卒年不详，字文宝，一作文贤。饶州乐平（今属江西）人。钟嗣成《录鬼簿》列入"方今才人相知者"，称其"善卜术，任阴阳教授"。其所作杂剧，今知者有 8 种，皆不存。其所作散曲，今存小令 29 首。朱权《太和正音谱》评其曲如"蓝田美玉"。

〔中吕〕普天乐

江头秋行

稻粱肥，蒹葭秀①。黄添篱落②，绿淡汀洲③。木叶空，山容瘦。沙鸟翻风知潮候④，望烟江万顷沉秋。半竿落日，一声过雁，几处危楼⑤。

【注释】

① 蒹葭：芦苇。　秀：草木开花。

② 黄添句：指篱笆中的黄菊开放。

③ 汀洲：水中的小洲。

④ 沙鸟：即沙鸥。

⑤ 危楼：高楼。

【评】　此曲写秋日漫步江头所见景物。作者将丰收在望的田间稻粮，以及极带秋令特征的蒹葭、黄菊、秋山、秋江、秋雁等摄入图景，再以落日、危楼映衬，组成了一幅色调分明、疏朗有致的秋日江山图。其措辞简练,意象鲜明,境界阔大,风格清丽,耐人玩味。其中落日、危楼等意象,以及"淡"、"空"、"瘦"的江山描写,虽然是客观之景,但似乎也隐约地流露出作者或思乡怀人或仕途失意的伤感情绪。

〔中吕〕山坡羊

长安怀古

骊山横岫①,渭河环秀②,山河百二还如旧③。狐兔悲④,草木秋,秦宫隋苑徒遗臭。唐阙汉陵何处有?山,空自愁;河,空自流。

【注释】

① 骊山:在今陕西临潼县东南。　岫(xiù):此指峰峦。

② 渭河:渭水,环绕长安,是黄河的最大支流。

③ 山河百二:此指关中优越的地势。《史记·高祖本纪》:"秦,形胜之国,带山河之险,县隔千里,持戟百万,秦得百二焉。"意为秦地险固,二万人足当诸侯百万人。

④ 狐兔悲:意为昔日都城如今到处都是狐踪兔穴。

【评】　这支长安怀古小令,抒写了作者面对物是人非的无限凄楚之情。开篇三句先写景色依旧的山河,意境阔大,格调苍凉。其后三句写荒凉满目、今非昔比的都城,满含衰瑟与凄凉。最后叹息世事变迁之巨大,表现出历史无情、盛衰无常的深沉感叹。从古至今,世事无常,带给人的总是凄凉与无奈,作者以长安为背景怀思今古,非常成功地写出这种感慨,带给读者以强烈的心灵震撼。

〔双调〕庆东原

晚春杂兴

烟中寺,柳外楼,乱随风雪絮飘晴昼。游人陌头,残红树头,流水溪头。百六楚风酸①,三月吴姬瘦②。

【注释】

① 百六:即寒食节,因距离冬至一百零六天(或一百零五天),故称。酸:指春寒料峭,其寒风使人眼目发酸。唐李贺《金铜仙人辞汉歌》:"东关酸风射眸子。"

② 吴姬瘦:阳春三月,天气变暖,吴地女子脱去冬衣换上春装,身材变得苗条,故云。

【评】 此曲写江南晚春之景。曲中既写了寺庙楼台,游人、春风,也写了如雪的飞絮、枝头的残红,以及料峭春寒和妩媚的江南女子,其地域和季令特征都非常鲜明。朱权《太和正音谱》赞赵善庆之曲如"蓝田美玉",此曲可见一斑。

马谦斋(三首)

马谦斋,生卒年不详,约与张可久同时。从其现存散曲作品内容看,他曾一度供职于京师,其后辞官南游,居于江浙。其散曲作品今存小令17首。

〔越调〕柳营曲

楚汉遗事

楚霸王,汉高皇,龙争虎斗几战场①。争弱争强,天丧天亡,成败岂寻常。一个福相催先到咸阳②,一个命将衰自刎乌江③。江山空寂寞,宫殿久荒凉。君试详④,都一枕梦黄粱⑤。

【注释】

① 楚霸王三句:指秦亡后,项羽、刘邦为争夺皇位而进行争斗。

② 一个句:刘邦与项羽起兵反秦,楚义帝曾与二人相约:先入咸阳者立为关中王。本来项羽兵力远过于刘邦,但在河北遇到秦军精锐部队抵抗,反让刘邦乘机先入咸阳接受秦王子婴的投降。

③ 一个句:项羽兵败被汉军追至安徽和县乌江渡口,项羽谢绝乌江亭长引渡之东的盛意,自刎而死(见《史记·项羽本纪》)。

④ 详:此处用为动词,意即仔细思考。

⑤ 梦黄粱:即黄粱梦,典出自唐沈既济传奇小说《枕中记》。言卢生遇吕翁,翁授之瓷枕命睡。卢生梦中经历了宠辱、穷达、死生,醒来知是一

梦,而主人蒸黍尚未熟。此典言人生如梦。

【评】 此曲歌咏楚、汉纷争。作者先介绍楚汉战争的两位领袖,从称呼双方尊号和将其比为龙虎,可见作者把两人都视为英雄。接着写楚汉纷争的结果:刘胜项败。然而,盛衰无常,不要说失败的项羽,即使获胜的刘邦,最终也免不了"江山空寂寞,宫殿久荒凉"。最后便水到渠成地得出结论:无论胜负,都不过如一场黄粱梦。这种历史虚无感在元曲中是普遍存在的,它与曲家们沉沦不遇的时代悲运有极大关系。此曲在对历史事件的剪裁上颇见功夫,它没有对楚汉战争的经过做平铺直叙,而是重点描述几个典型场面,故能给人以很强的时空感和厚重的历史感。

前 调

叹 世

手自搓,剑频磨①,古来丈夫天下多。青镜摩挲②,白首蹉跎③,失志困衡窝④。有声名谁识廉颇⑤,广才学不用萧何⑥。忙忙的逃海滨,急急的隐山阿⑦。今日个,平地起风波。

【注释】
① 手自二句:摩拳擦掌,频频磨剑。喻胸怀大志,拟大显身手。
② 青镜:指青铜镜。 摩挲:抚弄。
③ 蹉跎:言光阴虚度。
④ 衡窝:以横木为门的简陋房舍。《诗经·陈风·衡门》:"衡门之下,可以栖迟。"衡门,即衡窝。

⑤ 廉颇：战国时赵国名将，被谗逃魏。其后当秦兵进犯，赵王又欲起用廉颇，派使者前去了解他的健康状况。廉颇为示可用，"一饭斗米，肉十斤"。但又为使者所谗，终不复用(见《史记·廉颇蔺相如列传》)。

⑥ 萧何：汉朝开国元勋。楚汉相争时，他荐韩信为大将，以丞相身份留守关中，协助刘邦夺得天下(见《史记·萧相国世家》)。

⑦ 山阿：山地深曲之处。

【评】　此曲抒写由希望到失望的人生感慨。开篇先写少壮时期的雄心壮志，从"手自搓，剑频磨"的动作描写中，展示出一位满怀豪情壮志、跃跃欲试的热血青年的形象。然后转写老年时仕途失意、抱负落空的境况。今昔对比，显出巨大反差，落寞之叹，溢于言表。紧接着用廉颇、萧何之典，进一步抒发怀才不遇、壮志难酬之感；再用"忙忙"、"急急"二句写逃离世事风波而隐居海滨山林的无奈选择。曲中既有英才被弃、壮志难酬的不平之鸣，又有对世道混乱的愤懑之感，这也正是元曲家们普遍的喟叹。

〔双调〕沉醉东风

自　悟(二首选一)

取富贵青蝇竞血，进功名白蚁争穴①。虎狼丛甚日休？是非海何时彻②？人我场慢争优劣，免使旁人做话说。咫尺韶华去也③！

【注释】

① 取富贵二句：比喻世俗之人对富贵功名的贪恋与争夺。白蚁争穴，比喻毫无意义的争名夺利，典出唐李公佐《南柯太守传》。

② 彻：尽头。

③ 韶华：美好的年华。

【评】 此曲感慨官场污浊、争斗无益。前四句用青蝇竞血、白蚁争穴、虎狼丛、是非海等揭露官场的肮脏、卑劣和险恶，讽刺意味极其强烈。最后几句明确表明自己的醒悟：不能在有限的生命中再争斗，以免空耗韶华，徒劳无益。"自悟"中的第一曲，写作者自给自足的农村生活，平和恬淡，把两首小令联系起来看，可知大概作于晚年隐退之时，是他对官场生涯的反省，其中蕴涵着"觉醒"后的快乐。

张可久(十九首)

张可久(1280—1352?),号小山,庆元人。钟嗣成《录鬼簿》列入"方今才人相知者",称其"以路吏转首领官";李祁《云阳集》卷四《跋贺元忠遗墨卷后》云其"年七十余,匿其年数,为昆山幕僚"。其所作散曲,《录鬼簿》载有《今乐府》《吴盐》《苏堤渔唱》等集,后被胡存善合编为《小山乐府》六卷。现存小令855首,套数9篇,其作品总数为元散曲作家之冠。今人吕薇芬、杨镰著有《张可久集校注》。朱权《太和正音谱》评其曲如"瑶天笙鹤",明李开先序乔吉、张可久两家小令,谓"乐府之有乔、张,犹诗家之有李、杜"。李评虽有可商,但由此可见张、乔散曲对明人的影响。张可久与乔吉一直被推为元散曲清丽派代表作家,并称张乔或乔张。

〔双调〕折桂令

九　日①

对青山强整乌纱②,归雁横秋,倦客思家。翠袖殷勤,金杯错落③,玉手琵琶。人老去西风白发,蝶愁来明日黄花④。回首天涯,一抹斜阳,数点寒鸦⑤。

【注释】

①九日:指农历九月初九,是为重阳节,古人有在这一天登高插菊的风俗。

② 乌纱：原指官帽,宋以后泛称帽子。

③ 翠袖二句：指美女劝酒。化用晏幾道《鹧鸪天》"彩袖殷勤捧玉钟,当年拚却醉颜红"意。言聚会时歌舞之盛,酣饮之欢。

④ 蝶愁句：化用苏轼《南乡子·重九涵辉楼呈徐君猷》词:"万事到头都是梦,休休,明日黄花蝶也愁。"黄花,即菊花,此处含有迟暮不遇之意。

⑤ 一抹二句：化用秦观《满庭芳》词:"斜阳外,寒鸦万点,流水绕孤村。"

【评】 此曲通过对重阳佳节登高活动的描写,抒发自己迟暮潦倒、有家难归的感伤情怀。作者妙用映衬之法,故有蕴藉之味。起首三句以雁归反衬人不归,表现出一怀落寞之感;次三句以琵琶美酒的欢宴乐景反衬愁情,以乐景写哀,一倍增其哀乐。其后"人老"、"蝶愁"二句写景则是正衬,且将西风白发、明日黄花的迟暮之感与后面斜阳寒鸦的萧瑟之境结合,写景与抒情融会为一。作者巧妙地融化前人诗词中工丽典雅的意蕴,且了无痕迹,表现出一种清雅的格调。

前　调

读史有感

剑空弹月下高歌①,说到知音,自古无多。白发萧疏,青灯寂寞,老子婆娑②。故纸上前贤坎坷,醉乡中壮士磨跎。富贵由他,谩想廉颇③,谁效常何④?

【注释】

① 剑空弹：用战国时孟尝君门客冯谖的故事。《战国策·齐策四》:

"齐人有冯谖者,贫乏不能自存,使人属孟尝君,愿寄食门下……居有顷,倚柱弹其剑,歌曰:'长铗归来乎!食无鱼。'……居有顷,复弹其铗,歌曰:'长铗归来乎!出无车。'……后有顷,复弹其剑铗,歌曰:'长铗归来乎!无以为家。'"后世用弹铗之典自伤贫困不遇。

②　老子:倨傲的自称。　婆娑:放浪自得的样子。

③　廉颇:战国时赵之大将,功勋无数,但因遭谗去国,空有满腔报国之志却未被征用。见马谦斋〔越调·柳营曲〕《叹世》注释⑤。

④　常何:唐代中郎将。他以武人之粗疏却发现了舍人马周之才,且不嫉其贤而荐之于唐太宗,马周因得赏识而被重用。此句意为:现在已没有常何这样乐于荐贤的人,即使才高如马周者,也没有出人头地的机会了。

【评】　此曲借对冯谖、马周等由不遇而遇,廉颇由用而不用的曲折命运的咏叹,抒发了自己困顿不遇、仕途坎坷的人生悲感。作者由这些"前贤坎坷"的典故,联想到了自己的功业无成、岁月蹉跎,白发萧疏的凄凉与老子婆娑的放浪,显示了作者正被重重矛盾所包围和折磨。想要解脱却无法解脱本身就是一种无奈和悲哀,而最后用"谩想"之语还是将自伤身世的失落之感,与呼唤知音的希望之情矛盾地展现了出来。借古人之酒杯浇自己心中之块垒,既愤慨淋漓而又沉郁悲凉。

〔中吕〕普天乐

西湖即事

蕊珠宫,蓬莱洞①。青松影里,红藕香中②。千机云锦重,一片银河冻。缥缈佳人双飞凤,紫箫寒月满长空③。阑干晚风,菱歌上下④,渔火西东⑤。

① 蕊珠二句：蕊珠宫、蓬莱洞，皆为道家传说中的仙境。蓬莱，传说中的海上三神山之一。

② 青松二句：青松，指"九里云松"。红藕，指"曲院风荷"。二者均名列"钱塘十景"。

③ 缥缈二句：此处化用秦穆公女儿弄玉与萧史骑凤飞升的故事，详见旧题汉刘向《列仙传》。此处以箫声之美妙唤起作者对西湖美景的浪漫遐想。

④ 上下：指歌曲唱和。

⑤ 西东：指渔船灯火时隐时现地浮动。

【评】 本曲写西湖美景，作者采用虚实相间的手法，人间与仙境互换，从传说中的神仙洞府写到西湖月夜的清寒、瑰丽和奇幻，并进入青松影里、红藕香中的现实。再由千机云锦、紫箫吹月、神女乘风的仙界转向了晚霞映湖、菱歌上下、渔火西东的人间夜景。其场面宏大，气势壮美，不但以夸张的手法描绘了西湖月夜的美景，还以想象丰富的比喻、浪漫的传说为美丽的西湖添色着彩，令人觉得奇思幻彩，美不胜收。

〔越调〕寨儿令

西湖秋夜

九里松①，二高峰②，破白云一声烟寺钟③。花外嘶骢，柳下吟篷④，笑语散西东。举头夜色蒙蒙，赏心归兴匆匆。青山衔好月，丹桂吐香风。中⑤，人在广寒宫⑥。

【注释】

① 九里松：即"钱塘十景"中的"九里云松"。据《西湖游览志》卷十："九里松，唐刺史袁仁敬守杭，植松以达灵竺，凡九里，左右各三行，每行相去八九尺，苍翠夹道。"

② 二高峰：指西湖南北的南高峰和北高峰。"钱塘十景"中的"双峰插云"，当指此。

③ 烟寺钟："西湖十景"中"南屏晚钟"，指南屏山下净慈寺的钟声。

④ 吟篷：指诗人坐的小船。篷，船篷。

⑤ 中：犹言行、好，表由衷赞赏或肯定。

⑥ 广寒宫：传说中的月宫。

【评】 同是写西湖夜景，四时不同，景物描写也各异。此曲将秋天的西湖夜景写得有声、有色、更有韵味；有动、有静、更有情致。白云深处传来的寺院的钟声点破了云松和高峰的静谧；马鸣人吟，以及游人兴尽归家的欢声笑语，打破了夜的寂静和秋的清凉。迷濛的月夜秋景，有桂子的幽香浮动，使游客如同正徜徉于清谧宁静的广寒宫。在造语上，此曲对动词的择用尤为贴切、传神，其"破"、"衔"、"吐"等字看似简单，实则深得锤炼之工。

前　　调

忆鉴湖①

画鼓鸣，紫箫声，记年年贺家湖上景。竞渡人争②，载酒船行，罗绮越王城③。风风雨雨清明，莺莺燕燕关情。柳擎和泪眼④，花坠断肠英。望海亭⑤，何处越山青？

【注释】

① 鉴湖：在浙江绍兴县南。唐开元中,秘书监贺知章求此湖为放生池,诏赐鉴湖一角,因亦名贺鉴湖或贺家湖。

② 竞渡：指阴历五月初五端午节龙舟竞渡的风俗。

③ 越王城：指会稽(今浙江绍兴)。春秋时越王勾践在此建都。

④ 和泪眼：指带雨柳叶。

⑤ 望海亭：今绍兴西有府山,即卧龙山(或称种山),主峰前有石柱古亭,名望海亭。亭下有文种墓。

【评】 此曲从一"忆"字着笔。在画鼓鸣、紫箫声中追忆鉴湖旧事：龙舟竞渡、士女争游。但作者的回忆中不唯有物,而重在有人有情。曲中以和泪眼、断肠英喻草木有心、莺燕关情,隐约地透露出凄婉感伤的心曲,有李商隐"此情可待成追忆,只是当时已惘然"(《锦瑟》)的惆怅朦胧之感。

〔双调〕清江引

秋 怀

西风信来家万里,问我归期未？雁啼红叶天①,人醉黄花地②,芭蕉雨声秋梦里③。

【注释】

① 红叶：此指枫叶。枫叶变红指深秋时节。唐杜牧《山行》："停车坐爱枫林晚,霜叶红于二月花。"

② 黄花：菊花。《礼记·月令》："秋季之月,鞠(菊)有黄花。"

③ 芭蕉雨声：芭蕉叶大,雨滴其上,其声响亮,故芭蕉夜雨多被用来渲染深秋之景。

【评】 离家万里，深秋读信，芭蕉夜雨，归梦依稀。这些含有浓郁感伤色彩的画面构成了游子怀乡的凄凉意境。此曲的感情色彩就是一"愁"字，从大雁悲离而啼到游子愁苦而醉，再到雨打芭蕉而醒，从物到人再到梦，无一不在表现着作者客居的凄凉和思乡的忧愁！其用词之典雅明丽、描写之细腻感人、意境之含蓄委婉，是此曲打动人心之处。

〔中吕〕红绣鞋

次　韵①

剑击西风鬼啸，琴弹夜月猿号，半醉渊明可人招②。南来山隐隐，东去浪淘淘，浙江归路杳。

【注释】

① 次韵：按照已有的一首诗词曲作的韵脚次序写作。

② 渊明：陶渊明。东晋著名的田园隐逸诗人。　可：称意，合意。招：招呼。此句从苏轼《广陵后园题扇子》"闲吟绕屋扶苏句，须信渊明是可人"诗句化出。

【评】 此曲虽是次韵之作，却含蓄委婉地透露了作者在宦海浮沉中悲慨无奈的矛盾心态。前两句以"鬼啸"、"猿号"等凄厉之音，淋漓尽致地表现了愤懑不平的怨气郁结而又以琴剑释放的情态。由于仕途受阻，所以不由向往陶渊明的归隐。可是，真能像陶渊明一样回归无忧无虑的田园吗？一句"浙江归路杳"以客观的原因否定，实则暗含了作者主观上难以摆脱官场羁绊的无奈心绪。

前　调

天台瀑布寺^①

绝顶峰攒雪剑^②,悬崖水挂冰帘,倚树哀猿弄云尖^③。血华啼杜宇^④,阴洞吼飞廉^⑤,比人心山未险。

【注释】

① 天台:山名,在今浙江天台县北。山中有方广寺,寺旁有瀑布,高数十丈,为"天台八景"之一。

② 绝顶句:天台绝顶名华顶峰,高峭险峻,冬天积雪,如雪剑直刺云天。攒(cuán),簇聚挺立。

③ 弄云尖:言猿猴栖身高树嬉戏,犹触云端。

④ 血华句:传说古蜀国君主望帝死后化为杜鹃,日夜泣血悲鸣,其血化为杜鹃花。血华,即血花。

⑤ 飞廉:古代神话中的风神。屈原《离骚》:"前望舒使先驱兮,后飞廉使奔属。"

【评】　此曲以瘦硬、冷峻之笔极写天台山之奇绝,天台瀑布之奇险。作者以水挂冰帘突出瀑布之寒,以猿弄云尖托出此峰之高。然后以阴冷、凄厉之笔写悲鸟寒风,其险恶之形构成一幅令人悚然惊畏的画面。末一句"比人心山未险"笔锋急转,从对山势险峻的慨叹转向了对世道人心的批判。层层逼近,却又峰回路转,实为新奇。

〔越调〕天净沙

江　上

　　喁喁落雁平沙①，依依孤鹜残霞②，隔水疏林几家。小舟如画，渔歌唱入芦花。

【注释】

① 喁(yōng)喁：象声词，雁和鸣之声。　沙：河中沙洲。

② 依依：形容孤鹜依依不舍的样子。化用初唐王勃《滕王阁序》"落霞与孤鹜齐飞"句。　鹜：野鸭。

【评】　此曲写秋江美景，语言清新，笔调明快。曲中之景，远近映衬，疏密有致，画面明媚生动。落雁喁喁的自然清音划破了孤鹜残霞两依依的苍茫暮色；芦花深处的渔歌婉唱，消散了"隔水疏林几家"的冷落孤零。其疏淡雅致的意境构成了一幅有声有色的秋江归舟图，传达了一分只可意会的恬淡与和谐。

〔双调〕庆东原

次马致远先辈韵九篇（之五）

　　诗情放，剑气豪，英雄不把穷通较。江中斩蛟①，云间射雕②，席上挥毫③。他得志笑闲人，他失脚闲人笑。

【注释】

① 江中斩蛟：《世说新语·自新》载，晋人周处勇猛异常，曾入水斩

蛟，为义兴人民除去一害。后以"斩蛟"比喻勇敢行为，唐刘禹锡《壮士行》："明日长桥上，倾城看斩蛟。"

② 云间射雕：《北齐书·斛律金传附斛律光传》记载，斛律光曾射落云端大雕。

③ 席上挥毫：喻才思敏捷。宋欧阳修《朝中措·送刘仲元甫守维扬》词："文章太守，挥毫万字，一饮千钟。"

【评】 张可久的 9 首次韵之曲，每首结尾均以"他得志笑闲人，他失脚闲人笑"结束，从而构成一种重尾体组曲，集中表现了看破世情的思想情绪。此曲为其中第五首，在 9 首中最具雄豪之气。开篇三句表现性格豪放、不计穷通的达士之乐，中间以鼎足对形式写出英雄人物不同凡响的文武奇才，显得极有气势。后两句却陡然转向英雄"得志"、"失脚"的不同处境，虽然有巨大反差，但不过是"笑人"与"被笑"的角色转化而已，于是，"英雄"与"闲人"也就没什么区别了。作者最终将英雄淡化，不过是对其沦落不遇的一种自我安慰。

〔南吕〕金字经

春 晚

惜花人何处？落红春又残，倚遍危楼十二阑。弹，泪痕罗袖斑。江南岸，夕阳山外山。

【评】 此曲将春愁与闺怨结合，写少妇思念远方游子的感伤情怀。开篇"落红"、"春残"的衰景映衬，以及中间"倚遍危楼"和"泪痕罗袖"的正面描写，虽未见新奇，但它们所酝酿的气氛，与篇末"江南岸,夕阳山外山"的意境结合,便成功地表现了离愁的缠绵悠远。在这首小令中,读者不仅领略到一分自然物化的凄美,而且体味到人生离别的悲伤。那分凄美,那分缠绵,那分悠远,不知感动过历代多少读者!

前　调

闺　怨

宝鉴残妆晕①,帕罗新泪痕,又见梨花雨打门②。因,玉奴心上人③。无音信,倚阑看暮云。

【注释】

①宝鉴:对镜子的美称。宋周邦彦《满江红》词:"临宝鉴,绿云撩乱。"

②梨花雨打门:化用宋李重元《忆王孙·春词》"雨打梨花深闭门"句。

③玉奴:古代或称女子为玉奴。《南史·王茂传》载南齐东昏侯潘妃小字玉儿,东昏侯败,同死。苏轼《次韵杨公济奉议梅花》之四:"月地云阶漫一樽,玉奴终不负东昏。"宋周紫芝《浣溪沙》:"东昏觑得玉奴羞。"

【评】　作者将思妇怀远的愁绪在暮雨的特殊环境中展开,使全曲笼罩着无边的悲愁。曲中残妆未理、罗帕不干两处细节描写,活画出了闺中少妇慵懒、无聊的情态。游子久无音信,拘守闺中的少妇,除了"倚阑看暮云"、自怨自艾之外,还能做些什么呢?作者同情之心,隐隐可见。

〔中吕〕卖花声

怀　古

美人自刎乌江岸①,战火曾烧赤壁山②,将军空老玉门关③。伤心秦汉,生民涂炭,读书人一声长叹!

【注释】

① 美人句:美人,指虞姬(项羽爱姬)。乌江岸,在今安徽省和县,是项羽自刎处,非美人自刎处。但项羽兵败乌江,虞姬因项羽兵败而自刎,因此也说得过去。此句将虞姬的自刎与项羽的自刎浓缩为一句,更渲染了一种悲壮的气氛。

② 战火句:指三国时著名的赤壁之战。

③ 将军句:《后汉书·班超传》载,班超在绝域建立功勋,老来思还乡土,有"臣不敢望到酒泉郡,但愿生入玉门关"之语。

【评】 作者用秦汉间的三则史实,感叹民生之艰苦。只要是战争,无论胜负如何,无论评价英雄的标准如何,最遭罪的还是普天下的黎民百姓。作者将批判的矛头直指统治者的野心与贪欲。这让人自然联想到张养浩的〔山坡羊〕《潼关怀古》,其中所体现的知识分子的良心与责任感,在那个读书人沦为"九儒"的时代显得弥足珍贵。但作为沉沦下僚的一介文士,也只能是"一声长叹"而已!

前　调

客　况（三首选二）

十年落魄江滨客,几度雷轰荐福碑①,男儿未遇暗伤怀。忆淮阴年少②，灭楚为帅，气昂昂汉坛三拜。

登楼北望思王粲③，高卧东山忆谢安④，闷来长铗为谁弹⑤？当年射虎，将军何在？冷凄凄霸陵古岸⑥。

【注释】

① 荐福碑：据宋释惠洪《冷斋夜话》卷二记载，范仲淹为救助一穷困书生，为具纸墨，使往拓印欧阳询《荐福寺碑》售于京师，不料一夕碑被炸雷击碎。马致远曾据此作杂剧《荐福碑》。

② 淮阴年少：指韩信。楚、汉纷争时，刘邦曾听从萧何建议，隆重设坛，拜韩信为大将。见《史记·淮阴侯列传》。

③ 王粲：字仲宣，汉末山阳高平（今山东邹县）人。为避中原战乱，曾往荆州依刘表，但不被重用，他曾登上当阳县城楼北望，作《登楼赋》抒发客居思乡的情怀（见《三国志·王粲传》）。

④ 谢安：字安石，晋时人。未出仕前，尝隐居会稽之东山（见《晋书·谢安传》）。

⑤ 长铗：指长长的剑匣。据《战国策·齐策四》，冯谖寄食孟尝君门下，起初未得赏识，冯谖便三次弹铗作歌，唱出自己的不平。孟尝君满足了他的要求，冯谖后为孟尝君作"三窟"之谋，立下大功。

⑥ 当年三句：汉代著名飞将军李广，善骑射，少年时曾射虎。后为将军，常年与匈奴作战，屡立战功。一次至田间与人夜饮，回霸陵（今陕西长安东）驿亭，为霸陵尉呵止，宿于亭下（见《史记·李将军列传》）。

【评】 此组《客况》小令写客居他乡、壮志未酬的感伤。"男儿未遇暗伤怀"，是古往今来有志于功业的士人都似曾有过的心境，在元曲家们的心目中，虽然传统的"三不朽"的价值观已经崩塌，但从作者对韩信拜将的羡慕以及曲中愤激的情绪，仍可触摸到元代知识分子跳动的脉搏和并未死去的灵魂。这或许也是元曲能成为一代文学之经典的内在原因之一。客居在外、奔走劳碌的苦闷和压抑自然让人联想起当年状况相似的张镐、王粲等人的沦落不遇,于是羡慕东山高卧的谢安,无论隐仕,都会得到极大的赏识,但是更多的遭遇却是弹铗无人听。退一步想,即使能像李广那样建功立业又怎么样? 到头来还是没有什么好下场。作者徘徊于仕与隐的矛盾痛苦之中,作品也因之饱含无人赏识的苦闷与对功名的幻灭之感。

〔正宫〕醉太平

失　题(三首选一)

　　人皆嫌命窘,谁不见钱亲? 水晶环入面糊盆,才沾粘便滚。文章糊了盛钱囤①,门庭改做迷魂阵②,清廉贬入睡馄饨③。胡芦提倒稳④。

【注释】

　　① 文章句:用文章裱糊个存钱的囤子,意为写文章是为了骗钱。

　　② 门庭句:为了赚钱而把家庭改为妓院。迷魂阵,这里指妓院。

　　③ 清廉句:犹言把清廉的美德抛到糊涂昏沉的睡乡中去,意为不讲道德廉耻。睡馄饨,指昏庸糊涂。

　　④ 胡芦提:元曲中常用语词,即糊涂。

　　【评】　这首小令全用当时的口语写成,泼辣、畅快,是元曲"蒜酪"味之正宗。作者对见钱眼开、把道德文章抛到一边、以清廉作幌子的浇薄世风表示了极大的愤慨与讽刺!"水晶环"、"面糊盆"、"盛钱囤"、"迷魂阵"、"睡馄饨"等比喻,将钱的作用形象地揭示出来,深刻醒目。末尾"胡芦提倒稳"一句,表达了作者冷眼旁观的揶揄与超脱的态度。

前　调

金华山中^①

　　金华洞冷,铁笛风生。寻真何处寄闲情? 小桃源暮景^②。数枝黄菊勾诗兴,一川红叶迷仙径,四山白月共秋声。诗翁醉醒。

【注释】

　　① 金华山:山名,在浙江金华市北,一名长山,亦作常山。道家传为赤松子得道处,山下有洞,与四明、天台相通。可参考《元和郡县志·婺州》。
　　② 小桃源:此处指金华山中一处景观。桃源,桃花源,世外桃源,晋陶渊明有《桃花源记》叙述桃源之境。

【评】　此曲仿佛随意点染而成的山水画,其语言雅丽简练,着色清新明艳,意境纯美至极。而其中铁笛风生、寻真闲情、烂漫诗兴,又有画家画不出者。"数枝黄菊勾诗兴,一川红叶迷仙径,四山白月共秋声"三句鼎足而对,工整典雅,既发挥了"黄菊"、"红叶"、"白月"三种物象本身所蕴涵的美感和情思,又构筑了一个属于作者自己的意趣世界。

〔越调〕凭栏人

江　夜

江水澄澄江月明,江上何人搊玉筝^①? 隔江和泪听,满江长叹声！

【注释】

① 搊(chōu)：弹拨乐器。

【评】 此曲隐含两层意蕴：静谧的江月与江上的玉筝声；江月美景与作者内心之悲苦情。前一层以筝声反衬静夜，愈显江上清风明月之幽寂；后一层以江月筝声引出愁思，则愈显得人情之清苦。整支曲子如唐人绝句，圆熟流转，凄清幽冷，其情其境，与白乐天《琵琶行》何其相似！"同是天涯沦落人，相逢何必曾相识"，张可久这短短数十字，不输其数百言。

〔南吕〕一枝花

湖上归

〔一枝花〕长天落彩霞①，远水涵秋镜。花如人面红②，山似佛头青③。生色围屏④。翠冷松云径⑤，嫣然眉黛横⑥。但携将旖旎浓香，何必赋横斜瘦影⑦。

〔梁州〕挽玉手留连锦英⑧，据胡床指点银瓶⑨。素娥不嫁伤孤另⑩。想当年小小⑪，问何处卿卿？东坡才调，西子娉婷，总相宜千古留名⑫。吾二人此地私行，六一泉亭上诗成⑬，三五夜花前月明，十四弦指下风生⑭。可憎⑮，有情。捧红牙合和《伊州令》⑯。万籁寂，四山静，幽咽泉流水下声⑰。鹤怨猿惊。

〔尾〕岩阿禅窟鸣金磬⑱，波底龙宫漾水精⑲。夜气清,酒力醒,宝篆销,玉漏鸣。笑归来仿佛二更,煞强似踏雪寻梅灞桥冷⑳。

【注释】

① 长天句：化用唐王勃《滕王阁序》"落霞与孤鹜齐飞,秋水共长天一色"二句意。

② 花如句：化用唐崔护《题都城南庄》"人面桃花相映红"句。

③ 山似句：化用宋林逋《西湖》"晚山浓似佛头青"句。

④ 生色围屏：指景色似设色的屏风。化用唐李贺《秦宫诗》:"内屋深屏生色画"句。

⑤ 翠冷句：化用唐朱庆馀《送僧》"山深松翠冷"句。

⑥ 嫣然句：形容远山美丽如女子之黛色蛾眉。唐顾敻《遐方怨》:"两条眉黛远山横。"

⑦ 横斜瘦影：指梅花。宋林逋《山园小梅》:"疏影横斜水清浅,暗香浮动月黄昏。"此处是说自己带着娇美的女伴游览西湖,何必还要像林逋那样吟咏梅花诗句以求雅趣呢?

⑧ 锦英：如同锦绣一样的鲜花。

⑨ 胡床：亦称交床、交椅,一种可折叠的轻便坐具。　银瓶：酒器。前句写赏花,此句写饮酒。杜甫《少年行》:"指点银瓶索酒尝。"唐唐彦谦《无题》:"倒尽银瓶浑不醉。"

⑩ 素娥句：此句写月。素娥,即嫦娥。传说她原是后羿的妻子,因偷吃西王母灵药奔往月宫,成为月宫中寂寞孤独的仙子。李白《把酒问月》:"嫦娥孤栖与谁邻。"李商隐《嫦娥》:"嫦娥应悔偷灵药,碧海青天夜夜心。"

⑪ 小小：苏小小,南齐时钱塘名妓。宋郭茂倩《乐府诗集·杂歌谣辞·苏小小歌》引《乐府广题》:"苏小小,钱塘名倡也,盖南齐时人。"历代文人多有歌咏,尤以唐李贺《苏小小歌》最为著名。

⑫ 东坡三句：苏轼《饮湖上初晴后雨》:"欲把西湖比西子,淡妆浓抹总相宜。"这里化用东坡诗意,谓佳人才子理应千古留名。

⑬ 六一泉：在孤山之南,苏轼为纪念六一居士欧阳修而特为命名。

⑭ 十四弦：古代一种弦乐器，似为箜篌。宋陆游《长歌行》："人归华表三千岁，春入箜篌十四弦。"

⑮ 可憎：男女间表示倾慕可爱之反语。王实甫《西厢记》第四本第一折："猛见他可憎模样，早医可九分不快。"

⑯ 红牙：即拍板，亦名红牙板，多用红檀木制成。《伊州令》：曲名。

⑰ 幽咽句：形容乐声像水流般幽咽。白居易《琵琶行》："幽咽泉流水下滩。"

⑱ 岩阿：山岩深曲处。禅窟：佛寺。

⑲ 波底句：形容湖上建筑的倒影如龙宫在水中荡漾。

⑳ 踏雪句：宋孙光宪《北梦琐言》卷七："唐相国郑綮虽有诗名……或曰：'相国近有新诗否？'对曰：'诗思在灞桥风雪中驴子上，此处何以得之？'"灞桥，又作"霸桥"，在陕西长安东。或传说孟浩然雪天骑驴到灞桥赏梅，并谓诗思在灞桥风雪中驴子背上。

【评】　本曲巧妙地将湖山美景与从傍晚至深夜的游历相结合，而贯穿以诗人闲适、愉悦之心境。〔一枝花〕曲写远景，将长天落霞、明静秋水、远山翠树、绿叶红花等汇于一纸，设色绚丽，对仗工整，声韵俱佳。虽化用前人诗句却能切合当时之景，使人浑然不觉。〔梁州〕一曲写诗人携女伴赏美景、饮醇酒时的兴致与遐想。素娥、小小的故事使得纯美之景点染了一丝哀伤，而"捧红牙合和《伊州令》"、"幽咽泉流水下声"，又使"万籁寂，四山静"的静谧氛围获得了许多生动。整支曲子美丽而又忧伤，寂静之中蕴藉着情感的交流。〔尾〕曲写夜阑酒醒，只见湖面楼台倒影，如龙宫荡漾水中，表里俱澄澈；耳边传来远山寺庙悠扬的钟声，愈显夜阑人静。归来细看玉漏、宝篆，已是二更时分。如此游兴、如此惬意，比踏雪寻梅、冷飕飕呆立灞桥岸边不知强到哪里去了啊！这篇套数，融情写景、用典隶事皆浑然天成而又清雅之至，明人李开先誉为"古今绝唱"（《词谑》），可谓名副其实。

任　昱（三首）

任昱，生卒年不详，字则明，四明（今浙江宁波）人。元杨维桢《西湖竹枝集》载其"少年狎游平康，以小乐章流布裙钗。晚锐志读书，为七字诗甚工"。杨维桢此书有署为"至正八年（1348）秋七月"的自序，而书中称则明"晚锐志读书"，可见此时至少六七十岁，由此可知他大约是与张可久、徐再思等人同时的作家。曾有过入京求仕的经历，但最终仍以布衣身份闲游江湖。其散曲作品今存有小令 59 首，套数 1 篇。朱权《太和正音谱》列之于"词林英杰"150 人中。

〔南吕〕金字经

书所见

胜概三吴地①，美人一梦云。花落黄昏空闭门②。因，青鸾宝鉴分③。天涯近，思君不见君④。

【注释】

① 三吴：当指江浙一带。古籍中或以吴兴、吴郡、会稽为三吴（见《水经注·浙江水》），或以吴郡、吴兴、丹阳为三吴（见《通典·州郡》），或以苏州、润州、湖州为三吴（见《名义考·地部》）。

② 花落句：化用宋李重元《忆王孙·春词》"雨打梨花深闭门"句意。

③ 青鸾句：青鸾为传说中凤凰类神鸟，古代传说有一鸾鸟不肯鸣叫，从镜中看到自己的身影就叫唤起来，这里说青鸾与宝镜已经分开了，它再

也不会鸣叫了。比喻与意中人分开后的孤独。

④ 思君句：宋李之仪《卜算子》："我住长江头，君住长江尾。日日思君不见君，共饮长江水。"

【评】 此曲写相思怀人之情。起调高旷，接句迷离朦胧，寓无限感慨。"花落"句写落寞环境，宕开一笔，以景衬情。"青鸾"句点出本事，照应全篇。篇末化用前人词境，写出无限遥情。

〔双调〕折桂令

吴山秀

钱塘江上嵯峨①，浓淡皆宜，态度偏多②。泪雨溟朦③，歌云缥缈，舞雪婆娑。胜楚岫高堆翠螺④，似张郎巧画青蛾⑤。消得吟哦，欲比西施，来问东坡⑥。

【注释】

① 嵯峨：山势高峻，此指吴山。

② 浓淡二句：化用苏轼《饮湖上初晴后雨》"欲把西湖比西子，淡妆浓抹总相宜"句意。态度，姿态。

③ 溟朦：形容烟雾弥漫，景色模糊。

④ 岫：山，山洞。 翠螺：青翠的螺髻，本指女子的一种发型，这里形容山的形状。

⑤ 张郎：汉代张敞。他曾为妻子画眉，被传为佳话。 青蛾：本指女子的蛾眉，这里比喻吴山的秀美。

⑥ 欲比二句：苏轼《饮湖上初晴后雨》诗曾用西施来比喻西湖。

【评】 此曲写杭州吴山的秀美，具有一定审美价值。作者化用东坡咏西湖的诗境，又运以新意，分别以美女之"泪"、"歌"、"舞"，拟写吴山之"雨"、"云"、"雪"，写活了吴山"浓淡皆宜，态度偏多"的秀美风韵。曲中讲究词语锤炼，但华而不靡；讲究对仗精工，但又不失流利生动；还特别注重意境的构造和韵味的隽永。作者以诗词之法作曲，却又不失曲体风韵。

〔双调〕清江引

题　情

桃源水流清似玉，长恨姻缘误[①]。闲讴窈窕歌[②]，总是相思句。怕随风化作春夜雨。

【注释】

① 桃源二句：用刘晨、阮肇天台遇仙之典。传说汉明帝永平五年(62)，刘晨、阮肇上天台山采药，迷路不得返家。经十三日饥渴，采食桃，才吃数颗，便止饥且体力充沛。见溪流中有芜菁叶并胡麻饭一杯流下，二人乃知此地有人家。遂度山，见二女，容颜绝妙，殷勤款待二人。半年后，因思乡，求归。至家，子孙皆已历七世。见《太平广记》卷六十一《天台二女》。

② 窈窕：见于《诗经·周南·关雎》："窈窕淑女，君子好逑。"

【评】　此曲写相思怀人。前两句情、景、事备具，似真似幻，不可捉摸。后三句写心理感受，想象出奇，耐人寻味。此曲之用语清丽雅洁，韵味隽永绵长。

徐再思（十一首）

徐再思（1285 前后—1345 后），字德可，号甜斋，嘉兴人。钟嗣成《录鬼簿》列入"方今才人相知者"，称其"家世儒业，俯就路吏"（《录鬼簿》天一阁本）。青壮年时大约曾北上求仕，而主要活动范围是在江浙一带。其散曲创作与贯云石齐名，贯云石号酸斋，当时人因将他们的散曲合称为"酸甜乐府"。徐再思现存小令 103 首。朱权《太和正音谱》评其曲如"桂林秋月"。

〔中吕〕朝天子

西　湖

里湖、外湖①，无处是无春处。真山真水真画图，一片玲珑玉②。宜酒宜诗，宜晴宜雨③，销金锅锦绣窟④。老苏⑤、老逋⑥，杨柳堤梅花墓⑦。

【注释】

① 里湖、外湖：明田汝诚《西湖游览志》："苏公堤，自南新路属之北新路，横截湖中。宋元祐间，苏子瞻守郡，浚河而筑之，人因名苏公堤。……自是湖分为两，西曰里湖，东曰外湖。"

② 玲珑玉：比喻西湖像美玉。

③ 宜晴宜雨：苏轼《饮酒湖上初晴后雨》："水光潋滟晴方好，山色空蒙雨亦奇。欲把西湖比西子，淡妆浓抹总相宜。"此用其意。

④ 销金锅：周密《武林旧事》："西湖天下景……大贾豪民，买笑千金，

呼卢百万,以至痴儿呆子,密约幽期,无不在焉。日糜金钱,靡有纪极。故杭谚有'销金锅儿'之号。" 锦绣窟:比喻西湖如装满锦绣的窟穴,只要舍得"销金",便取之不竭。

⑤ 老苏:指苏轼,曾两度在杭州任官。

⑥ 老逋:指林逋,北宋诗人,隐居于杭州孤山,种梅养鹤,死后葬于此地。

⑦ 杨柳堤:即苏公堤,在杭州西湖中。北宋元祐年间,苏轼知杭州时,以工代赈,疏浚西湖,堆泥筑堤,南起南屏山,北接岳王庙,其间有桥六座,夹道杂植花柳,有"六桥烟柳"之称。 梅花墓:指林逋墓。

【评】 此曲咏写西湖美景,每从大处落笔,非常巧妙地化用前人有关西湖的诗词与典实,并多以自身感受入景。"无处是无春处",连用两个"无"字写尽西湖春光。"一片玲珑玉"则又将湖面风光大笔晕染,"宜酒宜诗,宜晴宜雨"二句写出了西湖的迷人风姿,动人情思,启人联想。不但写景如此,作者对西湖之物华以"销金窝"、"锦绣窟"概括,亦极为精当。末三句以东坡苏堤、老逋孤山点出西湖的人文内涵:一者为官,一者归隐,都为西湖增添了雅趣。在语言表达上,多用重复字是一大特色。如"湖"、"无"、"真"、"宜"、"老"等字的重复,强化了对西湖之美景和人文魅力的表现效果。

〔中吕〕红绣鞋

道　院

一榻白云竹径,半窗明月松声,红尘无处是蓬瀛①。青猿藏火枣②,黑虎听黄庭③,山人参内景④。

① 蓬瀛：蓬莱、瀛洲，乃古代传说之海上仙山，为仙人所居之处。晋王嘉《拾遗记·燕昭王》："乃历蓬、瀛而超碧海，经涉升降，游往无穷，此为上仙之人也。"

② 火枣：一种仙丹。

③ 黄庭：即道家经典《黄庭经》，有《上清黄庭内景经》和《上清黄庭外景经》两种。

④ 内景：即《黄庭内景经》。

【评】 此曲写道院风景。开篇两句"白云竹径"与"明月松声"的写景，表现出道院清幽雅静的环境氛围，第三句则以红尘无蓬瀛反衬"道院"乃人间仙境。最后三句写道院中浓郁的道教气息，连院中之青猿、黑虎、山人，都或藏有仙丹，或聆听颂经，或领悟道藏玄理，那么，院中道士们是怎样忘我地内修外炼就可想而知了。此曲妙在对仗，无论是开篇的合璧对，还是末尾的鼎足对，都既精巧，又流利，表现出作者极高的艺术修养。

〔中吕〕普天乐

吴江八景（八首选一）·垂虹夜月①

玉华寒，冰壶冻，云间玉兔，水面苍龙②。酒一樽，琴三弄③，唤起凌波仙人梦④。倚阑干满面天风。楼台远近，乾坤表里，江汉西东⑤。

【注释】

① 吴江：即今江苏之吴江县。　垂虹：吴江县的垂虹桥，桥上共有七

十二涵洞,俗称长桥。

② 玉华四句:玉华,月亮的光华。玉兔,神话传说月宫中有玉兔捣药,因以代指月亮。苍龙,喻指垂虹桥。

③ 三弄:乐曲三支或三段。

④ 凌波仙人梦:曹植《洛神赋》写洛水女神"凌波微步",飘然而来。

⑤ 乾坤二句:形容江水浩渺辽阔。

【评】 徐再思用〔普天乐〕曲牌写"吴江八景"的小令凡八首,此首描绘了垂虹桥的夜景,气势宏阔,想像神奇。凉如水的月夜,再加上神话传说的烘托,构成一种朦胧之美。此曲对仗工整,节奏和谐,而艺术境界之雄浑壮阔,尤引人入胜。

〔中吕〕阳春曲

闺 怨

妾身悔作商人妇,妾命当逢薄幸夫①。别时只说到东吴②,三载余,却得广州书。

【注释】

① 薄幸夫:薄情寡义的丈夫。

② 东吴:江南地区。

【评】 唐刘采春《罗唝曲》诗:"那年离别日,只道往桐庐。桐庐人不见,今得广州书。"此曲即从刘诗化出,但比刘诗更为直白、真率,由此也就具有了曲的特有风味。

〔越调〕天净沙

题 情

多才惹得多愁,多情便有多忧,不重不轻证候①。甘心消受,谁教你会风流?

【注释】

① 证候:即症候。指病情症状,元曲中多用以指相思。

【评】 此曲写为情所困的愁思。开篇两句以"多才"、"多愁"、"多情"、"多忧"之密切相关,既表明愁情之缘起,又表现了人物的个性特征。"不重不轻"一句,写出了为情所困的具体情状。末句以怨词反问,更表现出爱之深切,难以自拔。

〔越调〕凭阑人

无 题

九殿春风鸡鹊楼①,千里离宫龙凤舟②。始为天下忧,后为天下羞③。

【注释】

① 九殿句:此句言汉武帝事。九殿,皇帝的深宫。鸡鹊楼,汉武帝在甘泉宫建造的三大观之一。

② 千里句:此句言隋炀帝事。离宫,皇帝出巡游玩时休息的行宫。龙凤舟,参见卢挚〔双调·蟾宫曲〕《萧娥》注释③。

③ 始为二句:汉武帝早年志向远大,雄才大略;隋炀帝为晋王时,也文武双全,爱惜士卒,皆能心忧天下。汉武帝晚年昏聩,迷信方术,中江充奸计,竟使太子罹难;隋炀帝即位后,穷奢极欲,荒废朝政,终于亡国;皆使天下人为之羞愧。见《汉书·武帝纪》《隋书·炀帝纪》。

【评】 此曲为言简意赅的咏史之作。作者虽然仅以汉武帝和隋炀帝作为歌咏对象,却揭示出一个较为普遍的规律:统治者起初往往能以天下为己任,赢得人民的信任,但到后来,却大志消磨,乃至腐化堕落,劳民伤财,为天下人唾骂。这究竟是为什么? 这种怪现象要到何时才能结束? 这不能不引人深思。

〔双调〕沉醉东风

春 情

　一自多才间阔①,几时盼得成合? 今日个猛见他,门前过,待唤着怕人瞧科②。我这里高唱当时《水调歌》③,要识得声音是我。

【注释】

① 多才:多才郎君,女子对恋人的爱称。　间阔:久别。

② 科:表示人物的动作、情态。

③ 当时:流行的。　《水调歌》:以《水调》之曲填写的情歌。

【评】 写女子对爱情的执著和巧妙追求。女子盼望与才郎结合,但又怕被人识破,于是高唱情歌,希望他能听得出自己的声音。此曲用白描手法写人叙事,饶有情味。那位多情、多智之女的羞怯、聪慧犹在人目前。

〔双调〕蟾宫曲

春 情

平生不会相思，才会相思，便害相思。身似浮云，心如飞絮，气若游丝①。空一缕余香在此，盼千金游子何之②？证候来时③，正是何时？灯半昏时，月半明时。

【注释】

① 气若游丝：气息微弱。

② 千金：极言其尊贵。 何之：何往。

③ 证候：即症候。本指病情症状，此指相思的痛苦。

【评】 此为妙趣横生的思春小曲。作者刻画了一个思念远行人的青年女子的内心世界，表现了爱情的真挚动人。其韵脚的重复与句式的排比钩连极巧妙，又极自然，连环而下，累若贯珠。

〔双调〕清江引

相 思

相思有如少债的①，每日相催逼。常挑着一担愁，准不了三分利②，这本钱见他时才算得。

【注释】

① 少债:欠别人的债务。

② 准不了:抵不上。 三分利:十分钱取三分的利,言利钱很高。

【评】 自古及今,相思最苦又最动人。对于相思,古人有红豆之喻,江水之比,花草之譬,可谓各具情韵。然而作者别出心裁,通俗到用债务作比,尖新别致,令人耳目一新。

〔双调〕水仙子

夜 雨

一声梧叶一声秋,一点芭蕉一点愁,三更归梦三更后。落灯花棋未收①,叹新丰孤馆人留②。枕上十年事,江南二老忧③,都到心头。

【注释】

① 落灯句:化用宋赵师秀《约客》"有约不来过夜半,闲敲棋子落灯花"诗意,意谓自己在外孤身一人。

② 新丰:《旧唐书·马周传》载,唐宰相马周早年穷困不得志,西游长安,宿于新丰,受店主冷遇,于是买酒一斗八升,悠然独酌。 留:滞留。

③ 二老:指父母。

【评】 游子雨夜思亲是其基调。首三句以数词重复构成鼎足对连环直下,写尽他乡飘零的凄凉况味。"秋雨梧桐"和"雨打芭蕉"两个与悲秋相关的意象,引起读者丰富的想像,扩大了作品的情感意蕴。可谓有情有景,工整自然。后面接着写三更梦醒后的身世飘零之感,思乡念亲之情,还有事业无成的羞愧,具体真切。此曲"一"、"三"两字的反复运用,有一唱三叹之妙,清人李调元《雨村诗话》谓"人不能道也"。

前　调

春　情

　　九分恩爱九分忧,两处相思两处愁,十年迤逗十年受①。几遍成几遍休,半点事半点惭羞②。三秋恨三秋感旧,三春怨三春病酒③,一世害一世风流④。

【注释】

　　① 迤逗:原指挑逗、引诱,此处有身陷情网难以摆脱之意。　受:消受,受煎熬。

　　② 半点句:犹言没有一件事不令人羞愧悔恨。

　　③ 病酒:以酒浇愁而为其所困。宋李清照《凤凰台上忆吹箫》:"新来瘦,非干病酒,不是悲秋。"

　　④ 害:害相思,被相思情所折磨。

【评】　此曲将闺中少妇"剪不断,理还乱"的爱情纠葛与离别相思的愁恨抒写得淋漓尽致。开首三句即言恩爱愈深,离愁愈浓,相思愈切。"几遍"二句稍作顿歇,后面三句忽淋漓奔放,承接开首情感的层层加深和愈深愈炽之势而一气贯注,更显得气韵酣畅。此曲妙在叠用数词,不仅使抒情深挚,而且更使韵律和谐婉畅。

孙周卿(二首)

孙周卿,生卒年不详,生平失考。杨朝英编《太平乐府》称其为古邠(今山西旬邑县东北)人,孙楷第《元曲家考略》谓古汴(今河南开封)人,尚有待进一步考证。其所作散曲,今存有小令 23 首。朱权《太和正音谱》列之于"词林英杰"150 人中。

〔双调〕蟾宫曲

自 乐

草团标正对山凹①,山竹炊粳②,山水煎茶。山芋山薯,山葱山韭,山果山花。山溜响冰敲月牙③,扫山云惊散林鸦。山色元佳④,山景堪夸,山外晴霞,山下人家。

【注释】
① 草团标:圆形草屋。
② 炊粳:粳(jīng),晚稻。
③ 冰敲月牙:形容水声清脆,好像冰柱在叩击晶莹玉洁的新月。
④ 元:同"原",本来。

【评】 此曲写山林隐居的闲适之情,抒发了作者爱山恋山、怡然自乐的心境。首三句先写在山凹草屋中用山竹煮饭,用山水煎茶,俨然一幅优美的山中农家生活图景。次三句并列出六种山中果菜,使山野气息显得更为浓郁。其后"山溜"二句,则由饮食之乐转为景致之乐的描写,通过泉水的响声和林鸦四散的喧闹反衬山间的寂静。末四句总写山景,收束全篇。仰观山外晴霞,俯瞰山下人家,全身心沉浸在如画的大好山色之中。全篇由15个"山"字缀入而不见累赘,句句不离"山"字而不觉重复,反而让人觉得新奇别致。作者正是通过这种别具一格的句式和朴素无华的语言,将山居生活写得情趣盎然,突出了山林隐居之乐。

〔双调〕水仙子

舟　中

　　孤舟夜泊洞庭边,灯火青荧对客船,朔风吹老梅花片①。推开篷雪满天。诗豪与风雪争先,雪片与风鏖战②,诗和雪缴缠③。一笑琅然④。

【注释】

① 朔风:北风。

② 鏖战:苦战,激战。

③ 缴缠:纠缠不清。

④ 琅然:琅(láng),本指金石相击声,这里形容清朗、响亮的笑声。

【评】　此曲表现作者啸傲风雪的伟岸气度,风格遒劲豪迈。作者用拟人手法,形象地描写出一种风与雪争斗,而诗人又与风雪斗的激烈而昂扬的场景,既以情显景,又以景衬情,情景交融地塑造了一个与风雪一样有着无穷伟力、啸傲一切且气势豪迈的诗人形象。

顾德润（二首）

顾德润,生卒年不详。钟嗣成《录鬼簿》列入"方今才人相知者",为其作小传云:"德润字君泽,道号九山,松江人。以杭州路吏迁平江。自刊《九山乐府》《诗隐》二集,售于市肆。"其《九山乐府》已散佚,今所存散曲作品有小令 8 首,套数 2 篇。朱权《太和正音谱》评其曲如"雪中乔木"。

〔南吕〕骂玉郎过感皇恩采茶歌

述 怀

蛛丝满甑尘生釜①,浩然气尚吞吴②,并州每恨无亲故③。三匹乌④,千里驹,中原鹿⑤。　走遍长途,反下乔木⑥。若立朝班,乘骢马,驾高车。常怀卞玉⑦,敢引辛裾⑧。　羞归去,休进取,任揶揄。　暗投珠⑨,叹无鱼⑩,十年窗下万言书。欲赋生来惊人语,必须苦下死工夫。

【注释】

① 甑(zèng):蒸饭的炊具。　釜(fú):锅。《后汉书·范冉传》:"甑中生尘范史云,釜中生鱼范莱芜。"作者以范冉自比,说甑上网着蜘蛛,锅里积满灰尘,比喻生活极端贫困。

② 浩然气:正气,豪气。《孟子·公孙丑上》:"我善养吾浩然之气。"

吞吴:指春秋时吴越争霸,吴胜越败,越王勾践卧薪尝胆,立志吞灭吴国。本句是说自己虽处于极端贫乏的境地,但胸中豪情壮志还足以消灭强敌。

③　并州：古十二州之一，包括今陕西、山西、河北北部地区，这里泛指北方。此句意为来北方后全无亲友引荐。

④　三匝乌：比喻自己漂泊无依，找不到可投奔的贤主。曹操《短歌行》："乌鹊南飞，绕树三匝，何枝可依？"

⑤　中原鹿：《史记·淮阴侯列传》："秦失其鹿，天下共逐之。"后常用"逐鹿中原"比喻兴起大规模战争以争夺国家政权。

⑥　反下乔木：《诗经·小雅·伐木》："出自幽谷，迁于乔木。"意为禽鸟从阴暗处迁于高朗处，常比喻人往高处走。此句反用其典，说自己反而从高处走向了低处。

⑦　卞玉：引用楚国人卞和献玉的典故，意指自己怀不凡之才，却不被人赏识。

⑧　敢引辛裾(jū)：三国时辛毗曾力谏魏文帝，文帝不听，起身入内，辛毗扯住他的衣襟不放。见《三国志·辛毗传》。此句言能像辛毗那样直言敢谏，不畏权贵。

⑨　暗投珠：即明珠暗投。《史记·鲁仲连邹阳列传》："臣闻明月之珠，夜光之璧，以暗投人于道路，无不按剑相眄者，何则？无因而至前也。"

⑩　叹无鱼：感叹待遇微薄，生活艰辛。《战国策·齐策》载，冯谖穷而投奔孟尝君，不被重视，因弹铗而歌："长铗归来乎，食无鱼！"

【评】　此曲是一名潦倒不遇的知识分子的内心独白，集中表现了怀才不遇的悲愤。抒情主人公本来满怀壮志豪情，希望在政治上有所作为，但结果是不但抱负无由施展，反而连生计都成了问题。这种怀才不遇、有志难展的窘迫，非常真实地表现了元代知识分子的处境。即便如此，主人公却不甘沉沦，仍矢志不渝，积极追求，充满着不达目的死不休的坚定信念。这种不畏挫折、奋发向上的坚定与执著，在元曲中是不多见的，也是难能可贵的。此曲用典很多，但很贴切，有助于抒发沉郁悲愤的感情。

前调·前题

　　人生傀儡棚中过①,叹乌兔似飞梭②,消磨岁月新工课。尚父蓑③,元亮歌④,灵均些⑤。　　安乐行窝,风流花磨⑥。闲呵诹⑦,歪嗑牙,发乔科⑧。山花袅娜,老子婆娑⑨。心犹倦,时未来,志将何!　　爱风魔⑩,怕风波,识人多处是非多。适兴吟哦无不可,得磨跎处且磨跎⑪。

【注释】

　　① 傀儡棚:指木偶戏演出的瓦舍勾栏。此句言人身不由己,犹如木偶受人操纵摆布。

　　② 乌兔:指日月。古代神话传说日中有三足金乌,月中有玉兔捣药,故以"乌兔"代指日月。

　　③ 尚父蓑:尚父,即姜尚。此句以姜尚曾披蓑垂钓于渭水,表现自己的渔隐理想。

　　④ 元亮歌:陶渊明字元亮,曾辞官归隐以田园诗歌自娱。此用陶渊明之典表现自己的归隐志向。

　　⑤ 灵均些(suō):灵均,即屈原。些,楚辞中常用之语尾助词,与"兮"字意同,此处代指屈原所作骚体诗歌。此用屈原之典,言其沦落不幸。

　　⑥ 风流花磨:指纵情声色。

　　⑦ 呵诹(hē zōu):无事闲聊,与后文"嗑牙"意同。

　　⑧ 发乔科:戏剧表演中的插科打诨。此指说笑逗趣。

　　⑨ 老子:作者自称。　婆娑:歌舞之态。

　　⑩ 风魔:即疯癫,着魔。

　　⑪ 磨跎:指消磨时光。

【评】 此曲亦抒发怀才不遇之悲,但与前曲不同的是,它表现出一种放浪形骸、游戏人生的生活态度。虽然表面上极放达,但内心却极苦闷;表面上流露出蹉跎岁月、消磨时光的消极思想,但实为有志之士壮怀难展的纵情悲歌。

曹　德（三首）

曹德，生卒年不详，字明善。钟嗣成《录鬼簿》列入"方今才人相知者"，为之作小传云："明善，衢州路吏，甘于自适。今在都下。有乐府，华丽自然，不在小山之下。即赋'长门柳'二词者。"（参见〔清江引〕评述）其散曲作品，今存小令18首。朱权《太和正音谱》列入"词林英杰"150人中。

〔双调〕清江引（二首）

长门柳丝千万结①，风起花如雪。离别复离别，攀折更攀折，苦无多旧时枝叶也②。

长门柳丝千万缕，总是伤心树③。行人折嫩条，燕子衔轻絮，都不由凤城春做主④。

【注释】

① 长门：汉宫名，汉武帝时陈皇后失宠曾被幽居于此。此处影射元顺帝时，伯牙吾氏皇后遭受伯颜迫害。　千万结：以柳丝千万结，形容愁肠百结。

② 旧时枝叶：喻指皇后因遭受迫害而失势。

③ 伤心树：承接前首"攀折更攀折"以及本首下句，言杨柳枝条被折，因而伤心。

④ 都不句：指元顺帝受伯颜控制，无力保护皇后。凤城，指京城、皇宫，此指代皇帝。

【评】 这两首重头小令为政治讽刺之曲。据有关文献记载，元顺帝时，伯颜自恃拥立之功，专权擅政，皇舅唐其势联合剡王彻彻都、高昌王帖木儿不花等皇室宗亲反对他而惨遭杀戮，皇后伯牙吾氏也受到牵连而被幽居，后被鸩杀。"山东宪使曹明善时在都下，作〔岷江绿〕（〔清江引〕别名）二词以讽之，大书揭于五门之上。伯颜怒，令左右暗察得实，肖形捕之。明善出避吴中一僧舍，居数年，伯颜事败，方再入京"（见陶宗仪《辍耕录》卷八）。两小令以物喻人，首曲用长门柳的任人攀折最终枝叶无多，讽喻伯颜为排除异己而对皇后以及皇室宗亲的杀戮。第二曲用"燕"谐音"颜"，影射伯颜对皇后及皇室宗亲的迫害；"都不由凤城春做主"则暗示连皇帝也无可奈何。两曲妙在句句写景，却又句句关合人事，语意双关，含蓄蕴藉，其讽刺亦委婉而辛辣。

〔双调〕庆东原

江头即事（三首选一）

低茅舍，卖酒家，客来旋把朱帘挂①。长天落霞②，方池睡鸭，老树昏鸦③。几句杜陵诗④，一幅王维画。

【注释】

① 旋：随即。

② 长天落霞：化用王勃《滕王阁诗序》"落霞与孤鹜齐飞，秋水共长天一色"二句。

③ 老树昏鸦：借用马致远〔天净沙〕《秋思》"枯藤老树昏鸦"句。

④ 杜陵诗：杜甫诗。

【评】　此曲写江边小景,以白描手法描绘出如诗如画的优美境界。前三句写酒家,最为抢眼的是茅舍与朱帘,在简朴中呈现出一种和平与宁静。接着三句并列六种景物,由落霞、睡鸭和昏鸦写出黄昏暮色,由长天、方池和老树绘出在一片苍茫暮色中的古朴幽美的江村景致。举目远眺,灿灿晚霞辉映长天,回视小池,终日觅食嬉戏的鸭子已静卧池边,暮色降临,归鸦栖息于老树上,俨然一幅恬静优美的江村晚景。最后两句以杜甫诗和王维画来总括并高度赞扬江头景色的优美绝伦。全曲用语简洁自然,结构疏朗有致,短短一曲,如诗如画之景,立呈眼前。

王仲元（三首）

王仲元，生卒年不详。钟嗣成《录鬼簿》列入"方今才人相知者"，称"仲元，杭州人，与余交有年矣"。可知仲元与钟嗣成为同时人。其所作杂剧，《录鬼簿》载有《于公高门》《袁盎却坐》《私下三关》三种，皆不存。其散曲作品，今存小令21首，套数4篇。朱权《太和正音谱》列入"词林英杰"150人中。

〔中吕〕普天乐

树杈丫，藤缠挂。冲烟塞雁，接翅昏鸦。展江乡水墨图，列湖口潇湘画。过浦穿溪沿江汉，问孤航夜泊谁家？无聊倦客，伤心逆旅，恨满天涯。

【评】 此曲写羁旅愁怀。前六句写景，连用三组对偶，且字数递增，句式多变，可谓摇曳多姿。其所写树、藤、塞雁、昏鸦，颇有东篱"枯藤老树昏鸦"之意味，但描摹更为细腻生动。"展江乡"两句极为工整，不仅总赞一路景致，且为后文抒情伏笔。"过浦"两句即承此而来，最后三句收束全曲，由"无聊"到"伤心"复到"恨满"，深切地表现了天涯孤旅的落寞和惆怅。全曲结构工整、遣词清雅，情景交融，曲中有画，有较强的艺术感染力。

〔双调〕江儿水 (九首选一)

叹　世

红尘不来侵钓矶①,别却风云会②。一钓了此生,七里全身计③。寻一个稳便处闲坐地。

【注释】

① 钓矶:即钓台,指东汉隐士严子陵垂钓处。

② 别却句:指严子陵放弃了与汉光武的风云际会。风云会,指君臣之间的际会。

③ 七里:即七里滩,为严子陵隐居垂钓的江滩。参见邓玉宾〔双调·雁儿落过得胜令〕《闲适》注释④。

【评】　王仲元的〔双调·江儿水〕共有9首,集中表现逃避世事、全身远害的归隐情怀。此曲通过对严子陵隐居垂钓史实的歌咏,感慨世事难为,不得不退隐闲居,表现出浓厚的消极厌世情绪。

〔中吕〕粉蝶儿

集曲名题秋怨①

〔粉蝶儿〕双雁儿声悲,景潇潇楚江秋意,胜阳关刮地风吹。满庭芳,梧桐树,金蕉叶坠。庆东原金菊香滴滴金帷,那更醉西湖干荷叶失翠②。

〔醉春风〕我一半儿情感玉花秋,一半儿忆王孙归塞北。我这应天长久不断怨别离，对秋风怨忆。忆，折倒的风流体俋嬴，红衫儿宽褪，翠裙腰难系③。

〔迎仙客〕都不念奴娇望远行，忘了初相见在武陵溪。骂玉郎有上梢没末尾，瘦削了柳丝玉芙蓉花面皮。这翠眉儿挛刺，捱这等相思会④。

〔红绣鞋〕上小楼凭阑人立，青山口日上平西。子听得乔木查鹊踏枝叫声疾，莫不倘秀才余音至？夜行船阮郎归，原来是牧羊关乌夜啼⑤。

〔石榴花〕常记得赏花时节看花回，上京马醉扶归，归来窗半月儿低，真个醉矣。柳青娘虞美人扶只，困腾腾上马娇无力，步步娇弄影儿行迟。似凤鸾交配答双鸳鸯对，人都道端正好夫妻⑥。

〔斗鹌鹑〕不误这万年欢娱，翻做了荆湘怨忆。把一个玉翼婵娟，闪在瑶台月底。想曩日逍遥乐事迷，今日呆古朵自悔。子落得初问口长吁，哭皇天泪滴⑦。

〔普天乐〕空闲了愿成双，鸳鸯儿被。揽筝琶断毁，碧玉箫尘迷。四块玉簪折，一锭银瓶坠。叹姻缘节节高天际，这淹证候越随煞愁的。想两相思病体，把红芍药枉吃，有圣药王难医⑧。

〔尾〕我每夜伴穿窗月影低，好也罗你可快活三不归，空教人立苍苔红绣鞋儿湿，可怕不恋上别的赚煞你⑨。

【注释】
① 集曲名题秋怨：即汇集曲牌名称题写秋思哀怨。

②〔粉蝶儿〕曲：此曲先写秋景。所集曲牌名有〔双雁儿〕、〔楚江秋〕、〔刮地风〕、〔满庭芳〕、〔梧桐树〕、〔金蕉叶〕、〔庆东原〕、〔金菊香〕、〔滴滴金〕、〔干荷叶〕等。

③〔醉春风〕曲：此曲写少妇触景伤怀，思念远人。所集曲牌名有〔一半儿〕、〔玉花秋〕、〔忆王孙〕、〔归塞北〕、(即〔望江南〕)、〔应天长〕、〔怨别离〕、〔秋风怨〕、〔风流调〕、〔红衫儿〕、〔翠裙腰〕等。尫羸(wāng léi)，瘦弱。亦作尫羸。

④〔迎仙客〕曲：此曲怨恨所思之人的薄情。所集曲牌名有〔念奴娇〕、〔望远行〕、〔初相见〕、〔武陵溪〕、〔骂玉郎〕、〔芙蓉花〕等。

⑤〔红绣鞋〕曲：此曲写思郎忆郎而误认郎归。所集曲牌名有〔上小楼〕、〔凭阑人〕、〔青山口〕、〔乔木查〕、〔鹊踏枝〕、〔倘秀才〕、〔夜行船〕、〔阮郎归〕、〔牧羊关〕、〔乌夜啼〕等。

⑥〔石榴花〕曲：此曲回忆从前的夫妻恩爱。所集曲牌名有〔赏花时〕、〔上京马〕、〔醉扶归〕、〔半月儿〕、〔柳青娘〕、〔虞美人〕、〔上马娇〕、〔步步娇〕、〔双鸳鸯〕、〔端正好〕等。

⑦〔斗鹌鹑〕曲：此曲转写眼下的离别悲痛。所集曲牌名有〔万年欢〕、〔荆湘怨〕、〔玉翼蝉〕、〔瑶台月〕、〔逍遥乐〕、〔呆古朵〕、〔初问口〕等。

⑧〔普天乐〕曲：此曲写为相思折磨而致病。所集曲牌名有〔愿成双〕、〔鸳鸯被〕、〔搅筝琶〕、〔碧玉箫〕、〔四块玉〕、〔一锭银〕、〔节节高〕、〔随煞〕、〔红芍药〕、〔圣药王〕等。

⑨〔尾〕曲：此曲写思妇担心丈夫移情别恋。所集曲牌名有〔穿窗月〕、〔快活三〕、〔红绣鞋〕、〔赚煞〕等。

【评】 这篇套数共 8 支曲子，叙述一位少妇在秋天思念远人的悲苦心情。全曲情景交融，时空转换交错，写少妇的心理活动极细腻生动。首曲〔粉蝶儿〕汇集秋雁、秋江、秋风、秋树、秋叶、秋菊、秋荷等季令景物，酿造了一种衰瑟萧条的环境氛围，以衬托思妇的悲苦情怀。其后各曲，则不断变化时空场景，从不同角度着力刻画思妇的苦情悲怨，展现了一名深受压抑和被冷落轻视的女子的精神痛苦与忧伤。这种深沉的痛苦和浓郁的感伤，几乎为中国古代社会中的女性群体所共有，反映了所有处于相似困境的弱势人群的精神共相。这是一篇汇集曲调名称的套曲，虽由许多曲调名称联缀而成，却浑然流畅，不露牵强附会之迹，由此可见曲作者在语言运用和构思技巧上的独到功力。

大食惟寅（一首）

　　大食惟寅，生卒年不详，生平失考。古称阿拉伯为大食，故大食或称其地，惟寅乃其名。其所作小令 1 首，称张可久为先辈，可知其为元代后期人。

〔双调〕燕引雏

奉寄小山先辈①

　　气横秋②，心驰八表快神游③。词林谁出先生右④？独占鳌头⑤。诗成神鬼愁，笔落龙蛇走⑥。才展山川秀，声传南国，名播中州⑦。

【注释】

　　① 小山：元散曲著名作家张可久的号。

　　② 气横秋：形容小山义气之盛。

　　③ 心驰句：形容小山精神境界之高。八表，八方之外极远之地，此处泛指天地之间。

　　④ 词林句：称颂小山曲作独步当时。右，古代尚右，以右为尊。

　　⑤ 独占鳌头：旧时称状元及第为独占鳌头，这里为冠绝当时之意。

　　⑥ 诗成二句：化用杜甫《寄李十二白二十韵》："笔落惊风雨，诗成泣鬼神。"

　　⑦ 中州：原指古豫州(现今河南等地)，这里泛指中原地区。

【评】 此曲赞扬元代著名散曲家张可久的气质、曲作成就和影响。既可见张可久散曲创作的杰出成就和巨大的社会影响，又可见域外文化人对于散曲的喜爱。这可以表明：元曲不仅是中国的，它也是世界的。这首小令的意义，正在于用事实说明了这一点。

吕止庵（二首）

吕止庵，生卒年不详，生平失考。杨朝英《阳春白雪》所收曲家，有吕止轩；杨朝英《太平乐府》姓氏表及朱权《太和正音谱·古今群英乐府格式》俱只有吕止庵而无吕止轩，故疑吕止轩即吕止庵，当为一人，为元中期以前曲家。隋树森《全元散曲》辑其小令 32 首，套数 4 篇。《太和正音谱》评其曲如"晴霞结绮"。

〔仙吕〕后庭花

风满紫貂裘，霜合白玉楼①。锦帐羊羔酒②，山阴雪夜舟③。党家侯，一般乘兴，亏他王子猷④。

【注释】

① 风满二句：结合后文来看，首句当就装束言宋代武将党进英姿伟岸，次句当就居所言晋代书法家王子猷（名徽之）之倜傥风流。

② 锦帐句：指党进的豪奢生活。明陈继儒《辟寒》卷一：宋陶穀妾，本党进家姬。一日雪下，陶穀命取雪水煎茶，问之曰："党家有此景否？"对曰："彼粗人，安识此景？但能于销金帐下，浅斟低唱，饮羊羔美酒耳。"羊羔酒，酒名。

③ 山阴句：用王子猷雪夜访戴事。《世说新语·任诞门》载，王子猷（名徽之）居山阴，曾乘兴连夜冒雪去拜访戴逵，经过一夜方才到达，但他仅走到戴逵家门口就返回了。人问其故，他回答说：我本乘兴而来，兴尽而返，何必还要去见戴呢？

④ 党家三句：这里把党进与王子猷做对比，说都是"乘兴"行事，但相

对于党进的锦帐中饮羊羔美酒而言,王子猷却顶风冒雪,就太亏了。

【评】 此曲将党进与王子猷在风雪中的不同举动进行对比,表现出不同于传统看法的另类见识。王子猷的雪夜访戴,历来被传为放达不羁的佳话为人们乐于称道,党进为避寒而躲进锦帐中饮羊羔美酒,则被认为很世俗,往往为高人雅士所鄙视。但是,作者却认为王子猷如此冒风雪之苦,不如党进懂得享受生活,是很划不来的。这种对传统雅俗观的有意颠覆,显然是元曲家发泄牢骚的又一方式。

〔商调〕知秋令

为董针姑作①

心间事,肠断时,醉墨写乌丝②。千金字,织锦词③,绣针儿。不比莺儿燕子④。

【注释】

① 董针姑:此指一名姓董的缝纫女工。

② 醉墨句:此指董针姑将手中黑色丝线作为书写自己情感的笔墨。醉墨,笔酣墨饱。

③ 织锦词:指以回文体诗织于锦上。事本《晋书·窦滔妻传》,窦滔妻苏蕙字若兰,善属文,滔任前秦苻坚秦州刺史,被徙流沙,苏氏在家织锦为回文诗以赠滔,诗长 840 字,可宛转循环以读,词甚凄婉。

④ 莺儿燕子:莺善鸣,燕善舞,因用以喻指歌妓舞女。此句意在赞美董针姑作为良家女子的身份。

【评】 此曲写一名缝纫女工特殊的感情表达方式。与一般元散曲中女性形象多为艳情或恋情对象不同,这里写的仅是一名普通的手艺女工董针姑。但即使是普通劳动者,董针姑也有自己丰富的情感世界。她并不因为整日劳作便无甚情思,而是依然有"肠断"之时,有"心间"之事。不过她只是将其情思融入劳动,将一腔柔情满腹心语倾注在一枚绣花针上,只有知音者读懂了她的绣活,才能读懂她的心事。此曲简洁凝练,有一种蕴而不发的韵致。

真　氏（一首）

　　真氏，生卒年不详。建宁（今福建建瓯）人，又名真真，元代歌妓。元陶宗仪《辍耕录》卷二十二"玉堂嫁妓"条记姚燧于玉堂设宴，歌妓真氏诉其乃名儒真德秀女，其父为济宁管库，犯法卖女抵偿，遂沦落娼家。姚燧怜之，为其赎身，并嫁于翰林属官王楝。此事又见《绿窗纪事》。但此曲不见记载。《全元散曲》据吴梅《顾曲麈谈》转录。

〔仙吕〕解三酲

　　奴本是明珠擎掌①，怎生的流落平康②。对人前乔做作娇模样③，背地里泪千行。三春南国怜飘荡，一事东风没主张④。添悲怆，那里有珍珠十斛⑤，来赎云娘⑥。

【注释】

　　① 明珠擎掌：即掌上明珠，言其出身之高贵。

　　② 平康：唐代长安平康里，即北里，为歌妓寄居地，后代指妓院。

　　③ 乔：作假，假装。

　　④ 一事句：指落花任随东风吹得到处飘荡，不由自主。真氏用以比喻自己任人玩弄，身不由己。

　　⑤ 珍珠十斛(hú)：用石崇买绿珠事。唐乔知之《绿珠篇》："石家金谷重新声，明珠十斛买娉婷。"喻赎身价高。

　　⑥ 云娘：唐代澧州官妓崔云娘，其形貌瘦瘠。事见唐范摅《云溪友

议》。此处以云娘自比,既取官妓身份,又取消瘦憔悴之意。

【评】 此曲乃歌妓自叙身世之作。作者本良家女子,作为父母的掌上明珠,却沦落风尘,受尽非人的折磨。在她对悲惨生活的叙述以及身世的追问和渴望搭救的呼唤中,不知包含着多少血泪和痛苦!此曲将一个歌妓的辛酸悲苦抒写得淋漓尽致,特别是"对人前乔做作娇模样,背地里泪千行"一句,更是处于社会底层的万千妓女们痛苦生活的真实写照。从这个意义上来说,此曲应当不朽。

景元启（二首）

景元启，生卒年不详，生平失考。杨朝英《阳春白雪》《太平乐府》，朱权《太和正音谱》所收曲家有景元启、杲元启、栗元启，疑为一人。"杲"、"栗"乃形近而误。其现存散曲有小令 15 首。《太和正音谱》列于"词林英杰"150 人中。

〔双调〕得胜令

思情娘

从他嫁了时，情怀两不知。终日病相思，如醉复如痴。鳞鸿虽有难投字①。思知，今日里不如死。

【注释】

① 鳞鸿：鱼和雁，古有鱼雁传书的传说，因用以代指书信。

【评】 此曲写一个害相思病的人割舍不下的相思之情。本是自己的"情娘"，却嫁与别人，这已经令人伤怀；且又不知情娘之情怀有如何变化，所以更令抒情主人公百般思念万般牵挂，最后终于相思成病。"如醉复如痴"，整日恍惚，如失魂落魄。心中几多思念也不能再托鱼雁传书，这种煎熬是如此痛苦，以致主人公最后发出了不如以死解脱的呐喊。曲中情感炽烈，真切动人。

〔双调〕殿前欢

梅　花

　　月如牙，早庭前疏影印窗纱。逃禅老笔应难画^①，别样清佳。据胡床再看咱^②。山妻骂：为甚情牵挂？大都来梅花是我^③，我是梅花。

【注释】

　　① 逃禅老笔：此指画梅老手。宋代扬无咎，字补之，善画梅花，词集名《逃禅词》，故称。逃禅，逃避世事而归依佛法。

　　② 胡床：即交椅，或称交床，一种可以折叠的轻便坐具。　咱：语气词。

　　③ 大都来：不过，只不过。

【评】　此曲表面写梅花，实即以梅自喻，写出对清高品格的追求。篇中"山妻骂"二句类似杂剧中的科诨，自己看纱窗上的梅影，老婆以为是在牵挂窗外什么人，因而醋意大发，使高雅的精神享受又充满了现实生活的情趣。末句言人与花已不可分，表现出爱梅者已深深沉醉于自己的精神世界之中。

查德卿（二首）

查德卿，生卒年不详，生平失考。约生活于仁宗朝前后。其散曲作品，今存小令 22 首。李开先《闲居集》卷五《醉乡小稿序》论元人散曲时将其与张可久、乔吉并列，朱权《太和正音谱》列其名于"词林英杰"150 人中。

〔仙吕〕寄生草

感　叹

姜太公贱卖了磻溪岸①，韩元帅命博得拜将坛②。羡傅说守定岩前版③，叹灵辄吃了桑间饭④，劝豫让吐出喉中炭⑤。如今凌烟阁一层一个鬼门关⑥，长安道一步一个连云栈⑦。

【注释】

① 姜太公句：意即姜子牙放弃渭水垂钓的隐居生活去做官很不值得。磻(pán)溪，在今陕西宝鸡市东南。

② 韩元帅句：意即韩信虽被拜为大将，但最终却付出了生命。

③ 羡傅说(yuè)句：意即傅说不出仕才是值得羡慕的。傅说，殷高宗(商王武丁)时贤相，传说他曾为岩前筑墙之奴隶，后被武丁拜为相。

④ 叹灵辄(zhé)句：意即灵辄不该受赵盾之恩为其卖命。《左传·宣公二年》载晋灵公大夫赵盾出猎，在桑林中见到饥饿的灵辄，便赐予饭食。其后灵辄做了晋灵公的卫士，当灵公派人刺杀赵盾，灵辄在其危难时却倒

戈相救,以报赵盾桑林一饭之恩。

⑤ 劝豫让句:意即豫让不值得为智伯卖命。豫让,战国时晋人,事智伯。后智伯为赵襄子所灭,豫让漆身吞炭为哑,欲刺襄子以报仇,事败被擒而死。事见《史记·刺客列传》。

⑥ 凌烟阁:唐代皇宫中的功臣阁,唐太宗曾图二十四功臣像于其上,以示表彰。

⑦ 长安道:通向京城的道路,喻指仕途。 连云栈:在陕西西南部褒斜谷(今陕西褒城一带),是古代入蜀的通道,在悬崖峭壁之上凿孔架木铺板而成,十分险峻,这里借以形容险境。

【评】 此曲否定历史英雄,表现出强烈的叛逆精神。在作者看来,英雄贤人纠缠于名利,却不知"黄金带缠着忧患,紫罗兰裹着祸端",即使风光一时,最终却牺牲了闲适的生活甚至赔上了性命,这是万不可取的。作者对历史英雄的否定,无疑反映出对现实的不满和愤懑。

前 调

间 别

姻缘簿剪做鞋样①,比翼鸟搏了翅翰②。火烧残连理枝成炭③,针签瞎比目鱼儿眼④,手揉碎并头莲花瓣。掷金钗撅断凤凰头⑤,绕池塘捽碎鸳鸯弹⑥。

【注释】

① 姻缘簿:旧谓月下老人注定男女姻缘之簿册,出自唐李复言《续幽怪录》中《定婚店》故事。

② 比翼鸟:鸟名,传说成双而飞永不分开,比喻夫妻恩爱。 搏:

折断。

③ 连理枝：两树之枝条共生一起,比喻夫妻恩爱。晋干宝《搜神记》卷十一载,韩凭之妻为宋康王所夺,夫妇以死反抗,康王分葬之,但二人坟上的树枝却连在了一起。唐代白居易《长恨歌》:"在天愿作比翼鸟,在地愿为连理枝。"

④ 比目鱼：鱼名,喻夫妻恩爱。《尔雅·释地》:"东方有比目鱼焉,不比不行,其名谓之鲽。"签,即刺。

⑤ 撷(xié)断：折断。

⑥ 捽(zuó)碎：搓碎。　鸳鸯弹：即鸳鸯蛋。

【评】　本曲以博喻手法写姻缘被拆散以后带给闺中人的痛苦,新颖独特,意象新奇。姻缘簿、比翼鸟、连理枝、比目鱼、并头莲等男女恩爱的象征,都被女主人公无情地毁灭掉了,从这些反常的行为中,既表现了从前相爱之深,也表现了如今怨恨之烈。《古诗十九首》中《有所思》写将二人相爱时的信物毁掉,以表示彻底决裂之意,或为此曲命意所本。清人郑燮《沁园春·恨》"把妖桃斫断,煞他风景,鹦哥煮熟,佐我杯羹。焚砚烧书,椎琴裂画,毁尽文章抹尽名"数句,当受此曲启发。

吴西逸（三首）

吴西逸，生卒年不详，生平失考。约与贯云石同时。从其作品看他曾在杭州生活，到大都求取功名，且有山居生活经历。今存小令47首。朱权《太和正音谱》评其曲如"空谷流泉"。

〔越调〕天净沙

闲　题（四首选二）

楚云飞满长空，湘江不断流东，何事离多恨冗？夕阳低送，小楼数点残鸿。

江亭远树残霞，淡烟芳草平沙，绿柳阴中系马。夕阳西下，水村山郭人家。

【评】　作者此组小令抒写离别漂泊愁思。此处所选两曲，前一首开篇两句写景，以开阔绵远之境，衬托离恨的绵远无尽。其后"夕阳"、"残鸿"等意象总给人一种悲凉落寞之感，这种悲苦之美往往最能拨动一般骚人墨客的心弦，引发其吟咏兴趣。后一首仿拟马致远〔天净沙〕《秋思》小令，却呈现出与之不同的旨趣。马曲重在写天涯游子的孤苦无依与对故乡的眷念，此曲则着眼于游旅生活中的旷达和闲适。马曲选的是"枯藤"一类的秋天衰败肃杀之物，此曲则描摹"绿柳"一类有着生机和诗意的景象。曲者眼中之景看似旷远舒畅，实则潜含着一种落寞情怀。

〔双调〕清江引

秋　居

　　白雁乱飞秋似雪，清露生凉夜。扫却石边云，醉踏松根月，星斗满天人睡也。

　　【评】　起句意象独特，以南飞大雁写秋之临近，又赋予秋以白雁分飞如雪花般的意境，与一般写秋之作多以红黄二色为秋之底色不同。而白色又给人格外清凉静谧的感受，与下文的“清露”、“凉夜”、“石边云”、“松根月”一并构成初秋之夜独特的景致。而石云、松月这些常在隐逸游仙诗作中出现的意象，又表现出作者远离尘世的追求和闲适旷远的胸襟。

赵显宏（二首）

赵显宏，生卒年不详，生平失考。约与孙周卿同时，为元代中后期散曲家。从其自述行迹的一些散曲作品中，可知其为一布衣文人。其现存散曲作品有小令 21 首，套数 2 篇。朱权《太和正音谱》列其名于"词林英杰"150 人中。

〔黄钟〕刮地风

叹　世

昨日街头唤小哥^①，早两鬓婆娑^②。云间乌兔似穿梭^③，老了人呵。琴堂难坐^④，林泉堪卧。山鸟山花，尽供吟和。清闲怎似他，功名不恋我，因此上落落魄魄^⑤。

【注释】

① 小哥：对少年或年轻男子的客气称呼。

② 婆娑：衰微貌，衰老貌。

③ 乌兔：神话传说中谓太阳中有三足金乌，谓月宫中有玉兔，故以"乌兔"代指日月。

④ 琴堂：《吕氏春秋·察贤》："宓子贱治单父，弹鸣琴，身不下堂而单父治。"后称州、府、县署为琴堂。这里指出仕做官。

⑤ 落落魄魄(pò)：穷困失意的样子。

【评】 此曲是对韶光易逝而自身又无所作为的慨叹。前四句以昨日街头活泼的少年与今日头发斑白的老翁作对比,表现了时光易逝、人生无常的感慨。其后以"琴堂"与"林泉"对举,表明作者虽有心为官,但因官场黑暗却不得不隐居山林。"山鸟"二句,即写出隐居乐趣。末三句写作者虽过着隐居生活,内心却想着建功立业,理想与现实的差异使其非常失意。全曲生动地再现了作者被迫隐居的矛盾心情。

〔中吕〕满庭芳(四首选一)

樵

腰间斧柯,观棋曾朽①,修月曾磨②。不将连理枝梢剉③,无缺钢多。不饶过猿枝鹤窠④,惯立尽石涧泥坡。还参破⑤,名缰利锁,云外放怀歌。

【注释】

① 腰间二句:用传说中王质事。南朝梁任昉《述异记》:"信安郡石室山,晋时王质伐木,至,见童子数人,棋而歌,质因听之。童子以一物与质,如枣核,质含之,不觉饥。俄顷,童子谓曰:'何不去?'质起,视斧柯烂尽。既归,无复时人。"

② 修月曾磨:古代传说月亮曾为七宝合成,常有八万二千户以斤斧修治它。事见唐段成式《酉阳杂俎·前集一·天咫》。

③ 连理枝:两树枝柯相连。常用以比喻恩爱夫妇。 剉(cuò):折伤。

④ 猿枝鹤窠:指为猿猴攀爬和为鹤鸟筑巢的一般树枝。

⑤ 参破:指透彻地认识、领悟。

【评】 此曲表现了作者摆脱名利、乐以忘忧的情怀。前三句连用两个事典，以表明樵夫斧头的来历不凡，由此为这位樵夫的人生经历抹上一层神奇浪漫的色彩。其后写樵夫不忍砍断连理枝，表现樵夫内心的善良。末三句直抒胸怀，写这位樵夫勘破世情，愿从世俗名利中挣脱出来，从而远离红尘，放怀高歌，过自由自在的生活。此曲明写樵夫，实写作者自己。全曲用叙述的语言，笔调潇洒，充满诗情画意。

唐毅夫（一首）

唐毅夫，生卒年不详，生平无考。元代散曲作家，今存小令1首，套数1篇。朱权《太和正音谱》列其名于"词林英杰"150人中。

〔双调〕殿前欢

大都西山

冷云间，夕阳楼外数峰闲，等闲不许俗人看①。雨髻烟鬟②，倚西风十二阑③。休长叹，不多时暮霭风吹散④，西山看我，我看西山。

【注释】

① 等闲：轻易、随便。

② 髻、鬟：皆为女子的发式。髻，总发而结之于顶。鬟，环形的发髻。

③ 十二阑：曲曲折折的阑杆。

④ 暮霭：傍晚的云雾。

【评】 这支曲子描写傍晚时分晴雨变化中大都（今北京市）西山的美丽景色。前三句写远观西山，表现了夕阳映照之下西山的闲适。"等闲不许俗人看"，表明作者认为只有摆脱物累的人才能领略西山的宁静之美。接着用拟人手法描写烟雨笼罩中的西山，将其比喻为一位少妇正斜倚着阑干远望归人。作者愁其所愁,以朋友身份劝慰少妇不要叹息,当烟雨暮霭被吹散的时候,她就可以看见从远方归来的心上人了。篇末两句在物我合一的意境中展现出一种超脱尘俗的闲适与快慰。此曲情景交融,比喻新颖,风格清新自然。

朱庭玉（二首）

朱庭玉，生平不详。元代散曲作家，从其〔大石调·青杏子〕《归隐》套数中"归来好向林泉下"、"汾水岸晋山坡"等曲词看，庭玉当为山西人。今存小令 4 首，套数 26 篇。朱权《太和正音谱》评其曲如"百卉争芳"。

〔越调〕天净沙（四首选一）

秋

庭前落尽梧桐，水边开彻芙蓉，解与诗人意同。辞柯霜叶，飞来就我题红①。

【注释】

① 题红：暗用红叶题诗事。唐范摅《云溪友议》卷十三：唐宣宗时，卢渥应举，于御沟得一红叶，上题诗句："水流何太急，深宫尽日闲。殷勤谢红叶，好去到人间。"后卢渥与题诗女结为佳偶。同样故事有三说，男主角分别为顾况、于祐、贾全虚。后用来比喻男女奇缘或闺情怨思。

【评】 此曲借秋景抒发闲情。秋景在古诗词中常给人萧条凄凉之感，此曲渗入作者的独特感受，却诗意盎然，别有机趣。开首两句以梧桐叶落和荷花凋残点出秋光已老，妙在第三句拟人，写梧桐与芙蓉善解人意，能切合诗人的悲秋之情而呈凋残之态。其后巧借"红叶题诗"之典，但不说人爱红叶，而说红叶恋人,把作者对美好生活的遐想轻轻托出,于是淡化了悲秋意绪,其格调也顿时变得明丽、疏朗。此曲想象丰富,语言雅致而不失通俗,风格清丽,读来别有韵味。

〔大石调〕青杏子

送 别

〔青杏子〕游宦又驱驰,意徘徊执手临岐①,欲留难恋应无计。昨宵好梦,今朝幽怨,何日归期?

〔归塞北〕肠断处,取次作别离②。五里短亭人上马③,一声长叹泪沾衣。回首各东西。

〔初问口〕万叠云山,千重烟水,音书纵有凭谁寄?恨萦牵,愁堆积,老天不管人憔悴④。

〔怨别离〕感情风物正凄凄⑤,晋山青汾水碧⑥。谁返扁舟芦花外,归棹急,惊散鸳鸯相背飞。

〔擂鼓体〕一鞭行色苦相催,皆因些子、浮名薄利。萍梗飘流无定迹⑦,好在阳关图画里⑧。

〔催拍子带赚煞〕未饮离杯心如醉,须信道送君千里。怨怨哀哀,凄凄苦苦啼啼。唱道分破鸾钗⑨,丁宁嘱付好将息⑩。不枉了男儿堕志气,消得英雄眼中泪⑪。

【注释】

① 别岐:岔路分别之处。

② 取次:随便,轻易。

③ 五里短亭:亭为古代路旁供人停宿、休息的房舍,十里设一长亭,

五里设一短亭,也常被用为送别钱行之处。

④ 老天句:用王实甫《西厢记》第四本第三折〔端正好〕套〔四煞〕一曲中成句:"相思只自知,老天不管人憔悴。"

⑤ 感情:触动情怀。

⑥ 晋山:山西称晋,这里指山西一带的山峦。　汾水:又称汾河,在今山西境内。

⑦ 萍梗:浮萍和断梗,皆水中漂浮物。喻游宦生活像水中浮萍一样漂泊无定。

⑧ 好在句:此句意为只落得独自飘零。好在,此处反用其意,即落得之意。阳关,唐王维《送元二使安西》诗中有"劝君更尽一杯酒,西出阳关无故人"句,此取其意,以"阳关图画"指离别故人而漂流在外的景象。

⑨ 唱道:正是。元曲中常用语词。　鸾钗:用作首饰的鸾凤形发簪,钗皆两股。分破鸾钗,喻指夫妻或情侣分别。

⑩ 将息:保重身体。

⑪ 消得:值得。

【评】　这篇套曲写夫妇离别之情。从执手临岐不忍分别到设想别后的思念,从分别场景的凄凉到分别原因的无奈,以至最后相互叮嘱、挥泪而别,感情的波涛层层推进,回环往复,极其缠绵感伤,整个过程相当感人。第三、四、六曲犹妙。〔初问口〕设想分别后山长水远,鱼雁无凭,斯人愁恨萦怀,独自憔悴。〔怨别离〕描述执手临岐时所见景物,晋山汾水皆着凄凉之色,鸳鸯也被归棹惊散,作者借其象征寓意,把有情人不能长相厮守而忍痛分别的无奈,刻画得淋漓尽致。最后一支曲子通过对执手临岐的场面进行渲染描摹,将别情推向高潮。全曲言愁说恨,不求含蓄蕴藉,其情感发露之语触目皆是,如幽怨、长叹、憔悴、凄苦、悲啼等,未品其曲,已睹其情,颇具曲文学直白朗畅的特点。

李致远（二首）

李致远，生卒年不详。元代散曲作家。孙楷第《元曲家考略》据元仇远《金渊集》卷二《和李致远君深秀才》诗，以为李致远为溧阳（今属江苏）人。今存小令 26 首，套数 4 篇。朱权《太和正音谱》评其曲如"玉匣昆吾"。

〔中吕〕红绣鞋

晚　秋

梦断陈王罗袜[①]，情伤学士琵琶[②]，又见西风换年华。数杯添泪酒，几点送秋花，行人天一涯。

【注释】

① 陈王：即陈思王曹植。其封地为陈郡，谥号为思，故称陈思王。他在《洛神赋》中形容宓妃情态，有"凌波微步，罗袜生尘"句。

② 学士：指翰林学士白居易。他所作的长诗《琵琶行》对琵琶女寄予深切的同情，也抒发了自己失意的心绪。

【评】 此曲情调颇为凄恻，写暮秋之际，漂泊天涯的游子为流年飞逝而伤怀，为离愁别绪而肠断。开首两句，用陈思王作《洛神赋》和白居易作《琵琶行》两个典故，比拟自己的惆怅情怀。"又见西风换年华"一句，由西风送秋，联想到时光易逝，一个"又"字，道出了身为游子的时间之久。最后三句，把凄凉之意、哀伤之情更进一步地表现了出来。本来人生易老，却又要花酒相别，天涯漂泊了，尤其是"行人天一涯"一句，化用古诗《行行重行行》"相去千万里，各在天一涯"句意，抒发离别伤感之情。意境开阔，风情无限，为读者提供了想象的天地。全曲属对工整，文词浅易，声韵和谐，读来朗朗上口。

〔越调〕天净沙

离　愁

敲风修竹珊珊[①]，润花小雨斑斑，有恨心情懒懒。一声长叹，临鸾不画眉山[②]。

【注释】

① 珊珊：本形容衣裙玉佩的声音，这里指风吹竹子发出的声音。

② 临鸾：即临镜。鸾，鸾镜的省称，古代妇女所用铜镜常铸有鸾凤图案，故称鸾镜。　眉山：指眉毛。

【评】　此曲写相思愁绪，别有神韵。它妙在不言离别之悲，也不写相思之苦，而是借对细雨绵绵时女主人公的一声长叹，以及不画眉山的平静描述，刻画出了一名孤苦无依、落寞忧郁、无心饰容的思妇形象。全曲短小精悍，清新脱俗，情韵悠远。

张鸣善(二首)

张鸣善,生卒年不详,名择,自号顽老子。祖籍山西平阳(今山西临汾),后迁居湖南,长期居于武昌、扬州等地。元末杂剧、散曲作家。钟嗣成《录鬼簿》列入"方今才人相知者",称其为"扬州人,宣慰司令史",载其所作杂剧《烟花鬼》《瑶琴怨》两种,皆佚。其散曲作品今存小令 13 首,套数 2 篇。朱权《太和正音谱》评其曲如"彩凤刷羽"。

〔双调〕水仙子

讥　时

铺眉苫眼早三公①,裸袖揎拳享万钟②,胡言乱语成时用③。大纲来都是烘④。说英雄谁是英雄?五眼鸡岐山鸣凤⑤,两头蛇南阳卧龙⑥,三脚猫渭水非熊⑦。

【注释】

① 铺眉苫(shān)眼:挤眉弄眼,极不正经。　三公:执掌军政大权的高官。西汉指大司马、大司徒、大司空。东汉以太尉、司徒、司空为三公。唐宋以后,虽沿此称,并无实际职务。

② 裸袖揎(xuān)拳:裸,即捋。捋胳膊挽袖子挥舞拳头,形容行为粗野。　享万钟:享受万钟粟的俸禄。钟为量器,每钟六十四斗,故万钟禄代指高官。

③ 时用:为当时所重,在当时行得通。

④ 大纲来：总之，概言之。　烘：即"哄"，欺骗。

⑤ 五眼鸡：即乌眼鸡，指好斗的公鸡。　岐山鸣凤：喻治世的贤人。《国语·周语上》："周之兴也，鸑鷟鸣于岐山。"韦昭注："鸑鷟，凤之别名也。"岐山（属陕西）为周之发祥地，凤集岐山预示贤才出以辅时，周将兴盛。

⑥ 两头蛇：相传为不祥之物，人见之即死。见贾谊《新书·春秋》所记楚孙叔敖故事。　南阳卧龙：即诸葛亮。诸葛亮为南阳人，号卧龙先生。

⑦ 三脚猫：猫本四足，三足则无所用。郎瑛《七修类稿》卷五十一："俗以事不尽善者谓之三脚猫。"　渭水非熊：指姜太公。《史记·齐太公世家》记载：文王出猎占卜，其辞曰："所获非龙非螭，非虎非罴，所获霸王之辅。"后果于渭水遇姜太公吕尚。

【评】　此曲题为《讥时》，作者以极辛辣的笔调抨击了元代官场的混乱和腐朽。开首三句构成鼎足对，既是大笔勾勒而又具体形象地描绘了元代上层社会统治阶级的丑恶嘴脸：一个个装模作样，欺世盗名，竟还居高官，享厚俸，为时所用，现实竟是如此的荒唐。第四句以口语作结，画龙点睛，直接快当。第五句以反诘语引起后文，末三句又是一鼎足对，融传说、俗语和胸中激愤为一炉，不惜委屈古人以讽刺高官显宦们的丑恶。此曲语言犀利，幽默生动，痛快淋漓，令人叫绝。

前　调

东村饮罢又西村，熬尽田家老瓦盆①，醉归来山寺里钟声尽。趁西风驴背稳，一任教颠倒了纶巾。稚子多应困，山妻必定盹②，多管是唤不开柴门。

【注释】

① 老瓦盆：粗劣的陶制酒具。杜甫《少年行》之一："莫笑田家老瓦盆，自从盛酒长儿孙。"

② 眄：小睡，打瞌睡。

【评】 这首小令写主人公远离官场，逍遥自在、无忧无虑、安详自得的生活情状。前三句写主人公在平淡生活中追求怡然自乐。他终日陶醉于青山绿水，游戏于村庄田舍，畅谈豪饮，一醉方休。紧接两句写主人公醉态。想是须趁着西风驴背稳当才能到家，纶巾颠倒也由它去，主人公的洒脱不羁跃然纸上，字里行间，妙趣横生。后三句当为主人公思忖之语。这个时候幼子早已困意重重，妻子也睡意浓浓了吧？可能唤不开柴门了。天伦之乐，溢于言表。全曲语言质朴自然，生动幽默，尤其对主人公悠游生活的描写可谓妙绝。

杨朝英（三首）

杨朝英，生卒年不详，字英甫，号澹斋，青城（在今四川省都江堰东南）人，元代中后期散曲家。元张子翰《杨英甫郎中澹斋》诗云："前年作郡守，今年署郎位。迹居喧扰中，兴在潇洒地。"（《西岩集》卷一）曾编有《阳春白雪》《太平乐府》两种元人散曲集，元人散曲作品多赖以传。其所作散曲，今存小令 27 首。元杨维桢《周月湖今乐府序》云："士大夫以今乐府名者，奇巧莫如关汉卿、虞吉甫、杨澹斋、卢疏斋。"朱权《太和正音谱》评其曲如"碧海珊瑚"。

〔正宫〕叨叨令

叹　世

昨日苍鹰黄犬齐飞放①，今日单鞭羸马江南丧②。他待学欺君冈上曹丞相③，不如俺葛巾漉酒陶元亮④。倒大来快活也末哥⑤，倒大来快活也末哥，渔翁把盏樵夫唱。

【注释】

① 昨日句：用李斯临刑叹息之典，言从前之悠闲快乐不可复得。《史记·李斯传》载，李斯被二世腰斩于咸阳，临刑前，对儿子说：我想与你再牵黄犬一起出上蔡东门追逐狡兔，哪能还有这样的机会呢？苍鹰，当由黄犬连类带出。

② 今日句：以项羽兵败垓下于乌江渡自刎而亡,言英雄末路之悲。羸马,疲惫瘦削之马。

③ 欺君冈上曹丞相：指曹操假借汉献帝名号,"挟天子以令诸侯"。

④ 葛巾：用葛布制成的头巾。　漉酒：滤酒。《南史·隐逸传上·陶潜》："郡将候潜,逢其酒熟,取头上葛巾漉酒,毕,还复著之。"

⑤ 倒大来：非常,十分。　也末哥：表感叹的语气词。此曲中两个重叠句尾是〔叨叨令〕的定格。

【评】　此曲抒写对仕途的感慨和对隐逸的向往。作者以极冷峻的目光看待历史与现实人生,通过仕与隐的对比,感叹仕途的危险,称道隐逸的安闲。全曲一气呵成,语言流畅自然,对仗工整,用典也自然贴切,不留痕迹。

〔双调〕清江引

秋深最好是枫树叶,染透猩猩血①。风酿楚天秋,霜浸吴江月②。明日落红多去也。

【注释】

① 猩猩血：形容枫叶像浸过猩猩血一样鲜红。猩猩,动物名,据说其血最红。

② 吴江：太湖支流之一,这里泛指江南一带的江河。

【评】　此曲描写了江南深秋景色的美丽。开头两句融入作者强烈的感情色彩,极言枫叶之红艳。三四两句对仗工稳,语意凝练,将深红的枫叶、辽阔的秋空与江月寒水共同构成一幅秋江霜月图。无限恋秋之情,全于末句写出,既露出惜秋的感伤惋惜之情,又不无人生感慨的寄寓,可谓含不尽之意于言外。曲中"染透"、"酿"、"浸"等字锤炼精妙,耐人玩味。

〔双调〕水仙子

自 足

　　杏花村里旧生涯①,瘦竹疏梅处士家②,深耕浅种收成罢。酒新篘鱼旋打③,有鸡豚竹笋藤花④。客到家常饭,僧来谷雨茶⑤。闲时节自炼丹砂⑥。

【注释】

① 杏花村:诗词中常用以写春景。　旧生涯:已经熟悉的生活。

② 处士:指有才德而不仕者。

③ 酒新篘:指酒刚刚滤出。篘(chōu),滤酒的器具,也指滤酒。　鱼旋打:临时去打鱼。旋,刚刚。

④ 豚:小猪。

⑤ 谷雨茶:王观国《学林》卷八:"茶之佳品,摘造在社前;其次则火前,谓寒食前也;其下则雨前,谓谷雨前也。"由此可知,谷雨茶即寻常茶,与上句"家常饭"相对。

⑥ 丹砂:道教徒炼制的认为可延年益寿的所谓灵丹,也叫朱砂。实质上是由几种矿物质合成的无机化合物。

【评】　此曲写隐居田园的闲适生活与澹泊情怀。开头三句点出村居环境风物之幽美和春种秋收的躬耕乐趣。接下来两句写在农闲时节享受劳动成果的满足与喜悦,安然闲适之乐隐于其中。六七两句写客人、僧侣来访时就奉上寻常茶饭，主客间相交以诚，不拘礼节，逍遥自在。末句写无农事也无客时，就悠然自得地炼制丹药，表现出远俗虑而求清静的生活情趣。全曲中作者并没有出现，但读者却始终能感受到他多方面的自足之乐。

宋方壶（四首）

宋方壶，生卒年不详，名子正，华亭（今上海松江）人。至正（1341—1368）间，曾居莺湖之西，"辟室若干楹，方疏四启，昼夜长明，如洞天状。有石焉崭然而献秀，有木焉郁然而交阴。盖不待驭冷风度弱水而坐致'方壶'之胜，因揭二字以名之"，并请名士贝京（1297？—1379）为记（参见《清江贝先生集》）。从其所作〔越调·斗鹌鹑〕《踏青》套末句"齐仰贺万万岁吾皇大明国"曲词看，宋方壶当为由元入明的曲家。其现存小令13首，套数5篇。朱权《太和正音谱》列其名于"词林英杰"150人中。

〔中吕〕山坡羊

道　情

青山相待，白云相爱，梦不到紫罗袍共黄金带①。一茅斋，野花开，管甚谁家兴废谁成败。陋巷箪瓢亦乐哉②。贫，气不改；达，志不改。

【注释】

① 紫罗袍、黄金带：为古代高级官员的官服，此指入仕为官。

② 陋巷句：典出《论语·雍也》："一箪食，一瓢饮，在陋巷，人不堪其忧，回也不改其乐。贤哉回也！"这是孔子赞美学生颜回的话。此句言安贫乐道。箪（dān），竹制或苇制的器具，常用以盛饭。瓢，葫芦或木制的舀水器具。

【评】 此曲写作者安贫乐道、超然物外但却坚守气节的情志。前两句将"青山"、"白云"拟人化，以轻快的笔调写身居山村的怡然自得。第三句紧承前两句，表现对功名利禄的鄙薄，从侧面衬托其乐于隐居不愿为官的思想。接下来四句转入对自己居住小环境的具体描写，进一步表现出安贫乐道、不问世事的情怀。最后的排比句以"贫"、"达"时自己的志向都不会改变结束，语促意决，思想的高度与情感的力度双双凸现。全曲文字通俗，衬字灵活，尤其最后两句达到了"言尽旨远"的效果。

〔商调〕梧叶儿

怀 古

黄州地，赤壁矶^①，衰草接天涯。周公瑾^②，曹孟德^③，果何为？都打入渔樵话里。

【注释】

① 赤壁矶：又名赤鼻矶，古地名，在今湖北省黄州城西北江滨，因山形截然如壁而有赤色，也称赤壁。或以为此地曾发生历史上著名的赤壁大战。

② 周公瑾：周瑜字公瑾。

③ 曹孟德：曹操字孟德。

【评】 汉献帝建安十三年（208），孙权派大将周瑜与刘备合兵于赤壁打败曹军。此曲写作者游赤壁古战场所见所感。前三句以景起，暗含今昔对比，并寄寓着深切的沧桑之感和挽悼之情。接下来三句写赤壁大战的两位主将周瑜和曹操，虽然他们当时有胜负之分,但而今都已如过眼烟云,其感慨之情,溢于言表。末句是紧承设问的自答,谓不管历史上如何著名的人物,也只能成为后人的谈资。作者用简练的语言对历史事件作出了高度的概括,用对比的手法表现了一种历史虚无感。

〔双调〕清江引

分韵为崔月英

东山涌起玉兔穴①,宇宙光相射。二八风流人②,三五团圆夜,广寒宫第一枝折去也③。

【注释】

① 东山:在今浙江绍兴境内,谢安曾隐居于此。此处或为泛指。玉兔:神话传说谓月宫有玉兔,故以代指月亮。

② 二八:即十六岁。 风流:谓风韵美好动人。前蜀花蕊夫人《宫词》:"年初十五最风流,新赐云鬟使上头。"

③ 广寒宫:即神话传说中的月中宫殿。见唐柳宗元《龙城录·明皇游月宫》。 一枝折去:一枝,指神话传说中的月中桂枝,古代把考中状元称为蟾宫(即月宫)折桂,此处喻指崔月英的美貌当数第一。

【评】 此曲是一首咏美之作。前两句以月亮升起于东山、天地霍然敞亮,比喻崔月英出现的地方都会使人眼前为之一亮,从侧面写出崔月英的美丽容貌和光彩照人。后三句正面描写崔月英的年龄、外貌与风采,并由此展开遐想,说如果能与众女比美,崔月英定能凭她的美貌夺得头筹。全曲正面描写与侧面描写结合,并通过丰富的想象和夸张,生动形象地展现了一位歌女的美丽。

〔双调〕水仙子

居庸关中秋对月①

一天蟾影映婆娑②,万古谁将此镜磨③?年年到今宵不缺些儿个。广寒宫好快活④,碧天遥难问姮娥⑤。我独对清光坐,闲将白雪歌⑥。月儿你团圆我却如何?

【注释】

① 居庸关:关隘名,在今北京市昌平西北,有"居庸叠翠",为"燕山八景"之一。

② 蟾影:即月影。古时传说月中有蟾蜍,故"蟾"为月亮的代称。婆娑:犹扶疏,纷披貌。

③ 万古句:指月光特别明亮。宋辛弃疾《太常引》词:"一轮秋影转金波,飞镜又重磨。"

④ 广寒宫:传说中的月中宫殿。见唐柳宗元《龙城录·明皇梦游广寒宫》。

⑤ 姮(héng)娥:即嫦娥,传说中的月宫仙女,原本为后羿之妻,因偷食灵药而奔入月中。

⑥ 白雪:古代比较高雅的歌曲名。宋玉《对楚王问》:"其为《阳春》《白雪》,国中属而和者,不过数十人。"

【评】 此曲写中秋月色的明媚和对月抒怀的怅惘。开篇三句描绘出一个略无纤尘、月光皎洁的明媚境界,引人入胜。接下来两句遥想嫦娥的月宫生活。在传说中,嫦娥是很寂寞的,但在作者想来,月色如此明媚,嫦娥应该是快活的吧?但"碧天遥难问",究竟她是寂寞还是快乐,终不可知。此处妙在没有结论,故有余味。最后三句突出一个孤独者的自我形象。自己独处居庸关望月，又恰逢中秋，月圆而人不圆，不免有思乡怀人之苦，一乐景一悲情作对比反衬，更显出身处异乡的寂寞。最后一句反诘，表面是对月的责难，其实集中抒发他漂泊江湖、孤独寂寞的情怀。

刘庭信（六首）

刘庭信（1289后—1370左右），一作廷信，元末南台御史刘廷幹之弟，排行第五，身长而黑，俗呼为"黑刘五"或"黑刘五舍"。以彭城（今江苏徐州）人而居武昌。《录鬼簿续编》称其"风流蕴藉，超出伦辈，风晨月夕，唯以填词为事"。其所作散曲，今存小令39首，套数7篇。朱权《太和正音谱》评其曲如"摩云老鹘"。

〔中吕〕朝天子

赴　约

夜深深静悄，明朗朗月高，小书院无人到。书生今夜且休睡着，有句话低低道：半扇儿窗棂，不须轻敲，我来时将花树儿摇。你可便记着，便休要忘了。影儿动咱来到。

【评】　此曲写一大胆、爽利的少女与情人约会，纯用口语白描，显得极为自然、通俗、流利。其清新可爱的少女形象生动可感，呼之欲出。

〔双调〕折桂令

忆　别（十二首选一）

想人生最苦离别，愁一会愁得来昏迷，哭一会哭得来痴呆。喜蛛儿休挂帘栊①，灯花儿不必再结②，灵鹊儿空自干薛③。茶一时饭一时喉咙里千般哽噎，风半窗月半窗梦魂儿千里跋涉。交之厚念之频旧恨重叠，感之重染之深鬼病些些④，海之角天之涯盼得他来，膏之上肓之下害杀人也⑤。

【注释】

① 喜蛛儿：小蜘蛛，古人认为小蜘蛛在人眼前结网是吉兆。

② 灯花儿：古人认为灯芯结花是报喜。

③ 灵鹊儿：喜鹊。古人认为喜鹊鸣叫会给人带来好消息。　干薛(xué)：平白地欺骗。

④ 鬼病些些：鬼病，心病，此指相思病。些些，些许。

⑤ 膏之上肓之下：《左传·成公十年》云："疾不可为也，在肓之上，膏之下，攻之不可，达之不及，药不至焉。"此形容相思之苦如同得了重病。

【评】　此曲写别后相思。前三句直接写惨淡离愁。次三句鼎足对，写相思无望，不相信喜蛛、灯花、灵鹊能给自己带来好音，说它们反而给人增添了烦恼。后六句极力渲染茶饭不思、魂牵梦萦的相思之痛。全曲从正面到侧面再到正面，层层描写相思之苦，众多的排比句使别愁得到酣畅淋漓的抒发。其笔势恣纵，豪气逼人，有如天风海雨。

前　调

题　情

心儿疼胜似刀剜，朝也般般①，暮也般般。愁在眉端,左也攒攒②,右也攒攒。梦儿成良宵短短,影儿孤长夜漫漫。人儿远地阔天宽,信儿稀雨涩云悭③,病儿沉月苦风酸④。

【注释】

① 般般:如此,这样。

② 攒攒:聚拢。

③ 悭(qiān):吝啬,小气。

④ 风酸:指冷风刺眼。唐李贺《金铜仙人辞汉歌》云:"东关酸风射眸子。"

【评】 此曲写相思之情。前六句写从内心到外表,从早晨到黄昏,无不为思念所苦。后五句写梦中相会,但好梦易醒,孤灯只影,长夜难挨,人在天涯,音讯杳无,相思者只落得愁病缠身。曲中巧妙运用叠字,音韵宛转,愁绪绵绵。最后三句鼎足对,工整而自然,满怀离别怨思,溢于言表。

〔双调〕水仙子

相 思

恨重叠,重叠恨,恨绵绵恨满晚妆楼。愁积聚,积聚愁,愁切切愁斟碧玉瓯。懒梳妆,梳妆懒,懒设设懒爇黄金兽①。泪珠弹,弹珠泪,泪汪汪汪汪不住流。病身躯,身躯病,病恹恹病在我心头②。花见我,我见花,花应憔瘦。月对咱,咱对月,月更害羞。与天说,说与天,天也还愁!

① 懒设设：慵懒的样子。　　爇(ruò)：点燃、焚烧。　　黄金兽：铜质兽形香炉。

② 病恹恹：病得萎靡不振的样子。

【评】　此曲抒写一女子由相思而引起的"恨"、"愁"、"懒"、"泪"、"病"等忧悒与痛苦。曲中巧妙地运用顶针、回文等修辞手法,加以叠字,既使全曲字面流丽工整,回环往复,又使感情层层叠加,低回不已。然而感情做作,颇失肤浅;语言雕琢太甚,有伤自然。

〔双调〕雁儿落过得胜令

下一局不死棋①,论一着长生计。服一丸延寿丹,养一口元阳气②。　看一片岭云飞,听一会野猿啼。化一钵千家饭,穿一领百衲衣③。枕一块顽石,落一觉安然睡。对一派清溪,悟一生玄妙理。

【注释】

① 不死棋：不分胜负的棋。

② 元阳气：道教养生术认为,人之所以生存,是因为体内有一种真气,也称元气、元阳气。

③ 百衲衣：僧衣。衲,补缀。百衲,极言补缀之多。

【评】　此曲描写对逍遥适意、萧散无为生活的体验,从侧面表现出对现实社会的厌弃。语言本色自然、又诙谐幽默,特别是由同一种句式结构排比到底,有一气呵成之妙。

〔南吕〕一枝花

春日送别

〔一枝花〕丝丝杨柳风,点点梨花雨。雨随花瓣落,风趁柳条疏。春事成虚,无奈春归去。春归何太速?试问东君①:谁肯与莺花做主?

〔梁州〕锦机摇残红扑簌②,翠屏开嫩绿模糊③。茸茸芳草长亭路,乱纷纷花飞园圃。冷清清春老郊墟,恨绵绵伤春感叹,泪涟涟对景踌躇④。不由人不感叹嗟吁,三般儿巧笔堪图。你看那蜂与蝶趁趁逐逐⑤,花共柳攒攒簇簇⑥,燕和莺唤唤呼呼。鹧鸪、杜宇⑦,替离人细把柔肠诉,愁和泪一时住。不由我相思泪如雨,怎教宁耐须臾?

〔骂玉郎〕叫一声才郎身去心休去,不由我愁似铁、泪如珠,樽前无计留君住。魂飞在离恨途⑧,身落在寂寞所,情递在相思铺⑨。

〔感皇恩〕呀,则愁你途路崎岖,鞍马上劳碌。柳呵都做了断肠枝,酒呵难道是忘忧物?人呵怎减的护身符?早知你抛掷咱应举,我不合惯纵的你读书。伤情处,我命薄,你心毒!

〔采茶歌〕觑不的献勤的仆、势情的奴⑩,声声催道误了程途。一个大厮把的忙牵金勒马⑪,这一个悄声儿

413

回转画轮车。

〔隔尾〕江湖中须要寻一个新船儿渡，宿卧处多将些厚褥子儿铺。起时节迟些儿起，住时节早些儿住。茶饭上无人将你顾觑^⑫，睡卧处无人将你盖覆，你是必早寻一个着实店房里宿^⑬。

【注释】

① 东君：此指春神。

② 锦机句：言残花败落，好像织锦的机子摇动似的。扑簌，纷纷落下的样子。

③ 翠屏句：言一片嫩绿出现眼前，如同展开一道翠色屏风。

④ 踌躇：犹豫，徘徊。

⑤ 趁趁逐逐：忽前忽后地相互追逐。

⑥ 攒攒簇簇：聚集成一团一簇。

⑦ 杜宇：即杜鹃鸟，传说为蜀望帝杜宇死后之魂魄所化，故称。

⑧ 离恨途：比喻世间最悲凄的地方。

⑨ 铺：旅途中住宿的地方。

⑩ 势情的奴：势利的奴仆。

⑪ 大厮把的：大模大样的。

⑫ 顾觑：照看、照顾。

⑬ 着实：实在，靠得住。

【评】 这篇套数写一女子送丈夫外出应举时的矛盾心情。她对丈夫有深情的留恋，有无比的体贴与关怀，也有对丈夫、对自己的埋怨。她想要丈夫永远留在自己身边，但又怕耽误了他的前程；让他去吧，又怕他在外面移情别恋。她叮嘱丈夫要"身去心休去"，但眼前别离的滋味使她无法忍受；她左右寻思，无可奈何，只好埋怨丈夫心"太毒"，埋怨自己当初不应该放纵他苦心攻读;甚至连赶车的仆役也让她埋怨,以为不该如此催促丈夫赶快上路。等到非要离别不可的时候,她又不厌其烦地叮嘱丈夫一路上要注意的事情。作者对人物心理活动的刻画细致入微,读来真切感人。尤其〔感皇恩〕及以下几曲,写得质朴无华,而又情深意切。〔梁州〕一曲以春景反衬离愁,意象之生动、情景之逼真、语言之自然及句式之精工,都耐人玩味。

兰楚芳（二首）

兰楚芳,生卒年不详,元末明初散曲作家。《录鬼簿续编》有小传云:"西域人,江西元帅,功绩多著。丰神秀英,才思敏捷。刘廷信在武昌,赓和乐章,人多以元白拟之。"其所作散曲,今存小令9首,套数3篇。

〔南吕〕四块玉

风　情

我事事村①,他般般丑,丑则丑村则村意相投。则为他丑心儿真,博得我村情儿厚。似这般丑眷属,村配偶,只除天上有。

【注释】

① 村:愚蠢,粗俗。

【评】　这首小令一反郎才女貌的传统爱情观,表现出重在情投意合的新的爱情理念。作者一起笔就点出"我事事村,他般般丑",但却并没因此而悲观沮丧,反而标榜他们俩的"意相投",并进一步强调其"丑心儿真"与"村情儿厚"。真情厚意,这就是他们的爱情基础。这种重在两情相悦的新的爱情观念,具有浓厚的市民色彩,标志着一种进步,主人公也陶醉于他们的理想爱情,而且很自信地认为他们的爱情是只"天上有"而人间无的最可宝贵的爱情。全曲语言质朴,与率真的感情表达相得益彰。

〔双调〕折桂令

相　思

可怜人病里残春,花又纷纷,雨又纷纷。罗帕啼痕,泪又新新,恨又新新。宝髻松风残楚云①,玉肌消香褪湘裙。人又昏昏,天又昏昏,灯又昏昏,月又昏昏。

【注释】

① 宝髻: 对女人发髻的美称。

【评】　此曲写闺中女子的相思愁苦。女主人公在相思怀人的悲苦中挨到春残,但目睹"花又纷纷,雨又纷纷",凄景更加触发了怀人的悲苦情怀,于是离愁别恨一齐涌上心头,其惆怅痛苦之情便可想而知。于是,宝髻松了,玉肌瘦了。经受着千般思念、万种离愁的痛苦折磨,女主人公已经神智不清,感觉天、灯、月都是一片昏暗。此曲在写法上颇具特色,作者娴熟地运用了叠字手法,如"纷纷"、"新新"、"昏昏"等叠字的运用,使惆怅无奈、失落无助的别恨情愁得到了成功表现,由此增强了艺术感染力。

王举之(二首)

王举之,生卒年、生平不详。元末散曲作家。与元散曲收集编辑者胡存善(胡正臣之子)有交往。卒于明初的钱惟善有《送王举之入京就束樵谷》诗(见《江月松风集》卷九)。其散曲作品今存小令 23 首。朱权《太和正音谱》列其名于"词林英杰"150 人之中。

〔仙吕〕一半儿

手 帕

藕丝纤腻织春愁,粉线轻盈惹暮秋,银叶拭残香脸羞①。玉温柔②,一半儿啼痕一半儿酒。

【注释】

① 银叶:承首句"藕丝"而言,美称手帕上的荷叶图案。 拭残:言手帕被用来拭泪,上面的荷叶图案都损坏了。此极言手帕被拭用的次数之多。

② 玉:此处喻指洁白、皎美。

【评】 此曲题为咏帕,实为咏人。在表现手法上继承宋代咏物词传统,既写物象,又写人言情。前两句之"藕丝"、"粉线",既是女主人公所绣手帕的图案和颜色,又暗示女主人公思偶盼双和"伤春悲秋"的情怀。"银叶"一句,表现了女主人公"犹抱琵琶半遮面"的娇羞之美。最后两句,既上承前句补写出"银叶拭残"
的原因,又表现出女主人公的温柔、多情和伤感。此曲句句写手
帕,又句句关合人情,亦帕亦人,有不即不离之妙,表达上极细
腻,极婉转,耐人玩味。

〔中吕〕红绣鞋

秋日湖上

红叶荒林酒兴,黄花老圃诗情,柳塘新雁两三声。
湖光扶不定,山色画难成,六桥风露冷①。

【注释】
① 六桥:指西湖苏堤上的映波、锁澜、望山、压堤、东浦、跨虹六桥。

【评】 此曲写秋日西湖美景。前三句着笔于秋枫、秋菊、秋
雁,以"红叶"、"黄花"和"新雁"写出秋意之浓和秋色之美,且以
"酒兴"、"诗情"写出满怀欣喜之情。秋日的湖光山色是美丽的,
但到底美成什么样子呢?作者用"扶不定"和"画难成"传达出了
它的神韵。篇末"六桥风露冷"一句,暗示流连忘返,竟然徘徊到
夜露降临、晚风转凉,这就更反衬出西湖秋景的迷人。此曲语言
精练,风格雅致,情感蕴藉,有宋词遗风,是一篇极佳的写景
之作。

汪元亨（四首）

汪元亨，生卒年不详。号云林，别号临川佚老，饶州（今江西鄱阳）人，后徙居常熟。《录鬼簿续编》载其曾官"浙江省掾"，并有"至正间与余交于吴门"等语，知其大略与贾仲明等人同时。其所作杂剧，《录鬼簿续编》载有《斑竹记》《仁宗认母》《桃园洞》3种，另有南戏《父子梦栾城驿》，均散佚。其所作散曲，《录鬼簿续编》云："有《归田录》一百篇行于世，见重于人。"今存小令100首，套数1篇。汪元亨之曲，豪放自如，为元散曲中豪放本色一派之殿军。

〔正宫〕醉太平

警　世（二十首选一）

憎苍蝇竞血，恶黑蚁争穴。急流中勇退是豪杰，不因循苟且。叹乌衣一旦非王谢①，怕青山两岸分吴越②，厌红尘万丈混龙蛇。老先生去也。

【注释】

① 乌衣：指乌衣巷，地名，在今南京市东南。东晋时，王、谢诸望族居于此。

② 分吴越：指春秋时吴、越争霸。此代指分裂战争。

【评】 自古以来世人往往贪恋功名利禄，追求不已，不能急流勇退。本曲抒发了作者厌恶争名夺利、追求洁身自好的思想感情。小令化用前人诗句或典故，妥帖自然，不留痕迹。

〔中吕〕朝天子

归　隐（二十首选一）

　　长歌咏楚辞，细赓和杜诗①，闲临写羲之字②。乱云堆里结茅茨③，无意居朝市。珠履三千④，金钗十二⑤，朝承恩暮赐死。採商山紫芝⑥，理桐江钓丝⑦，毕罢了功名事。

【注释】

① 赓和：续和。　杜诗：唐代诗人杜甫的诗歌。

② 临：临摹，模仿。　羲之：晋代书法家王羲之。

③ 茅茨：用茅草搭建的草屋。

④ 珠履三千：言权贵家之富有。《史记·春申君列传》："春申君客三千余人，其上客皆蹑珠履。"

⑤ 金钗十二：言权贵府中姬妾众多。明彭大翼《山堂肆考·角集》二十三："白乐天尝言牛思黯自夸前后服钟乳三千两，而歌舞之妓甚多，乃谑予衰老，故答思黯云：'钟乳三千两，金钗十二行。'"

⑥ 採商山句：秦末东园公、甪里先生、绮里季、夏黄公等四人见秦政苛虐，乃隐于商洛，号称"商山四皓"。曾作歌曰："莫莫高山，深谷逶迤。晔晔紫芝，可以疗饥。"（见《史记·留侯世家》、晋皇甫谧《高士传·四皓》）后因以"採芝"指遁隐。商山，山名，在今陕西商县东。

⑦ 桐江：富春江的上游，即钱塘江流经桐庐县境内的一段。东汉严子陵曾隐居垂钓于此。

【评】 小令开头三句描述了归隐的生活情状,分别用"长"、"细"、"闲"引领各句,突现了隐居生活的安闲自得。接着两句点明隐居地点以及"无意"都市的喧闹和物欲。"珠履"三句道出了祸福无常和自己归隐的根本原因。所以最后作者要以商山四皓和严子陵为榜样弃绝功名。全曲对仗工整,用典自然贴切,对比鲜明。

〔双调〕沉醉东风

归 田 (二十首选一)

二十载江湖落魄,三千程途路奔波。虎狼丛辨是非,风波海分人我①,到如今做哑妆矬②。着意来寻安乐窝③,摆脱了名缰利锁。

【注释】

① 风波海:指是非场所。

② 妆矬(cuó):装傻,装呆。

③ 安乐窝:此指隐士的居所。《宋史·邵雍传》:"名其居曰'安乐窝',因自号'安乐先生'。"

【评】 题为"归田",却不描写归田情景,而是着重写归田前的感受。首两句直接表明作者疲于奔波而又充满厌倦和懊恼的情状,后面"虎狼"二句是对前面的补充说明:人情险恶,世途坎坷,充满了风险。在这样的社会里,只能"做哑妆矬",明哲保身。所以此曲虽然是写归隐,却又是对现实的强烈讽刺。

〔双调〕折桂令

归　隐（二十首选一）

想英雄四海为家,楚尾吴头[1],海角天涯。叹釜里游鱼[2],羡林中归鸟,厌井底鸣蛙[3]。荣与辱翻腾不暇,废和兴更变多差。尘事如麻,吾岂匏瓜[4]。辞去张良[5],谏退蚳蛙[6]。

【注释】

① 楚尾吴头:指故豫章(今江西省)一带,其地位于春秋吴的上游、楚的下游,故称。

② 釜里游鱼:比喻处境险恶。《后汉书·张纲传》:"若鱼游釜中,喘息须臾间耳。"

③ 井底鸣蛙:比喻见识浅陋的人。语出《庄子·秋水》:"北海若曰:井蛙不可以语于海者,拘于虚也。"

④ 吾岂匏瓜:比喻仅作为摆设而无实用。语出《论语·阳货》:子曰:"吾岂匏瓜也哉? 焉能系而不食?"

⑤ 辞去张良:此为倒装用法,即张良辞汉。见《史记·留侯世家》。

⑥ 蚳(chí)蛙:战国时齐大夫,谏齐王不用,辞官。见《孟子·公孙丑》。

【评】　这首曲子写作者看透官场荣辱风云,向往自由自在的生活,甘愿淡泊名利,恬退自守。中间连用三个比喻:"叹釜里游鱼,羡林中归鸟,厌井底鸣蛙",形象生动;接下来连用三个典故,风格典雅,蕴含隽永。

一分儿(一首)

一分儿,本姓王氏,乃元末京师角妓,歌舞绝伦,聪慧无比。据夏庭芝《青楼集》载,她所作〔沉醉东风〕一曲,是在达官贵人席间侑觞时"应声"而成,曾引来"一座叹赏"。

〔双调〕沉醉东风

红叶落火龙褪甲,青松枯怪蟒张牙。可咏题,堪描画,喜觥筹席上交杂。答剌苏频斟入礼厮麻^①,不醉呵休扶上马。

【注释】
① 答剌苏:蒙古语,即酒。 礼厮麻:蒙古语,即咂饮。

【评】 此曲为即兴劝酒小令,但风格豪爽洒脱,结构严谨。全曲七句可分三层。首二句写酒宴场景,比喻独特,色彩鲜明;中间三句由写景转入叙事,描述了酒宴的热烈;后两句用当时俗语入曲,既豪放又自然合韵,更紧扣酒宴气氛。即席成咏,得如此佳篇,这位歌妓的才华,实不让须眉骚客。

刘婆惜(一首)

刘婆惜,元末江右(江西省之别称)人。歌妓,乐人李四之妻。夏庭芝《青楼集》载其事甚详,称其"颇通文墨,滑稽歌舞,迥出其流,时贵多重之"。曾在赣州监郡全子仁府筵作〔清江引〕曲,为其赏识,被纳为侧室。

〔双调〕清江引

青青子儿枝上结,引惹人攀折。其中全子仁①,就里滋味别,只为你酸留意儿难弃舍。

【注释】

① 全子仁:全普庵撒里,字子仁,元末高昌人。

【评】 此曲为筵席上即兴之作。作者非常成功地运用一语双关:"全子仁"既点出主人,又像是说梅的果实,嵌入曲中不留痕迹。"就里滋味别",既是咏梅,又表达了自己对全子仁的恋情。"酸留意儿"道出梅的特点,又反复叙说了自己对全子仁的风度有与众不同的倾慕之情,令人难以弃舍。全曲字字歌咏梅子,又句句关合人情,咏物则兼具形神,抒情亦贴切自然,咏物与抒情,含融浑化,了无痕迹,堪称妙作。

杨维桢（五首）

杨维桢（1296—1370），字廉夫，号铁崖，又号铁笛道人，绍兴会稽人。泰定四年（1327）进士，署天台县尹，改钱清盐场司令，狷直忤物，十年不调。其后转任江浙行省四务提举、建德路推官等职，再调江西等处儒学提举，因兵乱未往，浪迹浙江山水间。张士诚据吴，召之，不赴。晚年居松江，放荡不羁，尤嗜声色。杨维桢为元末"文章巨公"，著有《东维子集》《铁崖古乐府》《复古集》《铁崖文集》等。其散曲作品现存小令 29 首，套数 1 篇。铁崖之曲，境界阔大，气势雄豪，在元末曲坛可谓独树一帜。

清江引（二十四首选四）

铁笛一声吹破秋①，海底鱼龙斗②。月涌大江流，河泻青天溜③。先生醉眠看北斗④。

铁笛一声天上响，名在黄金榜⑤。金钗十二行⑥，豪气三千丈。先生醉眠七宝床⑦。

铁笛一声吹落霞，酒醉频频把。玉山不用推⑧，翠黛重新画。不记得小凌波扶上马⑨。

铁笛一声翻海涛，海上麻姑到⑩。龙公送酒船⑪，山鬼烧丹灶⑫。先生不知天地老。

① 铁笛：杨维桢因善吹铁笛,曾自号铁笛道人。 吹破秋：联系下几句看,意为吹破秋江,此极言其豪气。

② 海底句：此言大江水底如鱼龙之各类水族,因被铁笛之声惊动而相互争斗。

③ 河泻句：既承前指大江流泻,也想像奔涌的江流乃由青天之银河流泻而来。

④ 先生：当为作者自指。 北斗：星宿名,即北斗七星。

⑤ 黄金榜：旧时科举考试,经殿试后朝廷发布的中式者名单称黄金榜,或称"金榜"、"黄榜"。

⑥ 金钗十二行：南朝梁武帝《河中之水歌》："头上金钗十二行,足下丝履五文章。"金钗十二行本用以形容美女头上金钗之多,后以"十二金钗"比喻众多的妃嫔或姬妾。

⑦ 七宝床：用多种珍宝装饰的床。亦泛指华贵的卧床。七宝,佛教指七种珍宝。佛经中说法不一。《法华经》以金、银、琉璃、砗磲、码碯、真珠、玫瑰为七宝。

⑧ 玉山句：指身体醉倒不用人推。南朝宋刘义庆《世说新语·容止》："嵇叔夜之为人也,岩岩若孤松之独立;其醉也,傀俄若玉山之将崩。"后因以"玉山倒"形容人酒醉欲倒之态。李白《襄阳歌》："清风朗月不用一钱买,玉山自倒非人推。"

⑨ 小凌波：意即小美女。凌波,本形容美女步履轻盈,此即代指美女。语出曹植《洛神赋》："凌波微步,罗袜生尘。"

⑩ 麻姑：神话中人物,传说东汉时应召降临蔡经家,能掷米成珠。又传麻姑在绛珠河畔以灵芝酿酒,以备蟠桃会上为西王母祝寿。

⑪ 龙公：龙王。

⑫ 丹灶：炼丹用的炉灶。

【评】 杨维桢的〔清江引〕24 首,为学友黄仁生从万历本《杨铁崖先生文集》中发现。此组重头小令多叙写作者自己的人生经历与感慨,故文集编校者称"是老铁一生年谱"。这种自传体组曲,在元散曲中可谓绝无仅有。此处所选四曲,其首曲大约相当于序曲,是总写"铁笛"惊天动地的巨大威力;第二曲描绘进士及第的得意忘形;第三曲写其纵情酒色的放荡不羁;第四曲写驱遣鬼神、超然物外的徜徉之乐。尽管内容各有不同,但"铁笛一声"的主旋律却将其贯穿起来,集中表现了作者的豪侠气概和放浪不羁的人格精神。其想像之奇特、境界之阔大、气势之雄豪,足可使人惊心动魄。

〔双调〕夜行船

吊 古

〔夜行船〕霸业艰危,叹吴王端为,苎罗西子①。倾城处,妆出捧心娇媚②。奢侈,玉液金茎,宝凤雕龙,银鱼丝鲙③。游戏,沉溺在翠红乡④,忘却卧薪滋味⑤。

〔前腔〕乘机,勾践雄图。聚干戈,要雪会稽羞耻⑥。怀奸计,越赂私通伯嚭⑦。谁知,忠谏不听,剑赐属镂,灵胥空死⑧。狼狈,不想道请行成,北面称臣不许⑨。

〔斗哈蟆〕堪悲,身国俱亡。把烟花山水,等闲无主。叹高台百尺⑩,顿遭烈炬。休觑,珠翠总劫灰,繁华只废基。恼人意,叵耐范蠡扁舟,一片太湖烟水⑪。

〔前腔〕听启⑫,㰖李亭荒⑬,更夫椒树老⑭,浣花池废⑮。问铜沟明月⑯,美人何处?春去,杨柳水殿敬,芙蓉池馆摧。动情的,只见绿树黄鹂,寂寂怨谁无语。

〔锦衣香〕馆娃宫⑰,荆榛蔽。响屧廊⑱,莓苔翳。可惜剩水残山,断崖高寺^⑲,百花深处一僧归。空遗旧迹,走狗斗鸡。想当年僎祭^⑳,望郊台凄凉云树。香水鸳鸯去^㉑,酒城倾坠^㉒,茫茫练渎^㉓,无边秋水。

〔浆水令〕采莲泾红芳尽死^㉔,越来溪吴歌惨凄^㉕。宫中鹿走草萋萋^㉖,黍离故墟^㉗,过客伤悲。离宫废,谁避暑?琼姬墓冷苍烟蔽^㉘。空园滴,空园滴,梧桐秋雨。台城上^㉙,台城上,夜乌啼。

〔尾声〕越王百计吞吴地,归去层台高起,只今亦是鹧鸪飞处^㉚。

【注释】

① 霸业三句:感叹吴王夫差打败越王勾践之后,耽于西施的美貌而荒废政事。苎罗西子,即春秋时越国美人西施,出生于诸暨县南之苎罗山下。

② 捧心娇媚:传说西施有心痛病,常以手捧心口,并皱起眉头,反而显得更加娇媚。见《庄子·天运》。

③ 玉液三句:言吴王夫差的生活极其奢侈。玉液,指美酒。金茎,本为汉武帝宫中金人承露盘铜柱,此代指名贵饮料。宝凤雕龙,指饮食器具的华丽。银鱼丝鲙,指食品的精美。

④ 翠红乡:指酒色享乐之处。

⑤ 忘却句:指夫差放松了对勾践图谋报仇的警惕。卧薪,即卧薪尝胆,指越王勾践身处困境而刻苦砺志,发愤图强。见《史记·越王勾践世家》。

⑥ 会稽羞耻:越王兵败会稽山,被迫称臣投降。

⑦ 怀奸计二句:指越王贿赂吴国太宰伯嚭,使吴赦越,而给予一个复国报仇的机会。见《史记·越王勾践世家》。

⑧ 忠谏三句:指吴王不听伍子胥的忠谏,反而赐剑令其自杀。见《史记·伍子胥列传》。属镂,吴王所佩宝剑名。灵胥,即伍子胥。遇害后被抛尸江中,传说其魂化为涛神,故名。

⑨ 狼狈三句：越打败吴国，围吴王于姑苏山上，吴王请求北面称臣事越，越王不许，吴王遂自杀。

⑩ 高台：指吴王修建的姑苏台。

⑪ 叵耐二句：指范蠡助越灭吴后，认为勾践可以共患难而难以共安乐，遂泛舟太湖而去。见《史记·越王勾践世家》(又见《吴越春秋》、《越绝书》等)。叵耐，无奈，难耐，此处有难得的意思。

⑫ 听启：听我说。

⑬ 槜(zuì)李：地名，在浙江嘉兴西南，吴王阖闾伐越而兵败于此。

⑭ 夫椒：山名，在江苏吴县太湖中，夫差曾于此击败勾践。

⑮ 浣花池：吴宫中池名，在苏州西南灵岩山上。

⑯ 铜沟：吴王奢侈无度，曾以铜为宫中水沟。

⑰ 馆娃宫：夫差专门为西施建造的宫殿，在苏州西南灵岩山上。

⑱ 响屧(xiè)廊：馆娃宫中廊名，其地面用梓木铺成，因西施穿木底鞋行走发出响声而得名。

⑲ 断崖高寺：指后人在吴宫旧址上建造的灵岩寺。

⑳ 僭祭：逾越辈分地位的祭奠。

㉑ 香水：溪名，在吴宫中，传说是西施洗浴的地方。

㉒ 酒城：吴郡城名，在鱼城之西。

㉓ 练渎：水名，在吴县西南。

㉔ 采莲泾：在灵岩山下。

㉕ 越来溪：在灵岩山西南太湖边，传说勾践曾率兵由此攻入吴国。

㉖ 宫中句：相传伍子胥谏吴王，吴王不听，子胥叹道："臣今见麋鹿游姑苏之台也。"

㉗ 黍离：《诗经·王风》有《黍离》之篇，内容为周大夫悲悯宗室沦亡，后用以哀叹故国的衰亡。

㉘ 琼姬墓：琼姬，吴王夫差之女，吴县阳山有其墓。

㉙ 台城：三国时吴的后苑城，此指吴王宫城。

㉚ 只今句：用李白《越中览古》诗："越王勾践破吴归，义士还家尽锦衣。宫女如花满春殿，只今惟有鹧鸪飞。"此句末"处"字疑为衍文。

【评】 这篇套曲为反映春秋吴越争霸的杰作之一,又名《吴宫怀古》。作者面对吴宫遗迹,没有过多地去叙述吴越兴亡的历史过程,而是着重渲染了吴王荒淫骄奢、喜媚拒谏,为暂时的胜利所陶醉,最终导致国破身亡,集中突出了骄奢亡国的主题。且曲尾几笔,写到了越王的重蹈覆辙,更是道出了历代统治者骄奢必亡这一带有普遍意义的历史教训。套曲将眼前景物描绘与吊古伤怀的抒情有机地融为一体,笔力苍劲挺拔,格调悲凉慷慨,具有强烈的艺术感染力。王骥德《曲律》称此曲"脍炙人口",诚然。

杨 讷（一首）

杨讷，生卒年不详。《录鬼簿续编》云："杨景贤，名暹，后改名讷，号汝斋。故元蒙古氏，因从姐夫杨镇抚，人以杨姓称之。善琵琶，好戏谑。乐府出人头地，锦阵花营，悠悠乐志。与余交五十年，永乐初，与舜民一般遇宠。后卒于金陵。"由此可知杨讷是元末明初的杂剧作家。所作杂剧18种，今存《西游记》《刘行首》两种。《太和正音谱》称其词如"雨中之花"。

西游记

（第五本 第十九出 铁扇凶威）①

〔滚绣球〕这扇子六丁神巧铸成②，五道神细打磨③。阎浮间并无二个④。上秤称一千斤犹有余多。管二十四气风，吹灭八十一洞火。火焰山神见咱也胆破。恼着我呵登时间便起干戈⑤。我且着扇搧翻地狱门前树，卷起天河水上波。我是第一洞妖魔。

〔叨叨令〕我这片杀人心胆天来大，救人命志少些儿个⑥。你道是火焰山师父实难过，则这个铁鎈峰的魔女能行祸。休得要闲中寻闹也波哥⑦，休得要闲中寻闹也波哥。则你那秃髑髅敢禁不得钢刀剁。

〔中吕·快活三〕恼的我无名火怎收撮⑧，泼毛团怎敢张罗⑨。卖弄他铜筋铁骨自开合，我一扇子敢着你翻筋斗三千个!

【注释】

① 西游记:元杂剧连台本戏。全剧 6 本 24 出。剧演唐朝初年,僧人玄奘出世,长大后报父母之仇,去西天取经,沿途收服四个徒弟,经过千难万险,取得真经。剧情与吴承恩《西游记》小说略有出入。第五本第十九出叙孙悟空等人途经火焰山向铁扇公主借扇并交锋的经过。

② 六丁神:道教认为六丁(六甲中丁神)是阴神,为天帝所役使,能行风雷、制鬼神。

③ 五道神:即五道将军,传说中东岳的属神,掌管人的生死。

④ 阎浮:是"南阎浮提"的简称,出自梵语 jambudvipa,意为人间世界。据《俱舍论光记》载:"须弥山四方咸海中有四大部洲,其二曰南瞻部洲,旧云'南阎浮提'。"

⑤ 登时:即顿时。

⑥ 些儿:少许,一点点。

⑦ 也波哥:亦作么么哥,也末哥,宋元时口语,相当于现代汉语"啊"。

⑧ 无名火:亦作无明火,即怒火,义源于佛典。

⑨ 泼毛团:此指孙悟空。毛团,指有毛的动物,是对禽兽的泛称。泼,骂人语,犹今言"混帐"。

【评】 此处所选三曲展示了铁扇公主个性鲜明的舞台形象。〔滚绣球〕渲染铁扇的来历不凡与威力巨大,并极力张扬自己作为"第一洞妖魔"的火爆性格,为下文不借铁扇埋下伏笔。〔叨叨令〕继续由铁扇公主自诉其作为杀人魔女的脾气秉性,并对孙悟空借扇发出警告。〔快活三〕表现出铁扇公主对孙悟空的蔑视,并进一步强调铁扇的无比威力。这三支曲子通过铁扇公主夸耀铁扇的威力和自己的威猛火爆性格,成功地塑造了一个魔女的舞台形象。

鲜于必仁(六首)

鲜于必仁(1298?—1360后),字去矜,号苦斋,渔阳郡(今属河北)人。太常寺典簿鲜于枢之子。元代散曲家。其为人放达。据姚桐寿《乐郊私语》记载,鲜于必仁等与海盐杨氏交好,故杨氏家僮尽善南北歌调,且影响一州,据估计,他们对海盐腔的形成有一定贡献。鲜于必仁现存散曲有小令29首,主要为怀古与写景之曲。朱权《太和正音谱》评其曲如"奎璧腾辉"。

〔中吕〕普天乐(八首选一)

洞庭秋月①

水无痕,秋无际。光涵赑屃②,影浸玻璃。龙嘶贝阙珠③,兔走蟾宫桂④。万顷沧波浮天地,烂银盘寒褪云衣。洞箫谩吹,篷窗静倚,良夜何其。

【注释】

① 此曲为作者《潇湘八景》(参见本书马致远〔双调〕寿阳曲《远浦帆归》简评)组曲之一。

② 赑屃(bì xì):古代传说为龙九子之一,此借喻波光粼粼的湖面。

③ 龙嘶句:写湖底之月。贝阙珠,喻指湖底月影。

④ 兔走句:指湖面上空月亮的运行。古代传说月中有玉兔、蟾蜍,还有桂树。

【评】 此曲写洞庭湖秋月朗照的美丽夜色。破题写湖水浩瀚,中间铺排,将洞庭湖与明月合写,水与月相得益彰,境界神奇瑰丽,富于浪漫主义色彩。其后插入吹箫夜游,不仅让人联想起苏轼《赤壁赋》中所写泛舟遨游之乐,由此丰富和扩展了意境,令人产生无限遐想。

〔越调〕寨儿令

汉子陵①,晋渊明②,二人到今香汗青③。钓叟谁称④? 农父谁名⑤? 去就一般轻。五柳庄月朗风清⑥,七里滩浪稳潮平⑦。折腰时心已愧⑧,伸脚处梦先惊⑨。听,千万古圣贤评。

【注释】

① 子陵:东汉隐士严光,字子陵。

② 渊明:晋代隐士陶潜,字渊明。

③ 汗青:指史册。

④ 钓叟:此指严子陵。

⑤ 农父:此指陶渊明。

⑥ 五柳庄:此言陶渊明的隐居之所。陶辞官归隐后于房前植五柳,曾自号五柳先生。

⑦ 七里滩:此指严子陵隐居垂钓之处。参见邓玉宾〔双调·雁儿落过得胜令〕《闲适》注释④。

⑧ 折腰句:陶渊明辞去彭泽县令时,曾感叹:"岂能为五斗米折腰向乡里小儿。"

⑨ 伸脚句:据《后汉书·严光传》载,严子陵曾与汉光武刘秀同学,光武即位后,子陵奉召入宫,与帝共寝,睡熟时不小心伸脚于帝身,醒后惊出

一身冷汗。

【评】 此曲歌咏古代隐士。作者借鉴史家合传的写法,将历史上的著名隐士严子陵与陶渊明一起歌咏,赞扬他们澹泊名利的节操,并给予极高评价。作者从对两位古代隐士的肯定和赞扬中,表现出了自己恬淡闲适的心态。

〔双调〕折桂令（七首选三）

诸葛武侯①

　草庐当日楼桑②,任虎战中原,龙卧南阳③。八阵图成④,三分国峙,万古鹰扬⑤。《出师表》谋谟庙堂⑥,《梁甫吟》感叹岩廊⑦。成败难量,五丈秋风⑧,落日苍茫。

【注释】

① 诸葛武侯:三国时蜀汉丞相诸葛亮,后主刘禅即位后受封武乡侯。

② 楼桑:村名,为刘备故里,在今河北涿州。

③ 龙卧南阳:汉末,诸葛亮虽隐居南阳隆中,但仍留心天下大事,被称为"卧龙"。

④ 八阵图:诸葛亮创设的一种作战阵法。

⑤ 三分二句:指诸葛亮尽心匡扶蜀汉,形成魏、蜀、吴三国鼎立的局面,使其威名得以万古传扬。鹰扬,喻雄才大展,威名远播。

⑥ 《出师表》:诸葛亮出师北伐前上奏后主刘禅的表文。　谋谟庙堂:指为国家进行重要谋划决策。

⑦ 《梁甫吟》:也作《梁父吟》,本乐府楚调曲名。据传诸葛亮曾作《梁甫吟》曲,后世学者或持异议。　岩廊:高廊,喻指朝廷。

⑧ 五丈:即五丈原,在今陕西岐山县南。诸葛亮领兵伐魏,驻军屯田

于此，与魏军相持百余日，后病死于此地。

【评】 此曲歌咏历史英雄诸葛亮。作者高度赞扬了诸葛亮辅佐刘备建立蜀汉、使天下三分的丰功伟绩和雄才大略；对他未完成统一大业，"壮志未酬身先死"的悲恨深致怅叹。元散曲作品一般对历史英雄持贬否态度，此曲可谓别具一格，由此可见元代后期士人建功立业心态的逐渐修复。

前　调

李翰林

醉吟诗误入平康①，百代风流，一饷徜徉②。玉雪丰姿，珠玑咳唾，锦绣心肠③。五花马三春帝乡，千金裘万丈文光④。才压班扬⑤，草诏归来，两袖天香⑥。

【注释】

① 平康：唐代长安街里名，为妓女聚居之地，后代指妓家。

② 一饷：犹如一时。　徜徉：此指留连徘徊。

③ 珠玑二句：赞美李白的文藻才华。李白《妾薄命》诗有云："咳唾落九天，随风生珠玉。"

④ 五花二句：极言李白的才气与豪情。借用李白《将进酒》诗："五花马，千金裘，呼儿将出唤美酒，与尔同销万古愁。"

⑤ 班扬：汉代著名文学家班固与扬雄的并称。

⑥ 草诏二句：指李白当年效命朝廷，极得玄宗恩宠而洒脱飘逸的情态。据唐魏颢《李翰林集序》："令制《出师诏》，不草而成。"

【评】 此曲歌咏李白的才气与豪情。写李白醉酒吟诗、风流不羁;且丰姿如神,才情绝世。尤其写李白为玄宗皇帝草诏归来,志得意满而洒脱飘逸的神采,更使一代诗仙的文采风流跃然纸上,让人油然而生追慕之情。

前　调

苏学士

叹坡仙奎宿煌煌[①],俊赏苏杭[②],谈笑琼黄[③]。月冷乌台[④],风清赤壁[⑤],荣辱俱忘。侍玉皇金莲夜光[⑥],醉朝云翠袖春香[⑦]。半世疏狂,一笔龙蛇[⑧],千古文章。

【注释】

① 坡仙:指苏轼,因号东坡,为人放达,且好佛老,故称坡仙。　奎宿(xiù):星名,二十八宿中白虎七宿的首宿,有星16颗。古人以为奎星屈曲相钩,形似文字,是主文运之星。

② 俊赏:超凡的鉴赏。　苏杭:苏轼于熙宁四年任杭州通判,元祐四年再任杭州太守,迁任往来,又经苏州。此处苏杭并称,着重指杭州,其以西子比喻西湖,算是俊赏明证。

③ 谈笑琼黄:言苏轼虽在元丰三年贬谪黄州团练副使,晚年又流放琼州,但仍能乐天知命,始终保持开朗、乐观的情绪。

④ 月冷乌台:此指"乌台诗案"。乌台,即御史台。汉成帝时,御史府中常有野乌数千栖息柏上,后因名御史台为乌台。元丰二年,苏轼因写诗讽刺新法,为何正成等人构陷,曾下御史台狱受审,因称"乌台诗案"。

⑤ 风清赤壁:苏轼贬谪黄州时,曾泛舟夜游赤壁,作前后《赤壁赋》。其前《赤壁赋》中有"清风徐来,水波不兴"之句。

⑥ 金莲:即金莲烛,古时宫廷所用,因烛台如莲花,故名。

⑦ 朝云：苏轼侍妾，姓王字子霞，钱塘人。

⑧ 龙蛇：此处比喻草书笔势。李白《草书歌行》："时时只见龙蛇走。"末尾二句言苏轼的书法、文章精美，能传千古。

【评】 此曲通过描写苏轼一生遭际，歌咏其生活态度与文学成就。苏轼一生宦海沉浮，既有"乌台诗案"的惨遭打击和被贬黄、琼的漂泊流离，也有宫廷侍御的荣宠和美妾朝云红袖添香的快慰。虽屡遭变故，沉浮不定，但他却能在风云变幻中"荣辱俱忘"，依然达观从容，且能笔走龙蛇，写出千古文章。作者对东坡乐天知命、浮沉自若、宠辱俱忘的人生境界的向慕，是打上了时代烙印的。

前　调（八首选一）

芦沟晓月①

出都门鞭影摇红②，山色空濛，林景玲珑。桥俯危波，车通远塞，栏倚长空。起宿霭千寻卧龙③，掣流云万丈垂虹④。路杳疏钟，似蚁行人，如步蟾宫⑤。

【注释】

① 芦沟晓月：为作者所写《燕山八景》之一。芦沟，水名，旧称芦沟河，今名永定河。

② 鞭影摇红：马鞭在晨曦中挥动。

③ 宿霭：指晨雾。　千寻卧龙：夸写芦沟桥如巨大的卧龙腾空而起。

④ 掣流云句：形容芦沟桥如长虹飞跨，牵动天际流云。

⑤ 蟾宫：月宫。

【评】 此曲写"芦沟晓月",主要着笔于"桥"。首句点出桥之所在,起笔空灵。二三两句写桥头河岸风景,对仗精工。"桥俯危波"以下五句正面写桥。先用一鼎足对写桥下之激流、桥头之远道、桥边之护栏,极有气势;接着再用一对句,以高度夸张之笔写桥的雄伟壮观,意象雄浑,气势飞动。结尾三句写桥上行人,暗扣"晓月"而与开篇呼应。全曲想像奇特,意境雄浑,语言华美,对仗精工,充分表现出作者的艺术功力。

倪　瓒(一首)

倪瓒(1301—1374)，字元镇，号云林子、风月主人、沧浪漫士等，无锡(今属江苏)人。自幼读书，过目不忘。善操琴，精音律。喜事翰墨，诗曲俱佳，画尤有名，为元代画坛四大家之一。一生澹泊，不乐仕进。元顺帝至正(1341—1368)初年，尽弃家业，泛舟五湖三泖间，自称"懒瓒"、"倪迂"。著有《清閟集》。《录鬼簿续编》《新元史》《明史》有传。其所作散曲，今存小令 12 首。倪瓒之曲，精炼妥帖，意象优美，与词为近。

〔双调〕折桂令

拟张鸣善①

草茫茫秦汉陵阙②，世代兴亡，却便似月影圆缺③。山人家堆案图书④，当窗松桂，满地薇蕨⑤。侯门深何须刺谒⑥，白云自可怡悦⑦。到如今世事难说。天地间不见一个英雄，不见一个豪杰。

【注释】

① 张鸣善：名择，号顽老子，元代后期著名曲家。本书选有其曲。

② 陵阙：陵墓。

③ 却便似：恰便似。

④ 山人：隐居山林之士。

⑤ 薇蕨：两种野生植物，可食。传说商周时伯夷、叔齐义不食周粟，

于首阳山采薇而食,后饿死。

⑥ 侯门:权贵之家。刺谒:向权贵投递名片以求干进。刺,名帖、名片。

⑦ 白云句:用南朝梁陶弘景《诏问山中何所有》诗:"山中何所有? 岭上多白云。只可自怡悦,不堪持寄君。"

【评】 此曲述志寄怀。首三句以形象的画面抒发沧海桑田、历史兴亡之感。其后五句,抒写自己高洁的生活方式、不愿干谒而又自得其乐的生活态度。最后三句回到历史与现实,感叹即使如秦皇汉武,于今也无补于世事,更何况英雄不再,豪杰已逝。全曲语言平淡,但感慨深沉,笔力雄健。

夏庭芝（一首）

　　夏庭芝，生卒年不详，字伯和，号雪簑，别号雪簑钓隐，一作雪簑渔隐。松江（今属上海）人。元末明初散曲作家。平生淡薄功名，喜结交文士，与张鸣善、朱凯、郏经、钟嗣成等相友善，世以孔北海、陈孟公拟之。至正（1341—1368）间，张士诚据平江，松江变乱，乃自逍遥于林泉之间。其所著《青楼集》，记载元代艺人、曲家活动，是非常重要的元曲史文献。其散曲作品今存小令 2 首。

〔中吕〕朝天子

赠王玉英①

　　玉英，玉英，樵树西风净。蓝田日暖巧妆成②，如琢如磨性③。异钟奇范，精神光莹④，价高如十座城⑤。试听，几声，白雪阳春令⑥。

【注释】

① 王玉英：当时歌女。

② 蓝田日暖：李商隐《锦瑟》："蓝田日暖玉生烟。"蓝田，今陕西蓝田县，有玉山，产良玉。此句比喻王玉英容貌姣好，如蓝田美玉。

③ 如琢如磨性：《诗经·卫风·淇澳》云："有匪君子，如切如蹉，如琢如磨。"性，秉性、气质。此句喻王玉英高雅的禀性。

④ 异钟二句：言王玉英得造化之特别钟情而显示出神奇的风采。

⑤ 十座城：《史记·廉颇蔺相如列传》载："赵惠文王时，得楚和氏璧。

秦昭王闻之，使人遗赵王书，愿以十五城请易璧。"此句极言王玉英身价之高。

⑥ 白雪阳春：春秋时楚国宫廷中之高雅歌曲名。见周德清〔蟾宫曲〕《别友》注释③。此处代指高雅的歌曲。

【评】 此曲赞美歌女王玉英美丽的容貌和高洁的品质，以及高超脱俗的演唱技艺。从外貌到品格再到技艺，层次井然。全曲多处用典，但并不堆叠雕琢，显得典雅浑成。

无名氏（二十一首）

〔正宫〕塞鸿秋

爱他时似爱初生月，喜他时似喜看梅梢月。想他时道几首《西江月》①，盼他时似盼辰钩月②。当初意儿别，今日相抛撇，要相逢似水底捞明月。

【注释】

① 《西江月》：唐代教坊曲名，后用为词调。此处泛指以诗词寄托相思。

② 辰钩月：清晨如钩的残月。

【评】 这是一首描写相思情的小令。前四句写抒情主人公与情人由相识相恋到别后相思的情感历程。首句以"初生月"写对异性一见钟情的爱意；次句"梅梢月"一语双关，既是作为喻体的实景，又含有对情人的密约相会"喜上眉梢"之意。第三、四句写与情人的相别相思，"道几首《西江月》"指以作词来寄托相思之情，"辰钩月"写相思难寐，只盼天晓。后三句是对相思结果的清醒认识，"要相逢似水底捞明月"，写出了对未来的绝望。作者用了一连串与月有关的喻体来形容抽象的情感，并用一"月"字重韵到底，因构思巧妙，不仅无堆砌之弊，反而给人以清新之感。

前　调

山行警

东边路西边路南边路,五里铺七里铺十里铺[①],行一步盼一步懒一步,霎时间天也暮日也暮云也暮。斜阳满地铺,回首生烟雾,兀的不山无数水无数情无数[②]。

【注释】
① 铺(pù):宋代称官路上的驿站为铺,此为泛指。
② 兀的不:这岂不。元曲中俗语,又写作"窝的不"、"兀得不"等。

【评】　这是一首离乡惜别之作。首两句以虚指写远行路途之遥,形象生动。三、四句写行人对家乡的依依不舍,既正面刻画了一步一回头的深情眷恋,又通过对时已黄昏的猛然觉察,间接衬托了对故乡的依恋深情。最后三句情景交融,夕阳西下,暮霭四起,回首凝望,家乡已在无数重山水之外了,远行人对家乡的怀恋之情也随行程的增加而愈远愈深。全曲不着一个"恋"字,而远行人对故乡的依恋之情却格外浓郁。句中"路"、"铺"、"步"、"暮"、"数"等字的巧妙重叠,不仅具有一种咏叹味,而且强化了曲趣。

前　调

村夫饮

宾也醉主也醉仆也醉,唱一会舞一会笑一会,管什么三十岁五十岁八十岁,你也跪他也跪恁也跪①。无甚繁弦急管催,吃到红轮日西坠,打的那盘也碎碟也碎碗也碎。

【注释】

① 恁:这,我。　跪:席地而坐的一种姿势。

【评】　这首小令写村夫的宴饮狂欢。前四句写放浪不羁的宴饮场面,没有宾主之分,没有仪式之设,没有长幼之别,更没有礼法的拘束,一切随心所欲。后三句写宴饮狂欢的程度,既写了饮酒时间之长,又写了宾客醉酒之深。此曲表现了元代文人玩世不恭、自得其乐的傲世态度,艺术表现上有一种淋漓恣纵之美。

〔正宫〕醉太平

堂堂大元,奸佞专权,开河变钞祸根源①,惹红巾万千②。官法滥刑法重黎民怨,人吃人钞买钞何曾见③,贼做官官做贼混愚贤。哀哉可怜!

【注释】

① 开河:借治理黄河扰民。元至正十一年(1351),朝廷命贾鲁为工部尚书兼总治黄河使,征民夫二十万治河,但官吏层层搜刮,民怨鼎沸。变钞:指钞法弊端。元于至元二十四年(1287)颁行"至元钞",至正十年(1350)又发行"至正钞",引起物价飞涨。

② 红巾:指元末韩山童、刘福通等领导的农民起义军。因以红巾裹

头,故称。

③ 钞买钞：用"至正钞"倒换"至元钞",是一种投机行为。

【评】 这首小令正面指斥时政,抨击时弊。开篇把"堂堂"与"大元"并举,极具讽刺挖苦意味。接下来一一指斥时弊：朝廷任用奸邪,官吏随意盘剥百姓,以致怨声载道,不堪重压的百姓揭竿而起。最后"哀哉可怜"一句,完全是作者以局外人身份发出的感慨,其中既包含了对黎民不幸的怜惜,也含有对统治者愚蠢的治国策略莫大的嘲讽。元陶宗仪《南村辍耕录》云此曲"自京师以至江南,人人能道之",可见其巨大的社会影响。

前　调

讥贪小利者

　　夺泥燕口,削铁针头,刮金佛面细搜求,无中觅有。鹌鹑嗉里寻豌豆①,鹭鸶腿上劈精肉,蚊子腹内刳脂油②。亏老先生下手。

【注释】

① 嗉：同"嗉",鸟类的嗉囊。

② 刳(kū)：剖开而挖空。

【评】 此曲貌似讽刺贪鄙小人,实则将矛头指向了搜刮民脂民膏的贪官污吏。前三句写其贪婪：从燕口中夺泥,从针头上削铁,从佛面上刮金,对此贪婪行径,作者用"无中觅有"加以概括。接下来三句,不仅写其贪婪,还写其狠毒：为了蝇头微利,毫不怜惜被掠夺对象的生命！末句"亏老先生下手"，是无情的挪揄，也是愤怒的呵斥。全曲除第四第八句外，皆用漫画式的细节刻画，明白直露而又入木三分。

〔中吕〕朝天子

志　感（二首）

　　不读书有权，不识字有钱，不晓事倒有人夸荐①。老天只恁忒心偏②，贤和愚无分辨。折挫英雄，消磨良善，越聪明越运蹇③。志高如鲁连④，德过如闵骞⑤，依本分只落的人轻贱。

　　不读书最高，不识字最好，不晓事倒有人夸俏⑥。老天不肯辨清浊，好和歹没条道。善的人欺，贫的人笑，读书人都累倒。立身则小学⑦，修身则大学⑧，智和能都不及鸭青钞⑨。

【注释】

① 夸荐：夸奖荐引。

② 只恁：只这样。　忒：太，特别。

③ 运蹇（jiǎn）：命运不顺。

④ 鲁连：鲁仲连，战国时齐国高士，为人排难而不取。

⑤ 闵骞（qiān）：即闵子骞，春秋时鲁国人，孔子弟子，至孝，以德行与颜回并称。

⑥ 夸俏：夸奖其有出息。

⑦ 小学：指宋朱熹、刘子澄编订的儿童教育读本，分内外篇，包括《立教》《明伦》《嘉言》《善行》等篇目。

⑧ 大学：儒家经典，与《论语》《孟子》《中庸》合称"四书"。

⑨ 鸭青钞：元代的一种纸币，其颜色为青色，故名。

【评】 元朝文人地位低下，沦为连娼妓都不如的第九等人，广大士子怀才不遇，理想抱负难以实现，这两首小令就是针对这种社会现象抒发的感慨。两曲结构相同，前三句写当时社会的畸形现象，不读书、不识字、不晓事的贵族子弟成为社会尊崇的对象，受人夸奖荐引。第四、五句揭示当时贤愚不分、是非混淆的社会现实，并在结构上起着过渡作用。最后六句写社会对读书人的轻视和排压，即使是鲁仲连、闵子骞一样的贤德之人也会被社会轻贱，金钱成为人们衡量智能的标准。两首小令结构严谨，对比鲜明，深刻地揭示了社会的混乱和不公。

〔中吕〕红绣鞋

搬兴废东升玉兔①，识荣枯西坠金乌②。富贵荣华待何如？斩白蛇高祖胜，举鼎霸王输。都做了北邙山下土③！

【注释】

① 玉兔：喻指月亮，古神话传说月中有玉兔捣药。

② 金乌：指太阳，相传日中有三足金乌。

③ 北邙山：在今河南洛阳市北面，此处泛指坟地，因汉晋时代王侯贵族多葬于此。

【评】 这是一首抒怀之作。第一、二句写历史见证了世间的兴废荣枯,"玉兔"、"金乌"的意象把抽象的时间概念具体化,十分生动形象。接着用一个设问句过渡,最后三句是作者对荣华富贵的认识:历史上的刘邦、项羽,一胜一负,一荣一枯,如今都消失在历史的长河之中。由此表现了作者不慕荣华富贵而甘受贫贱的生活态度。此曲语言凝练,意象鲜明,富有韵味。

前　调

孤雁叫教人怎睡,一声声叫的孤凄。向月明中和影一双飞。你云中声嘹亮,我枕上泪双垂。雁儿我你争个甚的①。

【注释】

① 甚的:甚么,又写作"甚底"。

【评】 这是一首写弃妇的小令。前三句写弃妇深夜未眠,雁声传来,引起她无限的悲思,弃妇以自己的处境设想,认为雁和她一样,也是形单影只。四五句写弃妇由孤雁想到了自己的遭遇,往日的欢愉、现在的孤凄一齐涌上心头,以致泪水涟涟。最后一句是弃妇发出引孤雁为知音的感叹,细腻深刻,设想新奇。作者以孤雁为媒介,深入弃妇的内心世界,写来饶有情致。

〔商调〕梧叶儿

嘲谎人

东村里鸡生凤,南庄上马变牛。六月里裹皮裘。瓦垄上宜栽树①,阳沟里好驾舟②。瓮来大肉馒头③,俺家的茄子大如斗。

【注释】

① 瓦垄:屋顶上用瓦铺成的凸凹相间的行列,又叫瓦楞。

② 阳沟:露在地面上的排水沟。

③ 瓮来大:像瓮一样大。

【评】 这支曲子嘲讽那些爱吹牛撒谎的人。作者一连列举了诸多违反常理的胡说八道,却不加半句评论。但正是因为违反常情常理,因而把那些吹牛撒谎者不顾事实的嘴脸表现得惟妙惟肖,其滑稽可笑的丑态宛然在目,此曲也由此表现出一种少有的机智与幽默。

前 调

嘲贪汉

一粒米针穿着吃,一文钱剪截充①,但开口昧神灵。看儿女如衔泥燕②,爱钱财似竞血蝇。无明夜攒金银③,都做充饥画饼。

【注释】

① 充:充当、使用。

② 衔泥燕:春燕筑巢,往返衔泥,辛劳不已。此喻指狠心父母把儿女视为聚敛钱财的工具。

③ 无明夜:不分白天黑夜。攒(cuán),聚集。

【评】 此曲把守财奴的贪婪鄙吝刻画得入木三分。作者仿佛漫画高手，只举出几件非常典型的事例，便轻轻几笔活画出他们的贪鄙嘴脸。正是因为贪婪吝啬，所以使正常的人性受到戕害。但可悲的是，就像法国作家巴尔扎克笔下的葛朗台一样，一辈子贪婪吝啬，嗜财成性，无论集聚了多少金银财宝，临死时却一文也带不走，最终是画饼充饥一场空。此曲比喻幽默诙谐，讽刺尖刻犀利，具有浓郁的曲味。

〔越调〕小桃红

情

断肠人寄断肠词，词写心间事。事到头来不由自。自寻思，思量往日真诚志。志诚是有，有情谁似？似俺那人儿。

【评】 此曲巧用顶针手法写相思深情，表现了相思的缠绵和深挚。究竟所思之人为谁？作者一开始并不涉及，只是说此"情"难灭，令人断肠，而且不由自主；并由今日的刻骨相思，忆及往日的真诚，最后才揭出谜底——"似俺那人儿"。但究竟有何情事，却又始终不曾说破，给人许多遐想。全曲顶针钩连，一气呵成，颇有情韵。

〔双调〕清江引

咏所见

后园中姐儿十六七，见一双蝴蝶戏。香肩靠粉墙，玉指弹珠泪。唤丫鬟赶开他别处飞。

【评】 这首小令写一名情窦初开的少女因看见"一双蝴蝶戏"而触景生情,引起了她的人生感叹:蝴蝶尚能双飞共戏,而人却只能独处深闺,人不如蝶的哀怨使她不由得泪如雨下。为避免这种触景生情的难过,甚而叫丫鬟把这对双飞的蝴蝶赶往别处。全曲只是直白地描写少女的所见所感,并无议论与抒情,但封建礼教对人性的戕害特别是对女性的压抑却隐约可见。作者以尺幅小景展示少女的心灵,并映衬压抑人性的大千世界,就其思想内涵而言,差可与后来《牡丹亭》的意蕴媲美。

〔越调〕天净沙

平沙细草斑斑,曲溪流水潺潺①,塞上清秋早寒。一声新雁,黄云红叶青山。

【注释】

① 潺潺(chán chán):象声词,形容溪水泉水流动的声音。

【评】 这是一首写景之曲。在作者笔下,斑斑细草,潺潺流水,正呈现出塞上的清秋景象。还有南归之新雁,循着雁声向远处眺望,却发现"黄云红叶青山",看来秋天是在悄悄地到来了。曲境清新明丽,用语亦较典雅,把塞上初秋的景象表现得具体真切,给读者留下了深刻的印象。

〔双调〕水仙子

退毛鸾凤不如鸡,虎离岩前被兔欺,龙居浅水虾蟆戏。一时间遭困危。有一日起一阵风雷,虎一扑十硕力①,凤凰展翅飞。那其间别辨高低。

【注释】

① 十硕力:即十石力。硕,通石,古时重量单位,一百二十斤为一石。

【评】 由于社会贤愚颠倒,才智之士壮怀难展,其怀才不遇的不平之鸣在元曲中俯拾即是。此曲即抒发英雄落魄、身处困境而遭遇群小欺侮的愤懑和不平,但与一般曲作所表现出的消极退隐情绪不同,此曲表现了一种壮志不磨、来日可期的坚定信念,具有一种振拔向上的豪情。此曲前三句以民间熟语写困危,后几句以风雷震吼、虎扑龙飞等意象写奋志远举,精警传神,前后形成鲜明对比,取得了很好的表达效果。

包待制陈州粜米（第一折摘选）①

〔混江龙〕做的个上梁不正②,只待要损人利己惹人憎。他若是将咱刁蹬③,休道我不敢掀腾④。柔软莫过溪涧水,到了不平地上也高声! 他也故违了皇宣命,都是些吃仓廒的鼠耗⑤,咂脓血的苍蝇。

**【注释】

① 包待制陈州粜米：简称《陈州粜米》。是元杂剧中著名的公案戏。末本，由正末扮张憋古、包待制。全剧4折1楔子。剧情如下：陈州大旱，朝廷派刘衙内之子小衙内及其女婿杨金吾到陈州开仓粜米救灾，二人却借机盘剥饥民。性情刚直的张憋古据理争辩，被小衙内打死。其子小憋古为父申冤，向包公告状。包拯微服私访，查实刘、杨二人罪恶，并用计将他们处死。第一折写小衙内与杨金吾到陈州放粮，仗势欺人，刻意盘剥。张憋古仗义执言，怒斥贪官，被小衙内用御赐紫金锤打死。小憋古欲上京告状，为父申冤。

② 上梁不正：俗谚"上梁不正下梁歪"的省略语。

③ 刁蹬：刁难。

④ 掀腾：搅闹。

⑤ 仓廒(áo)：储存粮食的仓库。

【评】 此曲为张憋古眼见贪官盘剥百姓、为所欲为因而义愤填膺时所唱。剧作者通过百姓之口诅咒贪官，深刻揭露了统治者贪婪的本质。更为可贵的是，在作者的笔下，百姓也并不是任由宰割的羔羊，他们敢于大胆的反抗。那"柔软莫过溪涧水，到了不平地上也高声"的比喻，无疑具有呼唤正义、激烈抗争的巨大感召作用。

风雨像生货郎旦(第四折摘选)①

〔五转〕火逼的好人家人离物散，更那堪更深夜阑。是谁将火焰山移向到长安？烧地户，燎天关。单则把凌烟阁留他世上看②。恰便似九转飞芒老君炼丹③，恰便似介子推在绵山④，恰便似子房烧了连云栈⑤，恰便似赤

壁下曹兵涂炭⑥,恰便似布牛阵举火田单⑦,恰便似火龙
鏖战锦斑斓。将那房檐扯,脊梁扳⑧。急救呵,可又早
连累了官房五六间。

【注释】

① 风雨像生货郎旦:简称《货郎旦》。元杂剧旦本戏,正旦扮刘氏,副旦扮张三姑。全剧4折。剧情如下:长安富户李彦和娶妓女张玉娥为妾,其妻刘氏受气身亡。张玉娥与情夫魏邦彦合谋盗走李彦和财宝,并纵火烧毁其屋。火势蔓延及官府房舍,李彦和畏惧,因携其子春郎、乳母张三姑以及玉娥逃到河边。魏邦彦听从张玉娥计谋,早已驾船在河边等候,将李彦和推入河中。此时一艄公赶来,春郎及张三姑得救。春郎被拈葛千户收为义子,张三姑随一说唱艺人流浪卖艺。13年后,张三姑以说唱《货郎儿》为生,并与当年落水未死的李彦和巧遇,其后又找到已经为官的春郎,举家团圆。张玉娥、魏邦彦被捉拿斩首。第四折叙述李彦和与张三姑被一官人叫去唱曲,他们见那官人酷似春郎,因将一家遭遇编成一套[九转货郎儿]曲子唱出,遂与春郎相认。张玉娥及魏邦彦被捉拿,并由春郎亲自斩首。

② 凌烟阁:本是唐太宗陈列功臣画像之宫中楼宇,此处仅借其字面,指被烟火燃烧的建筑。

③ 九转:即九转金丹。道教炼丹,炼一次称一转,九转金丹为其最上乘的金丹。 飞芒:光芒四射的意思。 老君:太上老君,道教奉他为始祖。

④ 介子推在绵山:介子推是春秋战国时晋国公子重耳的侍从之臣,曾随重耳出亡,途中绝粮,介子推曾割腿肉以活重耳。当重耳即位为晋文公大封功臣时,却遗漏介子推,介子推因归隐绵山。晋文公放火烧山,企图迫使他出山为官,介子推不愿出山,被烧死。见《史记·晋世家》。

⑤ 子房:即汉代的张良。 连云栈:栈道名,当时是汉中地区到外地的交通要道,灭秦后,项羽封刘邦为汉中王,张良给刘邦献策,烧掉栈道,表示不再出兵关中,以麻痹项羽。见《史记·留侯世家》。

⑥ 赤壁下曹兵涂炭：三国时孙刘联军在赤壁之战中以火攻大败曹兵。

⑦ 布牛阵举火田单：战国时，燕国军队进攻齐国，齐军大败，田单帅军固守即墨(在今山东平度县南)，并收城中千余牛，以绢绘五彩龙文衣牛，并束兵器于牛角，置火具于牛尾，趁夜纵牛，因大败燕军。见《史记·田单列传》。

⑧ 脊梁扳：即扳倒房屋脊梁。

【评】 张三姑唱的〔转调货郎儿〕是这折戏中最精彩的一段唱词，其中〔五转〕一曲叙述李彦和家被大火焚烧的场面最为惊心动魄。作者用了一连串与大火相关的典故，浓墨重彩地渲染了大火燃烧、烈焰飞腾的气势，给人身临其境之感。其博喻手法和排比句式的结合运用，对渲染火势凶猛的惨烈场面起了很大的作用，给人留下了深刻印象。

冯玉兰夜月泣江舟(第三折摘选)①

〔商调·集贤宾〕正沧江夜寒明月皎②，觑地远叩天遥。这船呵在风中簸荡任东西，水上浮漂，又无人把舵推篷，那里也举棹撑篙。我则听的古都都没天也似怒涛③，斗合着忽剌剌风声儿厮闹④。这水也流不尽俺千端愁思积，这风也抵不过俺一片哭声高！

【注释】

① 冯玉兰夜月泣江舟：简称《冯玉兰》，元杂剧旦本戏，正旦扮冯玉兰。全剧 4 折。剧情如下：冯玉兰之父因去福建泉州府赴任，玉兰便与家

人随父同行，船至黄芦荡避风，巡江官屠世雄暗起色心，将冯玉兰家人杀害，掠冯母为妻，冯玉兰用计谋躲过劫难。都御史金圭审理此案，为冯家报仇，玉兰母女相见，屠世雄被判死罪。第三折演都御史金圭巡抚江南，夜泊江边，恰遇冯家官船顺江而下，金圭闻船上有哭泣之声，派人查看，玉兰告发屠世雄行凶杀害其父一事。

　　② 沧江：此处泛指大江。
　　③ 古都都：此处形容波浪翻滚相互激打发出的声音。
　　④ 斗合：相合。　忽剌剌：此指风吹之声。　厮：相互。

　　【评】　此曲是冯玉兰内心悲苦之情的真实写照。开头写当时的地点和环境，接着借物写情，明写船在波浪中簸荡无人看管，实则写自己家人被害无处依托，还处在危难之际命运未卜，最后借用长江水写内心的忧虑和痛苦，比"问君能有几多愁，恰似一江春水向东流"更显悲痛和哀伤。

锦云堂暗定连环计(第三折)①

　　〔滚绣球〕炉焚着宝篆香②，酒斟着玉液浆。奏笙歌乐声嘹亮，今日个画堂中别是风光。虽然是锦绣乡，暗藏着战斗场。则争无虎贲郎将③，玳筵前拥出红妆。我只待窝弓药箭擒狼虎④，布网张罗打凤凰。不比寻常。

　　……

　　〔鲍老儿〕你这里鼓舌摇唇说短长。则俺那新媳妇在车儿上，盼不见画戟雕鞍旧日郎，咒骂杀王丞相。枉了你扬威耀武，尽忠竭节，定国安邦。偏容他鸱鸮弄舌⑤，乌鸦展翅，强配鸾凰⑥。

......

〔煞尾〕虽然是女娘家不长气，从来个做男儿当自强。若要你勃腾腾怒发三千丈[7]，则除今夜里亲见貂蝉细细的访。

【注释】

① 锦云堂暗定连环计：简称《连环计》，元杂剧末本戏。正末扮王允。全剧4折。剧演东汉末年，董卓大权在握，有篡位之心，王允定下连环计，通过美婢貂蝉挑拨董卓与吕布的关系，最终借吕布杀了董卓。第三折叙王允启动连环计，将貂蝉分别许于吕布与董卓，引起二人反目成仇。

② 宝篆：即香篆，香名，形似篆文。

③ 争无：怎无。　虎贲郎将：官名，掌侍卫国君及保卫王宫之官。多用以指称威武勇猛的将军。

④ 窝弓：装有关椾，埋伏山野捕兽的弓箭。

⑤ 鸱鸮(chī xiāo)：亦作鸱枭，鸟名，俗称猫头鹰。

⑥ 乌鸦二句：言董卓强纳貂蝉，极不般配。

⑦ 勃腾腾：形容兴奋、冲动的样子。亦作不邓邓、扑邓邓、不腾腾、扑登登等。

【评】　此处所选三曲写王允设下计策引诱董卓，并通过话语挑拨吕布。〔滚绣球〕一曲写王允计策已定，单等董卓上钩。以美人计暗藏重重杀机，显出王允的谋略过人。〔鲍老儿〕一曲写王允通过对貂蝉与吕布处境的对比，刺激吕布，以激起吕布对董卓的不满。〔煞尾〕一曲劝吕布当自强，应与貂蝉会面来了解真相。实则引吕布进入圈套。这三支曲子将王允的老谋深算刻画得淋漓尽致，似乎处处替吕布打算，但是通过对吕布与貂蝉处境的对比，却又步步激发吕布的血气之勇，将吕布引入非杀董卓不可的地步。

汉钟离度脱蓝采和(第一折摘选)①

〔仙吕·点绛唇〕俺将这古本相传,路歧体面②,习行院③,打诨通蝉④,穷薄艺知深浅。

〔混江龙〕试看我行针步线⑤,俺在这梁园城一交却又早二十年⑥,常则是与人方便,会客周全。做一段有憎爱劝贤孝新院本⑦,觅几文济饥寒得温暖养家钱,俺这里不比别州县,学这几分薄艺,胜似千顷良田。

〔油葫芦〕甚杂剧请恩官望着心爱的选,俺路歧每怎敢自专,这的是才人书会划新编⑧。我做一段于祐之金水题红怨⑨,张忠泽玉女琵琶怨⑩,做一段老令公刀对刀⑪,小尉迟鞭对鞭⑫,或是三王定政临虎殿⑬,都不如诗酒丽春园⑭。

〔天下乐〕或是做雪拥蓝关马不前⑮。小人,其实本事浅,感谢看官相可怜。一壁将牌额题⑯,一壁将靠背悬,我则待天下将我的名姓显。

【注释】

① 汉钟离度脱蓝采和:简称《蓝采和》,元杂剧末本戏,正末扮蓝采和。全剧 4 折。其剧情如下:汉钟离游经洛阳,见伶人蓝采和有半仙之分,意欲度之。汉钟离以点戏为名多次刁难蓝采和,使其做不得场,被蓝采和关在勾栏里。第二天,在蓝采和生日宴会上,汉钟离让吕洞宾扮做官人传唤蓝采和,并要将其重责 40 大板。蓝采和因恐惧而向汉钟离求饶,汉钟离趁机收他做了徒弟。30 年后,蓝采和功成行满,与汉钟离等人同赴瑶

台。第一折叙汉钟离刁难蓝采和,搅扰其做场,被蓝采和锁在勾栏。

② 路歧:宋元时对各种民间艺人的总称和俗称,特别指那些经常流动演出的伶人。 体面:规矩、体统、势派之意。

③ 行(háng)院:金元时杂剧演员的聚集之处。这里代指演戏。

④ 打诨:以滑稽语相戏谑。

⑤ 行针步线:本指裁缝衣服的针线技术,这里比喻杂剧搬演安排缜密周详。

⑥ 梁园城:此处代指汴梁城。汉文帝之子梁孝王刘武在汴梁修建了一座豪宅名叫梁园,后人用来借指汴梁城,又借指繁华热闹的地方。

⑦ 院本:金元时行院中演出的杂剧底本。后用以代指杂剧。

⑧ 才人:金元时称创作杂剧的勾栏文人为才人。 书会:即才人们的行会。 划(chǎn):一划,毫无例外。

⑨ 于祐之金水题红怨:元李文蔚所作杂剧名,该剧演述于祐之、韩翠鸾的恋情故事,已佚。

⑩ 张忠泽玉女琵琶怨:元庾天锡所作杂剧名,又名《玉女琵琶怨》,已佚。

⑪ 老令公刀对刀:指当时流行的杨家将杂剧中的一种。

⑫ 小尉迟鞭对鞭:元无名氏有《小尉迟将斗将认父归朝》杂剧。

⑬ 三王定政临虎殿:亦杂剧名,已佚。

⑭ 诗酒丽春园:元高文秀有杂剧《黑旋风诗酒丽春园》,演水浒故事;王实甫有《诗酒丽春园》,演情爱故事;二者均佚。

⑮ 雪拥蓝关马不前:元无名氏有《韩退之雪拥蓝关记》杂剧,演韩愈、韩湘子故事。现存残篇。

⑯ 一壁:一边。

【评】 此处所选四曲写蓝采和自叙一家人在洛阳城做场20年,技艺精湛,颇受观众欢迎的情况。其中可见当时艺人的生活状况,可见杂剧演出商业化的情形,可见书会才人与演员合作的痕迹,可见当时流行的剧目,是非常难得的第一手戏剧史资料。

〔混江龙〕一曲中"学这几分薄艺,胜似千顷良田"两句,不仅表现了蓝采和以技艺自得的心情,同时也从侧面说明元杂剧在当时的繁荣盛况。〔油葫芦〕一曲句式工整中富有变化,颇能显示作者的文学功底。

金水桥陈琳抱妆盒(第二折摘选)[①]

〔牧羊关〕我抱定这妆盒子,便是揣着个愁布袋[②]。我未到宫门,早忧的我这头白。盒子里藏的是储君[③],我肚皮里怀的是鬼胎[④]。虽不见公庭上遭横祸,赤紧的盒子里隐飞灾[⑤]。承御也[⑥],你办着个喜溶溶笑脸儿回还去[⑦],却教我将着个磣磕磕恶头儿掇过来[⑧]。

〔贺新郎〕则见他恶哏哏独自撞将来[⑨],太子也,你在这七宝盒中,我陈琳早魂飞九霄云外。我嘱咐你个小储君,盒子里权宁耐[⑩]。你若是分毫儿挣揣[⑪],登时间粉碎了我尸骸[⑫]。则被你威逼的我身先战[⑬],死催的我脚难抬。恰便似狗探汤不敢望前迈[⑭]。才动脚如临追命府[⑮],行一步似上摄魂台[⑯]。

【注释】

① 金水桥陈琳抱妆盒:简称《抱妆盒》,元杂剧末本戏,正末扮陈琳。全剧 4 折 2 楔子。其剧情如下:宋真宗无嗣,应天象御园射鸟,称三宫六院等女眷,凡拾得金丸者可得皇帝驾幸。西宫李美人拾金丸得幸,生一子。刘皇后妒忌,令宫女寇承御以皇帝要看皇子为名,欲把皇子诓出弄死丢弃金水河。寇承御不忍,恰遇太监陈琳,陈琳把皇子藏在采鲜果的妆盒

里救出皇宫,送御弟楚王赵德芳抚养成人,是为仁宗。其间寇承御遭刘皇后刑讯撞阶而死,后得追封,其余有功之人各得封赏。第二折叙陈琳正要将太子带出后宫,恰遇刘皇后走来,百般盘问,并要开盒检验。陈琳一怕太子哭叫,二怕皇后开盒,危急时刻,恰遇皇帝驾幸,刘皇后接驾,陈琳得以出宫,救出太子。

② 愁布袋:即装"愁"的布袋。比喻使人苦恼、愁烦的东西。这里喻指怀抱"太子"所担系的危险。

③ 储君:皇太子。

④ 鬼胎:比喻心里藏着不敢告人的事情或念头。

⑤ 赤紧:又作"尺紧"、"吃紧"、"乞紧",宋元时北方口语,有实在、当真、真个等意思。

⑥ 承御:宫中侍女职官名。文中指刘皇后的侍女寇承御。

⑦ 办着:又作"扮着",即假装着。

⑧ 碜磕磕:又作"碜可可",形容凄惨可怕的样子。恶头儿:罪名。

⑨ 恶哏哏:又作"恶狠狠",形容凶恶、勇猛的样子。此指刘皇后。

⑩ 权宁耐:即暂且安心忍耐。

⑪ 挣揣(chuài):挣扎。

⑫ 登时间:即顿时间。

⑬ 战:同"颤"。因恐惧而战栗发抖。

⑭ 狗探汤不敢望前迈:形容不敢往前迈步,就像狗伸爪到开水里立即缩回来一样。

⑮ 追命府:迷信传说中的阴曹地府。

⑯ 摄魂台:迷信传说中与阴曹地府有关的可以摄人魂魄的台舍。

【评】 这两支曲子写太监陈琳把太子放入妆盒后的内心矛盾与恐惧,以及面对刘皇后朝自己走来时的更加惶恐和慌张。〔牧羊关〕一曲写陈琳提着装有太子的妆盒出宫时的思想斗争,忠心救主与潜在祸患之间的矛盾冲突交织心头,怀抱妆盒犹如揣着个"愁布袋","赤紧的盒子里隐飞灾"!其矛盾恐惧之心,得到真切表现。〔贺新郎〕一曲写陈琳提着妆盒正欲出宫,不料却正撞见刘皇后亲到金水河边察看,并催逼陈琳近前问话,陈琳顿时吓得魂飞魄散!太子和自己的生死,命悬一线!作者用博喻和夸张手法写陈琳的惶恐:"似狗探汤"、"如临追命府"、"似上摄魂台",其惊恐万状的情态可谓跃然纸上。这两支曲子侧重于从人物内心的矛盾冲突和恐惧万端方面来刻画人物,彰显人物内心的可贵品质。人物内心的矛盾与痛苦,并不损害其忠义形象,相反却显得更加真实可信,血肉丰满。

再 版 后 记

　　余昔日所著《元散曲通论》与所编《元曲选》二书,今年同时获得上海古籍出版社的重印。用一学界友人的话说:"二元"的重印,对热心元曲的朋友来说,无疑是件大好事。其中,《元曲选》为曲文,《元散曲通论》为曲论,二者恰构成姊妹篇。无论对于元曲研究,还是散曲创作,"二元"皆有一定参考价值。《元散曲通论》一书,国内外学者早有定评,官方与"民间",也曾多次公开或私下印行,2021年又被国家社科规划办列入"中华学术外译项目",即将被翻译为英文直接由欧美出版商印行,这将为元曲尤其是散曲的进一步走向世界揭开新的一页。

　　比起《元散曲通论》的广受关注来,由上海古籍出版社在2008年初版的《元曲选》一书,却被湮没在众多良莠不齐的同类选本中,还未能获得读者和学界的普遍重视。但最近在一旧书网站发现它竟然被标出500多元的天价,这似乎又表明它还不曾被人忘记。《元曲选》一书,既选元人散曲,也选元人剧曲(略去宾白),并对所选之曲做了注释与简评,如循名责实,似乎应当叫《元曲选注》,而现在的书名,是不能涵盖注释与简评两部分内容的。不过,好在书的封面、扉页和版权页上都在著者名下标明了"选注",还不至于让读者仅凭书名而误以为有"选"无"注"。

　　还需要说明的是,现在的书名,也并非有意要与明代臧懋循之《元曲选》重名的。大约在出版社方面,是想与其早先已经出版过的马茂元先生的《唐诗选》、胡云翼先生的《宋词选》配套而以求一致，所以省却了"选注"本的那个"注"字。臧氏之《元曲选》，入选元人杂剧 100 种，故而学界又称为《元人百种曲》。臧选只选元人杂剧而不选散曲，其名"元曲"者，当然是为了表明"曲唱"在戏曲文学中的重要地位。大概也因为臧氏这部流传广远的曲选的缘故，所以在后世学人的曲学观念中，"元曲"的概念有时便专指元杂剧，有时是元杂剧与元散曲合指。如站在诗学立场，而将唐诗、宋词、元曲并称时，则主要是指元散曲（有时也包含元剧曲在内）的。此处说明这一点，意在表明：本书与臧氏之选，其名虽同，而其实却迥异的。

或问曰：《元曲选》之类著作，就如《唐诗选》《宋词选》等选本一样，叠床架屋，是可以车载斗量的，你又何必去凑热闹，强增此一种乎？余答曰：此选之出版，还真不是凑热闹而仅从数量上去增加一种而已！然则，此选其最值得注意之处究竟何在？现趁其再版，特为言明：元之剧曲不论，但就散曲而言，在拙著《元散曲通论》1993 年之初版未尝面世以前，世面上通行之各种曲选、曲论，真有把元散曲主要作家创作活动的大致年代考察清楚了么？真有把元散曲演化发展的历史脉络梳理清楚了么？真有在各自的曲选中把元散曲作家们的先后顺序排列正确了么？真有把元散曲发展各阶段的代表性作家和代表性作品都较准确地选择出来了么？我看未必。而拙编《元曲选》，正是在拙著《元散曲通论》通考五六十位主要曲家之基础上，将入选曲家之先后顺序按其生活与创作活动时代的早晚大致排顺，将各阶段代表性曲家及代表性作品选出。即便没有《元散曲通论》一书在手，仅依照此选顺序翻阅一过，一代文学之总体风貌，以及演化、发展、鼎盛、衰落之发展轨迹，也会有个大致印象了然于胸。读者朋友若以余言有王婆瓜语之嫌，则径可去图书馆取 1993 年以前

之大家名家同类选本来做一比较，或可知余言之不谬也。至于
所选各家曲作之多寡是否平衡，注释是否准确，简评是否精当
等，读者自可领略评判，便无须赘言了。

　　最后，谨向上海古籍出版社的诸位同道、向为此书再版而代
为核校文字的李滔、彭智谋、张叔英、尹海娟等几位同学，一并表
示诚挚的谢意。

赵义山
2023 年 6 月 6 日于四川师范大学巴蜀文化研究中心